Writers' Letters

Jane Austen to Susan Sontag

작가의 편지
제인 오스틴부터 수전 손택까지

초판 발행 2021.10.29

지은이 마이클 버드 • 올랜도 버드
옮긴이 황종민

펴낸이 지미정

편집 강지수, 문혜영, 최미혜
디자인 한윤아
마케팅 권순민, 박장희

펴낸곳 미술문화 | **주소** 경기도 고양시 일산동구 고양대로 1021번길 33(스타타워 3차) 402호
전화 02)335-2964 | **팩스** 031)901-2965 | **홈페이지** www.misulmun.co.kr
이메일 misulmun@misulmun.co.kr
등록번호 제2014-000189호 | **등록일** 1994.3.30

ISBN 979-11-85954-76-9(03800)
값 22,000원

FSC www.fsc.org 혼합 신뢰할 수 있는 원천의 종이 FSC® C016973

FSC® 로고 인증 친환경 종이를 사용하였습니다.

작가의 편지

제인 오스틴부터 수전 손택까지

마이클 버드 · 올랜도 버드 지음
황종민 옮김

미술문화

일러두기 페이지 왼쪽에 편지 사진을, 오른쪽에 해설과 편지 내용을 배치했다. 편지 원본이 여러 쪽일 경우 일부만 발췌하여 활자화했다. 생략한 부분은 (…)로 표시했다. 번역문은 최대한 원문과 동일한 방식으로 옮겼지만 한정된 지면 탓에 임의로 문단을 조정하기도 했다. 영문법이 표준화되기 전에 쓰인 존 던이나 벤 존슨의 편지 같은 몇 가지 예외를 제외하고, 철자법에 맞지 않거나 빠진 구두점은 되도록 유지하고 편집상 필요한 경우 [ ] 안에 최소한으로 부가했다. 저자 강조는 볼드 처리했다. 단행본, 신문, 잡지는 『』, 시, 희곡, 미술 등의 작품명은 〈〉, 논문, 칼럼은 「」로 표기했다.

서문

훌륭한 편지를 쓰려고 위대한 작가가 될 필요는 없다. 하지만 작가는 편지도 잘 쓴다. 바이런은 '혼자 지내면서도 친구와 함께할 수 있는 유일한 수단'인 편지를 사랑했다. 편지 쓰기에 타고난 재능도 있었다. 터무니없는 생각을 마구 우기면서 매력적으로 수다를 떨었다(이러한 장기에 스스로 상당히 만족했다는 점도 짚고 넘어가자). 1821년 4월 바이런은 이탈리아 라벤나에서 테레사 귀치올리 백작 부인과 동거하던 중에 친구이자 출판업자인 존 머레이에게 편지를 쓴다. 삶이 즐겁다고. 시 창작은 계획대로 진행되고, 음주와 사냥을 언제든 즐길 수 있고, 오스트리아 제국의 지배에서 벗어나려는 이탈리아 저항 세력 카르보나리당에서 명예 지부장으로도 활동한다고 말이다. 하지만 사실 마음 한 구석이 꺼림칙했다. 자신이 줄곧 무시하고 조롱했던 시인 존 키츠가 사망한 것이다. 바이런의 친구 퍼시 비시 셸리가 보낸 편지에 따르면 키츠는 악평 때문에 죽었다고 한다. 그게 사실일까?

바이런은 키츠의 작품 수준('속물적이고 촌티 흐르는 문체로 망친 글입니다')과 새로운 문학 장르인 비평('저는 혹독한 평론이 애송이 작가에게 독약이라는 것을 경험으로 잘 알고 있습니다')에 관한 생각을 편지에 써 내려갔다. 자화자찬에 빠지다가(악평에 대한 자신의 대응은 '적포도주 세 병'을 마시는 것이었다고 주장한다) 약간의 미안함을 비치기도 한다(라이벌 존 키츠가 죽었다는 소식에 '유감'이라고 썼다가 '매우 유감'으로 고친다). 오늘날 이 짧은 편지는 당시 영국 문학과 이탈리아 정세의 특정한 시점을 보여주면서도 친근하고 은밀한 어조로 다가온다. 바이런이 한참 수다를 떨다가 잠깐 멈추고 친구에게 의견을 묻는 것처럼 느껴진다. 200년이 지난 지금은 '편지'가 고리타분한 문학 장르로 보이지만, 최고의 편지들은 여전히 신선함을 잃지 않고 있다. 이 책에 작가 94명(소설가, 시인, 에세이스트, 극작가)의 편지 94통을 수록했다. 가장 오래된 편지는 1499년 네덜란드 인문주의자 에라스뮈스가 잉글랜드의 헨리 왕자(후일의 헨리 8세)에게 보내는 편지다. 자신이 왕자에게 바치는 선물(시)이, 재능은 부족하나 재산은 풍족한 예방객들이 바치는 '보석과 황금'보다 더 소중하다고 설득한다. 최근의 편지 중 하나는 앤절라 카터가 소설 작업에 대해 쓴 것이다. 카터는 잡지 『그란타*Granta*』의 편집자 빌 버포드에게 새 소설을 보내며 '늑대 아이에 대한 집착'이 작품 전반에 깔려 있다고 언질을 준다. 이 사이에 있는 다른 편지들에서 우리는 엘리자베스 시대의 런던, 1980년대의 나이지리아 라고스, 칠레, 중국, 오스트리아, 오스트레일리아로 여행한다. 종종 복잡 미묘한 저작권 문제 때문에 부득이 여행길이 바뀌기도 했지만 두루두루 돌아다녀 볼 것이다. 이러한 난관에도 좋은 점이 있다면, 더 심도 있는 조사를 통해 오늘날 더 유명해야 마땅한 작가의 편지도 발굴했다는 것이다. 남미 출신으로는 최초로 노벨 문학상을 수상한 가브리엘라 미스트랄, 서구권에는 잘 알려지지 않았지만 대담하고 창의적인 20세기 일본 시인 요사노 아키코를 예로 들 수 있다. 수록된 편지로 몰랐던 작가들을 새로이 알게 되는 계기가 되기를 바란다.

삶의 중요한 순간들 대부분이 편지에 담겨 있다. 급진주의 작가 메리 울스턴크래프트는 산통이 시작되자 남편 윌리엄 고드윈에게 시간을 때울 수 있는 소설이 있었으면 좋겠다고 편지한다. 술고래였던 미국 시인 존 베리먼은 가정이 단란했던 아주 드문 순간에 둘째 아이의 아버지로서 축배를 들고 있다('아기가 기어 다니며 집어삼킬 것을 찾고 있어요'). 안톤 체호프는 결핵과의 싸움이 막판에 이르렀을 때도 옛 친구에게 편지하여 과거를 회상하고 미래를 계획한다.

편지는 주로 하루하루의 일상을 다룬다. 아무리 위대한 작가라도 일상을 외면할 순 없다. 그래서 문학에서 꾸준히 지속되는 주제인 일상사를 기록한 편지를 이 책에도 싣는다. 병고에 시달리는 유명한 시인, 폴 베를렌은 잡지 『라 보그*La Vogue*』의 편집인 귀스타브 칸에게 1년 전에 발표한 시의 고료를 아직 받지 못했다고 독촉한다('지체 없이 보내주십시오!'). 제인 오스틴이 언니 카산드라에게 보내는 편지는 마치 영국 섭정시대 중산층의 스냅사진 같다. 마차 여행, 구운 닭요리, 극장 방문을 언급하고 함께 시간을 보내야 하는 지루한 손님을 두고 투덜거린다. 편지를 쓰느니 돼지를 잡겠다고 말했던 앨프리드 테니슨도 때로는 편지를 썼다. 그는 1850년에 계관시인[1]이 된 이후 사람들이 너무 많은 편지를 보내오자 언론인 윌리엄 콕스 베넷에게 불평을 한다.

주제는 차치하더라도 작가의 편지가 일반인의 편지와 다른 게 있을까? 한마디로 말하면 그렇다. 모든 글에는, 설사 실용적인 글일지라도, 솜씨가 필요하기 때문이다. 작가는 이 사실을 누구보다 잘 안다. 기질은 어디 가지 않는다. 기가 죽을 만큼 재미있고 예리하고 정곡을 찌르는 메시지를 (지금은 편지보다는 이메일로) 받으면, 어떻게 답장할까 고민하고 상대보다 더 잘 쓰고 싶다는 경쟁심까지 생기는 순간이 누구에게나 있다. 작가는 이런 압박감을 항상 느낀다. 18세기 문학계의 입심 좋은 거장이자 이른바 편지의 황금기를 살았던 새뮤얼 존슨이 '잘 지내고 있다는 한마디를 친구에게 전하려고 펜을 들 생각은 없다'고 털어놓은 데서 강박감이 넌지시 엿보인다. 존슨은 '멀리 있는 친구에게 보내는 짧은 편지는, 내가 생각하기에 삐딱한 목례나 건성으로 하는 인사말과 똑같은 모욕'이라고 주장했다. 훗날, 존슨을 열렬히 존경했던 사뮈엘 베케트도 새 희곡 〈귀향*The Homecoming*〉을 보내온 해럴드 핀터에게 답장하며 비슷한 불안감(주지하다시피 불안은 베케트의

1 17세기 이후 영국 왕실에서 국가적으로 뛰어난 시인에게 부여한 명예로운 칭호

트레이드마크다)을 내비친다. '내가 이 작품을 어떻게 느끼는지 … 잘 전달할 수 있으면 좋으련만. 하지만 너무 피곤하고 우둔해져, 이런 상태가 나아지면 편지하려고 오랫동안 미루었는데 더 이상 미룰 수 없더군.'

편지의 역사는 곧 문학의 역사다. 둘은 수천 년 동안 뒤얽혀 있었다. 고대 로마에는 호라티우스의 『서간집*Epistles*』, 오비디우스의 『헤로이데스*Heroides*』 같은 서간시가 있었다. 셰익스피어의 거의 모든 희곡에 편지가 나온다. 18세기에는 편지가 소설 발전에 중요한 역할을 하여, 패니 버니의 『이블리나*Evelina*』 같은 작품에서 인물의 내밀하고 주관적인 삶을 신선하게 드러내는 유용한 도구가 되었다(하지만 소설 속 그 어떤 편지도 1812년에 그녀가 마취도 없이 받은 유방 절제술을 언니에게 설명하는 기이하고 충격적인 편지에 비할 수 없다).

음악가나 화가, 배우와 달리 작가가 편지를 쓸 때는 문학의 전통과 연결된다. 작가의 편지를 '서간 문학'으로 분류하는 게 어색하긴 하다. 상업 소설이나 장르 소설과 달리 문학적 가치가 있다고 평가되는 소설을 '순수문학literary fiction'으로, 춤을 추기보다는 점잖게 앉아서 듣기 좋은 난해한 댄스음악을 '인텔리전트 댄스 뮤직intelligent dance music'으로 일컫는 것이 궁색하게 들리는 것과 마찬가지다. 하지만 1922년 제임스 조이스가 후원자 해리엇 쇼 위버에게 보낸 사과 편지가 '서간 문학'이 아니라면 대체 무엇이겠는가? 『율리시스*Ulysses*』를 완성해야 하는 조이스가, 미술가이자 소설가 윈덤 루이스와 작가 로버트 매컬먼(20세기 초 문학계 주변을 어슬렁거리던 그저 그런 주정꾼 딜레탕트)과 함께 밤새 술을 진탕 마시는 데 후원금을 허비했음을 위버는 알고 있다. 조이스는 그저 미안하다고 말하는 대신 편지를 네 장이나 써서 위버의 비난을 인정하는 동시에 부인하고, 자신을 낮추면서도('제 머릿속은 자갈로 가득합니다') 이 사건에 대한 위버의 해석에 의문을 제기한다. 즐거움을 줬다가, 당황스럽게 했다가, 격분하게 하는 이 편지는 그 나름으로 예술 작품이며(아닌 게 아니라 정말 『율리시스』에 비한다) 다양한 관점을 탐색하는 거장의 면모도 보인다. 하지만 이렇게 멋있게 수다를 떤다고 조이스의 잘못을 눈감아 줄 수는 없다.

다른 편지들에서는 단 한 구절(섬광 같은 통찰, 섬세하게 조율된 억양)만으로 작가의 목소리를 감지할 수 있다. 브뤼셀에서 교사로 일하던 샬럿 브론테는 동생 브란웰에게 답답할 만큼 침착한 벨기에인을 향한 격노를 담은 편지를 보낸다('분노로 폭발하는 사람이 아무도 없어. 분노란 게 있는 줄도 몰라. 무감각으로 피가 걸쭉해져서 끓어오르지 않아'). 필립 라킨은 지루하기로 타의 추종을 불허하는 영국 문학을 두고 몇몇 편지에서 불평했다('4월에 벽에 박았던 못이 녹슬고 있어요. 그런 것을 본 적이 없어요'라고 34세의 나이에 어머니에게 푸념한다). 하지만 여자 친구인 모니카 존스에게 보내는 편지에서는 조용하고 환하게 빛나는, 실안개가 낀 일상의 여름 풍경을 아름답게 묘사한다('날씨는 덥고 화창했지만 강가에는 말이 끄는 바지선 한 척 말고 아무것도 없었어요 … 까치인 듯한 무언가를 보았고, 물쥐가 얕은 물에서 들락날락하는 소리가 들렸어요').

평론가 바버라 에버렛의 표현에 따르면, 이런 서신들은 서점과 도서관에서 '재미있고 하지만 예술과 삶의 분리를 주의 깊게 경계하는 평론가들은 전기와 편지도 다르다는 사실을 인정해야 한다. 작가의 인생에 관한 사실을 제공하는 전기는(구미가 당기는 추측이 약간 가미돼도 좋다) 다른 사람이 쓴 것이다. 편지는 작가 자신이 쓴 것이다. 물론 편지가 작품에 대한 실마리를 제공해 주지는 않지만(아무렴, 그런 게 있겠는가?) 작품의 탄생 과정을 폭넓게 이해하거나 심화시키거나 치밀하게 만들 수는 있다.

어떤 편지로는 창작 과정을 간파할 수 있다. 찰스 디킨스는 기자이자 새내기 작가로 일하며 몸이 두 개라도 모자라게 바쁜 나머지 『이브닝 크로니클*Evening Chronicle*』 편집인(디킨스의 상사)의 딸인 약혼자 캐서린 호가스에게 짧은 편지를 쓴다. 오늘 저녁 집에 갈 수 없다는 내용이다. '내 기질이 독특하다고 종종 당신에게 말한 것을 기억하지요? 감명 깊게 … 쓰려면 먼저 발동을 걸어야 해요. 다시 말해 내 주제에 대한 흥분을 스스로 주체할 수 없어야 해요.' 캐서린을 실망시킨 데 대한 거창한 변명이지만 이런 광기 어린 에너지의 분출은 디킨스의 작업에 반복적으로 나타나는 특징이다. 그의 산문에서 이런 밀썰물의 리듬이 느껴진다. 또 어떤 편지들은 그 문체에서부터 작품이 엿보인다. 2차 세계대전이 끝나고 1946년, 일본 주둔부대의 요리병이던 노먼 메일러는 자식 생각만 하는 부모에게 편지를 쓴다. '소설'의 구상을 떠벌리며(훗날 『벌거벗은 자와 죽은 자*The Naked and the Dead*』라는 제목으로 출판된다) 부모에게 안부도 묻지 않는다. 고작 스물세 살이었으나 세상 물정에 밝고 제멋대로인 이 인간은 완전히 성숙했다고 스스로 자부한다(이는 '제가 창작의 진통을 겪고 있을 때 두 분은 항상 기뻐한다는 것을 알고 있어요'같이 자아도취가 가히 병적인 문장에서 드러난다).

이렇게 자신만만한 인간의 편지에만 작품의 전조가 숨어 있는 건 아니다. 노먼 메일러와 성격이 정반대인 프란츠 카프카는 1919년 아버지에게 이렇게 편지한다. '아버지께서는 아마도 이렇게 생각하셨던 것 같습니다 … 저는 남부럽잖게 살았고 … 이에 대해 고맙다는 말을 원치는 않으셨지만 … 적어도 당신이 노고를 인정하고 동정해 주기를 바랐는데 저는 항상 아버지를 피해 숨어들었다고요.' 그의 1915년 작 중편소설 『변신*Metamorphosis*』을 해석하는 방법은 이미 수없이 많지만, 카프카가 아버지에게 부치는 편지를 보면 흉측한 갑충 그레고어 잠자에게 아버지가 사과를 던지는 이 소설을 또 다른 관점에서 읽을 수 있다. 모든 예술은 '비개성적'이라고 주장한 T.S. 엘리엇의 편지에서도 곧 나올 작품이 엿보인다. 삼십 대 초반에 신경쇠약을 앓자 의사의 처방에 따라 잉글랜드 도시 마게이트에서 휴양한 엘리엇은 친구 시드니 시프에게 편지하면서 후일 〈황무지*The Waste Land*〉란 제목으로 발표될 시의 초고를 쓴다. '해변에 있는 정자에 앉아 이 작업을 했습니다. 쉴 때를 빼고는 종일 밖에 나가 있습니다. 하지만 50여 행밖에 못 썼고 말 그대로 아무것도 읽지 않았습니다.' 엘리엇이 해변에서 보낸 시간은 시의 3부 〈불의 설교*The Fire Sermon*〉의 '마게이트의 백사장에서 / 나는 아무것도 아무것과 연결할 수 없다'는 구절에서 드러난다. 또 다른 편지들은 작품의 기원을 밝혀준다. 에드거 앨런 포는 〈갈까마귀*The Raven*〉로 예상치 못한 성공을 거두자 좀 더 많은 돈을 벌기 위해 그 다음 신문에 이 시를 살짝 수정하여 싣자고 제안한다. D.H. 로런스는 16세기 프랑스 작가 프랑수아 라블레의 책들이 미국 세관에 압수되었다는 소식에 격분하며, 서적상 해럴드 메이슨에게 『채털리 부인의 연인*Lady Chatterley's Lover*』 무삭제판을 은밀히 입수할 수 있게 도와달라고 부탁한다.

많은 편지에서 작가들이 사회적 · 예술적 네트워크를 형성하고 있었다는 게 여실히 느껴진다. 네트워크 중 일부는 고귀한 이상을 추구하고 연대감을 나누며 지적으로 교류한다. 빅토르 위고는 알퐁스 드 라마르틴에게 보내는 편지에서 단언한다. '네, 저는 급진적입니다. 모든 관점에서 늘 최선이 무엇인지 알고 이를 요구합니다.' 귀스타브 플로베르는 조르주 상드에게 이렇게 편지한다. '새겨두십시오. 부르주아에 대한 증오가 미덕의 시작입니다.' 나치가 (이미 불안정해진) 생계를 박탈하는 와중에도 선견지명이 있는 유대계 독일인 작가 발터 벤야민은 친구 게르숌 숄렘에게 '새로운 언어 이론'을 알려주고 싶어 한다. 뭐 그렇기는 해도, 문학의 비열하고 이기적인 측면도 숨길 수 없다. 16세기 중국 시인 당인이 친구에게 불평하는 바에 따르면 젊은 문사들이 '당돌하기' 그지없으며, 위대한 인습 타파주의자 조너선 스위프트는 헨리에타 하워드의 환심을 사서 하노버 왕가로 들어가려다 뜻을 이루지 못하자 성질을 부리는 추태를 보인다.

남성은 상대가 누구든 조금이라도 라이벌처럼 보이면 깎아내리려는 경향이 있는데(바이런과 '불쌍한 키츠'를 보라!) 일반적으로 여성은 애초에 이런 부정적인 상황에 잘 빠지지 않는다. 19세기의 유명한 여성 소설가 조지 엘리엇과 해리엇 비처 스토는 서로 정신적인 지지와 비판을 아끼지 않는다. 이 책을 관통하는 주제 중 하나는 여성을 위한 플랫폼으로서 편지가 갖는 중요성이다. 20세기 이전까지 여성은 발표 지면을 얻기 힘들었다. 엘리엇, 오스틴, 브론테, 메리 셸리는 모두 익명이나 필명으로 작품을 발표했다. 하지만 편지에서는 자신의 방식대로(또한 자신의 이름으로) 말할 수 있었다. 아닌 게 아니라, 열정적이고 솔직한 메리 셸리의 편지와 공적 위신을 지키려 애쓰며 자기변명을 늘어놓는 예민한 남편 퍼시 비시 셸리의 편지에는 큰 차이가 있다(엘리자베스 배럿이 로버트 브라우닝과 교환한 연애편지에서도 배럿이 훨씬 수준 높고 재치 있다는 걸 알 수 있다). 1955년에 이르러서도 편지는 조라 닐 허스턴에게 유용한 도구다. 논란의 중심인 이 아프리카계 미국인 소설가는 할렘 르네상스[2]의 옛 친구들과 사이가 틀어졌고 작품도 주류에서 멀어지고 있지만 『올랜도 센티널*The Orlando Sentinel*』에 투고한 편지로 또 한번 논쟁을 불러일으킨다.

하지만 이 책에서 작가의 글쓰기만 다루지 않는다. 수많은 인생 역정도 담겼다. 몇몇 작가들은 결코 책상에서 평생을 보냈을 리 없어 보일 만큼 기이한 경험의 소유자라, 소설을 택한 이유가 도대체 무엇인지 자못 궁금할 정도다. 미겔 데 세르반테스는 해적에게 납치됐다. 벤 존슨은 화약 음모 사건에 연루되었다. 대니얼 디포는 오늘날까지도 널리 알려진 소설들을 쓰기까지 사업을 벌이고, 파산하고, 감옥에 가고, 잉글랜드 첩보원으로 활동하고, 거의 모든 기사(좋든 나쁘든)를 도맡아 쓰며 '여론 저널리즘opinion journalism'을 창시했다. 1800년경부터는 문인의 삶이 점차 단조로워졌다는 의견이 있지만, 예외도 있다.

일찍이 군인이 된 아르튀르 랭보는 이후 서커스에서 활동하다가 나중엔 무기 거래상이 됐다. 이탈리아 시인 가브리엘레 단눈치오는 전투 비행사이자 파시스트였으며 한때 항구 도시 피우메를 통치하기도 했다.

또 다른 편지들에서 작가는 놀라운 역사적 사건을 증언한다. 1945년 5월 유럽에서 2차 세계대전이 종전된 직후 미국 병사 커트 보니것은 적십자사 수용소에서 생활하며 부모에게 장문의 편지를 보낸다. 수개월 동안 아들의 소식을 듣지 못했던 부모는 분명 최악의 상황을 각오하고 있었을 것이다. 그 사이 보니것은 독일군의 포로가 되었고, 영국 왕립 공군RAF의 실수로 폭탄 공격을 받았으며, 드레스덴 공습에서 살아남은 뒤 러시아군의 도움으로 자유를 얻었다. 이런 이야기를 쓰려고 작가가 된 걸까? 꼭 그럴 필요는 없었을 것이다. 20여 년 후 출간될 소설 『제5도살장*Slaughterhouse-Five*』의 지극히 사실주의적인 묘사가 인간이 경험할 수 있는 충격적인 역사의 순간을, 도무지 상상조차 할 수 없는 트라우마를 억누르는 데 도움이 되기는 하지만 말이다.

새뮤얼 존슨이 이런 말을 남겼다. '저자라는 명예를 갈망하는 사람에게는 행복을 기대하지 말라고 … 경고해야 한다.' 그래서인지 지난 수년에 걸쳐 문학계에 종사하는 작가의 비율이 유례없이 감소했다. 이 책 곳곳에도 적잖은 고통이 배어 있다(94명의 작가 중 7명이 스스로 생을 마감했다). 하지만 칠흑 같은 암흑 속에서도 편지를 쓰면 위안이 된다. 1919년 캐서린 맨스필드는 남편 존 미들턴 머리에게 편지한다. 맨스필드는 결핵으로 죽어가고 있다. 생의 마지막이 언제 닥칠지 모르지만 그리 멀지 않았음은 잘 알고 있다. 아름다운 편지다. 가슴이 미어지지만 전혀 감상적이지 않다. '누구도 나를 애도하지 못하게 해줘요. 막을 수는 없겠지만요. 당신은 재혼해서 아이를 가지세요. 그리고 당신의 귀여운 신부에게 진주 반지를 주세요. 당신의 영원한 친구.'

2020년에 편지를 주고받는 문화가 다시(그리 신통치 않겠지만 #PandemicPenPals 같은 해시태그의 도움으로) 부활할 것이라는 말이 있었다. 아직은 그러지 못한 것 같다. 문학적인 편지 선집이, 아니 모든 종류의 편지 선집이 이를테면 100년 뒤에 어떤 모습일지 잘 모르겠다. 하지만 소소한 일상을 담은 편지는 살아남을 가치가 있다. 독자는 세상에 알려지지 않은 숨은 이야기를 원한다. 이 선집의 마지막 편지는 까탈스러운 오스트레일리아 소설가(이자 노벨 문학상 수상자) 패트릭 화이트가 쓴 것이다. 도서관 사서가 개인적인 기록을 달라고 부탁하자 화이트는 협조를 거부한다. 자신은 개인적인 기록을 전부 파기하며, 친구들에게도 편지를 보관하지 못하게 한다고 말이다. 자신에게 '중요한 무언가가 있다면' 소설 속에 있을 것이라고 짐짓 근엄하게 덧붙인다. 하지만 정말 그렇게 믿은 것 같지는 않다. 화이트는 개인적인 글을 산더미같이 남겼다.

올랜도 버드

런던, 2021년 3월

2 Harlem Renaissance. 1920년대 뉴욕 할렘 지구에서 일어난 흑인 예술 문화의 부흥 운동

1장

'발동을 걸었어요'

무명 시절

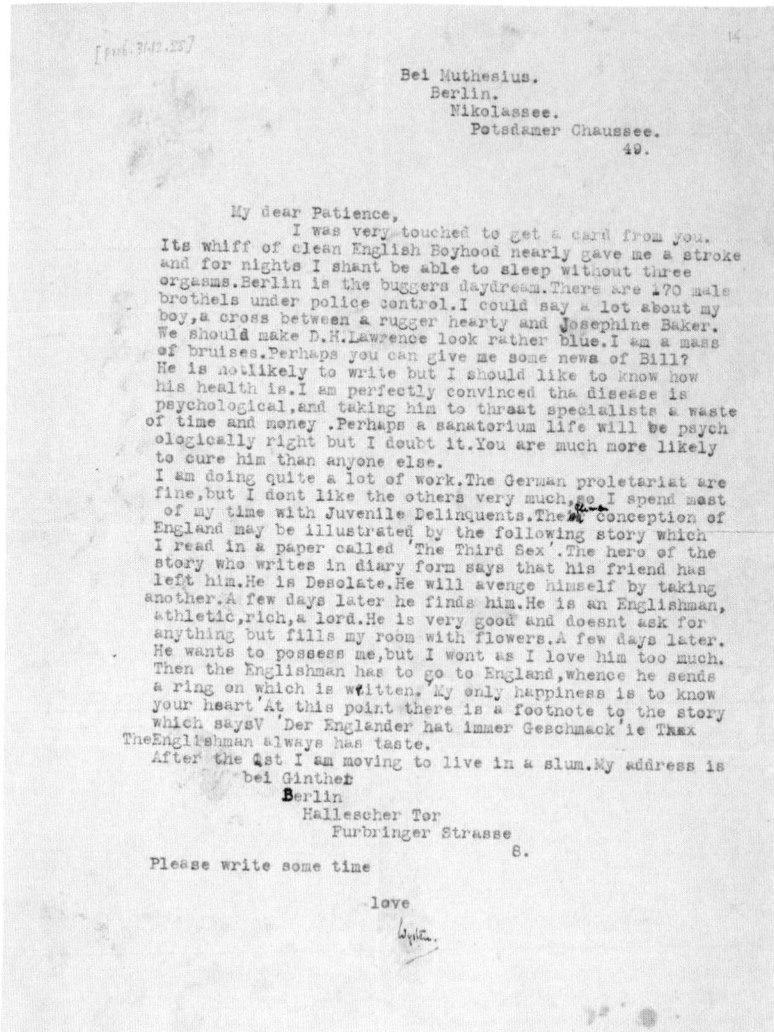
[Bod. 3412.25]

Bei Muthesius.
Berlin.
Nikolassee.
Potsdamer Chaussee.
49.

My dear Patience,

I was very touched to get a card from you. Its whiff of clean English Boyhood nearly gave me a stroke and for nights I shant be able to sleep without three orgasms.Berlin is the buggers daydream.There are 170 male brothels under police control.I could say a lot about my boy,a cross between a rugger hearty and Josephine Baker. We should make D.H.Lawrence look rather blue.I am a mass of bruises.Perhaps you can give me some news of Bill? He is notlikely to write but I should like to know how his health is.I am perfectly convinced tha disease is psychological,and taking him to threat specialists a waste of time and money .Perhaps a sanatorium life will be psych ologically right but I doubt it.You are much more likely to cure him than anyone else.

I am doing quite a lot of work.The German proletariat are fine,but I dont like the others very much,so I spend most of my time with Juvenile Delinquents.Their conception of England may be illustrated by the following story which I read in a paper called 'The Third Sex'.The hero of the story who writes in diary form says that his friend has left him.He is Desolate.He will avenge himself by taking another.A few days later he finds him.He is an Englishman, athletic,rich,a lord.He is very good and doesnt ask for anything but fills my room with flowers.A few days later. He wants to possess me,but I wont as I love him too much. Then the Englishman has to go to England,whence he sends a ring on which is written.'My only happiness is to know your heart'At this point there is a footnote to the story which saysV 'Der Englander hat immer Geschmack'ie Thax TheEnglishman always has taste.

After the 1st I am moving to live in a slum.My address is
bei Ginther
Berlin
Hallescher Tor
Furbringer Strasse
8.

Please write some time

love

Wystan.

W. H. 오든이 ———————————— 페이션스 매켈위에게 1928년 12월 31일
W.H. Auden (1907-73) Patience McElwee (1910-63)

21세의 오든은 옥스퍼드 대학교 영문학과를 졸업하고 시인으로 데뷔한 뒤, 의사인 아버지의 허락을 받아 베를린에서 한 해를 보내고 있었다. 자신의 성 정체성을 안 지 오래되었으나 얼마 전 약혼한 상태였다. 1차 세계대전 종전부터 히틀러 집권까지 짧은 기간 동안 베를린은 격동적인 르네상스를 구가했고, 이 도시에서 오딘은 전에 경험하지 못한 성적 자유를 만끽하며 욕망을 충족했다. 대학 동창 윌리엄 매켈위(애칭 빌)의 부인 페이션스에게 쓴 편지에서 베를린은 '게이에게 환상적인 장소buggers daydream'라고 말한다.

페이션스가 오든에게 보낸 엽서에는 아마도 판에 박힌 '말쑥한 영국 소년' 사진이 약 올리듯 실려 있었던 듯하며, 이를 보고 신이 난 오든이 오르가슴, 남창가, 베를린 '남자 친구'에 관해 떠들어댄다. 그러면서 남자 친구를 조세핀 베이커에 비유한다. 미국 태생의 베이커는 에로틱한 무대 연기로 유명한 파리 카바레계 스타였다. 오딘은 자신이 읽은 동성애 소설도 설명하는데, 시점이 3인칭에서 1인칭으로 슬그머니 바뀌어 처음에는 **주인공**으로 일컬리던 사람이 뒤에서는 **나**로 불린다('**주인공**은 새 친구를 발견해' → '**나**의 방을 꽃으로 채워줘'). 이는 프로이트를 통해 널리 알려진 (당시 획기적인 발견으로 손꼽히던) 일종의 무의식적 말실수라 하겠다.

페이션스도 짐작했겠지만 오든이 쓴 방탕한 베를린 생활이 모두 사실은 아니다. 결국 그는 글쓰기에만 거의 전념했다. 시극 〈쌍방에 지불되다: 제스처 게임*Paid on Both Sides: A Charade*〉을 집필하는 데 '꽤 많은 공'을 들이고 있으며, 대학생 때 썼던 시를 칭찬해준 T.S. 엘리엇에게 이를 보내 문예지 『크라이테리언*The Criterion*』에 싣고자 한다. 1930년에는 『페이버 & 페이버*Faber & Faber*』의 편집인으로서 〈쌍방에 지불되다〉와 13편의 시가 실린 데뷔 작품집 『시*Poems*』를 출간하여 명성을 얻게 된다.

페이션스에게,

엽서 받고 감동했어. 말쑥한 영국 소년의 냄새를 맡고 거의 경기를 일으켰지. 며칠 밤은 오르가슴을 세 번씩 느끼며 잘 수 있을 거야. 베를린은 게이에게 환상적인 장소야. 경찰이 관리하는 남창가가 170군데나 있어. 럭비 선수와 조세핀 베이커를 합쳐 놓은 듯한 내 남자 친구에 관해서도 할 이야기가 많아. 우리는 로런스를 머쓱하게 만들어야 해. 난 멍투성이[1]가 됐어. 그리고 빌 소식 좀 전해줄래? 〔…〕

난 꽤 많은 공을 들이고 있어. 독일 프롤레타리아 계급은 괜찮지만 다른 사람들은 별로 좋아하지 않아서 대부분의 시간을 비행 청소년과 보내. 독일인이 영국을 어떻게 생각하는지는 내가 신문에서 읽은 『제3의 성』이라는 소설이 도움이 될 거야. 일기 형식으로 쓴 소설인데 여기서 주인공은 친구가 방금 자신을 떠났다고 말해. 너무나 외로운 나머지 다른 친구를 얻어 복수하려 하지. 주인공은 며칠 뒤 새 친구를 발견해. 새 친구는 영국인이야. 건장하고, 부유하고, 귀족이지. 정말 잘생기고 아무것도 바라지 않으면서 나의 방을 꽃으로 채워줘. 그렇게 며칠이 지나. 새 친구는 나를 소유하고 싶어 해. 하지만 나는 그러고 싶지 않아. 나는 이 친구를 너무 사랑하니까 〔…〕

1월 1일이 지나면 빈민가로 이사갈까 해 〔…〕

잘 지내

위스턴.

1 오든에게 마조히즘 성향이 있음을 알 수 있다.

c/o Milward
RFD 1,
Chepachet, R.I.
26 June '63

Dear Allen & Isabella —

Bless you both for yr good letters. Feltrinelli are doing an anthology, so the first appearance of that Song for You may be in Italian; I haven't decided. Yr ¶, Allen, abt. the Songs delighted me, it was so characteristic. Of course I am wild to be done & move on. I don't write these damned things willingly, you know. Each one takes me by the throat. I've vowed 100 times: never again. So I stall one, for hours, days, weeks; then I've had it. I figure a few more months or years will see the poem through.

Isabella I'm glad you don't despise Rosy's boy and were kind to

존 베리먼이 ――――――― 앨런 테이트와 이사벨라 가드너에게 1963년 6월 26일
John Berryman (1914-72) Allen Tate (1899-1979) Isabella Gardner (1915-81)

미국 시인 존 베리먼에게 명성은 늦게 찾아왔다. 그가 원치 않았던 건 아니다. 1963년에 로버트 프로스트가 사망하자 '이제 누가 일인자인지' 기어이 따져볼 정도였다. 하지만 수년간 기껏해야 재능 있는 습작생 취급을 받았고, 윌리엄 셰익스피어와 W.B. 예이츠를 지나치게 본떴다(1942년에야 데뷔 시집 『시*Poems*』를 출간하고 대금으로 받은 50센트 수표를 책갈피로 사용했다는 일화가 있다). 학자로서는 상당한 경력을 쌓았으나 인생은 알코올중독, 우울증, 간통으로 누더기가 되어 있었다. 그러다 마흔이 되자마자 〈꿈 노래*The Dream Songs*〉를 쓰는 데 착수했다. 이 작품은 섬세한 양식화, 토막 난 구문, 톡 쏘는 속어, 학술적 암시, 거친 유머를 결합한 반자전적 연작시다. 질이 고르지 않고 어떤 구절은 이해할 수도 없었지만, 기존의 미국 문학과는 전혀 달랐다.

77편의 시로 구성된 첫 번째 시집이 완성되어 가는 무렵에 베리먼은 친구 앨런 테이트와 이사벨라 가드너에게 이 편지를 보낸다. 이 시인 부부는 미니애폴리스에서 문학계의 보헤미안을 이끄는 핵심이었다. 이들은 시 몇 편을 미리 읽었다. 테이트는 변함없이 베리먼의 지지자였지만 시에는 공감하지 못했다. 하지만 베리먼은 이를 당연하게 여긴다. 어차피 자신도 '이 망할 시damned things'를 쓰고 싶어서 쓰는 게 아니라는 것이다. 그는 새로 꾸린 가정생활도 설명한다. 두 번의 결혼에 실패한 후 세 번째 부인 케이트 도나휴와 가정을 꾸려 최근에 딸을 낳았고, 로드아일랜드주의 브라운 대학교에서 강의하고 있다.

『77편의 노래*77 Songs*』는 1964년에 출간됐고 이듬해 퓰리처상을 수상하는 개가를 올렸다. 나머지 308편의 시로 구성된 두 번째 연작시집 『그의 장난감, 그의 꿈, 그의 휴식*His Toy, His Dream, His Rest*』(1969)으로 명성을 다졌다. 하지만 명성도 악령을 막지는 못했다. 가장 파괴적인 악령(어렸을 적 자살한 아버지)은 『노래』의 처음부터 끝까지 출몰한다. 1972년 결국 베리먼은 스스로 목숨을 버린다.

앨런과 이사벨라에게 -

멋진 편지를 보내준 두 사람 모두 고마워요. 펠트리넬리 출판사에서 앤솔러지 작업을 하고 있어요. 그래서 이탈리아어로 번역된 『노래』를 맨 먼저 보게 될지도 몰라요. 아직 결정을 내리지 않았지만요. 앨런, 『노래』에 대한 생각을 말해주어 기뻤어요. 매우 독특한 의견이었어요. 물론 저는 어서 끝마치고 다음으로 넘어가고 싶은 마음이 굴뚝같아요. 아시다시피 이 망할 시를 쓰고 싶어서 쓰는 것은 아니에요. 모든 시가 제 목구멍을 움켜잡아요. 다시는 쓰지 않겠다고 백 번 천 번 맹세했어요. 그래서 한 시간, 몇 시간, 며칠, 몇 주 쉬면 그것도 질려요. 몇 달 또는 몇 년만 지나면 시가 완성될 거라고 생각해요 〔…〕 아기는 기어 다니면서 집어삼킬 것을 찾고 있어요. 낮에 너무 더워서 세 번씩 폭포 아래로 가지요. 가끔 딸아이도 데리고요. 한번 와서 같이 가시지요. 우리는 코드곶 여행도 계획하고 있어요. 케이트가 그곳에 가본 적이 없거든요. 괜찮다면 당신 댁과 친절한 윌슨 씨 댁에 방문하겠어요 〔…〕

저는 여기서 작업을 하면서 시, 형편없는 『타임스』에 실을 서평, 서신, 새 책을 쓰고 있어요. (서재가 없으니) 종이들이 뒤죽박죽 쌓여 있군요.

사랑을 담아,

존

Tuesday,
Monday, September 11, 1934

My dear Louise:

I was so glad to hear from you, and I think you are a master of discreet and tactful criticism. Of course I don't agree with you entirely – but you have actually moved me to the point of making some changes – notably in my addition of small numbers. Margaret was very pleased to have the copy of your brother's article; I read it myself twice, exercising great concentration, but I'm sorry to say I still don't understand all of it. I get the theory, all right, but the equations, etc., puzzle me completely. Under Margaret's general supervision I've been reading various books on art – and I wonder if you've ever run across any of Wilenski? – particularly The Modern Movement in Art. He's a very cranky man and irritating – but I think he's awfully good and he makes one want to attempt classifications even half so good and precise for poetry or writing in general. And if you'd enjoy seeing the Greeks completely exposed, as I do, read his book on sculpture –

When are you coming to New York? It must be pretty soon now, and I'm getting ready to receive you suitably. You must see me for more than a "lunch", – can't you? Or are you going to be awfully busy? I should like to have you meet Margaret and I want to see you for a long time. You can come and stay with me any time you want to – I know that's an awful form of invitation, but I don't know your plans just now – but I have plenty of room and I'm all alone. Charles Street goes off Greenwich Avenue, between 11th and 10th Streets, and it's really very easy to find – just a couple of blocks off 5th Avenue. My telephone number is Chelsea 2-4717.

Jane Bryant is about to begin taking her pre-med. courses – she is still being psycho-analyzed, and the other day she told me, to my great surprise and embarrassment, that I have a "positive" effect on her. I don't know what that means, but it sounds quite favorable I think. I am planning to take a course in either Physiology or Anatomy – the latter, I guess, at Columbia. I think it will be very valuable in my business... as undoubtedly psychology will be in yours. I don't really disapprove of it, Louise, – it's not of pure psychology, it's the applied sort that I think is useless and somewhat indecent. I'm also doing an amazing amount of sort of hit-or-miss reading, everything around – but I find it awfully hard to get books in New York. The Library scares the wits out of me, and the branch down here is just as nasty in a petty way, besides having no books to speak of. I hope to work my essay very thoroughly through 17th century

엘리자베스 비숍이 ———— 루이즈 브래들리에게 1934년 9월 11일
Elizabeth Bishop (1911-79) Louise Bradley (1908-79)

시, 미술사, 단편소설, 이탈리아 음식 … 뉴욕에 처음 살게 된 23세의 엘리자베스 비숍은 이런 것들을 즐기느라 바쁜 나날을 보내며, 친구 루이즈 브래들리가 찾아오면 이 경험들을 함께 나누고 싶어 한다. 시도 '틈틈이 쓰고 있는데puttering around' 브래들리가 소설을 보내주면 자신의 '모호함이 가득한 작은 진주들little pearls of obscurity'을 보내겠다고 전한다. 비숍은 배서 대학교에서 메리앤 무어의 지도와 격려를 받으며 글쓰기에 들어섰고, 1946년에 첫 번째 시집 『북과 남*North and South*』을 출간한다.

친애하는 루이제에게:

너에게 소식 듣고 아주 기뻤어. 너는 비판도 어쩌면 그렇게 신중하고 요령 있게 하니. 네 생각에 전적으로 동의하지는 않지만, 네 덕분에 몇 군데 고치려고 해 〔…〕 나는 미술에 관한 다양한 책을 읽고 있어. 윌렌스키 책, 특히 『현대 미술의 최신 동향』을 읽은 적 있니? 괴팍하고 짜증 나는 사람이지만 굉장히 뛰어나서, 시나 문학 전반에 대해 그 절반만이라도 일관되고 정확한 분류를 했으면 좋겠어 〔…〕

뉴욕에는 언제 오니? 아직 이르기는 하지만, 너를 제대로 맞을 준비를 하고 있어 〔…〕

책도 닥치는 대로 엄청나게 읽고 있지 〔…〕 17세기 시를 **철저히** 독파하고 싶어 〔…〕 평소처럼 시도 열 편 정도 틈틈이 쓰고 있는데, 말도 안 되는 것들이지만 이것들에 내 인생이 달려 있다고 생각해 〔…〕

혹시 네 소설을 좀 더 보내주거나 가져올 수 있겠니? 원한다면 내 시를 몇 편 보낼게. 모호함이 가득한 내 작은 진주들을 보면 보답이 꽤 쏠쏠하다고 느껴질걸!

오늘은 정말 날씨가 좋아. 이탈리아 마켓에서 막 근사한 걸 사왔어. 석류와 스카토니야(철자가 맞는지 모르겠네). 이 채소 들어봤니? 이탈리아 호박이야. 가늘고 귀엽고 녹색과 흰색 줄무늬가 있는데 아주 예쁘고 아주 맛있어. 향기가 은은해. 내가 기이한 채소에 관해 굉장히 박식해지고 있다는 생각이 들어. 이 작은 마켓을 운영하는 가족과 친해져서 이탈리아 요리를 많이 배우고 싶어. 오늘 아침 그 집 딸이 달려오더니 무지무지 뜨거운 이탈리아 감자 케이크를 내 입속에 불쑥 넣어줬어. 겉은 아주 바삭바삭하고 속은 부드러웠는데, 마늘이랑 파슬리, 그 밖의 향긋한 양념이 들었어 〔…〕

내가 아주 좋아하는 소설가는 윌리엄 사로얀이야. 『공중그네를 탄 용감한 젊은이』라는 책이 곧 나오는데, 너에게 정말 추천하고 싶어 〔…〕

만날 날을 손꼽아 기다리며 –

사랑을 듬뿍 담아,

엘리자베스.

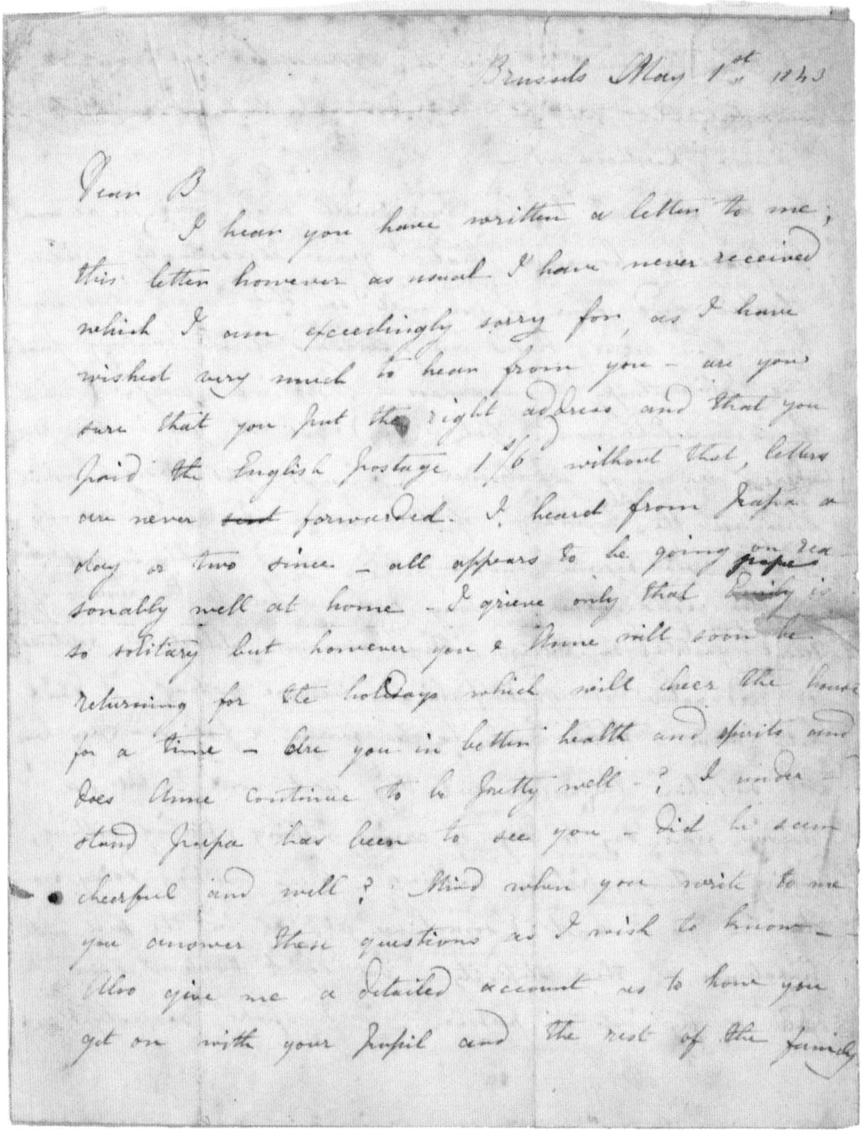

Brussels May 1st 1843

Dear B

I hear you have written a letter to me; this letter however as usual I have never received which I am exceedingly sorry for, as I have wished very much to hear from you - are you sure that you put the right address and that you paid the English postage 1/6 without that, letters are never ~~sent~~ forwarded. I heard from Papa a day or two since - all appears to be going ~~papa~~ on reasonably well at home - I grieve only that Emily is so solitary but however you & Anne will soon be returning for the holidays which will cheer the house for a time - Are you in better health and spirits and does Anne continue to be pretty well - ? I understand Papa has been to see you - did he seem cheerful and well? Mind when you write to me you answer these questions as I wish to know - Also give me a detailed account as to how you get on with your pupil and the rest of the family

샬럿 브론테가 · ———— · 브란웰 브론테에게

Charlotte Brontë (1816-55) — Branwell Brontë (1817-48)

1843년 5월 1일

1842년 2월 샬럿과 에밀리 브론테 자매는 브뤼셀로 떠나 조에 에제가 운영하는 에제 여자 기숙학교에 입학했다. 두 사람은 영국에서 직접 학교를 설립하는 데 필요한 기술을 배우고 싶었다. 하지만 어머니가 사망한 후 자신들을 길러준 큰이모까지 세상을 떠나자 연말에 요크셔로 돌아왔다.

이듬해 샬럿은 홀로 기숙학교에 돌아왔는데 이번에는 교사로서였다. 샬럿은 영국에서 가정교사로 지내는 걸 싫어했지만, 브란웰에게 보내는 이 편지에서 알 수 있듯 벨기에도 탐탁잖게 여겼다. 어릴 적부터 브란웰은 거친 아이였고, 알코올과 아편 중독자로 살다가 31세에 사망했다. 하지만 샬럿은 동생을 사랑했고 늘 함께 있고 싶어 했다. 심성이 정직한 샬럿은 상류사회에서 여성에게 가하는 제약에 좌절했는데, 이 편지에서는 무뚝뚝한 벨기에인을 공격하는 데 재미를 느낀다. 하지만 무언가 숨기는 것도 있다. 샬럿은 학교에 근무하는 동안 교장의 현명하고 카리스마 넘치는 남편 콩스탕탱과 사랑에 빠졌다. 편지에서는 무심한 척하며 콩스탕탱을 '흑고니black Swan'라고 부르지만 1844년 학교를 떠난 뒤부터 점점 더 격정적인 편지를 보냈고, 이 편지 세례는 에제 부인이 개입한 후에 비로소 끝났다.

이후 샬럿은 문학적 찬사를 받았다. 『제인 에어*Jane Eyre*』(1847)부터 시작해 『빌레트*Villette*』(1853)에서 절정을 이루었다. 『빌레트』에서는 젊은 영국 여성이 벨기에 학교에서 교사로 근무하는 동안 남자 동료와 사랑에 빠지는데, 교활한 여자 교장이 두 사람의 관계를 방해한다. 샬럿은 이 소설이 프랑스어로 번역되는 것을 막으려 했다. 에제 부인이 읽을까 염려해서였다.

B에게,

네가 나에게 편지를 썼다고 들었어. 하지만 늘 그렇듯 못 받았어. 굉장히 안타까워. 소식 듣기를 정말 바랐는데. 주소를 제대로 썼니? 우편 요금 1실링 6펜스를 지불하지 않으면 편지를 절대 배달해주지 않아 〔…〕

나는 살 있고 평소처럼 수다 떨고 다녀. 하지만 사람이 싫어지고 기분이 언짢아지고 있어. 너는 어제오늘 일이 아니라고 하겠지 〔…〕 하지만 여기 사람들이 무슨 일에서든 진척이 없다는 게 문제야 〔…〕 나는 이들을 미워하지 않아. 미움이란 건 너무 열렬한 감정일 거야. 이들은 스스로에게도 무감하고 아무도 흥분시키지 않아. 아무것도 신경 쓰지 않고, 아무것도 두려워하지 않고, 아무것도 좋아하지 않고, 아무것도 미워하지 않고, 아무것도 아닌 채로 아무것도 하지 않고 하루하루 지겹게 보내지 〔…〕 그렇다고 내가 이를 나무라거나 갑자기 분노할 거라 생각지는 마. 내가 열성껏, 로헤드에서 종종 그랬듯 열성껏 말하면 다들 내가 미쳤다고 생각할 거야. 분노로 폭발하는 사람이 아무도 없어. 분노란 게 있는 줄도 몰라. 무감각으로 피가 걸쭉해져서 끓어오르지 않아. 인간관계에선 아주 가식적이야. 하지만 싸우는 법이 거의 없지. 이들에게 우정은 낯설기 짝이 없는 바보짓이고 말이야. 흑고니 에제 씨는 이 법칙에서 유일하게 진짜 예외지만(항상 침착하고 곰곰이 따지는 에제 부인은 예외라고 할 수 없어), 이제 에제 씨와 드물게 대화해. 더 이상 학생이 아니라서 에제 씨와 함께할 일이 거의 없거나 아예 없거든.

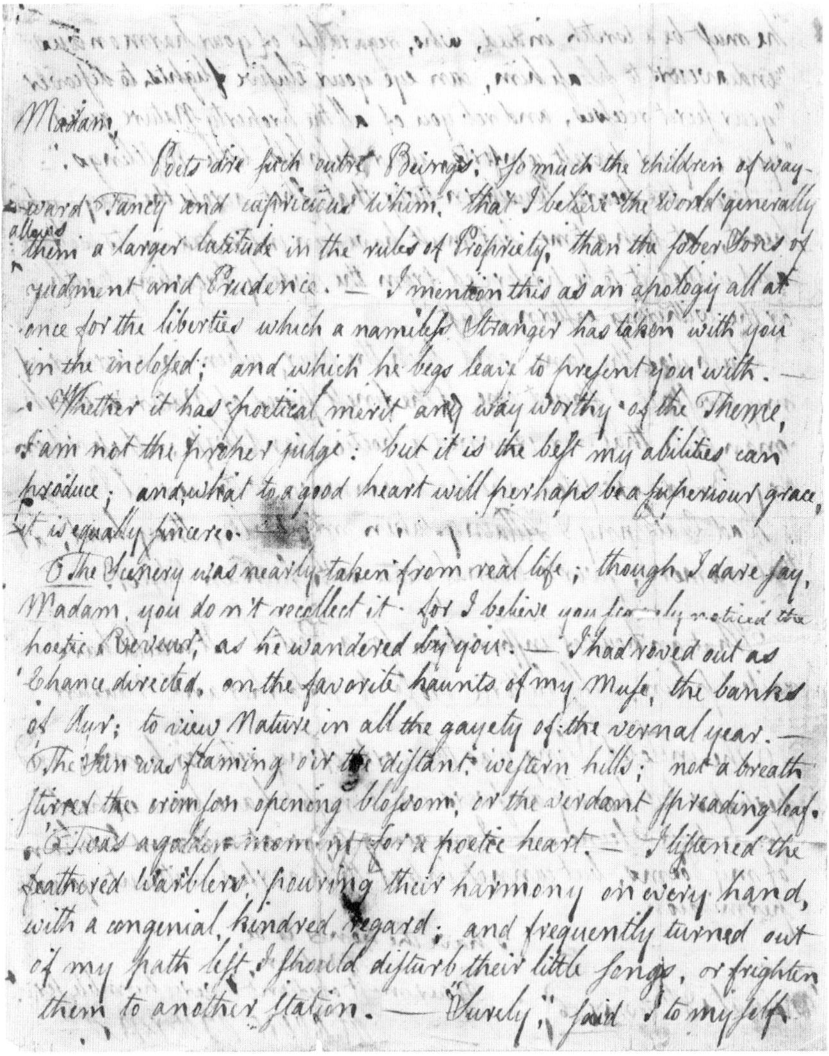
Madam,

Poets are such outre Beings, so much the children of wayward Fancy and capricious Whim, that I believe the world generally allows them a larger latitude in the rules of Propriety, than the sober Sons of Judgment and Prudence. — I mention this as an apology all at once for the liberties which a nameless Stranger has taken with you in the inclosed; and which he begs leave to present you with. — Whether it has poetical merit any way worthy of the Theme, I am not the proper judge: but it is the best my abilities can produce; and, what to a good heart will perhaps be a superiour grace, it is equally sincere.

The Scenery was nearly taken from real life; though I dare say, Madam, you do n't recollect it: for I believe you scarcely noticed the poetic Reveur, as he wandered by you. — I had roved out as Chance directed, on the favorite haunts of my Muse, the banks of Ayr; to view Nature in all the gayety of the vernal year. — The Sun was flaming o'er the distant western hills; not a breath stirred the crimson opening blossom, or the verdant spreading leaf. — 'Twas a golden moment for a poetic heart. — I listened the feathered Warblers, pouring their harmony on every hand, with a congenial, kindred regard; and frequently turned out of my path lest I should disturb their little songs, or frighten them to another station. — "Surely," said I to myself

로버트 번스가 · ———— · 빌헬미나 알렉산더에게 1786년 11월 18일
Robert Burns (1759-96) Wilhelmina Alexander (1756-1843)

빌헬미나 알렉산더는 에어강 근처 산림 지대에서 산책을 하다 만난 젊은 이웃으로부터 4개월 뒤 이런 편지를 받고 무슨 생각을 했을까? 로버트 번스는 알렉산더의 오빠가 소유한 영지를 무단으로 침입했으며 말을 나눈 적도 없으면서 편지에 동봉한 시에서 그녀의 '매력'을 열광적으로 노래했다.

눈길은 아침의 눈빛 같았고, 맵시는 봄날 자연의 미소 같았네 …

시의 제목은 〈발로크마일의 아가씨*The Lass o'Ballochmyle*〉. 소박한 시골 생활에 대한 상상 속에서 번스는 '밤마다 마음속에 깃드는 / 발로크마일의 아름다운 아가씨'에게 찾아가고 싶어 한다. 또한 알렉산더가 놀라고 불쾌해하리라 예상했는지 시인에게는 '관습적 예의범절'을 요구할 수 없다고 주장한다.

알렉산더는 아마 알고 있었을 것이다. 모스길 농장에 사는 길버트 번스의 '기이한' 형이자 공동 소작인 로버트 번스가 7월 『주로 스코틀랜드 방언으로 쓴 시집*Poems, Chiefly in the Scottish Dialect*』 출간 후 혜성같이 나타난 천재 시인으로 각광받고 있으며, 얼마 전 쌍둥이의 아버지가 되었다는 소문을 말이다. 번스가 보낸 숨이 턱 막히는 부적절한 편지와 시가 진실하지 않다고 여겼을지도 모른다(이때 알렉산더는 30대 초반으로, 18세기 상류층에서는 결혼 적령기가 지났다고 여겨졌으며 미모로 유명하지도 않았다). 어쨌든 알렉산더는 〈발로크마일의 아가씨〉를 자신의 『시집』 개정판에 수록하게 해달라는 번스의 요청을 거절했다. 번스는 씁쓸해하며 빈정거렸으나, 알렉산더는 이 편지를 평생 소중하게 간직했다. 〈발로크마일의 아가씨〉는 번스 사후에야 출간되었다.

알렉산더 양에게,

시인이란 매우 기이한 존재, 제멋대로인 환상과 변덕스러운 기분의 산물이어서, 세상이 예의범절을 따질 때 냉철한 판단력과 분별력을 가진 이들보다 시인에게 더 많은 자유를 허용해야 한다고 생각합니다. 제가 느닷없이 이런 말을 드리는 까닭은 이름도 모르는 낯선 사람이 여기 동봉한 노래로 당신께 저지른 실례에 대해 사과하기 위함이며, 아울러 이 노래를 당신께 바치도록 허락해 주시기를 간청합니다.

시의 장면은 현실과 거의 비슷합니다. 감히 말씀드리자면, 당신은 저를 기억하지 못하겠지만요. 시인 몽상가가 스쳐 가는 것을 알아채지 못하셨으리라 생각합니다. 저는 영감이 떠오르는 에어강 둑을 거닐며 봄날의 흥취가 가득한 자연을 구경했습니다. 태양은 저 멀리 서산에서 불타고, 진홍색 꽃봉오리나 파릇파릇 돋아나는 나뭇잎을 건드리는 산들바람 한 점 없었습니다. 시인이 누릴 수 있는 황금 같은 순간이었습니다. 깃털 난 개개비들이 목청 높여 지저귀는 소리가 도처에서 들렸습니다.

이런 광경과 시간을 즐기던 그때, 자연의 피조물 가운데 가장 아름다운 작품이 불현듯 시야에 나타나서 금상첨화가 되었습니다 〔…〕 시인에게 얼마나 영감이 넘치는 시간이었는지요! 이러한 시간이 없었다면 투박하고 지루한 산문이 은유와 운율로 고양되지 못했을 것입니다.

동봉한 노래는 귀가하는 길에 쓴 것입니다. 수준에 못 미칠지 모르겠습니다. 『시집』 개정판을 곧 출간할 텐데, 당신의 허락 없이 이 시를 수록할 수 없습니다 〔…〕

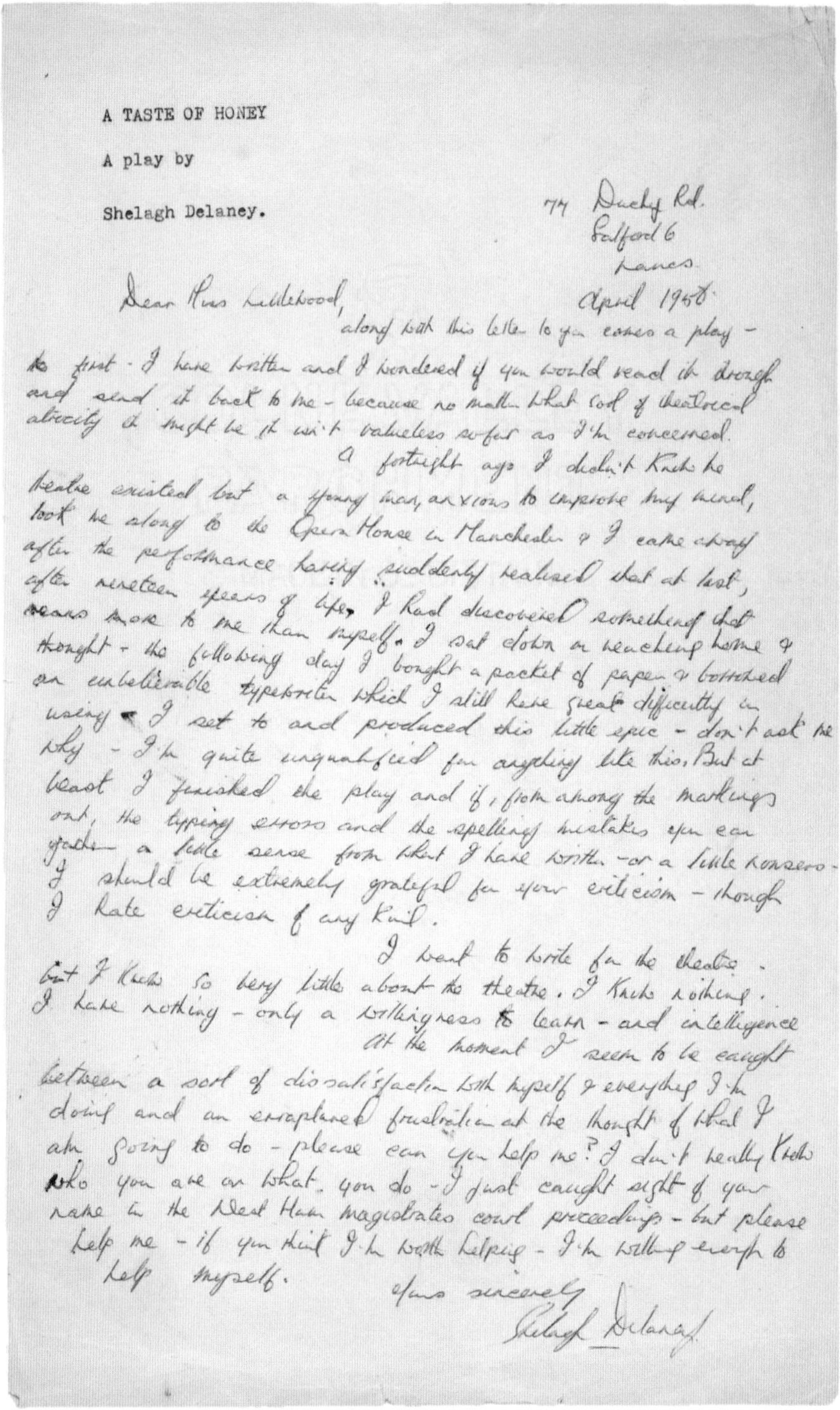

A TASTE OF HONEY

A play by

Shelagh Delaney.

77 Duchy Rd.
Salford 6
Lancs.

April 1958

Dear Miss Littlewood,

along with this letter to you comes a play – the first – I have written and I wondered if you would read it through and send it back to me – because no matter what sort of theatrical atrocity it might be it isn't valueless so far as I'm concerned.

A fortnight ago I didn't know the theatre existed but a young man, anxious to improve my mind, took me along to the Opera House in Manchester & I came away after the performance having suddenly realised that at last, after nineteen years of life, I had discovered something that means more to me than myself. I sat down on reaching home & thought – the following day I bought a packet of paper & borrowed an unbelievable typewriter which I still have great difficulty in using – I set to and produced this little epic – don't ask me why – I'm quite unqualified for anything like this. But at least I finished the play and if, from among the markings out, the typing errors and the spelling mistakes you can gather a little sense from what I have written – or a little nonsense – I should be extremely grateful for your criticism – though I hate criticism of any kind.

I want to write for the theatre. but I know so very little about the theatre. I know nothing. I have nothing – only a willingness to learn – and intelligence.

At the moment I seem to be caught between a sort of dissatisfaction with myself & everything I'm doing and an unexplained frustration at the thought of what I am going to do – please can you help me? I don't really know who you are or what you do – I just caught sight of your name in the West Ham magistrates court proceedings – but please help me – if you think I'm worth helping – I'm willing enough to help myself.

Yours sincerely

Shelagh Delaney

실라 딜레이니가 · ———— · 조안 리틀우드에게

Shelagh Delaney (1938-2011) Joan Littlewood (1914-2002)

1958년 4월

이 편지와 함께 자신의 첫 번째 희곡 〈꿀맛*A Taste of Honey*〉을 보낸 실라 딜레이니는 곧 영국 연극계의 신세대 스타 작가로 떠올랐다. 편지의 수신인이자 전위파 극단을 이끌던 조안 리틀우드는 딜레이니의 희곡에 담긴 가난과 열망, 동성애와 혼혈, 십대 임신을 다루며 터부를 깨뜨리는 리얼한 묘사를 읽자마자 매혹되었다. 딜레이니가 샐퍼드에서 이 소포를 우송하고 한 달 뒤, 〈꿀맛〉의 초연이 런던 무대에 올랐다.

딜레이니의 편지에서는 진심이 우러나지만('황홀한 좌절'이란 표현에는 십 대 감성이 농축되어 있다) 자신을 순진한 아가씨로 소개하는 것과 아일랜드식 이름[1]을 사용하는 데서 영악함이 엿보인다. 사실 딜레이니는 오랫동안 연극을 사랑해왔고, 맨체스터 오페라 하우스에서 좌석 안내원으로 일하며 1956년 사뮈엘 베케트의 〈고도를 기다리며*Waiting for Godot*〉를 관람했다. 〈꿀맛〉을 2주 만에 쓴 건 맞지만, 미완성 소설들에서 많은 내용을 가져와 재구성한 것이었다. 리틀우드가 노동계급 출신의 재능 있는 작가를 발굴하는 중이며, 공식 검열에 반대하는 입장인 것도 알고 있었다(치안 법원은 미허가 연극을 상연한 혐의로 리틀우드를 소환한 적도 있었다). 리틀우드가 어떻게 생각하든 실라는 자신이 독특한 희곡을 창작했음을 잘 알고 있었다. 〈꿀맛〉은 여성의 경험을 위주로 영국 노동계급의 실상을 보여준 최초의 연극이었다.

리틀우드 선생님께,

이 편지와 희곡을 함께 보냅니다. 저의 첫 번째 희곡입니다. 한 번 읽어보시고 다시 보내주시겠어요? 연극적으로는 매우 미숙할지라도 가치가 없지는 않다고 생각합니다.

2주 전에는 연극이란 게 있는 줄도 몰랐지만, 제 생각의 폭을 넓혀주려 애쓰는 한 청년[2]이 저를 맨체스터 오페라 하우스에 데리고 갔습니다. 공연이 끝나고 19년 만에 난생처음, 드디어 저 자신보다 더 중요한 일을 발견했다는 깨달음이 불현듯 찾아왔습니다. 집에 와서 가만히 생각에 잠겼지요. 다음 날 종이를 한 묶음 사고, 지금도 사용하기 빡빡한 형편없는 타자기를 빌렸습니다. 그리고는 이 짧은 서사극을 창작하기 시작했습니다. 이유는 묻지 마세요. 저는 이런 것을 쓸 만한 자격이 별로 없습니다. 하지만 어쨌든 저는 희곡을 완성했습니다. 지운 흔적, 오타, 철자법 실수가 잦지만 제가 쓴 글의 의미를 조금은 찾으실 수 있을 것입니다. 도저히 이해할 수 없다고 여기실 수도 있을 테죠. 비판이라면 뭐든 아주 싫어하기는 하지만, 그래도 평가해 주시면 대단히 감사하겠습니다.

저는 연극 대본을 쓰고 싶지만 연극에 관해 아는 게 거의 없습니다. 아는 게 없고, 가진 것도 없고, 배우겠다는 의지와 지성만 있습니다.

지금 저는, 한편으로는 저 자신과 제가 하는 일에 대한 일종의 불만, 다른 한편으로는 하고자 하는 일을 떠올릴 때마다 드는 황홀한 좌절감 사이에 사로잡혀 있는 것 같습니다. 저를 도와주실 수 있나요? 선생님께서 누구인지, 무슨 일을 하는지 정말 모릅니다. 웨스트햄 치안 법원의 소송 기록에서 선생님 이름을 보았을 뿐입니다. 저를 도와주세요. 그럴 가치가 있다고 생각하시면요. 저는 앞길을 헤쳐갈 각오가 되어 있습니다.

안녕히 계세요.
실라 딜레이니

1 원래 이름의 철자 'Sheila'를 아일랜드식 'Shelagh'로 바꿔 썼다. 그녀는 작가로서 새롭고 이국적인 페르소나가 필요했다.
2 미술가 해럴드 라일리(Harold Riley, 1934–)를 말한다.

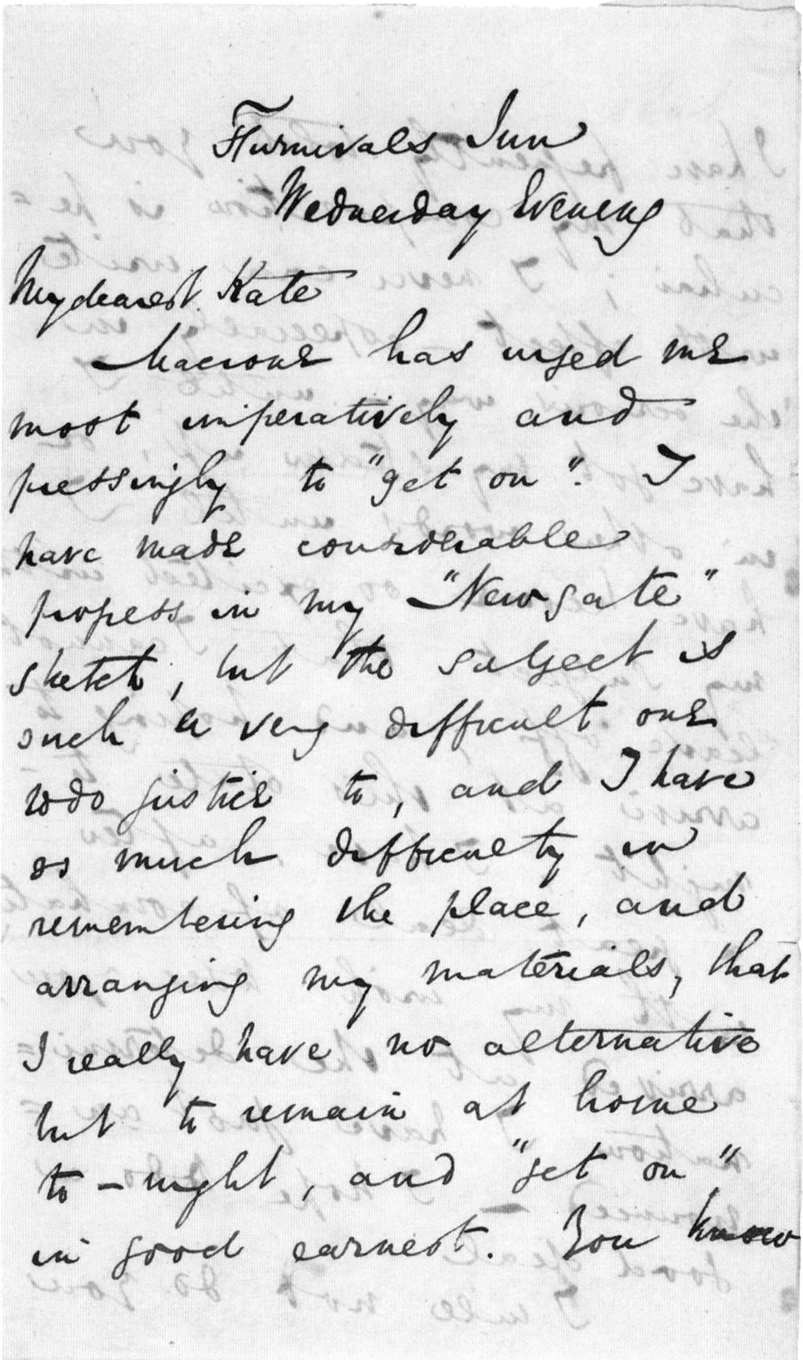
Furnivals Inn
Wednesday Evening

My dearest Kate

Macrone has urged me most imperatively and pressingly to "get on". I have made considerable progress in my "Newgate" sketch, but the subject is such a very difficult one to do justice to, and I have so much difficulty in remembering the place, and arranging my materials, that I really have no alternative but to remain at home to-night, and "get on" in good earnest. You know

찰스 디킨스가 · ———— · 캐서린 호가스에게 1835년 11월 25일
Charles Dickens (1812-70) Catherine Hogarth (1815-79)

1835년 내내 디킨스는 정치 기자이자 연극 평론가로서 살인적인 일정을 소화했다. 또한 주제가 독특한 연재 소설 『스케치*Sketches*』를 발표했다. 이를 계기로 『이브닝 크로니클』의 편집자 조지 호가스에게 원고 청탁을 받았고 곧 호가스의 열아홉 살 된 딸 캐서린에게 구애하기 시작했다. 11월은 정신없이 바쁜 달이었다. 디킨스는 케터링 보궐 선거를 취재했는데, 이때 캐서린에게 보낸 편지에 보수당 폭력배들('살벌하고 무자비한 악당 무리')의 협박 전략을 자세히 설명했다. 급히 런던으로 돌아와 기사를 제출하고 신혼집을 구하러 다니며 자신의 첫 책을 마무리하는데, 이 소설집은 존 매크론 출판사를 통해 『보즈의 스케치*Sketches by Boz*』라는 제목으로 출판될 계획이었다. 그는 새로운 챕터를 더할 생각으로 11월 5일 뉴게이트 감옥에서 하루를 보내며 조사했다.

거의 3주가 지나도 뉴게이트 원고가 끝나지 않자 디킨스는 홀본의 퍼니벌 여관에서 캐서린에게 편지를 보내 그날 저녁 만날 수 없다고 양해를 구한다. 계속 '발동을 걸어I have got my steam up'(철도 시대에 등장한 이 표현은 창조적 에너지의 은유이다) 심야까지 작업해야 한다. 디킨스는 함께 묵던 십 대 동생 프레드에게 편지 전달을 부탁한 뒤(풀럼까지 걸어서 2시간 걸린다) 발동을 걸어 『뉴게이트 탐방*A Visit to Newgate*』을 썼을 것으로 짐작되는데, 이 글에는 사형수가 처형 전날 밤을 어떻게 보낼까 상상하는 충격적인 대목도 있다.

1836년 디킨스는 캐서린과 결혼하여 22년 동안 '서로 맞지 않는' 결혼 생활을 하며 자녀 열 명을 낳은 뒤, 캐서린과 헤어지고 젊은 여배우 엘런 터넌과 만났다.

사랑하는 케이트에게

매크론은 거의 명령하다시피 박차를 가해 '밀고 나가라고' 재촉했어요. 『뉴게이트』 스케치가 상당히 진척되었지만 이 주제는 제대로 다루기 너무 힘들어요. 장소를 기억하기도 소재를 정리하기도 너무 어려워, 오늘 저녁은 숙소에 머물면서 본격적으로 '밀고 나갈' 수밖에 없어요. 내 기질이 독특하다고 종종 말한 것을 기억하지요? 나는 감명 깊게(특히 진지하게) 쓰려면 먼저 발동을 걸어야 해요. 다시 말해 내 주제에 대한 흥분을 스스로 주체할 수 없어야 해요. 오늘 밤 이 상태에 도달하고 싶은 마음과 당신을 보고 싶다는 생각이 오랜 싸움을 벌인 끝에, 방금 말한 결심에 도달하게 되었어요. 난 많은 작업을 했으면 좋겠어요!

내 짐작이 틀리지 않다면, 내가 이렇게 애쓰는 이유와 **동기**를 들으면 **당신들** 모두 단박에 나의 자제심에 혀를 내두를 거예요. 저를 못 만나 실망하겠지요(그랬으면 좋겠어요). 하지만 당신, 그리고 우리 두 사람이 살 집을 위해 고생하며 최선을 다하는 데 화낼 수는 없을 거예요.

프레드 편에 답장해요, 나를 믿어요, 내 사랑.

항상 당신을 진심으로 사랑하는 남편

찰스 디킨스

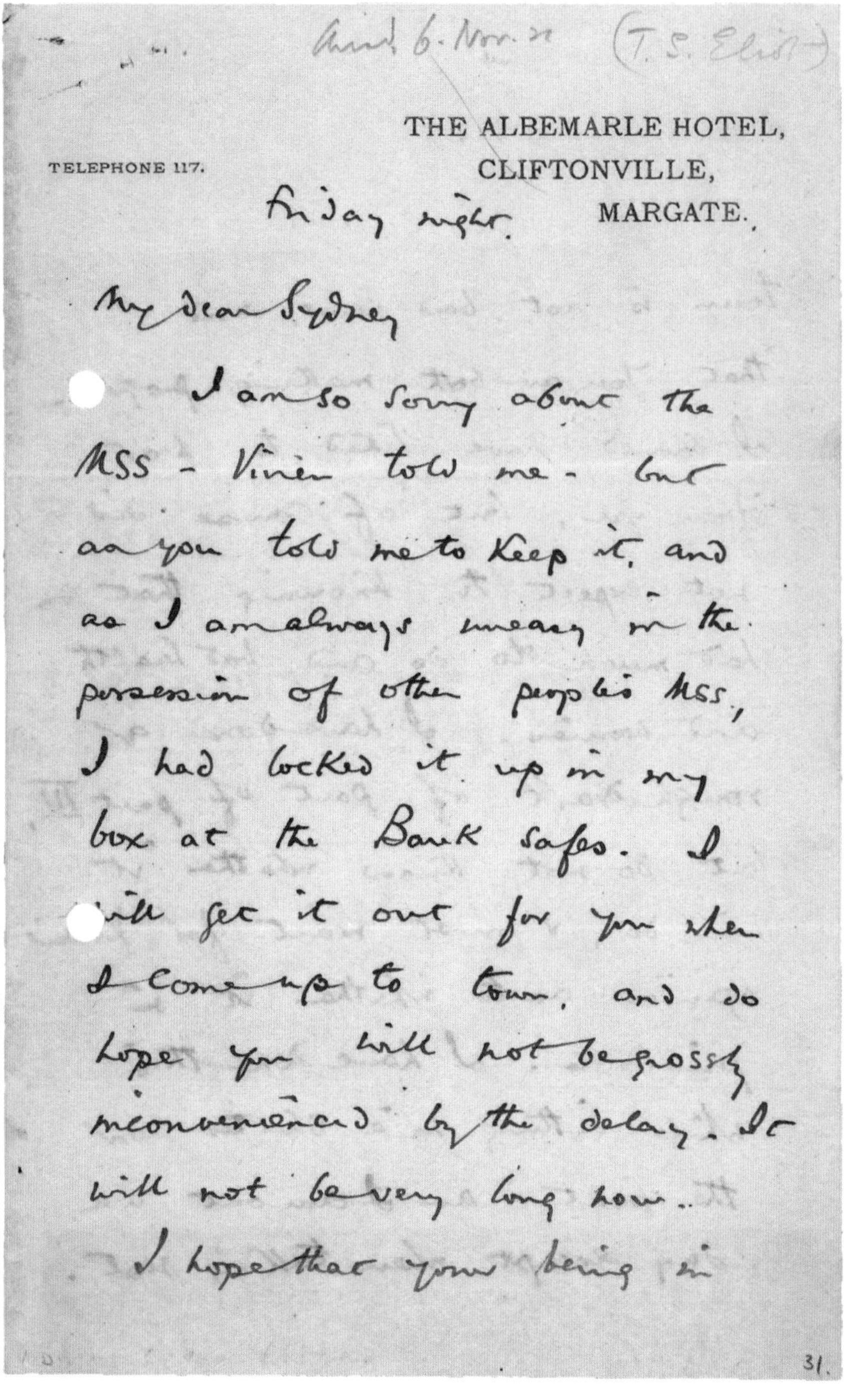
Ans'd 6. Nov. 22 (T. S. Eliot)

THE ALBEMARLE HOTEL,
TELEPHONE 117. CLIFTONVILLE,
Friday night. MARGATE.

My dear Sydney

I am so sorry about the MSS - Vivien told me - but as you told me to keep it, and as I am always uneasy in the possession of other people's MSS, I had locked it up in my box at the Bank safes. I will get it out for you when I come up to town, and do hope you will not be grossly inconvenienced by the delay. It will not be very long now..

I hope that your being in

31.

T. S. 엘리엇이 ——— 시드니 시프에게

T.S. Eliot (1888-1965) — Sydney Schiff (1868-1944)

1921년 11월 4일

런던 로이드 은행의 감옥 같은 사무실에서 은행원으로 일하던 미국 시인 T.S. 엘리엇은, 결혼 생활은 힘들고 실험적인 시를 써서는 생업에서 금방 해방되기 그른 것 같아 신경쇠약을 앓았다. 1921년 가을에는 3개월 휴가를 내어 켄트 해안에 있는 마게이트의 앨버말 호텔로 떠났다. 그와 마찬가지로 정신적 문제를 겪던 아내 비비안이 얼마간 엘리엇 곁에 머물렀다. 엘리엇은 해변을 걷고, 만돌린 연주를 배우고, 휑한 빅토리아풍 해변 정자에 편히 앉아 음성과 영상이 몽타주된 새로운 시를 창작했다.

보내준 원고를 돌려주지 않은 데 대해(은행 금고에 있다) 동료 시드니 시프(필명 스티븐 허드슨)에게 사과하며 자신의 시 제3부[1]의 진척 상황을 알린다. 이 부분에서는 현대 런던의 황량함이 떠오르며, 좀 더 시적이고 의미 있는 과거를 향한 회상이 삽입되고('기분 좋게 흐느끼는 만돌린 소리') 별안간 종잡을 수 없이 성적 접촉이 이어지다가 단절감과 우울감이 뒤따르며, 마침내 '아무것도 아무것과 연결할 수 없다'. 1922년 〈황무지〉가 출간되었을 때 시프는 누구보다 먼저 축하 편지를 보냈다. 비비안은 이에 감사를 전하는 답장에서 '지난 한 해 동안 시가 자신의 일부가(아니면 자신이 시의 일부가) 되었다Poem has become part of me(or I of it) this past year'고 적었다.

시드니에게

비비안에게 전해 들었는데, 원고 건은 죄송하게 됐습니다. 다른 사람의 원고를 가지고 있는 것을 항상 불안해하는 터라, 원고를 맡아달라고 말씀하셨을 때 제 은행 금고에 넣었습니다. 런던에 가면 꺼내서 보내겠습니다. 늦어져서 큰 불편을 겪지 않으시면 좋겠습니다. 아주 오래 걸리지는 않을 것입니다 […]

소식을 듣고 싶었지만 기다리지는 않았습니다. 매우 바쁘신 데다 건강도 좋지 않고 걱정도 많으시다는 것을 잘 알고 있기 때문입니다. 제3부의 초고를 끝냈지만, 이것으로 충분할지 모르겠습니다. 인쇄해도 괜찮을지 비비안의 의견을 들어야 합니다. 해변에 있는 정자에 앉아 이 작업을 했습니다. 쉴 때를 빼고는 종일 밖에 나가 있습니다. 하지만 50여 행밖에 못 썼고 말 그대로 아무것도 읽지 않았습니다. 지나가는 사람들을 스케치하며 지냅니다. 솜씨는 좋지 않지만요. 만돌린 음계도 연습합니다.

런던에 가는 것이 상당히 두렵습니다. 바다나 산에도 중독될 수 있더군요. 안정감을 얻어 휴식할 수 있으니까요. 도시에서는 하루나 이틀만 있으면 좋겠습니다. 비비안을 통해 두 분 모두의 좋은 소식 듣기를 바랍니다. 비비안은 자신의 건강에 관해서는 거의 말해주지 않습니다. 제가 불평하는데도요. 당신과 부인 바이얼릿에게 사랑을 가득 보내며

안녕히 계십시오,
톰

1 〈황무지〉의 제3부 〈불의 설교〉

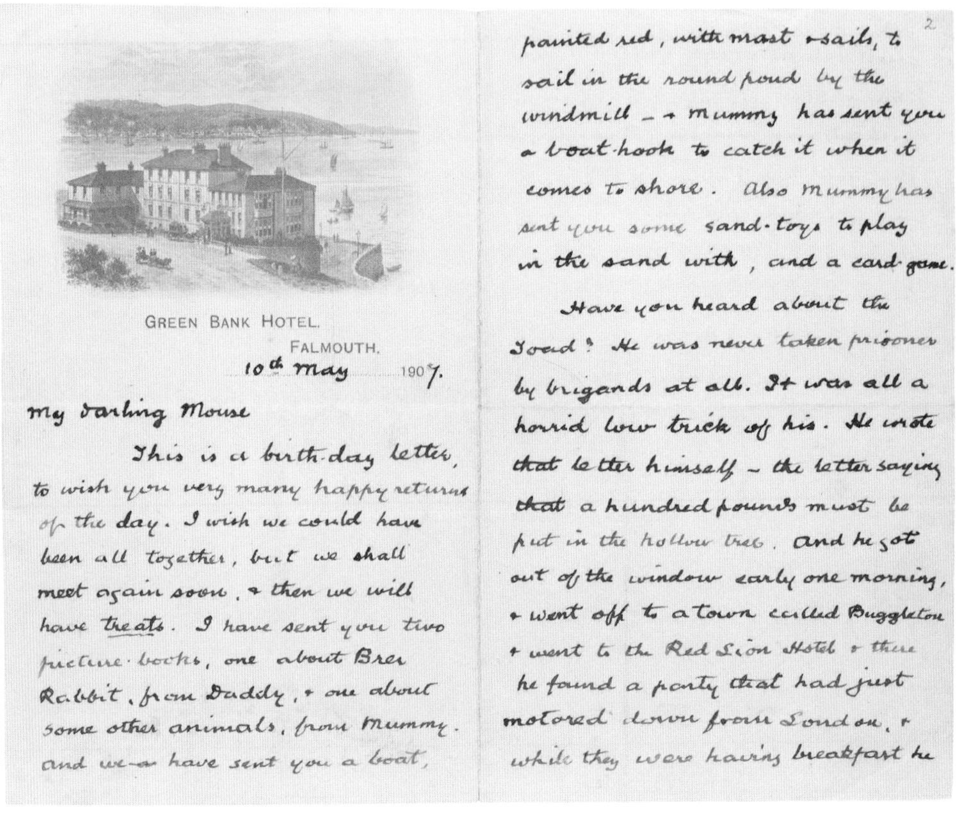

GREEN BANK HOTEL.
FALMOUTH.
10th May 1907.

My darling Mouse

This is a birth-day letter, to wish you very many happy returns of the day. I wish we could have been all together, but we shall meet again soon, & then we will have treats. I have sent you two picture-books, one about Brer Rabbit, from Daddy, & one about some other animals, from Mummy. and we have sent you a boat,

2

painted red, with mast & sails, to sail in the round pond by the windmill – & Mummy has sent you a boat-hook to catch it when it comes to shore. Also Mummy has sent you some sand-toys to play in the sand with, and a card-game.

Have you heard about the Toad? He was never taken prisoner by brigands at all. It was all a horrid low trick of his. He wrote that letter himself – the letter saying that a hundred pounds must be put in the hollow tree. And he got out of the window early one morning, & went off to a town called Buggleton & went to the Red Lion Hotel & there he found a party that had just motored down from London, & while they were having breakfast he

케네스 그레이엄이 ⟶ 알래스테어 그레이엄에게

Kenneth Grahame (1859-1932) · Alastair Grahame (1900-20)

1907년 5월 10일

케네스 그레이엄은 잉글랜드 은행에서 비서로 일하면서 새로운 종류의 동화를 집필했다. 루이스 캐럴의 『앨리스*Alice*』 같은 빅토리아 시대 고전 동화와 달리, 오늘날을 무대로 모험과 환상을 펼쳐나갔다. 『버드나무에 부는 바람*The Wind in the Willows*』은 '생쥐'라는 애칭으로 불렸던 아들 알래스테어가 잠들 때 들려주려고 쓴 동화다.

알래스테어는 동화의 주인공, 사고뭉치 두꺼비를 맡았다. 이 편지에서 두꺼비는 납치된 척한다. 나무 구멍에 몸값을 집어넣으라고 친구들을 꼬드긴 뒤 이를 긁어올 계획이다. 이 갈취 사건은 책에 실리지 않았지만, 바로 뒤에 나오는 주인공의 자동차 절도는 책의 주요 에피소드가 된다. 그렇지만 두꺼비의 모험이 알래스테어에게 위로가 되었을지는 의문이다. 알래스테어의 일곱 번째 생일날 그레이엄 부부가 유모에게 아들을 맡기고 여행을 떠나버린 탓에, 유모가 대신 읽어주는 아빠의 편지로만 축하받았으니 말이다. 그레이엄 부부는 시각 장애를 안고 조산아로 태어난 알래스테어가 완벽하게 보이게끔 노력했다. 큰 인물이 되기를 기대했으면서도 기숙학교에 집어넣었고 여기서 알래스테어는 외로움과 우울증에 시달렸다. 알래스테어는 스무 살 생일 직전에 옥스퍼드역에서 기차 바퀴 아래로 떨어져(아마도 스스로 뛰어내려) 사망했다.

그레이엄이 문학으로 유명해지면서 동시에 은행원으로도 성공한 덕분에 휴식 시간이 많아졌다. 1907년 4월 콘월로 휴가를 떠나기 전에는 은행에서 영국 왕세손들을 접대했다. 6월에는 루스벨트 대통령에게 팬레터를 받았다. 후일 대통령의 지원 덕분에 『버드나무에 부는 바람』은 미국 출판사와 계약했다. 의리 있는 동물 친구들이 무모한 말썽을 일삼는 두꺼비를 번번이 재난에서 구하는 이 이야기는 어린이들에게 불후의 명작이다.

사랑하는 생쥐에게

이건 생일 편지야. 행복이 가득한 날이 되기를 빌게. 우리 모두 함께 있으면 좋겠지만 곧 다시 만나게 될 거야. 그러면 **맛있는 것** 먹자. 그림책 두 권을 보냈어. 한 권은 아빠가 보내는 브러 래빗Brer Rabbit 그림책이고 다른 한 권은 엄마가 보내는 다른 여러 동물 그림책이야. 엄마 아빠가 보트도 보냈지. 빨간색으로 칠한 돛대와 돛이 있는데 풍차 옆 둥근 연못에서 띄울 수 있어. 엄마가 보트 갈고리도 보냈단다. 보트가 물가로 오면 잡을 수 있도록. 엄마가 모래밭에서 가지고 놀 수 있는 장난감 몇 개와 카드 게임도 보냈어.

두꺼비에 관해 들어봤니? 두꺼비는 노상강도한테 붙잡힌 적이 결코 없었어. 모조리 끔찍한 속임수였지. 두꺼비는 제 손으로 그 편지를 쓴 거야. 나무 구멍에 수백 파운드를 집어넣으라는 편지 말이야. 어느 날 아침 일찍 창문에서 나와 버글턴이라는 동네의 레드 라이언 호텔에 들렀다가, 이제 막 런던에서 자동차를 타고 온 무리를 보게 되자 이들이 아침 식사를 하는 동안 마구간이 있는 뜰로 들어가 자동차를 찾아내고, 차에 올라타 달리기 시작했지, 빠이빠이Poop-poop도 하지 않고! 두꺼비가 사라지자 다들 두꺼비를 찾았지. 경찰까지 출동해서. 두꺼비가 아주 나쁜 동물이 아닐까 싶어.

안녕,

사랑하는 아빠가.

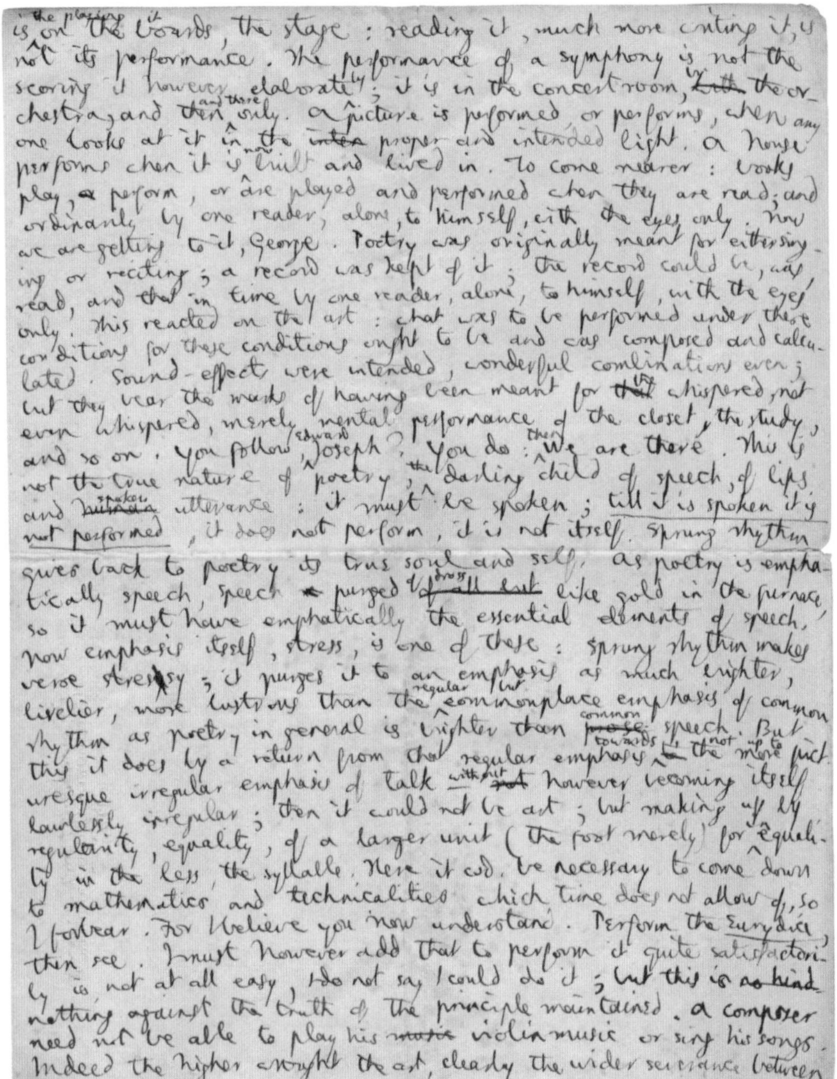
is the playing it on the boards, the stage: reading it, much more writing it, is not its performance. The performance of a symphony is not the scoring it however elaborately; it is in the concert room, by the orchestra, and then and there only. A picture is performed, or performs, when anyone looks at it in the proper and intended light. A house performs when it is built and lived in. To come nearer: books play, perform, or are played and performed when they are read; and ordinarily by one reader, alone, to himself, with the eyes only. Now we are getting to it, George. Poetry was originally meant for either singing or reciting; a record was kept of it; the record could be, was, read, and that in time by one reader, alone, to himself, with the eyes only. This reacted on the art: what was to be performed under these conditions, for these conditions ought to be and was composed and calculated. Sound-effects were intended, wonderful combinations even; but they bear the marks of having been meant for the whispered, not even whispered, merely mental performance of the closet, the study, and so on. You follow, Edward Joseph? You do: then we are there. This is not the true nature of poetry, the darling child of speech, of lips and spoken utterance: it must be spoken; till it is spoken it is not performed, it does not perform, it is not itself. Sprung rhythm gives back to poetry its true soul and self. As poetry is emphatically speech, speech purged of dross like gold in the furnace, so it must have emphatically the essential elements of speech. Now emphasis itself, stress, is one of these: sprung rhythm makes verse stressy; it purges it to an emphasis as much brighter, livelier, more lustrous than the regular but commonplace emphasis of common rhythm as poetry in general is brighter than common speech. But this it does by a return from that regular emphasis towards, not up to, the more picturesque irregular emphasis of talk without however becoming itself lawlessly irregular; then it could not be art; but making up by regularity, equality, of a larger unit (the foot merely) for inequality in the less, the syllable. Here it wd. be necessary to come down to mathematics and technicalities which time does not allow of, so I forbear. For I believe you now understand. Perform the Eurydice then see. I must however add that to perform it quite satisfactorily is not at all easy, I do not say I could do it; but this is nothing against the truth of the principle maintained. A composer need not be able to play his violin music or sing his songs. Indeed the higher wrought the art, clearly the wider severance between

제라드 맨리 홉킨스가 → 에버라드 홉킨스에게 1885년 11월 5일

Gerard Manley Hopkins (1844-89) Everard Hopkins (1860-1928)

빅토리아 시대 영국의 가장 독창적인 문인, 제라드 맨리 홉킨스의 시는 그의 생전에 거의 출간되지 않았다. 제라드는 예수회 사제이자 교사로서 여러 목회직과 교사직을 쉴 새 없이 옮겨 다니고 우울증에 시달리면서 글 쓸 시간도 짜냈다. 동생이자 화가인 에버라드에게 보내는 이 장문의 편지에서, 그는 시와 공연에 관한 생각을 마음껏 펼치며 특히 1885년에 시달렸던 자기 회의에서 잠시 벗어난다. 자작시 〈에우리디케를 잃다*The Loss of the Eurydice*〉와 관련하여 자신만의 고유한 시학을 설명하기도 한다. 제라드는 시행에서 '스프렁 리듬sprung rhythm(음보를 지키지 않고 하나의 강세 음절에 네 개까지의 약세 음절이 뒤따르는 리듬)'을 사용하여 시에 신장성과 리듬감을 부여했다. 이러한 가운데 입말이 순수하게 정화되는 양상은 마치 '용광로에서 금의 불순물이 제거되는 것 같다purged of dross like gold in the furnace'(편지에서 제라드는 이렇듯 아름답게 비유한다).

사랑하는 에버라드, 나는 죽도록 일한 후에 잠깐 쉬고 있어 〔…〕

내 시를 잘 낭송하기만 하면 누구라도 이해시킬 수 있다는 네 말이 달콤한 위안을 주는구나. 바로 그게 내가 항상 바라고 생각하고 말하는 바야 〔…〕

모든 예술, 모든 작품에는 고유한 연주와 공연 방식이 있어. 무대 연기나 공연은 극장에서 이루어지잖니 〔…〕 교향곡 연주는 악보를 아무리 정성 들여 썼다 할지라도 악보가 아니라 오케스트라를 통해 무대에서만, 오로지 그때 그곳에서만 이루어져. 그림이 감상되는 때는 의도된 조명 아래에서 누군가가 그 그림을 바라볼 때야. 집이 활용되는 때는 완공되어 사람이 거주할 때고. 문학에 관해서라면, 책이 음미되는 때는 누군가가 읽을 때야 〔…〕 시는 원래 노래하거나 낭송하기 위해 쓰였어. 그런 뒤 기록되어 남겨졌고, 읽혔지. 시간이 흐르고 어떤 독자가 혼자서 눈으로 말이야 〔…〕 이건 시의 참된 본성이 아니야, 시는 입술로 소리 내어 말하는 입말의 사랑스러운 아이야. 입으로 말해야 해. **입으로 말하지 않으면 낭송되지 않은 거고**, 낭송되지 않으면 진짜 시가 아니야. 스프렁 리듬은 시의 진정한 영혼과 본질이지. 시는 단연코 입말이니까, 용광로에서 금의 불순물이 제거되는 것처럼 순수하게 정화되는 입말이니까. 그래서 시에는 단연코 입말의 본질이 담겨야 해. 강조를 위한 강세도 본질 중 하나야. 스프렁 리듬의 강세가 시행을 정화해서 통상적인 강조보다 훨씬 밝고 생생하고 광채 흐르는 강조가 생기는 거야. 대체로 시는 보통의 입말보다는 더 밝으니까 말이야 〔…〕 이제 이해했으리라 믿어. 〈에우리디케〉를 낭송하고 정말 그런지 느껴봐. 하지만 시 낭송이 결코 쉽지 않다는 걸 기억해야 해. 나도 잘 낭송하지는 못해 〔…〕 작곡가가 바이올린을 잘 연주하거나 성악곡을 잘 부를 필요는 없으니까. 예술이 정교할수록 작가와 감상자의 간극은 아주 깊어지지 〔…〕

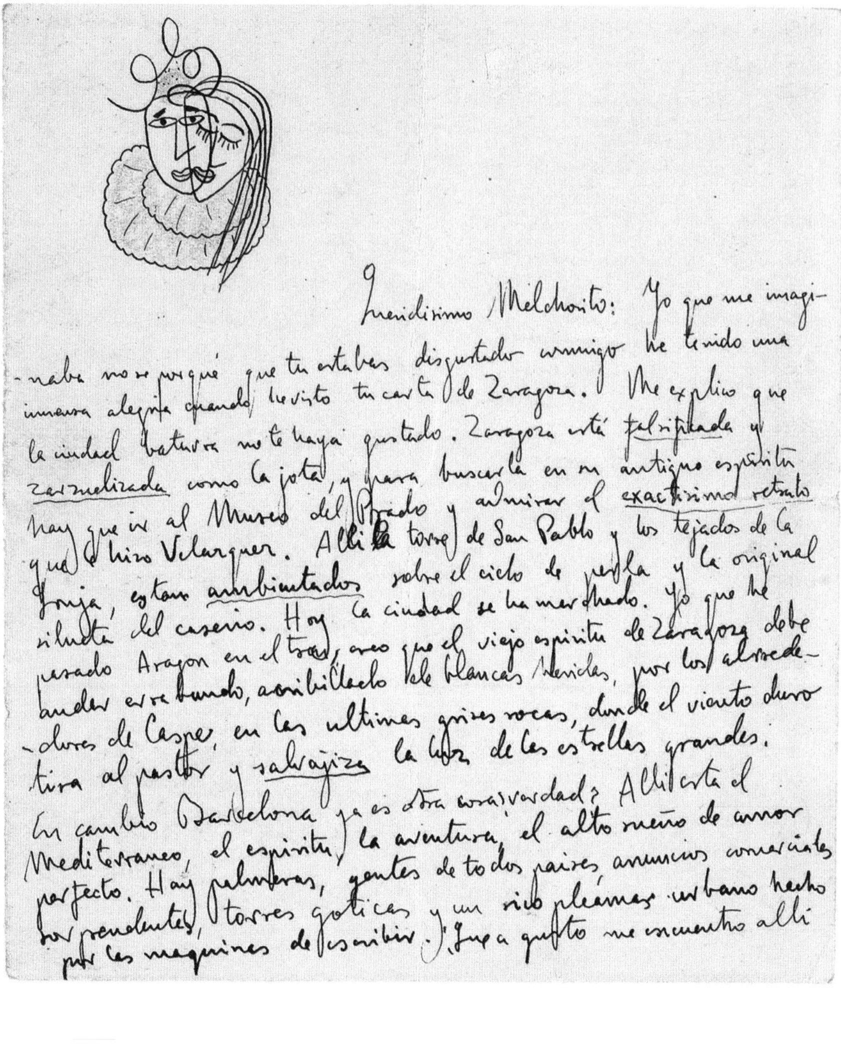

Queridísimo Melchorito: Yo que me imaginaba no sé porqué que tú estabas disgustado conmigo he tenido una inmensa alegría cuando he visto tu carta de Zaragoza. Me explico que la ciudad baturra no te haya gustado. Zaragoza está falsificada y zarzuelizada como la jota, y para buscarla en su antiguo espíritu hay que ir al Museo del Prado y admirar el exactísimo retrato que le hizo Velazquez. Allí la torre de San Pablo y los tejados de la Lonja, están ambientados sobre el cielo de perla y la original silueta del caserío. Hoy la ciudad se ha marchado. Yo que he pasado Aragon en el tren, creo que el viejo espíritu de Zaragoza debe andar errabundo, acribillado de blancas heridas, por los alrededores de Caspe, en las ultimas grises rocas, donde el viento duro tira al pastor y salvajiza la luz de las estrellas grandes.

En cambio Barcelona ¿ya es otra cosa, verdad? Allí está el Mediterraneo, el espíritu, la aventura, el alto sueño de amor perfecto. Hay palmeras, gentes de todos países, anuncios comerciales sorprendentes, torres goticas y un rico pleamar urbano hecho por las maquinas de escribir. ¡Qué a gusto me encuentro allí

페데리코 가르시아 로르카가 ⟶ 멜초르 페르난데스 알마그로에게

1926년 2월

Federico García Lorca (1898-1936) Melchor Fernández Almagro (1893-1966)

'바르셀로나에서 얼마나 즐겁게 지냈는지 몰라!' 그라나다의 집으로 돌아온 로르카는 어릴 적 친구 알마그로에게 바르셀로나를 열광적으로 예찬한다. 로르카는 알마그로가 보낸 편지를 방금 읽었다. 문학 활동과 에로틱한 연애가 넘쳐흐르는 카탈루냐의 수도 바르셀로나는 알마그로가 사는 도시 사라고사[1]와 사뭇 다르다. 로르카는 디에고 벨라스케스가 1647년에 그린 사라고사 풍경화, 그리고 옛 풍모를 잃고 관광지로 변해버린 오늘날 사라고사의 모습을 대비시킨다.

27세의 로르카는 시집을 두 권 출간했고 첫 희곡을 무대에 올렸으며 법학 학위까지 취득했다. 이제는 새 희곡과 시집을 집필하고 있다. 이 시집은 『집시 로만세*Romancero gitano*』(1928)란 제목으로 출간된다. 집안이 부유한 덕에 직장에 다닐 필요도 없다. 시인, 극작가, 아마도 미술가(이 편지에도 피에로 그림이 그려져 있다)로서 자신의 작품이 얼마나 발전할지 지켜볼 따름이다. 알마그로는 후일 문학 비평가가 되어 로르카의 가장 열렬한 지지자가 된다.

로르카가 편지에서 예상한 바에 따르면 그는 1926년 후반, 지난해 사귀었던 카탈루냐의 괴짜 화가 살바도르 달리의 모델이 될 것이다. 〈정물화. 꿈으로의 초대*Natura morta. Invitació a la son*〉에는 로르카의 잠든 머리가 보인다. 달리가 처음으로 파리로 가서 4월에 피카소와 만난 뒤에 그린 작품이다.

멜초르에게:

무슨 영문인지 모르지만 네가 나에게 화났다고 생각했는데, 네가 사라고사에서 보낸 편지를 보고 뛸 듯이 기뻤어. 아라곤의 도시가 네 마음에 들지 않는 걸 충분히 이해해. **사라고사는 희극 오페레타처럼 변질됐어**. **호타**[아라곤 민속 무용]가 그렇게 되었듯이. 사라고사의 옛 정신을 찾으려면 마드리드 프라도 미술관에 찾아가 벨라스케스의 **정밀한 초상화**를 봐야 해.

하지만 바르셀로나는 완전히 달라. 여기에는 지중해, 정신, 모험, 완벽한 사랑의 드높은 이상이 있어. 야자나무, 각국에서 모여든 사람, 기발한 광고, 고딕 양식 탑이 보이고 타자기가 만들어 내는 작품들로 도시가 풍족하게 넘쳐흐르지. 이런 분위기와 **열정** 덕분에 얼마나 즐거웠는지! [···]

떼려야 뗄 수 없는 친구 살바도르 달리와 계속 편지를 주고받으면서 바르셀로나 소식을 듣고 있어. 다가오는 계절을 자기 집에서 함께 보내자길래 그러려고. 그림 **모델**이 되어야 하거든 [···]

마드리드의 **문학적 분위기**는 너무 **쩨쩨하고 비열해** 보여. 모든 게 험담, 모략, 중상, 미국식 강도질이나 다름없어. 해외에서 시와 마음을 새롭게 가다듬어서 더 많은 돈을 벌고 능력을 키우고 싶어. 이제 나의 새로운 시대가 시작되고 있다고 확신해.

머리부터 발끝까지, 시를 위해 죽고 사는 시인이 되고 싶어. 눈앞의 모든 게 **분명히** 보이기 시작했어. 훗날 집필할 작품을 생각하면 잔뜩 흥분되고 책임감이 날 심하게 짓눌러 ··· 영문을 모르겠지만 ··· 새로운 형태와 절대적인 균형을 **탄생시키고 있는** 것 같아 [···]

1 Zaragoza. 스페인 북동부 아라곤 지방의 도시로, 중세 아라곤 왕국의 수도였다.

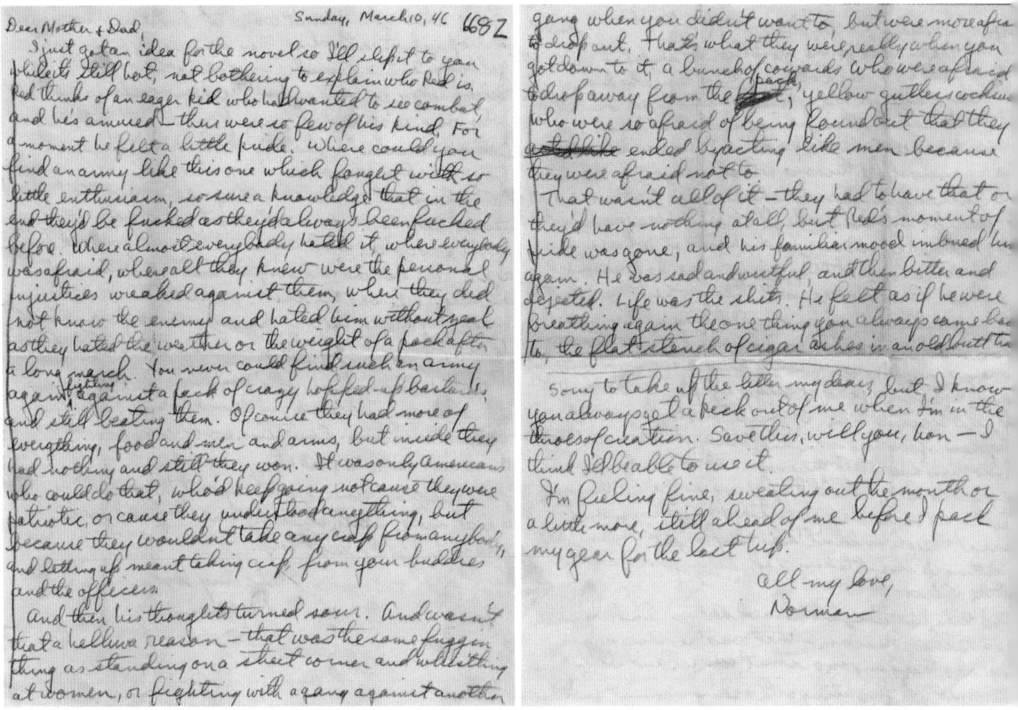

Sunday, March 10, 46 668Z

Dear Mother & Dad,

I just got an idea for the novel so I'll slip it to you while it's still hot, not bothering to explain who Red is. Red thinks of an eager kid who had wanted to see combat, and he's amused — there were so few of his kind. For a moment he felt a little pride. Where could you find an army like this one which fought with so little enthusiasm, so sure a knowledge that in the end they'd be fucked as they'd always been fucked before. Where almost everybody hated it, where everybody was afraid, where all they knew were the personal injustices wreaked against them, where they did not know the enemy and hated him without zeal as they hated the weather or the weight of a pack after a long march. You never could find such an army again, fighting against a pack of crazy hopped-up bastards, and still beating them. Of course they had more of everything, food and men and arms, but inside they had nothing and still they won. It was only Americans who could do that, who'd keep going not cause they were patriotic, or cause they understood anything, but because they wouldn't take any crap from anybody, and letting up meant taking crap from your buddies and the officers.

And then his thoughts turned sour. And wasn't that a helluva reason — that was the same fuggin thing as standing on a street corner and whistling at women, or fighting with a gang against another gang when you didn't want to, but were more afraid to drop out. That's what they were really when you got down to it, a bunch of cowards who were afraid to drop away from the pack, yellow gutless cockers who were so afraid of being found out that they ~~acted like~~ ended by acting like men because they were afraid not to.

That wasn't all of it — they had to have that or they'd have nothing at all, but Red's moment of pride was gone, and his familiar mood imbued him again. He was sad and wistful, and then bitter and dejected. Life was the shits. He felt as if he were breathing again the one thing you always came back to, the flat stench of cigar ashes in an old butt tray.

Sorry to take up the letter my dears, but I know you always get a kick out of me when I'm in the throes of creation. Save this, will you, hon — I think I'll be able to use it.

I'm feeling fine, sweating out the month or a little more, still ahead of me before I pack my gear for the last trip.

All my love,
Norman

노먼 메일러가 · ——— · 아이작 메일러와 패니 메일러에게 1946년 3월 10일
Norman Mailer (1923-2007) Isaac Mailer (1890-1972) Fanny Mailer (1892-1985)

노먼 메일러는 '중요한 소설' 작업을 해야 한다고 미 병무청에 징집 면제 요청을 했다가 거부당한 뒤 1944–5년 필리핀 전쟁에 참전했다. 1946년 일본에 주둔한 제112 기병대에서 요리병으로 마지막 복무를 하던 중, 브루클린의 크라운 하이츠에 살면서 자식 생각만 하는 부모님 아이작과 패니에게 편지를 쓴다. 하지만 일상을 이야기할 여유는 없다. 편지는 소설에 관한 착상으로 가득했다.

메일러는 후일 『벌거벗은 자와 죽은 자*The Naked and the Dead*』란 제목으로 발표될 소설을 계속해서 설명한다(이 설명에서는 예민한 지성과 자화자찬의 허세가 드러나는데, 메일러 소설의 주된 특징이기도 하다). 자신의 경험에 기초한 이 책에서는 남태평양 여단의 행적을 따라가며 전쟁의 폐허와 공포, 지루함이 몸서리치게 느껴진다. 1948년 출간되자마자 히트를 쳤고 62주 동안 『뉴욕 타임스*The New York Times*』 베스트셀러 목록에도 올랐다. 메일러는 25세, 길고 파란만장한 작가의 길을 앞두고 있다. 하지만 큰 인물이 되리라 굳게 믿고 있던 메일러도 이보다 더 좋은 출발을 꿈꾸지 못했을 것이다.

어머니와 아버지께,

방금 소설 착상이 떠올랐어요. 따끈따끈할 때 두 분께 살짝 들려드릴게요. 레드가 누구인지 설명하려 굳이 애쓰지는 않을래요. 레드는 진짜 전투를 경험하고 싶었던 자신의 어린 시절을 떠올려요. 그런 아이가 매우 적었지, 생각하며 즐거워하죠. 자부심도 잠깐 느꼈고요. 하지만 이런 군대가 대체 어디 있겠어요? 이토록 싸움에 심드렁하고, 항상 조졌듯be fucked 결국에는 조질 거라고 확신하는 군대를 말예요. 거의 모든 부대원이 군대를 싫어했고, 두려움에 떨었고, 개인적으로 부당한 일을 당한다고 생각하고, 아침 혹은 장거리 행군 때면 무거운 배낭을 미워하듯 적이 누군지도 모르면서 이유 없이 미워했죠. 이런 군대는 또 없을 거예요. 그래도 미친 듯 펄펄 뛰는 적군 무리와 맞싸워 이기긴 했지만요. 물론 군대는 모든 면에서 유리했어요. 식량도, 병력도, 무기도. 하지만 마음속엔 아무것도 없었죠. 그런데도 승리했어요. 이럴 수 있었고, 또 계속해서 이럴 수 있는 건 미국인뿐이에요. 애국적이거나 진리를 통달해서가 아니고, 누구에게서도 허튼짓을 당하고 싶지 않아서 그런 거죠. 계속해서 이러지 않으면 동료나 장교에게 허튼짓을 당하니까 〔…〕

이만 편지를 줄여요. 미안해요. 하지만 제가 창작의 진통을 겪고 있을 때 두 분이 항상 기뻐한다는 것을 알고 있어요. 편지를 모아 두세요, 어머니. 필요할 날이 있을 거 같아요.

저는 잘 지내고 있어요. 귀향을 위해 짐을 싸기까지 아직도 한 달쯤 남았는데 이 시간이 어서 지나기를 바라요 〔…〕

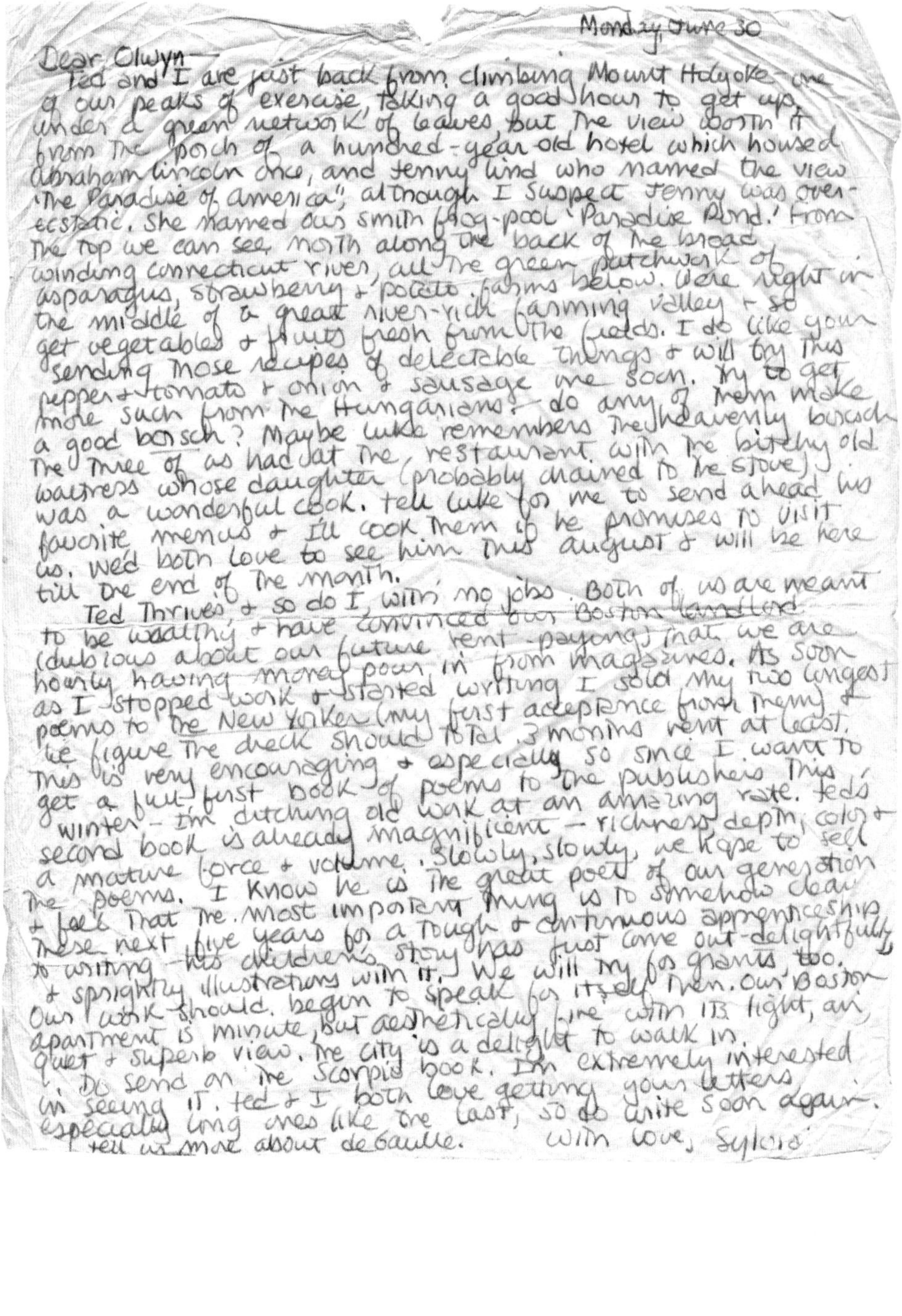

Monday, June 30

Dear Olwyn—
Ted and I are just back from climbing Mount Holyoke—one
of our peaks of exercise, taking a good hour to get up,
under a green network of leaves, but the view worth it
from the porch of a hundred-year-old hotel which housed
Abraham Lincoln once, and Jenny Lind who named the view
"The Paradise of America", although I suspect Jenny was over-
ecstatic. She named our Smith frog-pool 'Paradise Pond.' From
the top we can see north along the back of the broad
winding Connecticut river, all the green patchwork of
asparagus, strawberry & potato farms below. We're right in
the middle of a great river-rich farming valley & so
get vegetables & fruits fresh from the fields. I do like your
sending those recipes of delectable things & will try this
pepper & tomato & onion & sausage one soon. Try to get
more such from the Hungarians: do any of them make
a good borsch? Maybe Luke remembers the heavenly borsch
the three of us had at the restaurant with the bitchy old
waitress whose daughter (probably chained to the stove)
was a wonderful cook. Tell Luke for me to send ahead his
favorite menus & I'll cook them if he promises to visit
us. We'd both love to see him this August & will be here
till the end of the month.
Ted thrives & so do I, with no jobs. Both of us are meant
to be wealthy & have convinced our Boston landlord
(dubious about our future rent-paying) that we are
hourly having money pour in from magazines. As soon
as I stopped work & started writing I sold my two longest
poems to The New Yorker (my first acceptance from them) &
we figure the check should total 3 months rent at least.
This is very encouraging & especially so since I want to
get a full first book of poems to the publishers this
winter—I'm ditching old work at an amazing rate. Ted's
second book is already magnificent—richness, depth, color &
a mature force & volume. Slowly, slowly, we hope to sell
the poems. I know he is the great poet of our generation
& feel that the most important thing is to somehow clear
these next five years for a tough & continuous apprenticeship
to writing—his children's story has just come out—delightfully,
& sprightly illustrations with it. We will try for grants too.
Our work should begin to speak for itself then. Our Boston
apartment is minute, but aesthetically fine with its light, air,
quiet & superb view. The city is a delight to walk in.
Do send on the Scorpio book. I'm extremely interested
in seeing it. Ted & I both love getting your letters
especially long ones like the last, so do write soon again.
Tell us more about de Gaulle. With love, Sylvia

실비아 플라스가 → 올윈 휴스에게 1959년 6월 30일
Sylvia Plath (1932-63) Olwyn Hughes (1928-2016)

1959년 여름, 실비아 플라스는 남편 테드 휴스의 누나 올윈 휴스에게 편지를 보내 미국 일주 여행을 유쾌하게 설명한다. 실비아와 테드는 회오리 같은 로맨스에 빠져 1956년 런던에서 성급히 결혼한 뒤 미국으로 건너와 실비아의 고향 매사추세츠주에 정착했다. 실비아는 모교인 스미스 대학교에 직장을 구했다. 2년 동안 강사로 일하다가(정신병원 접수실에서도 잠시 일했다) 부부는 모두 전업 작가가 되기로 결심했다. 테드는 1957년 데뷔 시집 『빗속의 매*The Hawk in the Rain*』로 이미 찬사를 받고 있었다. 실비아도 우울증과 슬럼프를 여러 번 겪은 끝에 돌파구를 찾았다. 두 편의 시 〈락 항구에서 홍합 잡는 사람*Mussel Hunter at Rock Harbour*〉과 〈녹턴*Nocturne*〉이 (고료가 후한) 유명 잡지 『뉴요커*The New Yorker*』에 게재되었다. 하지만 여전히 자신보다 테드의 재능이 더 뛰어나다고 생각한다.

이 수다스러운 편지를 보면 실비아와 올윈의 사이가 좋았을 것 같지만 실제로는 그렇지 않았다(직설적인 요크셔 여성 올윈은 올케를 '상당히 독하다pretty straight poison'고 표현했다). 하지만 상황이 묘하게 꼬여서, 1963년 실비아가 자살한 후 올윈이 동생 테드의 대행인이 되었을 뿐만 아니라 플라스가 남긴 작품도 관리했다(유능하다는 평판이 자자했다). 실비아의 찬미자들이 그녀의 죽음을 테드의 책임으로 돌리며 부부 관계를 두고 길고 격렬한 논쟁을 시작하자, 올윈은 두 사람의 명성을 모두 지켜야 하는 기묘한 입장에 놓였다.

올윈에게 -

테드와 홀리요크산을 올랐다가 방금 돌아왔어요. 못해도 한 시간 동안 푸른 잎이 우거진 나무를 헤치고 산을 타서 제법 힘들었지만, 100년 된 호텔 베란다에서 경치를 내다보니 보람 있었어요. 이 호텔에는 에이브러햄 링컨, 제니 린드도 묵은 적이 있는데[1] 린드는 이 경치를 '미국의 낙원'이라 불렀지요. 지나치게 황홀해한 것이 아닌가 싶지만요. 린드는 스미스 대학의 개구리 연못도 '낙원의 연못'이라 불렀어요. 정상에서 내려다보니 발아래로 굽이쳐 흐르는 드넓은 코네티컷강 뒤 북쪽으로 아스파라거스, 딸기, 감자 농장이 초록으로 이어지더군요 〔…〕

테드와 저는 건강해요. 직장은 나가지 않고요. 사람들이 우리를 부자로 여겨요. (꼬박꼬박 집세를 낼지 미심쩍어하는) 보스턴의 집주인에게 잡지사가 매 시간 돈을 보내준다고 믿게 했어요. 직장을 그만두고 글쓰기를 시작하자마자 긴 시 두 편을 『뉴요커』에 팔았어요 〔…〕 이 시시한 작품으로 적어도 3개월치 집세를 낼 수 있을 것 같아요 〔…〕 테드의 두 번째 시집은 벌써부터 참 훌륭해요. 풍성함, 심오함, 색조, 성숙한 필력과 성량이 돋보이죠. 차츰차츰 시를 팔 수 있기를 바라요. 난 테드가 우리 세대의 위대한 시인이라고 확신해요. 가장 중요한 건 괴롭고 쉴 새 없는 글쓰기 수련을 위해 앞으로 5년을 어떻게든 헤쳐가야 한다는 거죠 〔…〕 보조금도 신청할 거예요. 그러면서 우리 작품이 제자리를 찾아갈 거예요 〔…〕

1 홀리요크산 정상에 있는 '서밋 하우스Summit House'는 1851년에 지어져 호텔로 사용되었으며 방명록에는 찰스 디킨스, 너새니얼 호손, 제니 린드(스웨덴의 오페라 가수로서 〈겨울 왕국〉 엘사의 모델)의 서명이 남아 있다.

2장

'제 머릿속은 자갈로 가득합니다'

친구에게

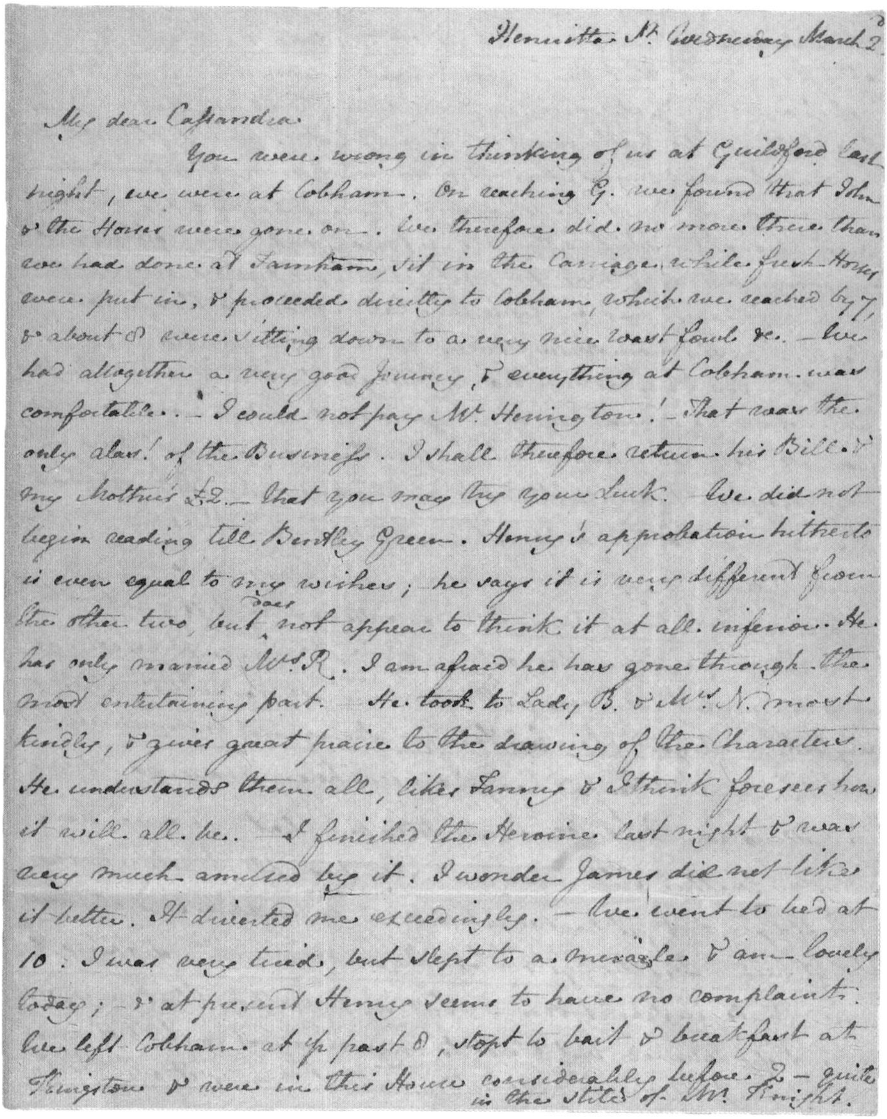
Henrietta St. Wednesday March 2d

My dear Cassandra

You were wrong in thinking of us at Guildford last night, we were at Cobham. On reaching G. we found that John & the Horses were gone on. We therefore did no more there than we had done at Farnham, sit in the Carriage while fresh Horses were put in, & proceeded directly to Cobham, which we reached by 7, & about 8 were sitting down to a very nice roast fowl &c. — We had altogether a very good Journey, & everything at Cobham was comfortable. — I could not pay Mr. Herington! — That was the only alas! of the Business. I shall therefore return his Bill & my Mother's £2. — that you may try your Luck. We did not begin reading till Bentley Green. Henry's approbation hitherto is even equal to my wishes; he says it is very different from the other two, but does not appear to think it at all inferior. He has only married Mrs. R. I am afraid he has gone through the most entertaining part. He took to Lady B. & Mrs. N. most kindly, & gives great praise to the drawing of the Characters. He understands them all, likes Fanny & I think foresees how it will all be. — I finished the Heroine last night & was very much amused by it. I wonder James did not like it better. It diverted me exceedingly. — We went to bed at 10. I was very tired, but slept to a miracle & am lovely today; — & at present Henry seems to have no complaint. We left Cobham at ½ past 8, stopt to bait & breakfast at Kingston & were in this House considerably before 2 — quite in the stile of Mr. Knight.

제인 오스틴이 ・――――――・ 카산드라 오스틴에게 1814년 3월 2일

Jane Austen (1775-1817) Cassandra Austen (1773-1845)

'카산드라가 참수형을 받는다면, 제인은 카산드라와 운명을 함께할 거예요.' 어머니는 자매의 관계를 이렇게 설명했다. 제인은 자신의 속마음을 털어놓으면 언제나 귀담아듣고 조언해 주었던 카산드라에게 수백 통의 편지를 썼다. 하지만 카산드라는 제인이 사망하기 전에 둘이 주고받은 서신 대부분을 없앴고 마음에 들지 않는 대목을 지웠다.

1814년 제인은 이미 『이성과 감성*Sense and Sensibility*』, 『오만과 편견*Pride and Prejudice*』을 출간한 뒤였다. 이 편지에서는 햄프셔 차턴에 있는 집에서 런던까지의 여행길을 두 소설에서처럼 섬세하게 묘사한다. 차, 구운 닭요리, 유명한 비극 배우 에드먼드 킨을 보기 위해 극장을 찾아간 일 등 쾌적한 영국 중상류층의 일상이 편지에 담겨 있지만, 이따금 비아냥대기도 한다('윈덤 내치불을 일요일에 초청해야겠지. 끔찍하게도 그가 초대에 응한다면, 그를 맞이하러 누구를 내보낼지 궁리해야 할 거야'라는 불평으로 편지를 맺는다).

새 소설 『맨스필드 파크*Mansfield Park*』도 언급하는데, 이 소설은 같은 해 7월에 출간된다. 무서운 이모부 토머스 경과 이모 레이디 버트럼 집에 얹혀사는 가난한 패니 프라이스가 주인공인 이 소설은, 제인의 오빠 헨리가 말했듯 '이전 두 작품과 전혀 다르'며 주제가 더 음울하고 광범위하다. 카산드라는 이 작품을 수상쩍게 여겼다. 이 소설에 세상이 알면 안 되는 여동생의 어두운 측면이 드러나 있다고 생각했는지도 모른다.

사랑하는 카산드라에게

언니는 우리가 지난밤을 길퍼드에서 보냈다고 생각하는 것 같은데 틀렸어. 우리는 코범에 있었어. 길퍼드에 도착하자마자 존과 말들이 떠났다는 것을 알았지. 그래서 파넘에서처럼 지낼 수밖에 없었어. 어린 말을 마차에 매는 동안 앉아 있었어. 그러고선 바로 코범으로 출발해서 7시에 도착해 8시쯤 구운 닭요리 앞에 모여 앉았어. 아주 멋졌지. 여정 내내 무척 쾌적했고 코범에서도 모든 게 편안했어. 허링턴 씨에게 대금을 지불할 수는 없었어! 유일하게 아쉬운 점이야! 허링턴 씨의 청구서와 엄마의 2파운드를 돌려보낼게. 이 돈을 밑천으로 행운을 잡아 봐.

우리는 벤틀리 그린에 와서야 『맨스필드 파크』 교정쇄를 읽기 시작했는데 지금까지는 헨리도 긍정적인 반응이야. 내가 바라던 대로야. 이 작품이 이전 두 작품과 전혀 다르다고 말하지만, 수준이 떨어진다고 생각지는 않는 것 같아.

언니네는 어떻게 지내? 특히 언니는? 어제 그제는 걱정이 많았잖아. 마사[1]가 즐겁게 또 찾아왔으면 좋겠어. 언니 손맛이 밴 소고기 푸딩을 엄마와 언니가 맛있게 먹었으면 좋겠어. 나는 내일 잠에서 깨자마자 굴뚝 청소부를 부를 거야. 토요일에 드루리 레인 왕립 극장에 좌석을 예약했어. 하지만 킨을 보고 싶어 하는 관객이 너무 많아서 3열, 4열밖에 못 구했지. 그래도 앞 좌석이니까, 그런대로 잘 보였으면 좋겠어 (…)

1 마사 로이드(Martha Lloyd, 1765–1843): 제인 오스틴의 가장 친한 친구

HOTEL DE PARIS
MONTE-CARLO
ADRESSE TÉLÉGRAPHIQUE: PARISOTEL
TÉLÉPHONE: 018-11

Chère Julia, vous ne m'en voudrez pas de vous avouer ma fatigue? Maurice m'a amenée ici pour la rendre avouable, et nous sommes invités ici pour un mois par Tchamy Hussein Pacha. Je ne suis bonne qu'à me reposer, et je n'en ai pas de honte devant vous. Que de fleurs, déjà, dans cet

시도니 가브리엘 콜레트가 · ———— · 쥘리아 뤼크에게 1951년 6월 21일

Sidonie-Gabrielle Colette (1873-1954) Julia Ruc

1951년 한여름의 몬테카를로, 콜레트와 남편 모리스는 호화 시설이 완비된 해변가의 파리 호텔에 머물고 있다. 모나코에서 사업을 하는 터키 귀족, 일하미 후세인 파샤의 초대를 받아 온 것이다. 70대에 접어든 콜레트는 골관절염 때문에 휠체어를 타는데, 친구 쥘리아 뤼크에게 보내는 편지에서 '쉬는 것밖에는 아무것도 할 수 없다'는 느낌이 든다고 털어놓는다.

콜레트와 모리스는 콜레트의 가장 유명한 중편소설 『지지*Gigi*』(1944)를 각색해서 무대에 올리는 프로젝트를 추진하고 있다. 시골 부르고뉴에서 온 시골 소녀가 세기말 파리에서 성장하는 과정을 기록한 반자전적 소설 『클로딘*Claudine*』(1900–4)은 대중의 인기를 얻었다. 그러나 첫 남편 앙리 빌라르와 이혼했을 때 저작권이 남편에게 있던 터라(『클로딘』이 처음에는 빌라르의 필명으로 출간됐다) 콜레트는 거의 무일푼이었다. 음악 홀에서 공연으로 생계를 유지하고 일련의 여성과 동성애 관계를 맺다가 1912년 재혼하여 전업 작가로 복귀했다. 『셰리*Chéri*』, 『시도*Sido*』 등의 1920년대 소설에서는 여성의 성, 그리고 여성을 향한 사회적 관습의 압박을 탐구했다. 세 번째 남편 모리스 구데케를 만난 50대에는 프랑스에서 가장 유명한 여성 작가가 되어 있었다.

이 부부는 나치가 점령하던 1940년부터 1944년까지 파리에서 살아남았다. 유대인이었던 모리스는 계속해서 체포의 위협을 느꼈고, 수완이 비상한 콜레트가 우익 언론에 반유대주의 글을 기고했다. 1944년에 『지지』를 출간했다. 십 대 고급 창녀인 지지 알바와 부유한 애인의 관계를 다룬 이 소설에는, 전후 널리 퍼져 있던 청춘의 자유와 매력에 대한 열망이 묘사되어 있다.

이때 몬테카를로에는 영국-프랑스 합작의 코미디 영화 〈몬테 카를로 베이비*Monte Carlo Baby*〉에서 주연을 맡은 신인 배우, 오드리 헵번도 있었다. 이 편지를 보내고 얼마 지나지 않아 콜레트는 헵번을 만났고, 곧바로 헵번이야말로 지지 역할에 최적이라 생각했다. 〈지지〉는 11월 브로드웨이에서 정식으로 선보였고 각색은 시나리오 작가 아니타 루스, 주연은 헵번이 맡았다. 〈지지〉가 성공하면서 헵번은 곧 할리우드 스타덤에 올랐다.

쥘리아에게, 내가 얼마나 피곤한지 털어놔도 되겠지? 모리스가 여기로 날 데려와서 이렇게나마 편지할 수 있게 됐어. 일하미 후세인 파샤의 초대를 받아 한 달 동안 여기에 머무르려고. 쉬는 것 말고 아무것도 안 한다고 부끄럼 없이 말할 수 있어. 이 이상한 나라에는 벌써 갖가지 꽃이 만발했어! 몇 마디라도 소식 전해주면 기쁠 거야. 모리스와 나는 『지지』를 무대용으로 각색하려 해. 그렇지만 당분간은 한없이 아름다운 풍경, 색채, 부드러운 미풍에 경탄하는 것 말고는 아무것도 안 하고 있어. 사랑하는 쥘리아, 세 줄만 써서 보내주면, 네 친구는 무척 행복할 거란다. 진심으로 포옹을 보내며.

콜레트

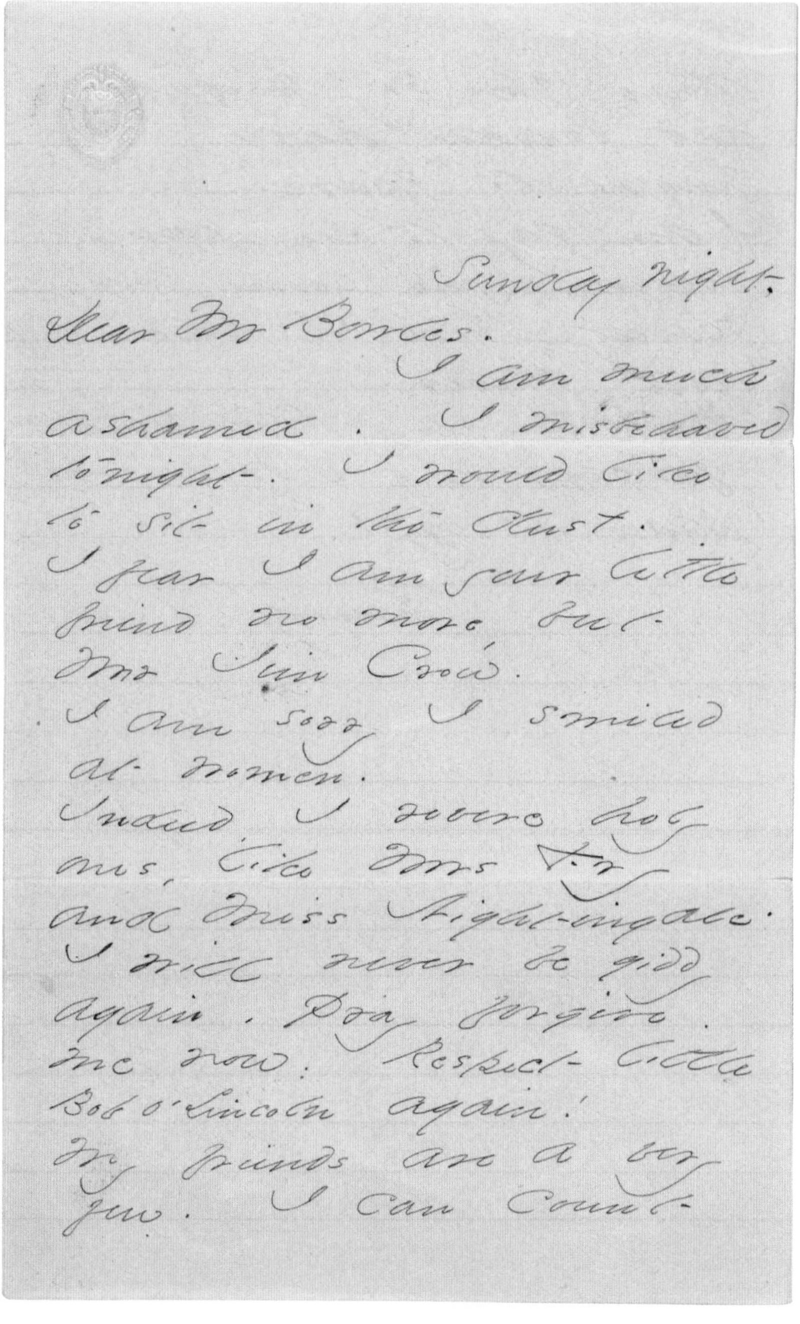

Sunday night.
Dear Mr Bowles.
I am much ashamed. I misbehaved tonight. I would like to sit in the dust.
I fear I am your little friend no more, but Mrs Jim Crow.
I am sorry I smiled at women.
Indeed I admire holy ones, like Mrs Fry and Miss Nightingale.
I will never be giddy again. Pray forgive me now: Respect little Bob o' Lincoln again!
My friends are a very few. I can count

에밀리 디킨슨이 쓴 천팔백 편의 시 가운데 단 열 편만이 그녀 생전에 발표되었다. 그것도 허락 없이 익명으로. 그 중 일곱 편이 진보적이고 영향력 있는 뉴잉글랜드 지역 신문 『스프링필드 데일리 리퍼블리컨*Springfield Daily Republican*』에 실렸는데, 이 신문의 소유주 겸 편집장은 카리스마 넘치는 새뮤얼 볼스였다.

이 시들이 어떻게 '남모르게 전달되어' 볼스의 수중에 들어왔는지 정확히 아는 사람은 없지만, 볼스는 에밀리의 오빠 오스틴과 그 부인 수전의 친구였다. 볼스가 농업기계를 사려고 매사추세츠주 애머스트를 여행하던 중 이 부부를 알게 됐다. 디킨슨가는 이 지역의 역사 깊은 유지 가문이었다. 1850년대부터 볼스는 디킨슨가를 자주 방문했다. 바로 옆집에 부모님, 여동생 라비니아와 함께 에밀리가 살고 있었다. 에밀리는 사람 사귀는 걸 좋아하지 않았지만 볼스는 예외였다. 썩 잘 어울리는 커플은 아니었다. 세속적이고 사교적인 볼스는 에밀리의 과묵함에 종종 당황했다(그녀를 '은둔의 여왕'이라 불렀다). 하지만 에밀리는 건강과 가정사로 괴로웠던 1860년대에 볼스에게만큼은 속을 털어놨고 (한 편도 발표되지는 않았지만) 많은 시를 보냈다. 이 편지에서 에밀리는 지난번 볼스에게 보인 행동을 사과한다. 볼스가 존경하는 사회 개혁가, 엘리자베스 프라이와 플로렌스 나이팅게일의 업적을 그녀가 다소 무시했던 것 같다. 에밀리는 노예 폐지론자 볼스가 자신을 '짐 크로 부인'[1]으로 여길까 두려워하며, '쌀먹이새Bob o' Lincoln'(미국에 서식하는 소리가 고운 새, 에밀리의 시에도 등장한다)로 돌아갈 수 있으면 좋겠다고 쓴다.

에밀리와 볼스의 관계에 대해서는 수많은 추측이 있다. 디킨슨은 고통과 비밀이 담긴 편지를 '주인Master'에게 썼(으나 결코 부치지는 않았)는데 볼스가 바로 그 '주인'이라는 설이 있다. 몇 년 후 두 사람의 서신 교환은 갑자기 중단된다. 1874년 에밀리의 아버지가 사망한 후부터 다시 편지를 주고받지만 무척 사무적인 어조이다.

볼스 씨께

몹시 부끄러워요. 오늘 저녁 제가 못되게 굴었죠. 쥐구멍에라도 들어가고 싶어요. 이제 절 귀여운 친구가 아니라 짐 크로 부인으로 여기실까 두려워요.

그녀들을 비웃어서 미안해요.

정말이지, 프라이 부인이나 나이팅게일 양 같은 고결한 여성을 존경해요. 다시는 경박하게 굴지 않을게요. 부디 용서해 주세요. 귀여운 쌀먹이새를 다시 존중해 주세요.

저는 친구가 많이 없어요. 손가락으로 꼽을 수 있어요. 그러고도 손가락이 남아요.

당신을 보면 기뻐요. 드물게 오시니까요. 오시지 않았으면 우울했을 거예요.

잘 자요. 하느님이 저를 용서해 주기를. 당신도 **용서하려** 하실 거죠?

에밀리.

1 Mrs. Jim Crow. 영국 희극 배우 토마스 대디 라이스가 흑인을 희화하려고 만든 캐릭터. 에밀리는 자신이 사회 개혁에 헌신하는 여성들을 조소한 것이 아닐까 염려했다.

Twentieth Century-Fox Film Corporation

STUDIOS
BEVERLY HILLS, CALIFORNIA

(His concern regarding his health) GM

September 14 1940

Dear Gerald:

I suppose anybody our age suspects what is emphasized--so let it go. But I was flat in bed from April to July last year with day and night nurses. Anyhow as you see from the letterhead I am now in official health.

I find, after a long time out here, that one develops new attitudes. It is, for example, such a slack soft place--even its pleasure lacking the fierceness or excitement of Provence--that withdrawal is practically a condition of safety. The sin is to upset anyone else, and much of what is known as "progress" is attained by more or less delicately poking and prodding other people. This is an unhealthy condition of affairs. Except for the stage-struck young girls people come here for negative reasons--all gold rushes are essentially negative--and the young girls soon join the vicious circle. There is no group, however small, interesting as such. Everywhere there is, after a moment, either corruption or indifference. The heroes are the great corruptionists or the supremely indifferent--by whom I mean the spoiled writers, Hecht, Nunnally Johnson, Dotty, Dash Hammet etc. That Dotty has embraced the church and reads her office faithfully every day does not affect her indifference. She is one type of commy Malraux didn't list among his categories in Man's Hope--but nothing would disappoint her so vehemently as success.

I have a novel pretty well on the road. I think it will baffle and in some ways irritate what readers I have left. But it is as detached from me as Gatsby was, in intent anyhow. The new Armegeddon, far from making everything unimportant, gives me a certain lust for life again. This is undoubtedly an immature throw-back, but it's the truth. The gloom of all causes does not affect it--I feel a certain rebirth of kinetic impulses - however misdirected.

Zelda dozes--her letters are clear enough--she doesn't want to leave Montgomery for a year, so she says. Scottie continues at Vassar--she is nicer now than she has been since she was a little girl. I haven't seen her for a year but she writes long letters and I feel closer to her than I have since she was little.

I would like to have some days with you and Sara. I hear distant thunder about Ernest and Archie and their doings but about you I know not a tenth of what I want to know.

With affection,

Scott

1403 N. Laurel Avenue
Hollywood, California

How well he writes! G.

F. 스콧 피츠제럴드가 → 제럴드 머피에게

F. Scott Fitzgerald (1896-1940) → Gerald Murphy (1888-1964)

1940년 9월 14일

1920년 데뷔작 『낙원의 이편*This Side of Paradise*』으로 피츠제럴드는 일약 스타가 됐다. 고작 24세였다. 그후 10년은 미국과 프랑스 리비에라를 오가며 방탕하게 살았다. 그런 다음 숙취가 찾아왔다. 대공황이 시작되자 피츠제럴드의 작품은 유행에서 뒤처졌고 타락, 경박함, 유아론solipsism 등 그가 풍자했던 바로 그 악행들을 스스로 재현하고 있다며 비판받았다. 1936년 수입은 이전의 3분의 1로 줄었다. 정신병원을 들락거리는 젤다와의 결혼 생활은 오래전에 끝났다. 피츠제럴드는 알코올중독에도 시달렸다. 진을 끊고 나서도 하루에 거의 맥주 40병을 마셨고 금주, 재발, 구속, 입원의 악순환을 반복했다.

1937년에는 할리우드에서 작업을 했다. 재능 있는 소설가들이 시나리오 집필도 많이 하던 때였다(물론 그들이 항상 성공을 거두는 것도, 진지한 태도로 임하는 것도 아니었다). 피츠제럴드는 1930년대 초에 할리우드에서 보냈던 불행한 시기를 거울삼아 행실을 고쳐잡고, 술 대신 코카콜라를 마시며 10년 동안 벌었던 것보다 더 많은 수입을 올렸다(크레딧에 이름이 오른 것은 에리히 마리아 레마르크의 『세 전우*Drei Kameraden*』 각색자로서 단 한 번뿐이다). 하지만 1939년 다시 술을 마시면서 수개월간 감시 입원 치료를 받아야 했다.

이듬해 중독이 진정되자 리비에라 시절의 친구 제럴드 머피에게 이 편지를 쓴다(제럴드와 부인 사라는 『밤은 부드러워라*Tender is the Night*』에 나오는 딕, 니콜 다이버의 모델이라 추측된다). 그는 최악의 상황을 넘겼지만 로스앤젤레스 덕분은 아니라고 단언한다. 피츠제럴드가 이 도시에 진단 내린 병폐, 그러니까 부유한 무기력은 『위대한 개츠비*The Great Gatsby*』 독자에게도 익숙하다. 편지에서는 인생의 밝은 면을 보려고 안간힘을 다하고 있지만(사랑을 주지 못한 딸 스코티와의 관계가 개선되었고 새 소설[1]을 쓰고 있으며 '새로운 아마겟돈'인 2차 세계대전이 기이하게도 '삶에 대한 욕망'을 되살렸다), 작가로서 패배를 인정하고 자신에게 '아직 남아 있는 독자'에 만족한다는 뉘앙스다. 친구 헤밍웨이만큼 신체적으로 강건하지 않아(맹렬하게 활동 중인 헤밍웨이를 넌지시 언급한다[2]) 계속해서 작업하지도 못했다. 3개월 후 피츠제럴드는 심장마비로 사망했다.

제럴드에게:

〔…〕 나는 작년 4월부터 7월까지 침대에 누워 밤낮으로 간호를 받았어요. 어쨌든 레터헤드를 보면 알 수 있듯 이제는 공식적으로 건강한 상태예요.

오랫동안 로스앤젤레스에 있으니 사고방식이 새로워지는 것 같네요. 할리우드는 아주 나른하고 미지근한 곳이에요. 프로방스의 격렬함이나 흥분은 없지만 나름의 즐거움이 있어요. 안정을 위해선 역시 금주해야 해요 〔…〕 배우가 되고 싶은 젊은 아가씨를 제외하고 여기 오는 사람들에겐 불순한 의도가 있어요. 일확천금을 노리는 것은 본질적으로 불순하지요. 그리고 젊은 아가씨들은 곧 악순환에 빠져요 〔…〕 부패 아니면 무관심이 도처에 만연해요. 영웅 취급을 받는 사람은 위대한 부정부패자 아니면 극도의 무관심자예요. 무관심자란 타락한 작가를 두고 하는 말이에요 〔…〕

새 소설을 쓰고 있어요. 아직 저에게 남아 있는 독자들이 이 소설을 읽으면 당황할 것 같아요. 하지만 이 소설은 『개츠비』만큼 객관적이에요. 의도상으로는 그래요. 새로운 아마겟돈은 모든 것을 시큰둥하게 만들지 않고 외려 삶에 대한 욕망을 되살려요 〔…〕

1 유작 『마지막 거물의 사랑*The Love of Last Tycoon*』

2 편지 끝에서 '나는 어니스트(헤밍웨이)와 아치(볼드 매클래시)가 무슨 일을 하는지 소문으로라도 듣지만 당신에 관해선 알고 싶은 것의 10분의 1도 알지 못해요'라고 말한다.

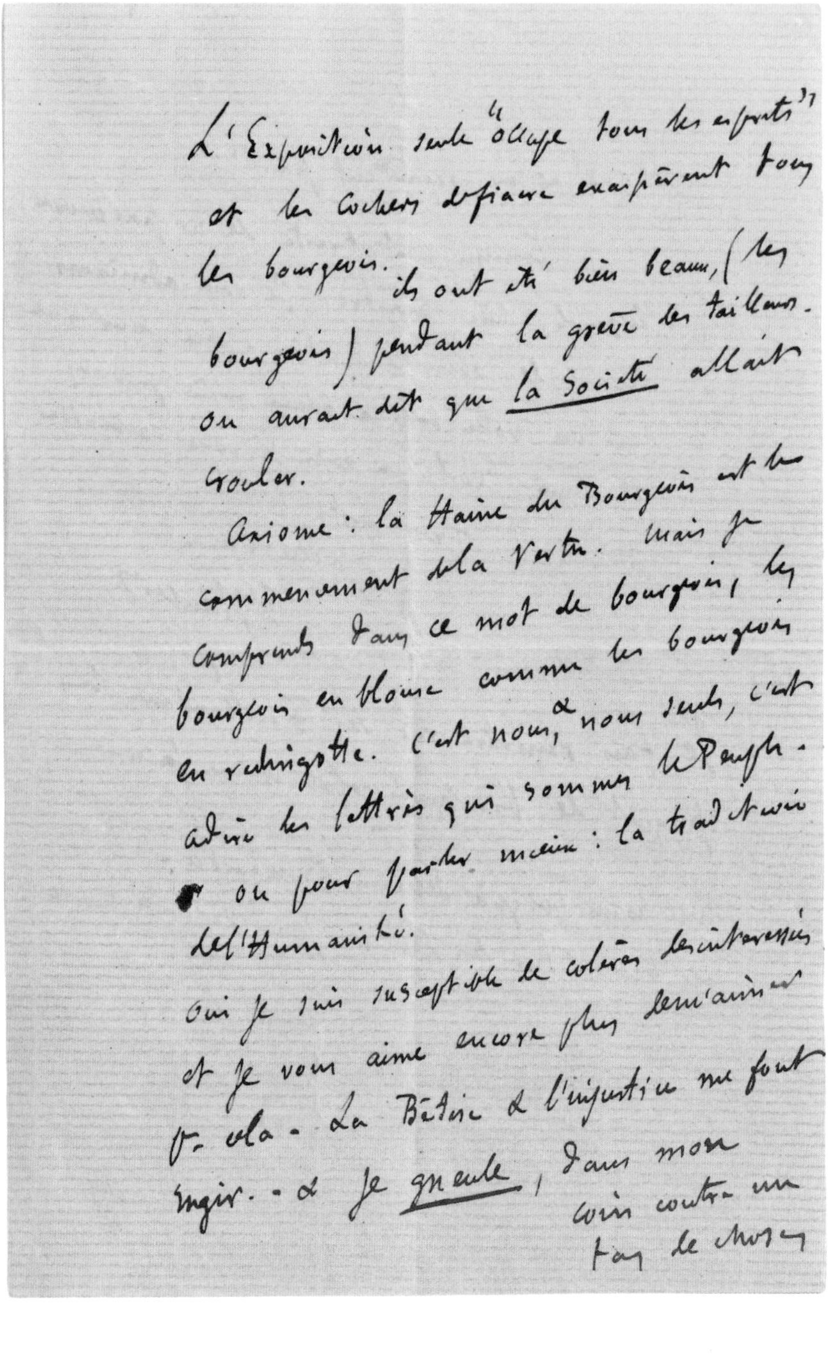
L'Exposition seule "occupe tous les esprits"
et les cochers de fiacre exaspèrent tous
les bourgeois.
ils ont été bien beaux, (les
bourgeois) pendant la grève des tailleurs.
on aurait dit que la Société allait
crouler.
Axiome: la Haine du Bourgeois est le
commencement de la Vertu. Mais je
comprends dans ce mot de bourgeois, les
bourgeois en blouse comme les bourgeois
en redingote. C'est nous, & nous seuls, c'est-
à-dire les lettrés qui sommes le Peuple.
ou pour parler mieux: la tradition
de l'Humanité.
Oui je suis susceptible de colères désintéressées
et je vous aime encore plus de m'aimer
pr cela. La Bêtise & l'injustice me font
rugir. – & je gueule, dans mon
coin contre un
tas de choses

귀스타브 플로베르가 → 조르주 상드에게 1867년 5월 17일

Gustave Flaubert (1821-80) George Sand (1804-76)

1857년 4월, 플로베르가 상드(본명 아망딘 오로르 뒤팽, 58쪽)를 만났을 때는 첫 소설 『보바리 부인*Madame Bovary*』을 출간한 직후였다. 30여 권의 소설을 펴낸 상드는 당대의 성공한 작가였다. 남자처럼 옷을 입는 것으로 악명이 높았고(당시에 여성이 남장을 하려면 법적 허가가 필요했다) 몇 사람만 꼽자면 작가 알프레드 드 뮈세, 프로스페르 메리메, 작곡가 프레데리크 쇼팽과의 연애로도 유명세를 치렀다. 하지만 이 편지를 쓸 무렵 상드는 50대였고 이런저런 소문은 잠잠해진 지 오래였다. 상드식 낭만주의 소설을 읽으면 플로베르의 여주인공 보바리처럼 쉽게 감명받는 사람의 마음이 곧잘 뒤틀렸으나 두 소설가는 우정을 나눴다. 파리에서 문학계 만찬이 열릴 때마다 만났고, 못 만나는 동안에는 정기적으로 편지를 주고받았다. 한참 연하의 플로베르는 상드를 다정하게 '스승님master'이라 불렀다.

1867년 파리에서 사상 두 번째로 열린 만국 박람회에서 약 5만 개의 전시업체가 새 발명품을 선보였다. 지난번 편지에서 플로베르는 상드에게 이렇게 전했다. '박람회에 두 번 다녀왔습니다. 놀랍습니다. 멋지고 기이한 물건이 있습니다.' 몇 주 뒤에는 이 구경거리에 대한 중산층의 끊임없는 수다에 신물이 났는지 '부르주아에 대한 증오가 미덕의 시작입니다'라며 화냈다. 그의 소설에 중요한 원동력이었던 '사심 없는 분노'가 드러난다.

다음 주 월요일에 어머니에게 가려고 합니다, 스승님. 그전에는 뵙기 어렵겠습니다!

하지만 파리에 오시면 저뿐만 아니라 누구나 당신을 흠모하는 크루아세[1]에 꼭 들르셨으면 좋겠습니다 〔…〕 전쟁[2]에 대해서는 아무도 더는 말하지 않습니다. 그 밖의 어떤 것도요. 박람회가 유일한 '장안의 화제'입니다. 하필 이럴 때 승합마차 마부들이 파업한다고 부르주아들이 분통을 터뜨립니다. 재단사 파업 때 그들(부르주아)은 응원을 보냈지요. **사회 자체**가 붕괴하는 것 같습니다.

새겨두십시오. 부르주아에 대한 증오가 미덕의 시작입니다. 제가 말하는 부르주아에는 작업복 입은 부르주아도, 양복 입은 부르주아도 〔즉 하층 부르주아든 상층 부르주아든〕 포함됩니다. 우리가, 우리만이, 다시 말해 문학인만이 민중입니다. 문학인만이 인류의 전통을 지킵니다.

그렇습니다. 저는 사심 없는 분노에 쉽게 빠지며, 당신이 이를 어여삐 여겨 주시기에 당신을 더욱더 사랑합니다. 우매와 불의를 경험하면 '저와 아무 상관없는' 수많은 일을 털어놓고 하소연할 사람을 만나면 고함치고 울부짖게 되지요.

함께 지내지 못해 무척 슬픕니다, 스승님. 당신을 알기 전부터 당신을 존경했습니다. 당신의 친절하고 사랑스러운 얼굴을 처음 본 날부터 당신을 사랑했습니다. 정말 그렇습니다. 따뜻한 포옹을 보내며.

당신의 오랜 친구
귀스타브 플로베르

1 Croisset. 센마리팀주 캉틀뢰에 있는 작은 마을. 플로베르는 이곳에서 35년 동안 살았다.
2. 프로이센-프랑스 전쟁(1870-71)을 말한다. 독일을 통일하려는 비스마르크와 프랑스의 갈등이 심화되면서 당시 양국 간 전쟁이 일어나리라는 소문이 파다했다.

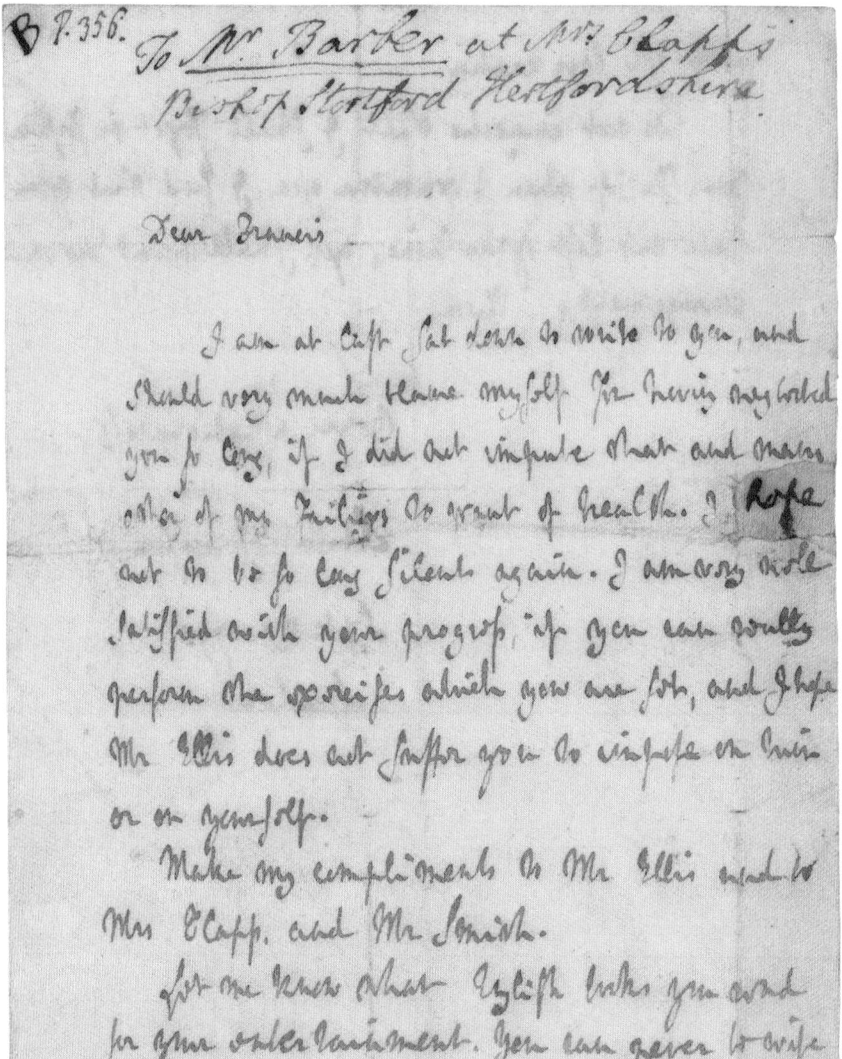
B P.356.

To Mr Barber at Mr Clapp's
Bishop Stortford Hertfordshire

Dear Francis

I am at last sat down to write to you, and should very much blame myself for having neglected you so long, if I did not impute that and many other of my failings to want of health. I hope not to be so long silent again. I am very well satisfied with your progress, if you can really perform the exercises which you are set, and I hope Mr Ellis does not suffer you to impose on him or on yourself.

Make my compliments to Mr Ellis and to Mrs Clapp, and Mr Smith.

Let me know what English books you read for your entertainment. You can never be wise

새뮤얼 존슨이 · ──────── · 프랜시스 바버에게 1770년 9월 25일

Samuel Johnson (1709-84) Francis Barber (1742?-1801)

프랜시스 바버는 자메이카 농장에서 노예로 태어났다. 일곱 살 때 농장이 도산하자 주인 리처드 배서스트 대령은 바버를 영국으로 보냈고, 1754년 배서스트가 죽고 나서 그는 자유를 얻었다. 대령의 아들 리처드 배서스트 박사의 주선으로 바버는 18세기 문학계의 거장 새뮤얼 존슨의 허름한 런던 집에 일자리를 얻었다. 존슨은 2년 전에 부인 테티와 사별하고 홀아비로 살며 최초의 영어 사전인 『사전*Dictionary*』 집필에 힘쓰고 있었다(이 사전은 1755년에 발간되었다).

배서스트 박사와 존슨은 노예제 폐지 운동이 일어나기 수십 년 전부터 노예제를 철저히 반대했고, 존슨은 바버를 하인이 아닌 동료로, 심지어 수양아들로 대했다. 선입견이 남아 있던 친구들은 존슨이 바버에게 잡일을 시키지 않는 것이 의아했다('디오게네스[1]도 존슨보다는 더 하인을 부렸다'고 친구는 말했다). 예를 들어 존슨은 고양이 호지에게 먹일 굴을 사러 어시장에 직접 가겠다고 고집하며 '바버는 네발짐승의 편의를 위해 고용될' 만한 사람이 아니라고 주장했다.

1767년 존슨은 20대가 된 바버를 윌리엄 엘리스 목사가 운영하는 '비숍스 스토포드 그래머 스쿨Bishop's Stortford grammar school'에 입학시켰다. 급우들보다 나이도 훨씬 많고 분명히 유일한 흑인 학생이었을 바버에게 학교는 낯선 공간이었다. 하지만 '독서를 좋아하지 않으면 현명해질 수 없다. 내가 너를 잊거나 버릴 거라 생각지 마라'고 말하는 이 편지에서 바버를 향한 존슨의 애정과 기대가 느껴진다.

바버는 런던으로 돌아와 1773년에 엘리자베스 홀과 결혼했다. 두 사람은 다섯 자녀를 두었고 한동안 온 가족이 존슨의 저택에 살았다(거주자들 중에 돌팔이 의사와 은퇴한 매춘부도 있었다). 1784년 존슨이 사망하자 바버는 1순위 상속인이 되었다.

프랜시스에게

마침내 자리에 앉아 편지를 쓴다. 네게 오랫동안 연락하지 않고 여러 가지 다른 일도 게을리한 것이 나의 안 좋은 건강 탓이 아니라면, 나 자신을 혹독히 나무라야 할 거다. 이렇게 오랫동안 소식 전하지 못하는 일이 다시는 없으면 좋겠다. 네가 부여받은 숙제를 해낼 수만 있다면 나는 무척 만족한다. 엘리스 교장이 숙제로 너를 괴롭히지 않았으면 좋겠구나. 네가 교장 선생님을 성가시게 하거나, 네 스스로에게 너무 많은 부담을 주지 않도록 말이지.

심심할 때 어떤 책을 읽는지 알려다오. 독서를 좋아하지 않으면 현명해질 수 없다.

내가 너를 잊거나 버릴 거라 생각지 마라. 내가 너를 검사했을 때 네가 허송세월하지 않았다는 걸 알게 되면, 아낌없이 격려해줄 것이다. 사랑한다.

샘. 존슨

1 Diogenes. 고대 그리스 철학자. 문명에 반대하고 자유로운 생활을 실천했다.

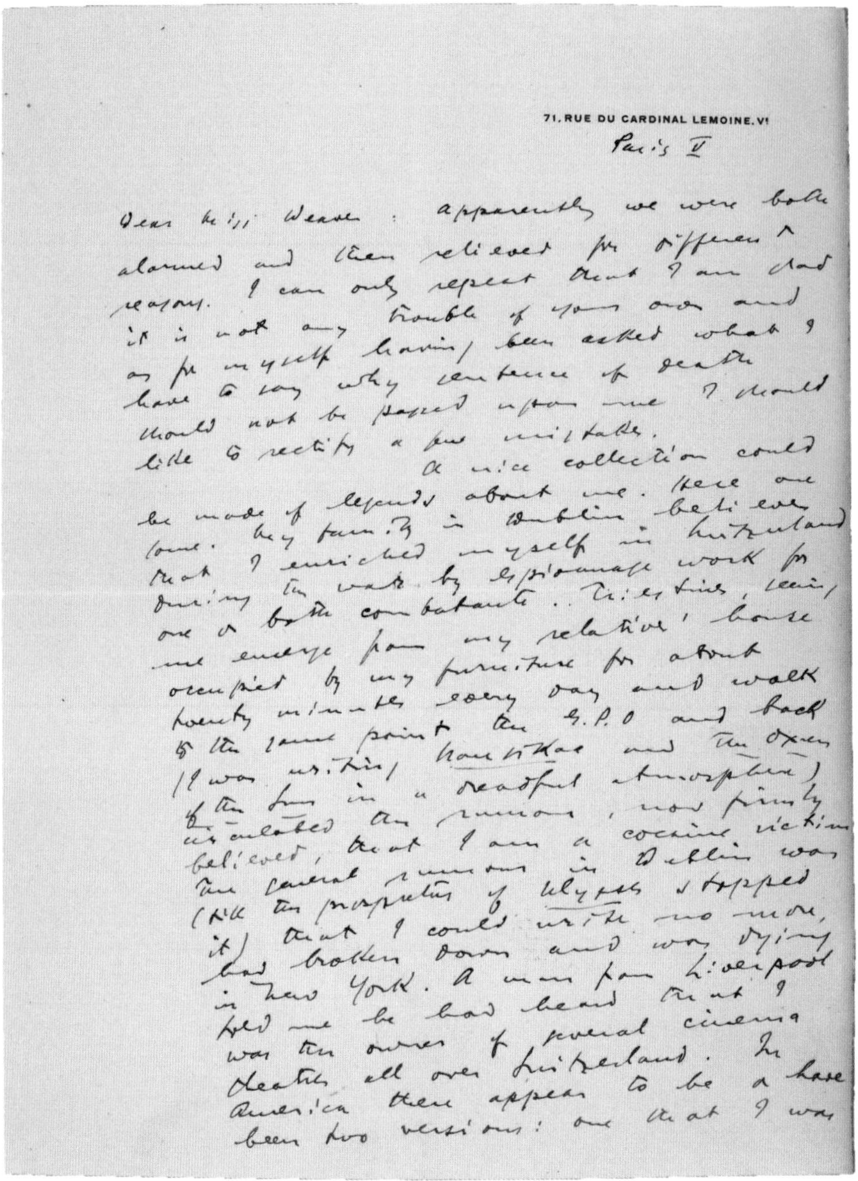

71, RUE DU CARDINAL LEMOINE. VI
Paris V̲I̲

Dear Miss Weaver: Apparently we were both alarmed and then relieved for different reasons. I can only repeat that I am glad it is not any trouble of your own and as for myself having been asked what I have to say why sentence of death should not be passed upon me I should like to rectify a few mistakes.

A nice collection could be made of legends about me. Here are some. My family in Dublin believe that I enriched myself in Switzerland during the war by espionage work for one or both combatants. Triestines, seeing me emerge from my relative's house occupied by my furniture for about twenty minutes every day and walk to the same point, the G.P.O. and back (I was writing Nausikaa and The Oxen of the Sun in a dreadful atmosphere) circulated the rumour, now firmly believed, that I am a cocaine victim. The general rumour in Dublin was (till the prospectus of Ulysses stopped it) that I could write no more, had broken down and was dying in New York. A man from Liverpool told me he had heard that I was the owner of several cinema theatres all over Switzerland. In America there appear to have been two versions: one that I was

제임스 조이스가 ———————————— 해리엇 쇼 위버에게 1921년 6월 24일
James Joyce (1882-1941) Harriet Shaw Weaver (1876-1961)

제임스 조이스는 미술가이자 소설가 윈덤 루이스, 작가 로버트 매컬먼과 함께 밤새 술을 진탕 마시고는 자신이 술값을 내겠다고 고집했다. 이 소식을 듣고서 위버가 불안해한 것은 납득할 만하다. 위버는 조이스가 위대한 첫 실험소설 『율리시스*Ulysses*』를 집필하는 동안 계속 지원하고 있었기 때문이다. 1921년 6월 조이스는 오랫동안 넓은 아량으로 도와준 후원자로부터 책망이 담긴 편지를 받았다.

(조이스를 질투했다는) 윈덤 루이스의 침소봉대일 수도 있지만 파리의 고급 아파트에 살던 조이스를 잘 아는 사람이라면 그가 절제력이 부족하다는 것을 익히 알았을 것이다. 어쨌든 조이스는 위버의 비난을 전적으로 부인하지 않는다. 그러기는커녕 자신에 관해 유포되고 있는 몇 가지 기이한 '전설'을 늘어놓은 뒤, 루이스와 위버의 말이 '어쩌면 옳을지 모른다'고 인정하여 당혹하게 한다. 해명하면서도 매섭게 비판하고, 분노에 불붙이면서도 화를 풀고 웃게 만드는 절묘한 솜씨다. 조이스는 『율리시스』를 쓰느라 정신적 평형을 잃었다고도 변명한다. 실제로 소설에서 그는 진실의 본성에 의문을 제기하는 데 다양한 시점을 사용한다. 바로 이것이 소박한 편지에서 조이스가 노리는 바다. 그는 '대책 없는 인간' 같다. 『율리시스』에서 조이스의 분신인 주인공 스티븐 디덜러스를 두고 친구 벅 멀리건이 일컫듯 말이다.

위버 씨에게: 우리 두 사람 모두 이유는 다르지만 깜짝 놀랐다가 안도한 것 같군요 〔…〕

저를 둘러싼 전설로 멋진 모음집을 만들 수도 있습니다. 여기 몇 가지 예를 들겠습니다. 더블린에 있는 가족은 제가 전쟁 첩보원으로 활동하여 스위스에서 부자가 되었다고 믿습니다 〔…〕 트리에스테 사람들은 제가 매일 20분 동안 친척 집에 짐을 맡겨두고 밖으로 나와 매일 같은 중앙우체국으로 걸어갔다가 돌아오는 것을 보고서, 제가 코카인 중독자라는 소문을 퍼뜨렸을 뿐 아니라 심지어 확신하고 있지요. (『율리시스』 홍보 자료가 나올 때까지 그칠 줄 모르고) 더블린에 파다했던 소문은 제가 더는 글을 쓸 수 없으며 건강이 나빠서 뉴욕에서 죽어가고 있다는 것이었습니다 〔…〕 이제 불치의 알코올 중독자라는 평판도 얻고 있는 것 같습니다 〔…〕

루이스 씨와 매컬먼 씨가 당신에게 전한 내용은 옳다고 생각하지만, 두 사람이 말한 내용을 당신이 부풀려서 이해했을 수도 있습니다. 저는 '폭음'했다고 생각지 않습니다. 이미 당신은 그렇게 여기고, 루이스 씨도 그러는 것 같지만요. 하지만 당신들 말이 어쩌면 옳을지도 모르겠습니다 〔…〕

저는 잘난 체를 몹시 싫어하기 때문에, 신경의 긴장과 이완, 금욕, 폭음의 원인과 영향 등에 대해 거창한 서신을 쓰지는 못합니다. 제가 얼마나 어리석은지 당신은 이미 짐작하고 있을 테죠. 제가 멍청하다는 예를 하나 들겠습니다. 저는 여러 해 동안 문학을 한 편도 읽지 않았습니다. 머릿속은 가는 곳마다 주워 모은 자갈, 쓰레기, 부러진 성냥개비, 유리 조각으로 가득합니다. 열여덟 개의 다양한 시점으로 관찰하고 다른 작가들이 모르거나 발견하지 못한 수많은 양식을 활용하여 소설을 집필하겠다는 과제를 스스로 설정하고, 게다가 이러한 유형의 걸작을 쓰려면 누구라도 정신적 균형을 잃을 것입니다 〔…〕

Manuel,

vamos a conversar. Es la hora en que yo miro caer la tarde; pero te miraré a ti, como se mira un cielo profundo i dulcísimo.

Son las seis; acaba de irse tu primo, don Custodio. Estuvo desde las dos, con su hija. Conversamos mucho. Alguien le mostró unas manchas, i él habló de ti. Aproveché para preguntarle si te hallaba enfermo i de eso pasó él a otro cosa, i a otras, i a otras, hasta caer en tu estado de ánimo i tu situación espiritual i sus causas. Te justificó plenamente, i su hija tambien. Habló ella de la vida triste que te habia visto hacer en setiembre. Te vi, a través de su palabra, que dejaba caer descuidadamente, dar de comer a las palomas. En cada detalle te reconocia la dulzura, la del hombre bueno, mayor que tu misma inmensa dulzura de poeta. Tu primo dijo por ahi: -Si, pues, un alma necesita sentir la palpitación de otra alma (aleteo, fué su palabra) aunque sea a través de un muro, i yo senti que hai algo de eso en nosotros. El muro es espeso i terco; es el mundo, son las costumbres, es lo fatal que tú sabes. Dijo ella por ahi, al hablar de que eran imprudentes contigo, lo de una carta para ti que habian abierto. Pensé en la mia perdida. Es mui necesario que tú te prevengas, que lo hagas por ti i por mi. Talvez eres descuidado por exceso de seguridad. Comprendo i justifico: yo haria lo mismo; talvez haria mucho más. Te repito que es preciso que veles mucho por esto.

Hai un derramamiento de brasas hacia el poniente; es una tarde demasiado ardiente. Yo estoi cansada. Conversar me cansa más que trabajar fisicamente, porque hasta en la conversación sencilla pongo demasiada vehemencia i porque una emoción me quiebra como el levantar una montaña. Además, ha hecho calor. Como a ti me daña el calor. Tengo algo al corazón i me ahogan estas siestas ~~espesas de aire~~, densas como un humo, embotan un poco. Uno de mis temores de Buenos Aires es el clima.

He pasado con el ánimo distinto hace tres dias; reaccioné con una visita a la Cárcel, un matadero humano, una cosa no para contada sino para vista. Una enfermeria en la que los presos se pudren entre un hedor de cuadra; cinco meses sin remedios i sin médico ~~los presos~~; unos rostros de pesadilla, Manuel. La colonia española ha reunido fondos para darles una enfermeria humana. Me pidieron que los acompañara. I ese horror me hizo bien. Senti en la cara arderme la verguenza de toda la ciudad que tiene semejante putrefacción en su seno. He salido a la calle estos dias, porque me dieron lo de la adquisicion de la ropa (están desnudos en el lecho), lo delas camas etc. Cura Manuel, mirar el dolor verdadero i horrible de otras vidas; mira una a la propia, compara i da gracias a Dios, i después ve el cielo más hermoso i, sobre todo, sale de si misma i se pone a vivir en la vida de los otros. La noche antes habia estado en la Casa del Pueblo, para hablar a los obreros. Les hablé contra el odio, i horas después, en la Cárcel, lo justificaba. Voi a hacer algo antes de irme de aqui, en el Dispensario, en el presidio i en la Casa del Pueblo. Si en la última me dejan, porque me hallaron reaccionaria...
Te cuanto como ves, mis dias.

Ahora el cielo está amoratado i rojo: es el color de la violencia, del odio trenzado con la amargura; parece que estuviera a aquella parte estendido el dolor de todo el pueblo infeliz.

De los presos enfermos que nos repartimos, tomé uno, un tal Parra, un tisico El médico dice que no se salva. A ver. Va a tener aire pleno, por primera vez; se van a abrir grandes ventanas con barrotes en lo alto. Va a ver el cielo.

: no

가브리엘라 미스트랄이 Gabriela Mistral (1889-1957) → 마누엘 마가야네스 모레에게 Manuel Magallanes Moure (1878-1924)

1921년 2월 8일

1914년, '가브리엘라 미스트랄'이라는 필명으로 활동한 칠레 교사 루실라 고도이 알카야가는 플로럴 게임[1]에서 〈죽음의 소네트*The Sonnets of Death*〉로 대상을 수상했다. 첫사랑 로멜리오 우레타의 자살에 대한 답가였던 이 시로 수상자의 이름이, 아니 필명이 널리 알려졌다. 가브리엘라 미스트랄(이탈리아 시인 가브리엘레 단눈치오와 프랑스 시인 프레데리크 미스트랄에서 따온 필명)은 시, 에세이, 신문 칼럼 등을 왕성하게 집필했다.

마누엘 마가야네스 모레는 플로럴 게임의 심사위원 중 한 명이었다. 시인, 극작가, 미술가인 모레와 미스트랄은 친구가 되었고 서신을 자주 교환했다. 1921년 미스트랄은 교편을 잡고 있던 여학교가 위치한 도시 테무코에서 모레에게 편지를 보낸다. 자연, 영성, 사회 정의 등 자신의 작품에 생명을 불어넣는 주제를 언급하고, 모레의 조카가 찾아온 일과 감옥을 탐방한 일을 설명한다. 기혼이었던 모레와 어떤 사이였는지는 불분명하다. 두 사람이 편지를 비밀스럽게 보관하였으므로 연인 관계였는지는 확실치 않다(이후 미스트랄의 편지를 보면 그녀가 여성에게 더 끌렸음을 알 수 있지만).

1922년 첫 시집 『비탄*Desolation*』을 출간한 후 미스트랄은 외교관, 대학교수, 인권 운동가로서 새로운 방랑 생활을 시작했다. 활발히 활동하면서도 검소한 생활 습관을 유지하며 쿠바에서 니스로, 멕시코에서 뉴욕으로 이주했다. 칠레로는 오랫동안 돌아가지 않았다. 미스트랄의 조국을 향한 마음은 애증으로 엇갈렸으나 명성이 높아질수록 국가적인 영웅, '성스러운 가브리엘라la divina Gabriela'로 칭송받았다. 1945년, 미스트랄은 노벨 문학상을 수상한 남아메리카 최초의 작가가 되었다.

마누엘에게,

〔…〕 땅거미가 내리는 시간이에요. 하지만 전 드넓고 향기로운 하늘을 찾는 사람처럼, 당신을 찾을 거예요 〔…〕

당신 조카는 방금 떠났어요 〔…〕 저는 당신이 아픈지 물었고, 그 애는 이런저런 대답 끝에 당신의 우울증과 영적인 생활에 관해 말해줬어요 〔…〕 무심코 입 밖에 낸 거예요. 그래요, 영혼은 다른 영혼의 고동이 필요하지요 〔…〕 우리에게 그런 본성이 있다고 느껴져요. 제가 당신에게 보내는 편지를 열어본 주위 사람들이 당신에게 무례하게 군다는 말을 듣고 나니, 편지를 분실한 일이 생각났어요. 아주 조심해야 해요 〔…〕

인간 도살장이나 다름없던 감옥을 탐방하고 지난 사흘 동안 사고방식이 바뀌었어요. 악취가 진동하는 의무실에서 죄수들은 썩어갔어요. 약도 의사도 없이 5개월 동안 방치되었죠. 스페인 식민지 같은 감옥에 인도적인 의무실을 마련하기 위해 기금을 모금했고, 제게도 참여를 요청했어요 〔…〕 마누엘, 타인의 인생에 깃든 생생하고 끔찍한 고통을 바라보면 영혼이 정화돼요. 이들의 인생과 우리 인생을 비교하며 신에게 감사하고, 아름다운 하늘을 바라보다가, 무엇보다도 자아의 테두리를 벗어나 다른 사람의 입장에 서게 되지요 〔…〕

1 Floral Games. 중세 프랑스 툴루즈의 오크 궁정과 바르셀로나의 카탈루냐-아라곤 궁정에서 시작된 문학 경연. 1859년에 다시 등장했다.

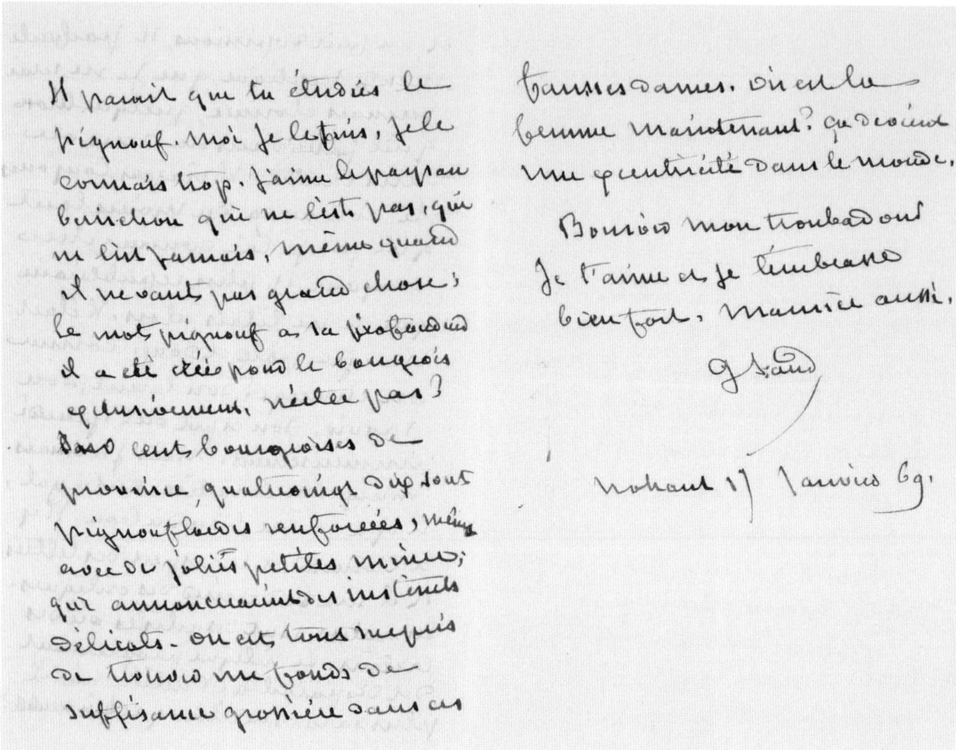
Il paraît que tu études le
pignouf. Moi je le fuis, je le
connais trop. J'aime le paysan
berrichon qui ne l'est pas, qui
ne l'est jamais, même quand
il ne vaut pas grand chose ;
le mot pignouf a sa profondeur
il a été créé pour le bourgeois
exclusivement, n'est-ce pas ?
Sur cent bourgeoises de
province, quatre-vingt-dix sont
pignouflardes renforcées, même
avec de jolies petites mines,
qui annonceraient des instincts
délicats. On est tout surpris
de trouver un fonds de
suffisance grossière dans ces
fausses dames. Où est la
femme maintenant ? ça devient
une excentricité dans le monde.

Bonsoir mon troubadour
Je t'aime et je t'embrasse
bien fort. Maurice aussi.

G. Sand

Nohant 17 janvier 69.

조르주 상드가 · ———————————— · 귀스타브 플로베르에게 1869년 1월 17일
George Sand (1804-76) Gustave Flaubert (1821-80)

(조르주 상드라는 필명으로 더 잘 알려진) 뒤팽 남작 부인이 1869년 신년을 맞아 맨 먼저 한 일은 '나의 위대한 친구이자 나의 사랑하는 덩치 큰 아이' 귀스타브 플로베르(51쪽)에게 보낼 짧은 편지를 단숨에 쓴 것이었다. 때는 새벽 한 시, 저녁 내내 손녀의 커다란 인형에 입힐 의상 한 벌을 만드느라 피곤했지만 '당신의 포옹 없이는 잠들고 싶지 않아요'라고 썼다.

상드는 앵드르의 그림 같은 시골, 노앙에 머물고 있었다. 이곳은 그녀가 10대 때 상속받은 곳으로 연인 프레데리크 쇼팽과 8년 동안 살았고 수많은 인기 소설을 집필했으며, 프란츠 리스트, 외젠 들라크루아, 오노레 드 발자크(155쪽), 플로베르 등 당대의 수많은 전위적 예술가들을 초대했던 장소다. 하지만 이곳은 이제 평범한 가정집이 되었다. 이 편지에서 상드는 남장과 연애로 악명을 떨쳤던 게 언제였나 싶을 정도로 점잖게 바느질하고, 인형극 무대를 꾸미고, 이름을 물려받은 손녀 오로르와 즐거운 시간을 보내는 만능 할머니로서의 새로운 인생을 설명한다.

하지만 '나이 많은 음유시인' 플로베르를 통해 다시 남성의 모습으로 슬그머니 되돌아가, 스스로를 '이 남자'라 칭하고 '어리석게도 미숙했을' 때 살았던 다른 인생을 떠올린다. 상드는 자신과 플로베르가 소설가로서 '현존하는 가장 상이한 작업자'임을 인정하고, 이는 역설적이면서도 자연스럽게 깊은 우정의 토대가 된다. '우리는 우리 자신을 완성시킨다we complete ourselves', 상드는 둘의 관계를 이렇게 표현했다.

[…] 조르주 상드는 잘 지내고 있어요. 이 남자는 베리[1] 지방에서 **기승을 부리는** 환상적인 겨울을 즐기고, 화초를 채집하고, 식물의 흥미로운 변화를 기록하고, 며느리가 입을 원피스나 망토, 그리고 꼭두각시 옷을 만들고, 무대 장식을 오려 만들고, 인형에게 옷을 입히고, 악보를 읽고, 무엇보다 경이로운 손녀 오로르와 함께 시간을 보내고 있어요. 현역에서 은퇴한 이 늙은 음유시인보다 가정생활을 더 평온하고 행복하게 즐기는 남자는 없지요. 이따금 달을 보며 노래를 살하는 흉하는 신경 쓰지 않고 짧게 흥얼거려요 […] 과거에도 항상 이렇게 잘 지냈던 건 아니에요. 그는 어리석게도 미숙했어요. 하지만 사악한 짓도 하지 않았고 **사악한 열정**도 알지 못했고 허영을 좇으며 살지도 않았으므로, 평화를 누리며 모든 것이 흥겨울 만큼 행복하답니다.

이 핼쑥한 인물은 마음을 다 바쳐 당신을 사랑하고 […] 열렬한 예술가의 고독에 갇혀서 세상의 모든 쾌락을 경멸하는 또 다른 나이 많은 음유시인을 날마다 떠올리며 크나큰 기쁨을 누리고 있어요. 우리는 현존하는 가장 상이한 작업자라고 생각해요. 하지만 서로 좋아하니까 괜찮아요. 우리가 같은 시간에 서로를 생각하는 이유는 반대되는 사람이 필요하기 때문이에요. 때로 우리는 자신이 아닌 다른 사람과 동화됨으로써 우리 자신을 완성시키지요 […]

잘 자요, 나의 음유시인. 사랑해요. 따뜻한 포옹을 보내며 […]

G. 상드

1 Berry. 프랑스 중부에 위치한 지역. 앵드르주와 셰르주로 나뉘며 노앙은 앵드르주에 있다.

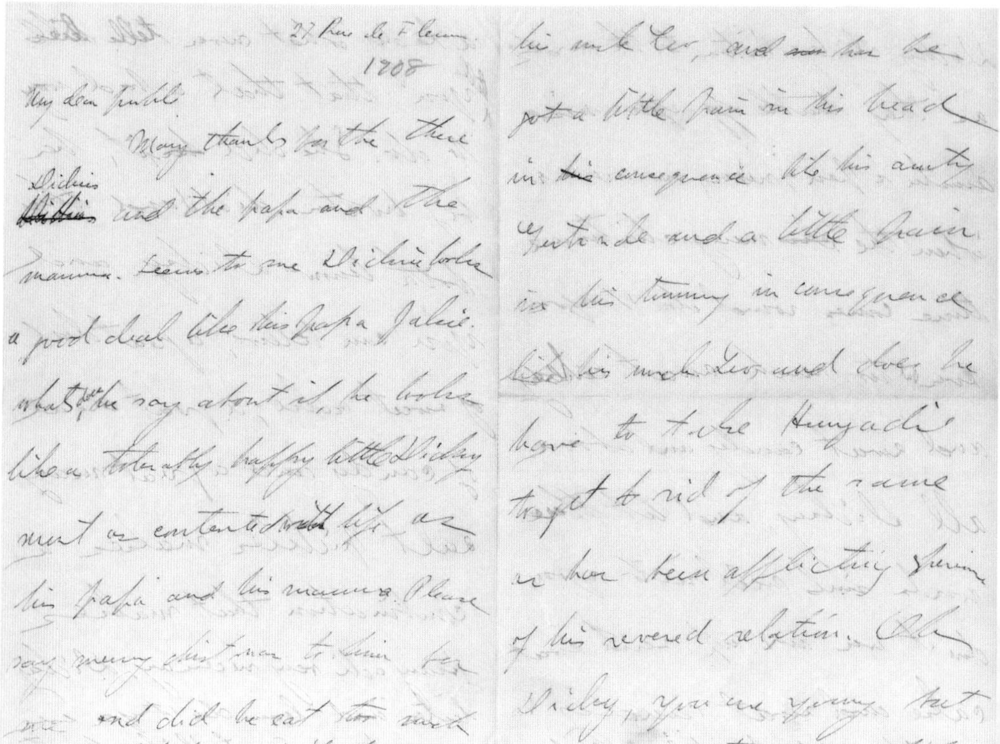
27 Rue de Fleurus
1908
My dear Fubbie
Many thanks for the three Dickies and the papa and the mamma. Seems to me Dickie looks a good deal like his papa Jackie. What do you say about it. he looks like a tolerably happy little Dicky most as contented with life as his papa and his mamma. Please say merry christmas to him for me and did he eat too much candy like his aunty Gertrude and his uncle Leo, and has he got a little pain in his head in consequence like his aunty Gertrude and a little pain in his tummy in consequence like his uncle Leo and does he have to take Hunyadi to get rid of the same as have been afflicting some of his revered relations. Oh Dicky, you are young but we are never too young to learn.

거트루드 스타인이 ———— 호텐스 모지스와 디키 모지스에게 1908년 12월 27일

Gertrude Stein (1874-1946) Hortense, Dicky Moses

거트루드 스타인은 오빠 레오를 따라 파리로 이주한 후 몽파르나스에서 함께 살았다. 고루하고 꽉 막힌 볼티모어에서 해방된 거트루드는 동성애자로서의 성 정체성과 문학적 야망을 자유롭게 펼칠 수 있었다. 레오는 현대미술 작품을 열정적으로 수집하면서 젊은 스페인 화가 파블로 피카소 등과 친구가 되었고, 거트루드는 자신이 주최하는 주간 살롱에서 피카소 그림을 홍보했다. 1905년에 피카소는 거트루드 초상화의 결정판이 될 회화 작업에 착수했다. 이 그림에서 거트루드는 엄숙하고 중성적인 얼굴을 하고, 갈색 가운을 입은 채 한쪽 팔꿈치를 의자에 기대 앞으로 몸을 기울였다. 피카소는 아방가르드의 실세이자 선지자 거트루드를 원시주의 화풍으로 그렸다. 볼티모어에 있는 친구들에게 보내는 이 편지에서 알 수 있듯, 현실에서 그녀는 초상화와는 달리 마음이 따뜻하고 익살스러웠다.

호텐스 구겐하임은 1903년 제이컵 (재키) 모지스와 결혼하여 어린 아들 디키를 두고 있었다. 1908년 크리스마스, 호텐스가 스타인에게 가족사진을 보냈고 그중 디키의 사진도 세 장 있었다. 이에 대한 스타인의 감사 편지에는 당시 실험하고 있던 의식의 흐름stream-of-consciousness 기법이 녹아 있다. '디키야 디키는 똑똑한 아줌마의 펜에서 단어들이 떨어지는 소리를 듣고 있구나 … 그런 달달한 케이크와 달달한 캔디를 짭짤한 피클과 함께 먹지 말거라.' 거트루드는 분명 이런 상상을 했을 것이다. 자신이 이렇게 맹렬히 휘갈긴 조언을 호텐스가 어린 아들에게 읽어주고 있으며, 어린이가 타고난 직관을 되찾도록 고도의 능력을 발휘하는(아방가르드의 중대한 사명이었다) 거트루드 아줌마에게 디키가 미소 짓고 있으리라고 말이다. 편지에서 언급된 '후녀디 야노시Hunyadi János' 광천수는 변비나 '무분별한 식단의 악영향'을 고치기 위해 판매됐던 상품이다.

사랑하는 친구들에게

디키의 사진 세 장과 엄마 아빠 사진을 보내줘서 무척 고마워요. 디키는 아빠 재키를 쏙 빼다 박은 것 같네요. 디키는 뭐라고 대납할까요? 엄마나 아빠같이 삶을 흡족해하는 행복한 작은 새처럼 보인다는 말을 들으면 말예요. 디키에게 메리 크리스마스라고 전해주세요. 디키가 거트루드 아줌마나 레오 아저씨처럼 캔디를 너무 많이 먹으면, 그러면 머리가 쿡쿡 쑤시거나 레오 아저씨처럼 배가 살살 아프다고 말해 주세요 〔…〕 오 디키야, 너는 어리지만 어려도 배울 것은 배워야 한단다. 디키야 디키는 똑똑한 아줌마의 펜에서 단어들이 떨어지는 소리를 듣고 있구나. 메리 크리스마스가 돌아오면 절대로, 절대로, 달달한 케이크와 달달한 캔디를 너무 많이 먹지 말거라. 무엇보다도 디키야, 이 말을 잘 새겨들으렴. 그런 달달한 케이크와 달달한 캔디를 짭짤한 피클과 함께 먹지 말거라. 디키야 거짓말을 해본 적이 없는 아줌마가 그러면 안 돼요 하고 말하는 거란다. 아줌마도 그랬고, 아줌마 오빠도 그랬지만 말이야. 두 사람 다 디키를 잘 알지요. 달달한 케이크, 달달한 캔디, 짭짤한 피클을 많이 먹으면 뱃속에서 뒤섞여 후녀디가 필요해진다는 걸 명심하렴 〔…〕 디키야 거짓말을 해본 적 없는 아줌마가 그러면 안 돼요 하고 말하는 거란다 〔…〕

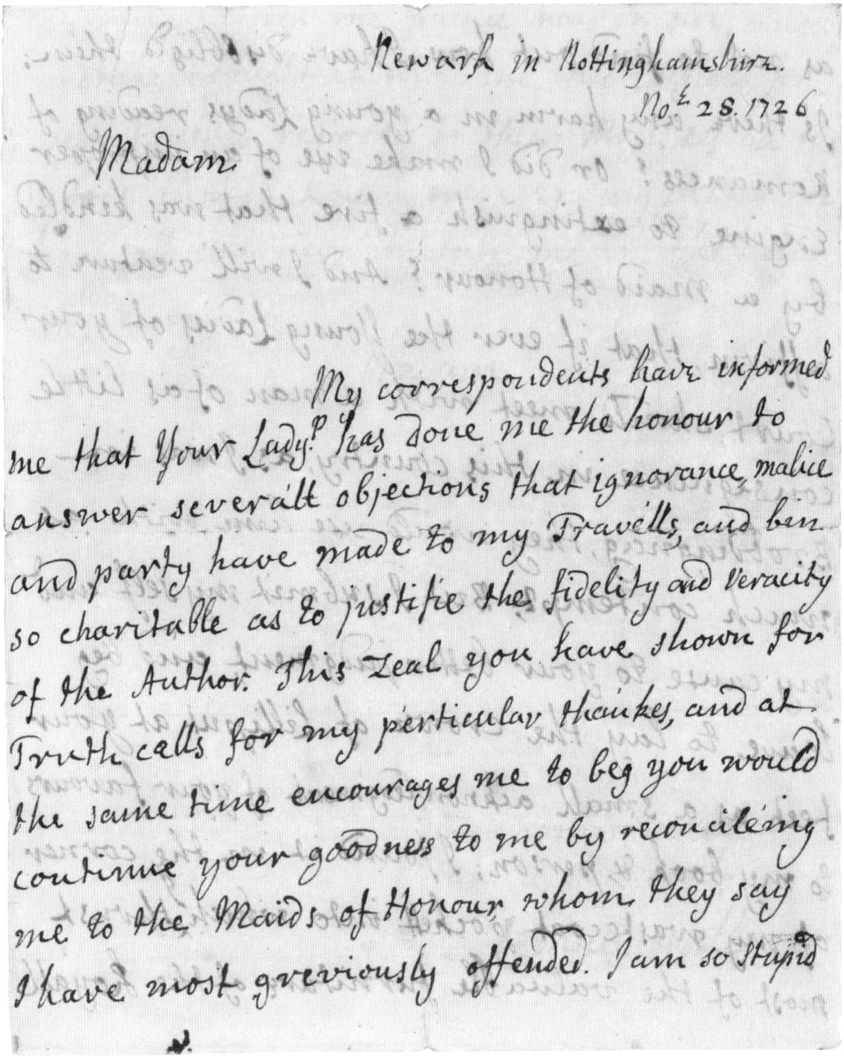

Newark in Nottinghamshire.
No.r 28. 1726

Madam

My correspondents have informed me that Your Lady.p has done me the honour to answer severall objections that ignorance, malice and party have made to my Travells, and bin so charitable as to justifie the fidelity and Veracity of the Author. This Zeal you have shown for Truth calls for my perticular thankes, and at the same time encourages me to beg you would continue your goodness to me by reconcileing me to the Maids of Honour whom they say I have most greviously offended. I am so Stupid

조너선 스위프트가 ———— 헨리에타 하워드에게 1726년 11월 28일

Jonathan Swift (1667-1745) Henrietta Howard (1689-1767)

헨리에타 하워드는 서퍽 백작 부인이자 영국 왕세자 조지 어거스트(후일 조지 2세)의 정부情婦, 하노버 궁정의 능숙한 안주인이었다. 그녀는 예술 후원자로서 자신이 존경하는 작가들에게 때때로 유용한 친구였다. 하워드와 스위프트가 수년간 수다스러운 서신을 주고받던 1726년 10월, 인간 본성에 대한 스위프트의 위대한 풍자소설 『걸리버 여행기*Gulliver's Travels*』가 출간되었다. 처음에 스위프트는 이름을 밝히지 않았다. 그는 이 소설을 레뮤얼 걸리버 선장이 릴리펏, 브롭딩낵 등을 여행하며 쓴 실화라고 소개했지만 독자들은 의심했다. 스위프트는 기발하고 잔혹한 작가로 널리 알려져 있었고, 『통 이야기*A Tale of a Tub*』(1704) 같은 작품에서 자신의 분신을 등장시킨 전력이 있었다. 『걸리버 여행기』의 팬이었던 하워드는 스위프트의 속임수를 간파했다.

소설이 나오고 몇 달 뒤, 하워드는 걸리버가 여행하다가 4부에서 마주치는 야후(인간처럼 생긴 잔인한 종족)와 후이넘(고도의 지성을 갖춘 말)을 잔뜩 놀리는 편지를 써서 스위프트에게 보낸다. 11월 27일 답장에서 스위프트는 아무것도 모르는 체하며 하워드의 '영문을 알 수 없는' 말을 이해하기 위해 책을 사야 했다며 눙친다. 하지만 하워드는 다음 날 이 편지를 받았다. 레뮤얼 걸리버가 서명한 이 편지는 걸리버의 고향인 노팅엄셔 뉴어크에서 부친 듯했고, 아첨하며 요점을 비껴가는 걸리버 특유의 문체로 쓰여 있었다. 그는 하워드에게 '저자의 충성심과 정직성을 옹호하는 은혜를 베풀어' 준 데 대해 '스위프트스러운' 농담을 섞어 감사를 전하고, 키가 보통 인간의 12분의 1밖에 되지 않는 소인들이 사는 릴리펏 왕국에서 가져왔다며 장난감 왕관을 동봉한다.

실은 스위프트가 그녀에게 재미있는 편지 이상의 것을 기대했다는 사실이 조지 2세가 왕위에 오르면서 확실해졌다. 더블린의 성 패트릭 성당에서 사제장으로 지내며 낙담하고 있던 스위프트는 자신이 궁정으로 영전되도록 하워드가 힘써주기를 바랐다. 하워드에게 그만한 능력이 없자 스위프트는 짜증을 냈다. 서신 교환은 흐지부지 끝났고, 스위프트는 하워드가 '부인, 조신朝臣, 총신寵臣에게서 기대할 수 있는 미덕virtue as could be expected in a Lady, a Courtier and a Favourite'만 갖추었을 뿐이라고 말했다.[1]

존경하는 부인

저와 편지를 주고받는 조신들이 전하기를, 영광스럽게도 부인께서 무지, 악의, 당파심으로 가득한 자들이 제 여행에 제기한 여러 이의에 답변해 주시고, 저자의 충성심과 정직성을 옹호하는 은혜를 베풀어 주셨다고 합니다. 당신께서 보여주신 진실에 대한 열정에 특별히 감사합니다. 아울러 한번 더 친절을 베푸셔서 저로 인해 기분이 극심하게 상했다는 시녀들과 저를 화해시켜 주시기를 간곡히 당부드립니다. 저는 매우 어리석어 시녀들이 무슨 영문으로 제게 화가 났는지 도무지 모르겠습니다 〔…〕 하지만 제 행동의 의도를 현명하게 판단해 주시기 바라며, 저와 제 책에 보여주신 호의에 대한 감사 표시로 릴리펏 왕관을 당신 앞에 바치는 것을 허락해 주십시오 〔…〕

1 스위프트가 '우정, 진실, 성실은 궁정에서 전혀 쓸모없는 하급 도덕'이라고 말했다는 점을 고려하면 '하워드는 성실하고 정직한 친구가 아니'라는 뜻으로 한 말이라고 볼 수 있다. 하지만 하워드는 성실하기로 유명했다.

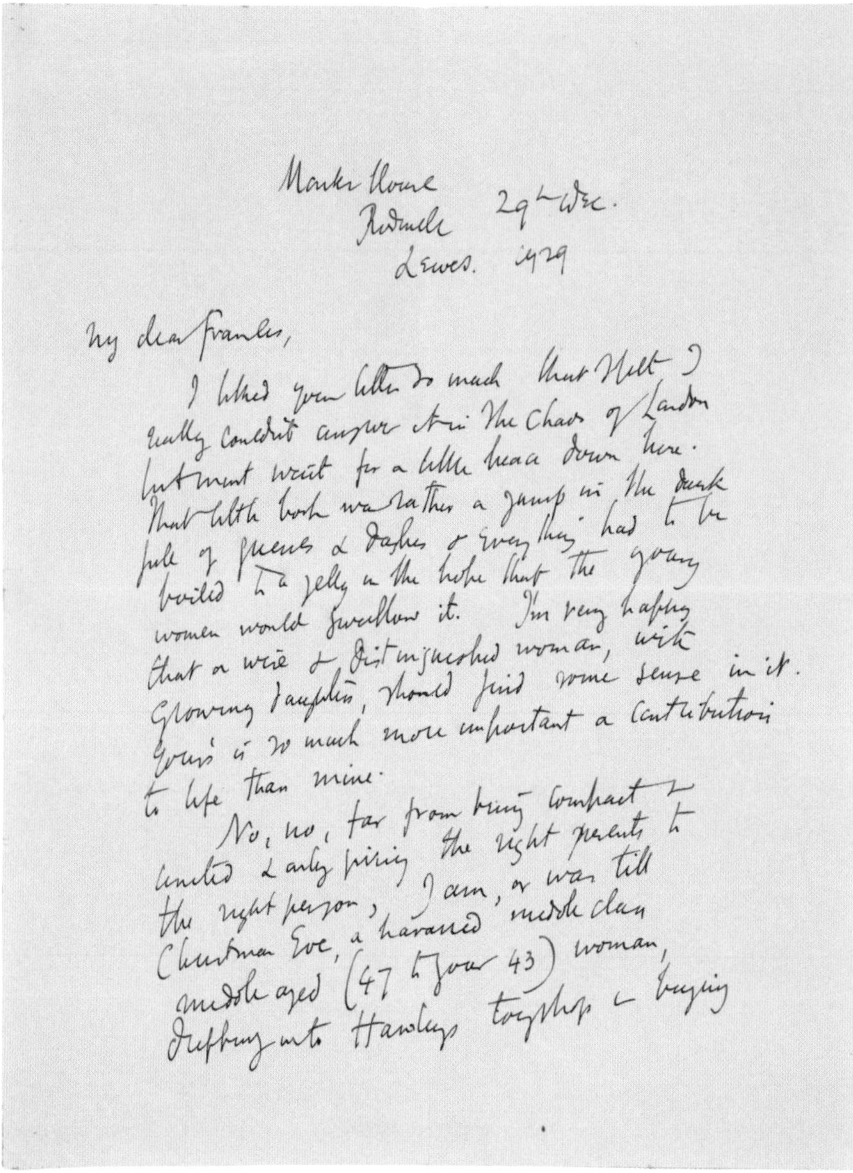

Monks House
Rodmell 29th Dec.
Lewes. 1929

My dear Frances,

I liked your letter so much that I felt I really couldn't answer it in the chaos of London but must wait for a little peace down here. That little book was rather a jump in the dark — full of queries & dashes & everything had to be boiled to a jelly in the hope that the young women would swallow it. I'm very happy that so wise & distinguished a woman, with growing daughters, should find some sense in it. Yours is so much more important a contribution to life than mine.

No, no, far from being compact & united & only giving the right presents to the right person, I am, or was till Christmas Eve, a harassed middle class middle aged (47 to your 43) woman, dropping into Hamleys toyshop & buying

버지니아 울프가 · ———— · 프랜시스 콘퍼드에게 1929년 12월 29일
Virginia Woolf (1882-1941) Frances Cornford (1886-1960)

1929년 9월, 버지니아 울프는 논쟁적인 에세이 『자기만의 방*A Room of One's Own*』을 출간했다. 1927년 작 『등대로*To the Lighthouse*』에 등장하는 '도덕군자' 찰스 탠슬리는 '여자는 글을 쓸 수 없어. 여자는 그림을 그릴 수 없어'라고 말한다. 울프는 이에 반격하고자 『자기만의 방』에서 영국이 편견과 금지를 수단 삼아 여성을 문화생활에서 배제시킨 역사를 탐구했고, '여성이 소설을 쓰려면 돈과 자기만의 방이 있어야 한다'고 결론지었다.

『자기만의 방』은 20세기에 쓰여진 가장 위대한 페미니즘 텍스트로 손꼽힌다. 이 책으로 울프가 창작에 몰입했던 지난 10년이 유종의 미를 거두었다. 울프는 1920년대에 『등대로』뿐만 아니라 『댈러웨이 부인*Mrs Dalloway*』(1925), 『올랜도*Orlando*』(1928)도 완성했다. 하지만 남편 레너드와 함께 운영하는 호가스 출판사에서 책을 출간했던 시인 프랜시스 콘퍼드가 『자기만의 방』에 찬미를 보내자 이에 답장하며 이러한 업적을 대수롭지 않게 여긴다. 울프는 런던에서 '부산스러운chaos' 크리스마스를 보낸 후 서식스에 돌아와 '중산층 중년 여성'인 자신이 조카들에게 줄 선물을 사느라 장난감 가게를 힘겹게 돌아다니며 고생한 일을 설명한다. 『자기만의 방』을 비롯한 대부분의 작품에서 울프는 실제로 자신이 사회적 특권을 누렸음을 인정하지 않았다고 종종 비판받는다. 하지만 '콘퍼드가 어머니로서 인생에 기여하는 것'이 자신의 글쓰기보다 더 중요하다고 고집하는 걸 보면, 진짜로 자신을 대단치 않게 여겼던 것 같다.

프랜시스에게,

당신의 편지가 마음에 쏙 들었어요. 부산스러운 런던에서는 답장할 수 없었고 이곳에 내려와 약간 평온해질 때까지 미뤄야겠다고 느꼈지요. 그 작은 책은 어둠 속에서 뛰어오르듯 오로지 짐작으로 단숨에 쓴 거예요. 모든 소재를 팔팔 끓여 젤리로 만들어 젊은 여성들이 삼킬 수 있게 했어요. 딸들을 키우는 현명하고 성공한 여성이 이 책에서 의미를 발견하셨다니 기뻐요. 인생에 대한 기여는 당신이 저보다 많이 했지요.

지쳐 빠진 중산층의 중년 여성(47세부터 당신 나이인 43세까지)인 저는 치밀하게 집중하여 올바른 사람에게 올바른 선물을 주기는커녕, 그러기는커녕, 크리스마스이브까지 돌아다니며 햄리스 장난감 가게에서 조카들에게 줄 점박이 말을 샀어요. 말 바퀴가 고장나면 햄리스에 가서 새 바퀴를 퍼트니로 보내달라고 부탁해야 해요. 저를 너무 우아하게 여기시길래, 바로잡기 위해 이 정도만 말해둘게요 〔…〕

아마 당신은 시를 더 쓰려 하시겠지요 〔…〕 그러면 우린 계속 영적으로 교감할 수 있을 거예요. 당신의 시가 좋아요. 시를 더 쓰셨으면 좋겠어요. 아이들이 방해한다면 산문은 어때요?

보시다시피 문장마다 물음표로 끝맺고 있네요. 왜 이건 이렇고 저건 저렇지 않느냐고요. 어쨌든 제 책이 마음에 들었다는 당신의 편지에 깜짝 놀라 즐겁게 읽었어요.

영원한 친구
버지니아 울프

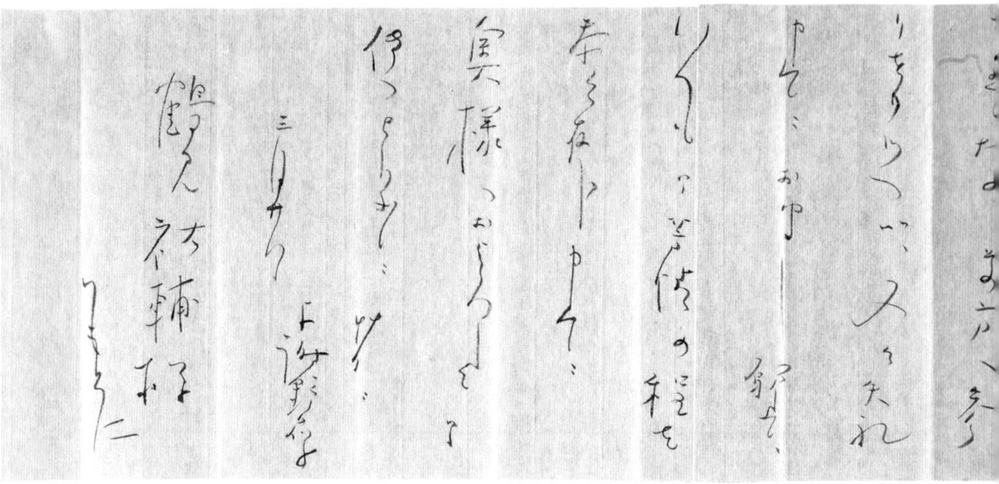

요사노 아키코가 · ——— · 쓰루미 유스케에게 1927년 3월 28일

与谢野 晶子 (1878-1942) 鶴見 祐輔 (1885-1973)

구즈시지崩し字(1900년까지 일본 학교에서 가르쳤던 한자)를 모른다면, 이 우아한 달필에는 요사노를 유명하게 만든 사랑의 서정시가 담겨 있다고 생각할 수도 있다. 실은 도쿄의 다른 지역에 살고 있는 장성한 아들 히카루를 찾아갔던 일을 설명하는 편지다. 요사노는 전직 철도 공무원이자 현재 태평양회의 일본 대표 쓰루미 유스케와의 약속을 지키지 못한 것 같다. 어쨌든 '실례'를 범했다고 말한다.

요사노가 처음부터 삶에 관조적인 태도로 유명했던 건 아니다. 결혼 전 본명은 호 쇼鳳 志やう, 엄격한 가부장적 집안에서 태어나 10대부터 시를 썼고, 22세에 첫 가집『헝클어진 머리칼みだれ髮』을 출간했다. 수백 수의 단카短歌(31음절의 전통 정형시)에서 성에 대한 자각과 시인이자 편집자 요사노 히로시(필명 뎃칸)와의 연애를 탐구했고, 같은 해에 히로시와 결혼하여 장남 히카루를 낳았다. 필명으로는 '수정의 아이'란 뜻의 아키코晶子를 택했다.

요사노는 여성의 욕망을 솔직하게 찬양하여 논란을 일으켰다. 일본 전통문화에서 여성의 신체는 온유함과 모성애의 이상으로만 언급되어 왔다. 요사노는 '두 손으로 그러쥐어 내바친 내 가슴의 꽃'이라고 쓰며 자신을 성적 관계에서 적극적인 파트너라고 묘사한다.

봄날 저녁에
잘 자요, 속삭이고
그이 방에서 살그머니 빠져나와
그이 기모노에서 걸음을 멈추고
치수를 알고 싶어 입어보네.

요사노는 이후 가집 20권과 산문 작품 11권을 출간했다. 11세기 귀족 여성 무라사키 시키부의『겐지 이야기源氏物語』를 3년 동안 현대 일본어로 번역하기도 했다. 이 시기에 13명의 자녀 가운데 일곱째, 여덟째, 아홉째 아이를 낳았다. 1913년 파리 여행에서는 자신의 책 번역본을 조각가 오귀스트 로댕에게 선물했다. 요사노는 정치적으로도 논쟁을 일으켰다, 일본 시인으로는 최초로 1904–5년 러일전쟁에 공개적으로 반대하고 천황을 비판했기 때문이다. 분노한 국수주의자들이 요사노의 집에 돌을 던졌다. 후일 요사노는 우익으로 전향하여 군사적 용맹을 찬양하는 시를 썼다. 하지만 여전히 현대 일본문학과 페미니즘의 창시자로 기억된다.

쓰루미 유스케 씨께,

실례를 범해 깊이 사과드립니다. 그날 병이 난 큰아들을 보러 교외로 갔습니다. 죄송합니다. 항상 친절하게 대해주셔서 정말 고맙습니다. 매우 감사하게 생각하고 있습니다. 부인께도 안부 전해주십시오.

안녕히 계십시오,

요사노 아키코

3장

'네, 저는 급진적입니다'

역사의 격랑

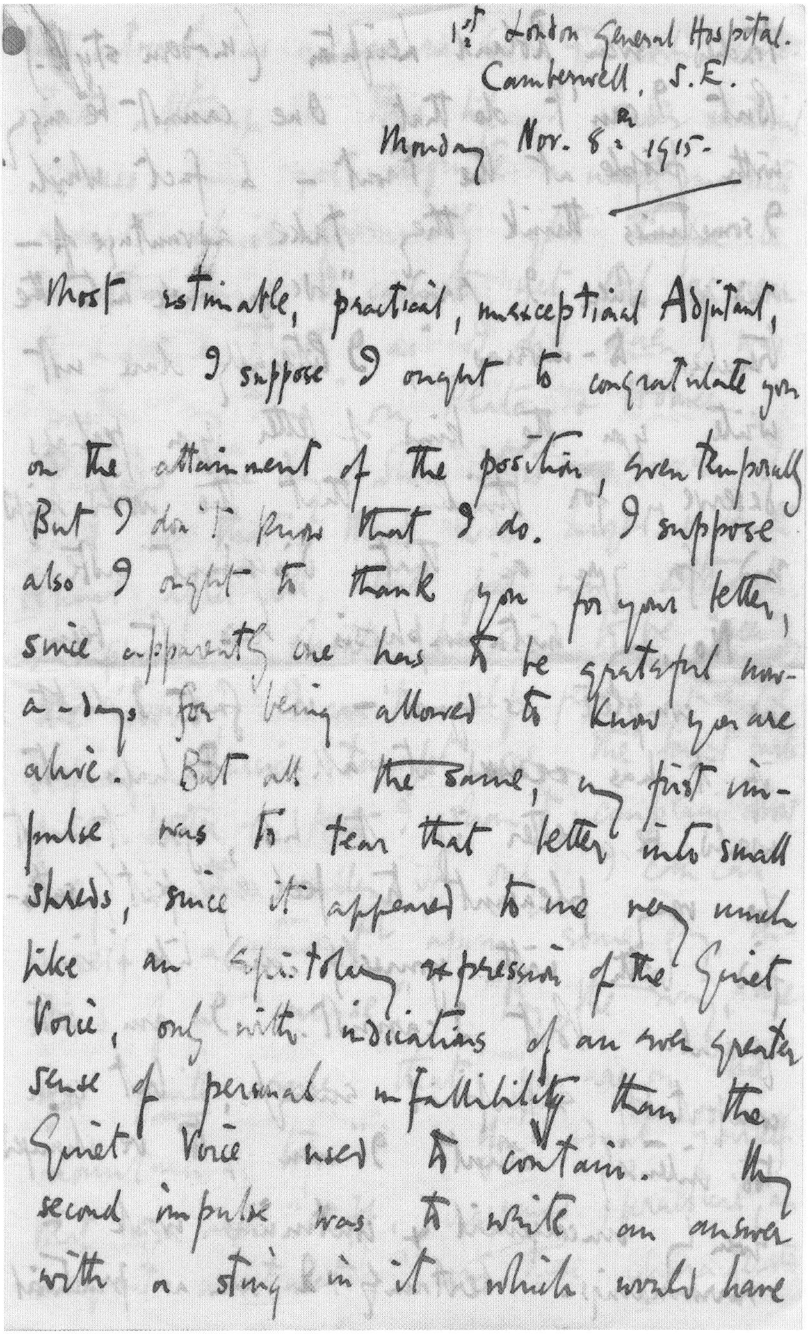

1st London General Hospital.
Camberwell, S.E.
Monday Nov. 8th 1915.

Most estimable, practical, unexceptional Adjutant,

I suppose I ought to congratulate you on the attainment of the position, even temporarily. But I don't know that I do. I suppose also I ought to thank you for your letter, since apparently one has to be grateful now-a-days for being allowed to know you are alive. But all the same, my first impulse was to tear that letter into small shreds, since it appeared to me very much like an epistolary expression of the Quiet Voice, only with indications of an even greater sense of personal infallibility than the Quiet Voice used to contain. My second impulse was to write an answer with a sting in it which would have

베라 브리튼이 ———————————— 롤런드 레이턴에게 1915년 11월 8일
Vera Brittain (1893-1970) Roland Leighton (1895-1915)

브리튼은 옥스퍼드 대학교를 휴학하고 구급 간호 봉사대에 자원했다. 약혼자 레이턴은 프랑스에서 참호전을 벌이고 있었다. 며칠 전 브리튼은 오랫동안 연락이 없던 레이턴에게 편지를 받았다. 변명과 따분한 군대 소식으로 가득했는데, 그중에는 부관 대행으로 임명되었다는 말도 있었다. 레이턴이 언제 전사할지 모르므로 브리튼은 동정심을 보여야 마땅하겠지만 소극적인 태도와 사그라진 애정이 느껴지는 그 편지를 '짝짝 찢어버리고' 싶다. 극한 상황에서는 말을 아끼지 말고 전부 털어놓는 솔직함이 필요하다고 일러주는 듯하다. 속상하고 분노가 치밀어 멀리 떨어져 있는 약혼자와 언쟁이라도 벌일 기세다.

'전쟁은 육신의 생명 이외에 다른 것도 죽여', 브리튼은 넓은 아량도 보인다. 울 수도 있지만 '이 모든 애처로움을 씻어내기'에 충분할 만큼 눈물을 흘릴 수 없을 거라 생각한다. 그해 12월 27일, 레이턴이 저격수의 총탄을 맞고 사망했다는 소식이 전해졌다. 1933년 자서전 『청춘의 증언*Testament of Youth*』에서 브리튼은 두 사람의 사랑을 불가능하게 만들었던 상황을 생생하게 되살린다.

존경할 만큼 현실적이고 평범한 부관에게,

너의 승진을 잠깐이라도 축하해야 할 것 같지만 내가 그럴 수 있을지 모르겠어. 네 편지에 감사해야 한다는 생각도 들어. 요즘에는 살아 있음을 알 수 있는 것만으로도 고마워해야 할 것 같거든. 그렇지만 읽자마자 그 편지를 짝짝 찢어버리고 싶은 생각이 치밀었어 〔…〕 그러고선 가시 돋친 답장을 쓰고 싶은 마음이 굴뚝같았지 〔…〕 하지만 그럴 수 없어. 전선에서 싸우는 군인에게 화를 낼 수는 없지. 군인들이 이런 사정을 악용한다는 생각도 가끔 들어. '우리는 내일 참호로 돌아가'라는 대목을 읽고 나니 네가 기대할 만한 편지를 쓸 용기가 차마 안 났어. 딱딱거리는 어조를 읽으면 네가 세상이 끝난 듯한 기분을 느낄 것 같아서 말야 〔…〕

나는 봉사대를 물질적으로 지원하면서 사람들이 만족해할 만한 결과를 대개 즉각적으로 확실히 얻고 있어. 하지만 플라톤이나 호메로스를 읽으며 '시간을 허비'했던 대학 시절만큼 빛과 진리에 가까이 있다는 느낌은 들지 않아. 아마도 언젠가 이 일이 끝나면 모든 순간에 빛과 진리가 있었음을 알게 되겠지. 하지만 지금으로서는, 내가 '세상을 보는 안목이 있다'고 생각은 하지만, 그 경멸받는 고전들이 세상의 정수를 훨씬 잘 가르쳐줬다는 생각이 계속 들어 〔…〕

전쟁은 육신의 생명 이외에 다른 것도 죽여. 그래서 플랑드르와 프랑스의 참호 아래 누워 있는 시신만큼이나 확실하게, 너희 개성도 조금씩 묻히고 있다는 느낌이 들곤 해. 하지만 이 주제에 관해서는 그만 쓸래. 어차피 아무 소용없으니. 언젠가 써야겠지만 만약 쓴다면 아마도 울게 될 거야. 개인적이든 아니든 이 세상에는 울 일이 너무 많아서, 아무리 울어도 이 모든 일의 애처로움을 씻어내기에 충분할 만큼 눈물을 흘릴 수 없을 거야.

Eccellenza,

m'è ottima questa occasione di guerra per esprimerLe la gioia fidente che tutti i sinceri amatori della nostra Marina provarono quando ne furono rimesse le sorti nella Sua mano ferma e sapiente.

가브리엘레 단눈치오가 · ——— · 카밀로 마리아 코르시에게 1915년 11월 10일

Gabriele D'Annunzio (1863-1938) Camillo Maria Corsi (1860-1921)

시인, 소설가, 극작가, 동시에 강박적 쇼맨십이 넘치는 1차 세계대전 전투기 조종사 단눈치오는 코르시 제독에게 보내는 편지에서 적국 오스트리아의 지배를 받던 자라(오늘날 크로아티아의 자다르) 항구 상공에서 정찰비행을 할 수 있게 해달라고 요청한다. 코르시가 해군 총사령관인데도 (코르시가 책임지기를 망설일 경우에 대비해) 코르시의 동료 장군과 통수권자도 이 계획을 승인했다고 주장한다. 이처럼 노회함이 드러나는 어조는 아첨하는 것 같기도, 협박하는 것 같기도 하다. 그는 비행과 극우 민족주의에 대한 집착으로 악명이 높았다.

단눈치오의 창작 활동은 일찍이 19세에 출간한 세 권의 시집을 시작으로, 1900년경 『침입자*L'Innocente*』 같은 장편소설과 유명 배우이자 연인이었던 엘레아노라 두세에게 바치는 〈프란체스카 다 리미니*Francesca da Rimini*〉 등의 희곡으로 전성기에 이르렀다. 정치 활동은 1897년에 이탈리아 의회 의원으로 시작했다. 하지만 1910년 부채 때문에 프랑스로 추방된 후 그곳에서 클로드 드뷔시의 음악극 〈성 세바스티안의 순교*Le Martyre de saint Sébastien*〉와 피에트로 마스카니의 오페라 〈파리지나*Parisina*〉 등의 시나리오를 썼다. 그는 특유의 현란한 낭만주의로 세기말 작가로서 입지를 굳혔다.

1차 세계대전이 발발하자 이탈리아로 돌아온 단눈치오는 해군 항공대에 자원했고 당시 국가적 영웅으로 새로이 떠오르던 엘리트 비행사가 되었다. 이 편지에서 제안한 달마티아 탐색 이후 다른 공적도 쌓았다. 가장 유명한 활동은 1918년 8월 빈 상공을 비행하며 (이탈리아어로) '운명은 […] 확실하게 우리 편이다'라고 쓰인 5만 장의 전단을 뿌린 것이다. 베르사유조약을 맺을 때 아드리아해의 항구 도시 피우메(오늘날 크로아티아의 리예카)를 이탈리아에 귀속시키는 데 실패하자, 분노에 못 이겨 아르디티Arditi 기습 부대를 이끌고 피우메 침공을 감행했다. 이곳에서 원조 파시즘 소국을 세워 16개월 동안 독재정치를 펼쳤다. 거짓 카리스마(입버릇처럼 하는 말은 '상관없어Me ne frego'였다), 우익 포퓰리즘, '전쟁이 선사하는 기회'를 포착하는 직감을 그대로 본받은 베니토 무솔리니가 그와 비슷한 행보를 취한다.

각하,

전쟁이 선사하는 이런 기회는, 우리 해군의 진정한 찬미자라면 누구나 느껴야 마땅한 충정어린 기쁨을 각하께 전할 수 있는 최고의 기회입니다. 각하의 강하고 현명한 손에 운명이 달려 있습니다.

타온 디 레벨 제독께서는 제 계획을 각하께 알릴 수 있는 영광을 베풀어 주셨습니다. 이 계획은 자라 상공을 비행하고, 아드리아해가 영원히 우리의 눈엣가시가 되지 않기를 바란다면 반드시 복속시켜야 할 달마티아 군도를 탐색하는 것입니다. 오랫동안 검토하고 연구한 이 계획은 국왕 폐하, 참모총장 카도르나, 제가 영광스럽게 복무하고 있는 제3군의 사령관 아오스타 공작 전하의 승인을 받았습니다 […]

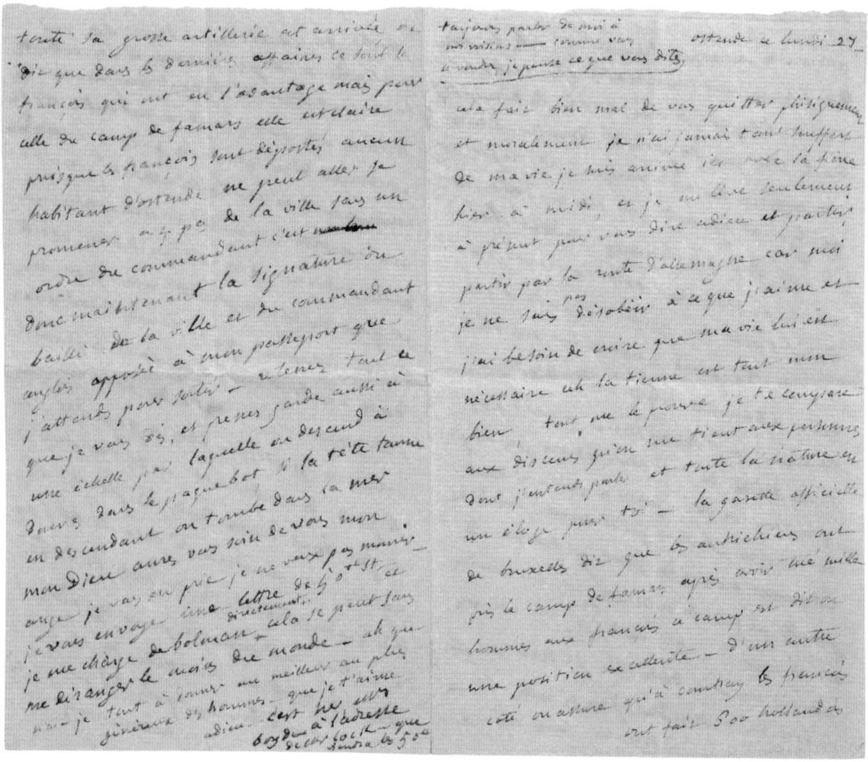

toute la grosse artillerie est arrivée on
dit que dans les dernières affaires ce sont les
français qui ont eu l'avantage mais pour
celle du camp de famars elle est claire
puisque les français sont déportés aucun
habitant d'ostende ne peut aller se
promener à 4 pas de la ville sans un
ordre du commandant c'est [illegible]
donc maintenant la signature du
baillé de la ville et du commandant
anglois apposée à mon passeport que
j'attends pour sortir — retenez tout ce
que je vous dis, et prenez garde aussi à
une échelle par laquelle on descend à
bord dans le paquebot si la tête tourne
en descendant on tombe dans la mer
mon Dieu ayez vous soin de vous mon
ange je vous en prie je ne veux pas mourir —
je vais envoyer une lettre de [illegible] directement et
je me charge de bolman cela se peut sans
me déranger le moins du monde — ah que
[illegible] je tout à [illegible] au meilleur au plus
généreux des hommes — que je t'aime
adieu c'est [illegible] à l'adresse
[illegible]

toujours parler de moi à
nos [illegible] — comme vous
[illegible] je pense ce que vous dites

ostende ce lundi 27

cela fait bien mal de vous quitter physiquement
et moralement je n'ai jamais tant souffert
de ma vie je suis arrivé ici avec la fièvre
hier à midi, et je me lève seulement
à présent pour vous dire adieu et partir
partir par la route d'allemagne car moi
je ne sais pas désobéir à ce que j'aime et
j'ai besoin de croire que ma vie lui est
nécessaire ah la tienne est tout mon
bien tout me le prouve je te conjure
aux discours qu'on me tient aux personnes
dont j'entends parler et toute la nature est
un éloge pour toi — la gazette officielle
de bruxelles dit que les autrichiens ont
pris le camp de famars après avoir tué mille
hommes aux français ce camp est dit on
une position excellente — d'un autre
côté on assure qu'à courtray les français
ont fait 500 hollandais

제르맨 드 스탈이 → 루이 드 나르본에게 1793년 5월 27일

Germaine de Staël (1766-1817) Louis de Narbonne (1755-1813)

루이 16세의 재무장관 자크 네케르의 딸 제르맨은 계몽주의 사상가와 정치가 들에 둘러싸여 자랐다. 제르맨은 20대 초까지 희곡과 문학작품을 많이 출간했으며 1786년에 스웨덴 외교관 스탈 홀스타인 남작과 결혼한 후 프랑스 혁명 초기에 유력한 지식인들이 모여들었던 정치 살롱을 열었다. 1792년 9월 대학살이 벌어지자 제르맨은 스위스로, 그 뒤 영국으로 도피하여 자신의 연인이자 망명 중인 전직 전쟁 장관 루이 드 나르본과 재회했다. 제르맨은 1793년 5월 26일 배를 타고 떠나 벨기에의 오스탕드에 도착하자마자 나르본에게 이 편지를 쓴다. 대프랑스 동맹 전쟁의 최근 전황, 남편의 극우파 비서 피에르 시뇰, 도버 해협의 위험한 부두 사다리에 대해 말하며, 50파운드(오늘날의 약 4,000파운드)를 동봉한다. 전쟁 소식이 곳곳에 담긴 이 편지는 감정이 고조된 어조로 쓰여 있어('모든 자연이 당신을 찬양해요') 제르맨이 장 자크 루소의 낭만주의에서 큰 영향을 받았음을 짐작할 수 있다.

당신 곁을 떠나는 건 끔찍했어요. 육체적으로나 정신적으로 그렇게 고통스러웠던 적은 없어요. 어제 정오에 여기 도착했을 때 열이 났어요. 이제야 일어나 당신에게 작별 인사를 하고 독일로의 여정을 출발하려 해요. 저는 사랑하는 아버지의 말씀을 어길 수 없고 아버지께 제가 필요하니까요. 아, 당신은 제게 소중해요 〔…〕 온 자연이 당신을 찬양해요.

오스트리아군이 천 명을 학살하고 파마르 진지를 점령했어요. 제가 듣기로 프랑스군에게 이 진지가 지리적으로 아주 중요한 요새였대요. 반면 코르트레이크 지역에서는 프랑스군이 네덜란드군 600명을 포로로 잡았고요 〔…〕

남편은 런던으로 갈 생각이 없는 것 같아요. 오히려 스웨덴으로 돌아가 시뇰이 의도한 거창한 민주주의 계획을 실행하고 싶은 듯해요. 이런 계획을 품는 이들을 제가 지지할 수 없다는 것은 당신도 잘 아실 테죠. 저는 프랑스라면 질렸어요. 제 감정은 당신이 있는 곳으로, 당신이 원하는 곳으로 저항할 수 없이 이끌린다는 건 두말할 것도 없어요 〔…〕

영국군이 오스탕드를 장악하고 있어요. 대체로 모든 국가의 군인은 평화를 바란다고들 하죠. 그렇지만 영국과 룩셈부르크의 동맹군은 병력이 12만이고, 중포병 부대도 모두 진을 쳤어요. 그동안 전세가 프랑스군에게 유리하다고 들어왔는데, 파마르 진지의 경우는 확실히 그렇지 않아요. 프랑스군이 축출되었으니까요 〔…〕

제가 말하는 모든 것을 잘 새기고, 도버에서 연락선을 타러 내려올 때 사다리를 조심하세요. 균형을 잃으면 바닷물에 빠져요. 오, 주의하세요, 나의 천사여. 부디, 저는 죽고 싶지 않아요 〔…〕

아, 가장 아량 넓은 분에게 드릴 돈이 왜 이것뿐인지. 사랑해요. 안녕히 〔…〕

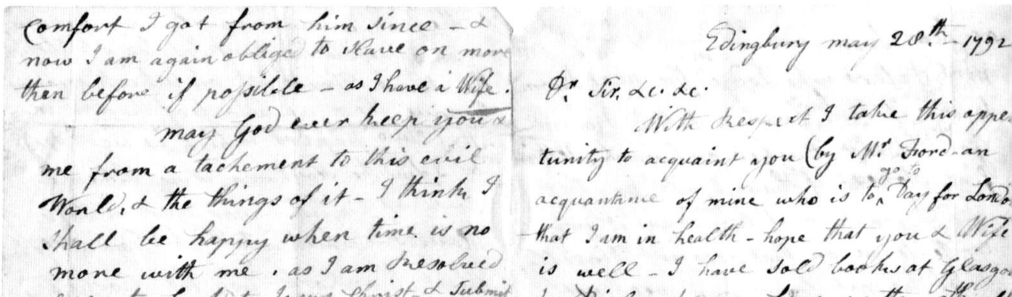
Comfort I got from him since - & now I am again oblige to have on more then before if possible - as I have a Wife.
may God ever keep you & me from a tachement to this evil World, & the things of it - I think I shall be happy when time is no more with me, as I am resolved ever to Look to Jesus Christ - & Submit to his Preordainations -

Dr. Sir - I am with Christian Love to you & Wife - &c.

Gustavus Vassa
The African

J. Gurnell

P.S. - pray get me the Gentlemen's Magazine for April 1792 & take care of it for me

Edingbury may 28th - 1792

Dr. Sir. &c. &c.

With Respect I take this oppertunity to acquaint you (by Mr. Ford - an acquantance of mine who is to go to Day for London) that I am in health - hope that you & Wife is well - I have sold books at Glasgow & Paisley, & Came here on the 10th ult, I hope next month to go to Dunde, Perth & Aberdeen - - Sir. I am sorry to tell you that Some Rascal Rascals have asserted in the news parpers Viz. oracle of the 25th of april & the Star. 27th - that I am a native of a Danish Island, Santa Cruz, in the West Indies the assertion has hurted the sale of my Books - I have now the aforesaid oracle & will be muchobliged to you to get me the Star. & take Care of it till you See or

올라우다 에퀴아노가 · ————— · 어느 친구에게 1792년 5월 20일
Olaudah Equiano (1745?-97) a friend

1789년, 노예로 살다가 자유를 얻은 한 남자가 자서전을 출간했다. 『올라우다 에퀴아노의 흥미로운 인생사 *Narrative of the Life of Olaudah Equiano*』는 대서양 노예무역의 실상이 아프리카인의 관점으로 서술된 최초의 기록이었다. 이 책은 영국의 노예제 반대 운동에 강력한 기폭제가 되었다. 에퀴아노는 서아프리카에서 태어나 어렸을 적 납치되어 버지니아주로 옮겨갔고, 이곳에서 영국 해군 장교가 그를 노예로 사서 '구스타부스 배서'로 개명시켰다. 에퀴아노는 영국-프랑스 간 7년 전쟁(1756-63)에 참전했고 글을 배웠으며, 영국에 도착해 카리브해의 노예로 다시 팔려갔으나 몸값을 지불하고 자유인이 되는 데 성공했다. 그리고 지중해와 북극 탐험을 마친 후 런던으로 돌아와 노예제 폐지 운동의 주축이 되었다. 1788년에는 노예가 된 모든 아프리카인을 대신하여 샬럿 왕비(조지 3세의 부인)에게 청원 서한을 보냈다.

이 서한을 계기로 에퀴아노는 문필 활동에 뛰어들었고 얼마 지나지 않아 책을 완성했다. 『흥미로운 인생사』는 베스트셀러가 되어 그에게 부와 명성을 안겼다. 이 편지에서 그는 스코틀랜드에서 열린 순회 행사를 설명하고, 언론을 논하고(자신이 아프리카인임을 의심하는 태도에 격분한다) 숙소에서 잃어버린 값비싼 브로치를 언급한다. 에퀴아노는 얼마 전 케임브리지셔 출신의 수재너 컬런과 결혼했다. 부실채권으로 막대한 액수를 잃은 데다 가장이 되자, 이젠 유명한 작가지만 생계를 위해 '전보다 혹독한 노예 생활을 해야 한다'고 말한다.

안녕하십니까.

존경을 표하며 이 기회를 통해 당신께 (···) 저의 안녕을 전하며, 당신과 부인께서도 안녕하시기를 바랍니다. 저는 글래스고와 페이즐리에서 책을 판매했고 지난달에 여기 도착했습니다. 다음 달에는 던디, 퍼스, 애버딘에 가려고 합니다. 이런 말씀 드리는 게 죄송하지만 (···) 일부 악당이 제가 서인도제도의 덴마크령 산타크루즈 제도 원주민이라고 주장해 왔습니다. 이 때문에 책 판매에 피해를 입었습니다 (···) 제 옆방에 묵었던 피터스 씨 부부에게 둥글고 작은 황금색 가슴 버클이나 보석이 박힌 브로치를 보았는지 물어봐 주십시오. 찾아준다면 후사할 것입니다. 혹시 찾으면 바로 저에게 편지로 알려주십시오 (···) 저는 스코틀랜드 교회 총회에 갔었습니다. 현재 집회 중이지요. 총회는 노예 무역 폐지를 상원에 청원하거나 건의하기로 만장일치 합의했습니다. 이에 대해 총회에 감사를 표하는 글을 두 신문에 실었습니다 (···) 제가 당신을 떠난 지 열이틀 뒤 루이스 씨가 편지하여, 저에게 200파운드 이상을 빚진 악한이 4월 17일 사망했다더군요. 이 악한의 부고가 당신을 떠난 후 제가 얻은 유일한 위안입니다. 이제 저는 힘닿는 한 전보다 혹독한 노예 생활을 해야 합니다. 아내가 있기 때문입니다 (···)

안녕히 계십시오 - 당신과 부인께 기독교적 사랑을 보내며.
구스타부스 배서

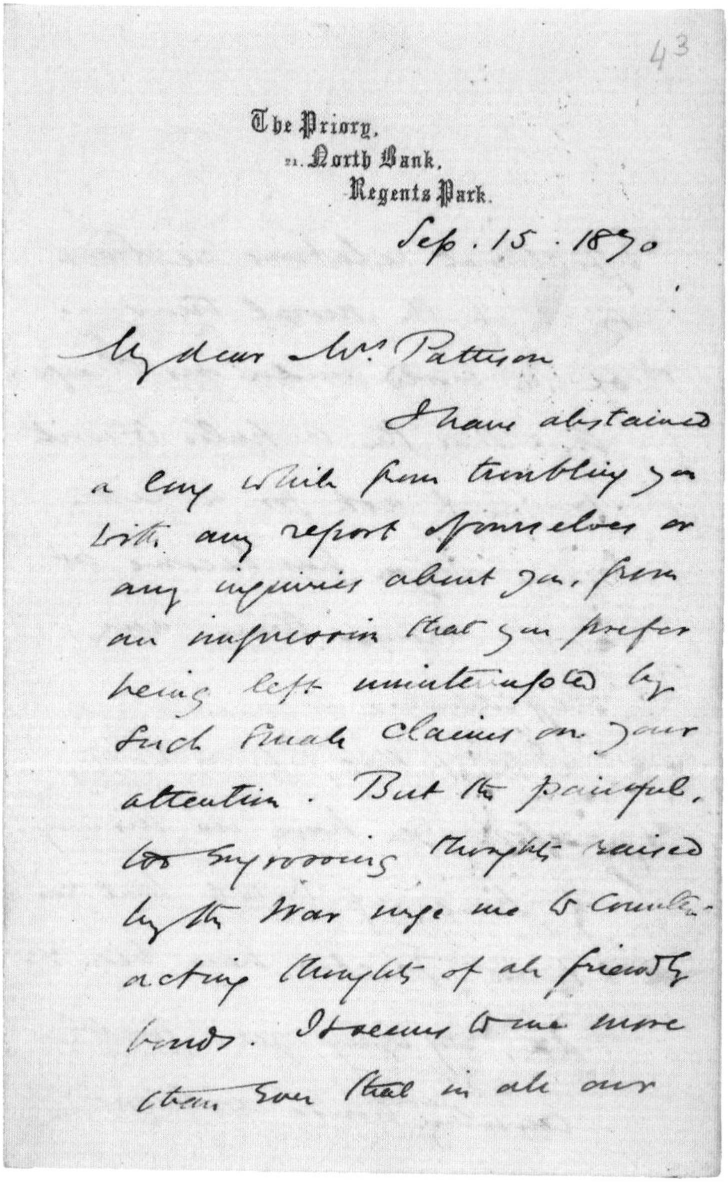

43

The Priory,
21. North Bank,
Regents Park.

Sep. 15. 1870

My dear Mrs Pattison

I have abstained a long while from troubling you with any report of ourselves or any inquiries about you, from an impression that you prefer being left uninterrupted by such small claims on your attention. But the painful, too engrossing thoughts raised by the war urge me to counteracting thoughts of all friendly bonds. It seems to me more than ever that in all our

조지 엘리엇이 · ———————— · 에밀리아 프랜시스 패티슨에게 1870년 9월 15일
George Eliot (1819-80) Emilia Francis Pattison (1840-1904)

매리언 에번스와 에밀리아 프랜시스 패티슨(통칭 프랜시스)은 동시대에 런던 문학계에서 활동했다. 프랜시스는 비평가였고, 기자로 시작한 매리언은 조지 엘리엇이라는 필명으로 여러 편의 소설을 출간했다. 『애덤 비드 *Adam Bede*』, 『로몰라*Romola*』, 『플로스강의 물방앗간*The Mill on the Floss*』이 성공하면서 빅토리아 시대 영국에서 가장 수입이 좋은 작가로 손꼽혔다. 1863년 엘리엇은 파트너였던 작가 조지 헨리 루이스와 함께 리젠츠파크의 저택으로 이주하여 우아한 삶을 즐겼다. 10년 동안 두 사람을 따라다녔던 추문(루이스의 이혼 소송에 법적 문제가 있는데도 두 사람은 공개적으로 부부나 다름없이 지냈다)은 잠잠해졌다. 이 편지에서도 엘리엇은 '남편의 건강 회복을 위해' 최근 여행을 다녀왔다고 말한다.

엘리엇은 1830년대 중부의 가상 도시가 배경인 소설을 두 편으로 나눠 집필하는 중이다. 하지만 프랜시스에게 보낸 편지에서는 프로이센-프랑스 전쟁 소식에 정신이 팔려 있다. 스당에서 프랑스군이 참패한 데 이어 프로이센군이 파리를 포위했다. 1870년 9월 14일, 엘리엇과 루이스가 매일같이 읽었던 『타임스』에 충격적인 보도가 실렸다. '전쟁 사건'란에 철도 차량 기지에 쓰러져 있는 프랑스 부상병들이 이렇게 묘사된 것이다. '거대한 탄약 열차들이 덜컹덜컹 지나갈 때마다 상처가 벌렁거린다. 부상병들은 땅바닥에 속수무책으로 누워 있다.' 이러한 잔혹극에 '맞서기 위해' 엘리엇이 떠올리는 생각, 즉 '우리의 모든 애정 어린 관계가 이 세상에서 우리가 맡고 있는 도덕적 보물의 일부'라는 성찰에는 걸작으로 남을 새 소설 『미들마치*Middlemarch*』에서 탐구하는 주제, 보편적 진리와 다정함이 구원을 안겨준다는 신념이 엿보인다.

패티슨 부인에게

저희 소식을 전하거나 당신의 안부를 물어 당신을 귀찮게 할 만한 일을 오랫동안 삼갔어요. 당신이 이런 사소한 일로 방해받는 것을 좋아하지 않는다는 인상을 받았기 때문이지요. 하지만 전쟁에서 기인한 고통스러운 생각에 지나치게 몰입하자 이에 맞서기 위해 모든 따뜻한 우정을 떠올리고 싶은 욕구가 생겼어요. 우리의 모든 애정 어린 관계가 이 세상에서 우리가 맡고 있는 도덕적 보물의 일부라는 사실을 그 어느 때보다 절실히 느껴요. 그래서 당신에게 사소한 안부라도 묻고 싶은 충동이 마침내 주저하는 마음보다 커졌어요 〔…〕

어쩌면 당신도 우리처럼 대부분의 하루를 신문이나 전보, 편지에 쓰인 사건에 관해 토론하는 데 보내고 있겠지요. 저는 『타임스』와 『데일리 뉴스』를 통독해요. 전에는 한 번도 그런 적이 없었던 것마냥 신문에 지나치게 빠져 있지요.

당신을 떠나온 직후 다시 방랑을 시작했어요. 제 남편의 건강 회복을 위해 처음에는 북쪽 카운티로, 다음에는 남쪽 카운티로 갔지요. 다행히 건강을 조금 회복했고 집 구석구석에서 오래도록 즐거움을 누릴 수 있기를 바라며 이곳에 정착했어요. 전 아마도 저 자신의 기쁨만 생각해서, 당신이 저처럼 한곳에 머무르지 않고 런던에 올 기회를 찾아보기를 바라는 것이겠지요 〔…〕 항상 당신의 애정 어린 친구

M E 루이스

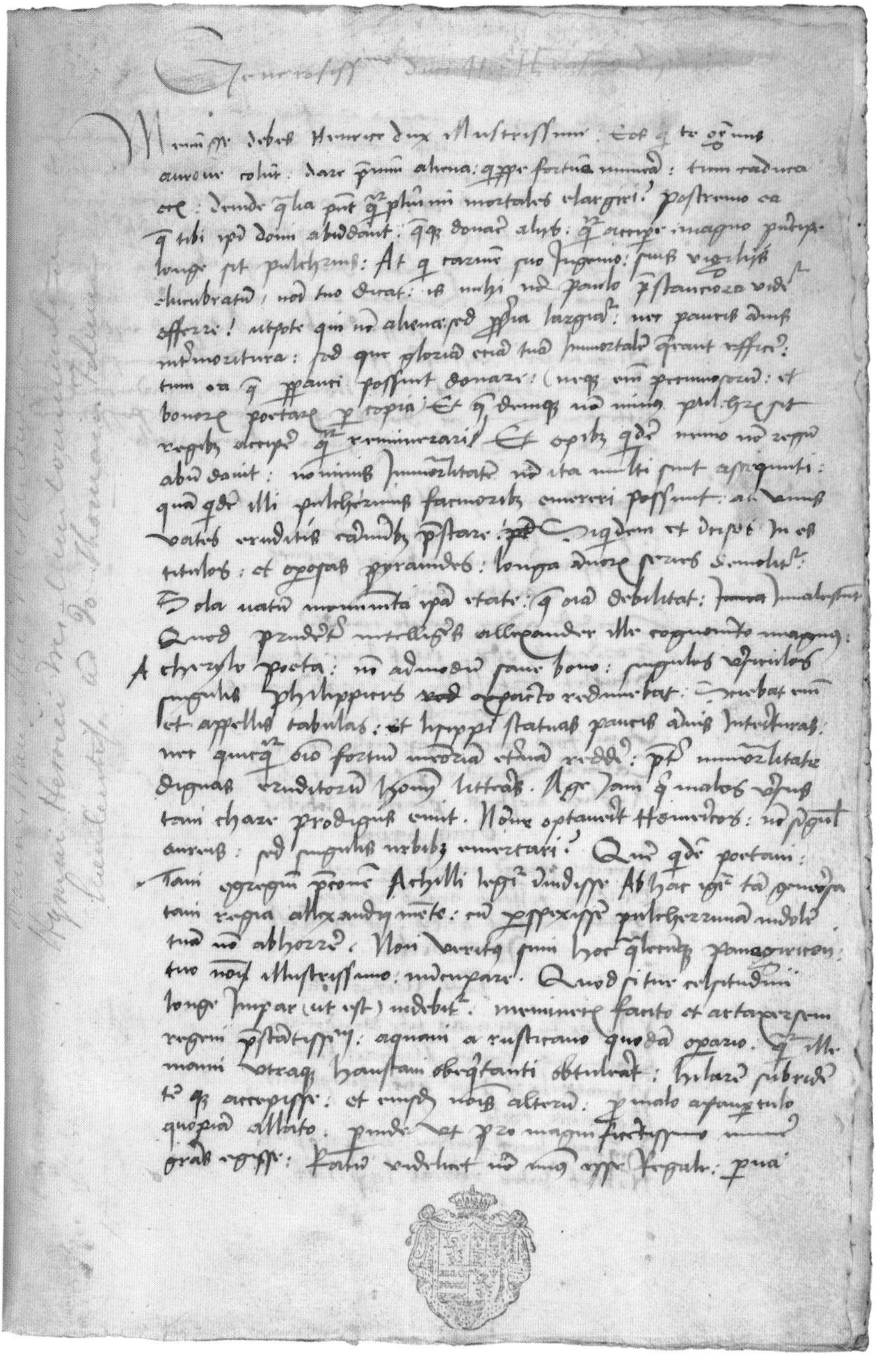

데시데리위스 에라스뮈스가 → 헨리 왕자에게 1499년 가을

Desiderius Erasmus (1466-1536) Prince Henry (1491-1547)

네덜란드의 인문주의 철학자이자 작가 에라스뮈스는 1499년 토머스 모어 경을 통해 영국에 초빙되어 당시 여덟 살이던 헨리 왕자를 만났다. 모어 경은 왕자에게 시를 선물했는데, 에라스뮈스에게는 미리 언질을 주지 않아 당황스럽게도 혼자만 빈손으로 왕자를 알현했다. 사흘 뒤 에라스뮈스는 150행의 시를 쓰고 이 편지와 함께 왕자에게 선물했다. 편지의 수신인을 어린 왕자가 아니라 장래의 국왕으로 상정하고 쓴 듯하며, '부자에 비하면 좋은 시인은 극히 드문' 물질주의적 세계에서 문학의 가치를 강조한다.

가장 고귀한 소년, 헨리 왕자께 신학자 에라스뮈스가 인사 올립니다.

훌륭하신 왕자님, 보석이나 황금 같은 선물을 왕자님께 바치는 사람은 첫째, 자신의 것이 아닌 물건을 드리는 셈입니다. 이러한 선물은 포르투나Fortuna 여신의 소유이며 무엇보다 덧없이 사라지기 때문입니다. 둘째, 이러한 선물은 인류 대다수가 풍부히 진상할 수 있으며 끝으로, 이러한 선물은 왕자님께서 이미 풍족하게 소유하고 있으므로 받기보다는 주는 것이 위대한 왕자님께 잘 어울립니다. 반면 왕자님께 자기 자신의 재능과 노력의 산물인 시를 바치는 사람은 훨씬 더 소중한 선물을 드리는 것이라 사료됩니다. 그뿐 아니라 소인이 왕자님께 바치는 선물은 다른 사람의 것이 아니라 저의 것이며, 몇 년 후에도 사라지지 않고 왕자님께 영원한 명성을 드릴 수 있으며 정말 소수만이 왕자님께 헌정할 수 있습니다(부자에 비하면 좋은 시인은 극히 드물기 때문입니다) […] 부귀영화를 누리지 않은 국왕이 없었듯이, 불멸의 명성을 얻은 국왕도 그리 많지 않습니다. 국왕은 위대한 업적을 쌓아 그러한 명성을 얻을 수 있지만, 그 명성을 부여할 수 있는 이는 오직 시인뿐입니다. 밀랍 조상, 초상화, 계보, 황금 동상, 청동 비문, 피땀 흘려 세운 피라미드는 오랜 세월 끝에 모두 침식되지만, 오로지 시인의 추모시만이 시간이 흐를수록 기억에 남고 다른 모든 것을 무색하게 만듭니다 […]

또한 최근 많은 왕자들이 문학을 즐기지 않고, 그럴수록 문학을 이해하지 못한다는 사실을 저는 잘 알고 있습니다. 이런 왕자는 자신 같은 상류층이 교육을 받거나 학자에게 칭찬받는 일을 어리석다 못해 수치스러운 일로 여깁니다 […] 시인에게 칭찬받는 일을 마땅찮게 여기는 이유는, 시인이 간신배의 아첨을 막아서가 아니라 칭송받을 만한 행동을 안 하기 때문입니다 […] 가장 고귀한 왕자님, 제가 왕자님께 이러한 송시를 감히 헌정하는 이유는 왕자님은 도량이 넓으셔서 이러한 어리석음을 멀리하신다는 것을 잘 알고 있기 때문입니다.

훌륭한 문학을 왕자님의 기품으로 빛내주시고, 왕권으로 보호하시고, 넓은 도량으로 장려하시기 바랍니다 […]

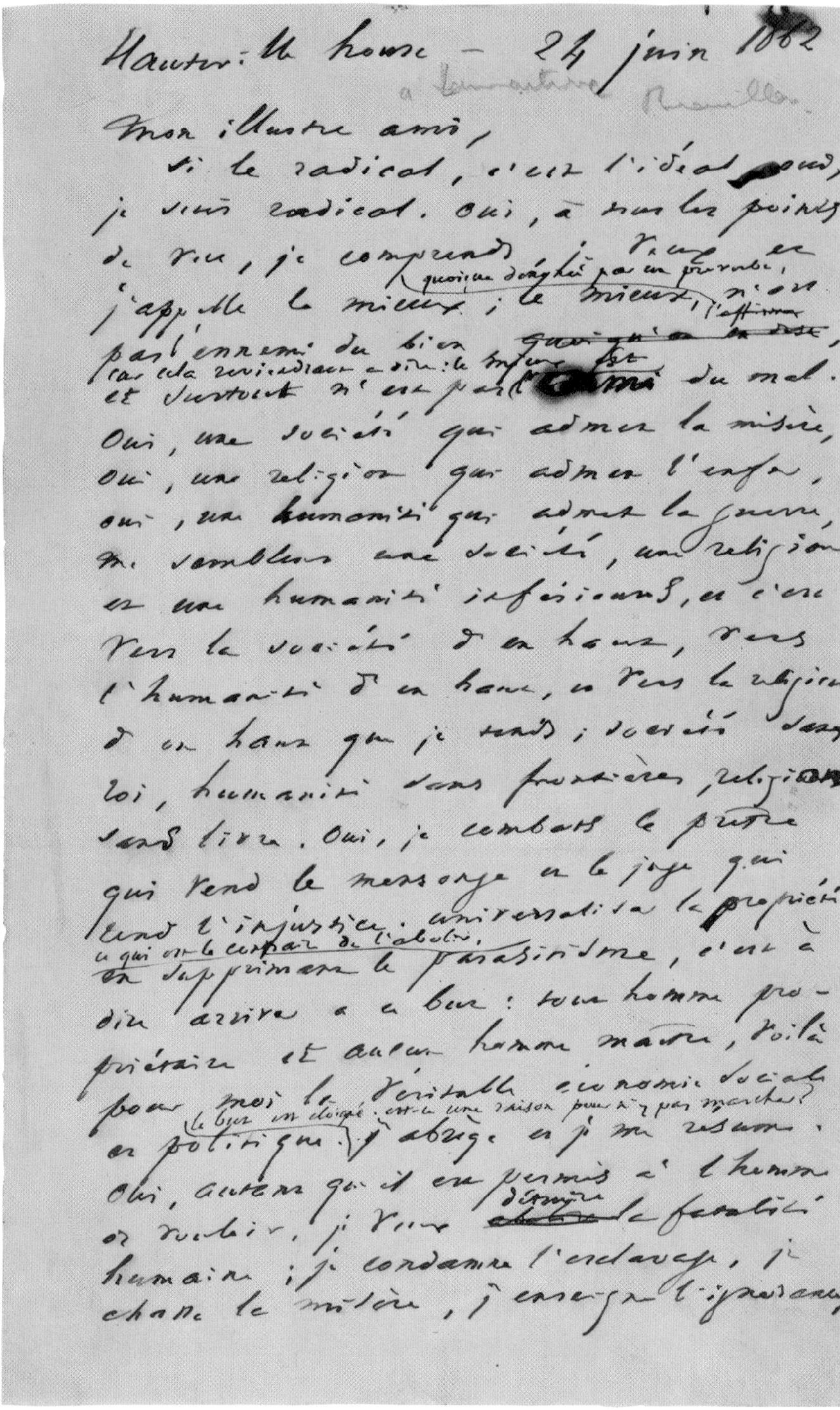
Hauteville house — 24 juin 1862

Mon illustre ami,

Si le radical, c'est l'idéal, oui, je suis radical. Oui, à tous les points de vue, je comprends, je veux et j'appelle le mieux; le mieux, quoique dénigré par un proverbe, n'est pas l'ennemi du bien, car cela reviendrait à dire : le mieux est l'ami du mal. Oui, une société qui admet la misère, oui, une religion qui admet l'enfer, oui, une humanité qui admet la guerre, me semblent une société, une religion et une humanité inférieures, et c'est vers la société d'en haut, vers l'humanité d'en haut, et vers la religion d'en haut que je tends; société sans roi, humanité sans frontières, religion sans livre. Oui, je combats le prêtre qui vend le mensonge et le juge qui rend l'injustice. Universaliser la propriété (ce qui est le contraire de l'abolir) en supprimant le parasitisme, c'est à dire arriver à ce but : tout homme propriétaire et aucun homme maître, voilà pour moi la véritable économie sociale et politique. Le but est éloigné. Est-ce une raison pour n'y pas marcher? J'abrège et je me résume. Oui, autant qu'il est permis à l'homme de vouloir, je veux détruire la fatalité humaine; je condamne l'esclavage, je chasse la misère, j'enseigne l'ignorance,

빅토르 위고가 · ——————— · 알퐁스 드 라마르틴에게 1862년 6월 24일
Victor Hugo (1802-85) Alphonse de Lamartine (1790-1869)

위고는 1851년 나폴레옹 3세 치하 프랑스에서 도피하여 1855년부터 1870년까지 건지섬 세인트 피터 포트에 머물렀다. 위고는 1848년 보수파 국민의회 의원으로 선출되었으나 점점 진보적 좌익으로 변했고 교육개혁, 일반 참정권, 사형 폐지, 빈곤 종식 캠페인을 벌였다.

1862년 출간된 소설 『레미제라블*Les Misérables*』은 19세기 초 프랑스의 격동적인 정치 상황에서 전과자이자 보통 사람인 장발장이 경험한 비극과 성공의 양극단을 보여준다. 소설은 정부군이 파리의 반란을 잔인하게 진압한 1832년 6월 봉기에서 절정에 이른다. 『레미제라블』에 대한 평론계의 냉담한 반응에 기분이 상한 위고는 어린 시절 '찬란한 새벽빛'으로 여기며 귀감으로 삼았던 시인 라마르틴에게 편지를 쓰며, 이 소설에는 '박애'와 사회 진보에 대한 깊은 신념이 반영되어 있다고 설명한다. 위고는 라마르틴이 이를 이해해 주기를 바란다. 급진적인 위고와 달리 이 선배 작가는 아마도 개혁의 '완만한 진행을 바라겠지만' 말이다.

저의 저명한 친구께,

급진적인 게 단지 이상일 뿐이라면, 네, 저는 급진적입니다. 모든 관점에서 늘 최선이 무엇인지 알고 이를 요구합니다. 속담에서는 최선을 바라다가 오히려 일을 그르친다고 나무라지만요. 빈곤을 용인하는 사회, 지옥을 용인하는 종교, 전쟁을 용인하는 인류는 제가 보기에 열등한 사회, 종교, 인류 같습니다. 제가 추구하는 바는 더 고결한 사회, 더 고결한 인류, 더 고결한 종교입니다. 국왕이 없는 사회, 국경이 없는 인류, 경전이 없는 종교입니다. 저는 거짓을 파는 사제와 불의를 전하는 판사와 싸웁니다. 빈곤을 철폐하는 것이 아니라 기생 세력을 제거하여, 즉 목적 달성을 위해 모든 소유자와 주인들을 없애 빈곤을 보편화하는 것이 제가 바라는 진정한 정치·사회적 경제입니다. 요점만 간추리겠습니다. 인간이 소망할 수 있는 한, 저는 인간의 역경을 근절하고 싶습니다. 노예제도를 규탄하고, 빈곤을 몰아내고, 몽매함을 교화하고, 질병을 치료하고, 암흑을 밝히고, 증오를 배척할 것입니다.

이것이 제 신념이며, 『레미제라블』을 쓴 이유입니다.

『레미제라블』은 박애에 기반을 두고, 진보에서 절정에 이르는 책일 뿐입니다 〔…〕

이제 저를 평가해 주십시오. 문인 사이의 문학적 싸움은 우스꽝스러운 일이지만, 시인 사이의, 다시 말해 철학자 사이의 정치·사회적 논쟁은 중요하고 유익합니다. 최소한 당신도 제가 바라는 바를 대부분 바랄 것입니다. 아마 완만한 진행을 바라겠지만요 〔…〕

친애하는 라마르틴, 오래전 1820년에 제가 처음으로 웅얼거린 미숙한 시는 이 세상에 동트는 찬란한 새벽빛을 보고 열광하며 터뜨린 외침이었습니다. 〔…〕 제 책과 저에 관해 거리낌 없이 말해 주십시오. 당신의 손은 빛으로 가득합니다.

당신의 오랜 친구 빅토르 위고

ROUTE 1, BOX 86-E
EAU GALLIE, FLORIDA, U.S.A.
DEC. 3, 1955.

Dear Madam Sablonière:

Please excuse my writing you by hand, but no sooner did I get the envelope addressed to you than my typewriter go out of order. I am conscious that my handwriting is not very good.

A million thanks for your kind and understanding letter. I have been astonished that my letter to The Orlando Sentinel has caused such a sensation over the whole United States. But when I realized the intense and bitter contention among some Negroes for physical contact with the Whites, I can see why the astonishment that one (myself) should hold that physical contact means nothing unless the spirit is also there, and therefore see small value in it. I actually do feel insulted when a certain type of White person hastens to effuse to me how noble they are to grant me their presence. But unfortunately, many who call themselves "leaders" of Negroes in America actually are unaware of the insulting patronage and rejoice in it. It is not that I have any race prejudice, for it is well known that I have numerous White friends, but they are *friends*, not merely some who seek

조라 닐 허스턴이 · ———————— · 마그리트 드 사블로니에르에게 1955년 12월 3일

Zora Neale Hurston (1891-1960) Margrit de Sablonière

허스턴은 1920–30년대 맨해튼에서 아프리카계 미국 문학, 음악, 미술이 개화한 할렘 르네상스를 주도했다. 바너드 대학을 졸업한 최초의 아프리카계 미국 여성이었으며 소설가, 인류학자, 영화제작자로서 할렘 르네상스의 진정한 아이콘이었다. 유능한 도발가이기도 해서, 인종적으로 분열된 미국 사회 양측에서 모두 비난받았다. 아프리카계 미국인의 생활을 생생한 은어로 재현한 소설 『그들의 눈은 신을 보고 있었다*Their Eyes Were Watching God*』(1937)는 흑인 독자 사이에 많은 적을 만들었고, 비평가 랠프 엘리슨은 '희화와 풍자의 병폐'로 가득한 소설이라 비판했다.

1955년 무렵에는 여러 번의 실패로 소설가로서의 경력이 끝난 상태였다. 허스턴은 고향 플로리다주로 돌아와 오두막집에 살았다. 하지만 다시 세상의 주목을 받게 된다. 1954년에 미국 대법원이 학교에서의 인종 분리가 불법이라고 판결했는데, 허스턴은 『올랜도 센티널』에 편지를 투고해 이 판결을 비판했다. 이러한 의례적 판시는 실효가 없으며, 인종 분리가 되든 안 되든 흑인 어린이가 누릴 수 있는 교육의 질에 초점을 맞추는 것이 더 중요하다고 주장했다. 그리고 질문했다. '나와 가까이하고 싶지 않은 누군가에게 나와 어울리라고 명하는 판결에 얼마나 만족할 수 있을까?'

네덜란드 번역가 사블로니에르에게 보내는 편지에서 이 문제를 다시 다루며, 자신에게 호의적인 백인들에게 풍자의 포문을 돌려 이들이 곁에 다가오는 것은 '자기만족을 느끼고 싶어서'라고 말한다(허스턴은 다른 글에서 이런 백인들을 흑인주의자Negrotarian로 일컬었는데, 오늘날이라면 미덕 과시자virtue-signaller라 불렀을지도 모르겠다). 또한 특유의 불손함이 묻어나는 새로운 프로젝트도 넌지시 언급한다. 고대 유대왕 헤롯에 관한 수정주의적 역사를 쓰려는 계획이다. 흥미로운 프로젝트지만 허스턴의 쓸쓸한 말년을 치유하지는 못했다.

사블로니에르 부인께:

손으로 편지를 써서 죄송해요. 봉투에 당신 주소를 치자마자 타자기가 고장 났어요. 글씨체가 형편없다는 건 저도 잘 안답니다.

친절하고 이해심 많은 편지에 감사드려요. 제가 『올랜도 센티널』에 보낸 편지가 센세이션을 일으켜 깜짝 놀랐어요 […] 하지만 백인과의 신체적 접촉을 둘러싸고 흑인 사이에 벌어지는 치열하고 격렬한 논쟁을 잘 알고 있는 저로서는, 영혼이 함께하지 않는 한 신체 접촉은 아무 의미도 없다는 놀라운 사실을 꿰뚫어 볼 수 있고, 따라서 신체 접촉에 큰 가치를 두지도 않아요. 실제로 어떤 백인이 내 곁에 다가오며 자신이 얼마나 고결한지 내비치려 애쓰면 모멸감이 듭니다. 하지만 유감스럽게도 미국에서 흑인 '지도자'를 자처하는 많은 사람은 이러한 후원이 모욕임을 알아채지 못하고 반색하지요. 제가 인종적 편견을 품고 있어서 이렇게 느끼는 게 아닙니다. 제게 백인 친구가 많다는 걸 모두가 아니까요. 하지만 이들은 친구들이지, 흑인을 후원해서 거짓된 '덕성'을 쌓으려 하는 사람은 아니지요.

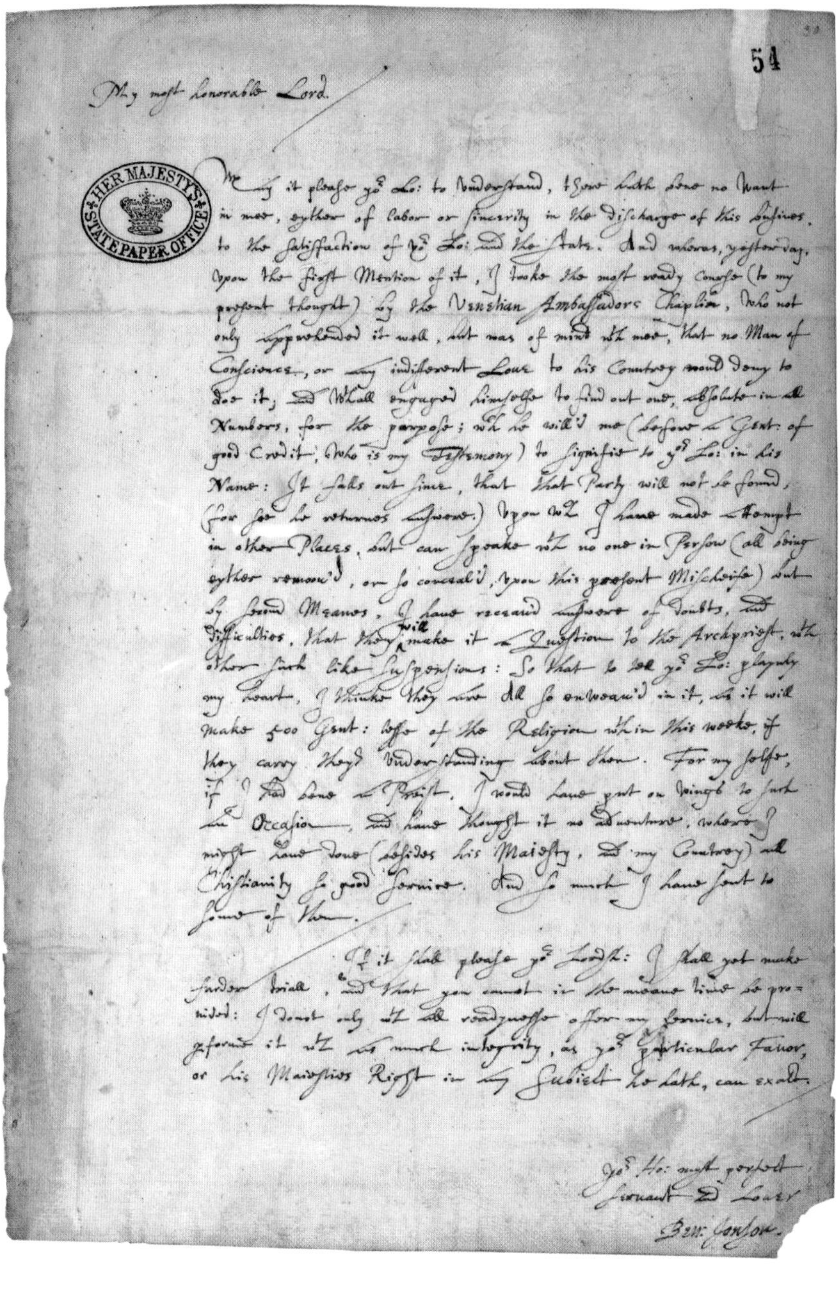
54

HER MAJESTY'S STATE PAPER OFFICE

My most honorable Lord.

May it please yor Lo: to vnderstand, there hath beene no want in mee, eyther of labor or sincerity in the discharge of this businesse, to the satisfaction of yor Lo: and the State. And whereas, yesterday, vpon the first Mention of it, I tooke the most ready course (to my present thought) by the Venetian Ambassadors Chaplin, who not only apprehended it well, but was of mind wth mee, that no Man of Conscience, or any indifferent Loue to his Countrey would deny to doe it; and withall engaged himselfe to find out one, absolute in all Numbers, for the purpose; wch he will'd me (before a Gent: of good Credit, who is my Testemony) to signifie to yor Lo: in his Name: It falls out since, that that Party will not be found, (for soe he returnes answere.) Vpon wch I haue made attempt in other Places, but can speake wth no one in Person (all being eyther remou'd, or so conceal'd, vpon this present Mischeife) but by second Meanes, I haue receiud answere of Doubts, and Difficulties, that they will make it a Question to the Archpriest, wth other such like Suspensions: So that to tell yor Lo: playnly my heart, I thinke they are All so enweau'd in it, as it will make 500 Gent: lesse of the Religion wthin this weeke, if they carry theyr Vnderstanding about them. For my selfe, if I had bene a Priest, I would haue put on wings to such an Occasion, and haue thought it no aduenture, where I might haue done (besides his Maiesty, and my Countrey) all Christianity so good seruice. And so much I haue sent to some of them.

If it shall please yor Lordsp: I shall yet make farder triall, and that you cannot in the meane time be prouided: I doe not only wth all readynesse offer my seruice, but will performe it wth as much integrity, as yor Particular Fauor, or his Maiesties Right in any Subiect he hath, can exact.

Yor Ho: most perfect
seruant and Louer
Ben: Jonson.

벤 존슨이 ——— 로버트 세실에게 1605년 11월 8일
Ben Jonson (1572?-1637) Robert Cecil (1563-1612)

1605년 11월 5일, 제임스 1세가 참석한 영국 의회 개회식 중 상원을 폭파하려는 음모가 가까스로 저지되었다. 뒤이은 범인 수색에서 고문을 당한 가이 포크스가 공범의 이름을 자백하는 동안, 극작가 벤 존슨은 어느 가톨릭 사제를 소환하라는 임무를 받았다. 그리고 정치가이자 정보원장이며 국왕의 친구로서 수사를 지휘하는 로버트 세실 경에게 이 편지를 보낸다. 짐짓 정중한 산문체로, 종적을 감춘 성직자를 아직 색출하지 못했으나 최선을 다하고 있다고 말이다.

지난달 존슨이 음모자 일당과 함께 저녁 식사를 했다는 사실을 세실도 틀림없이 알고 있었을 것이다. 이 일당과 마찬가지로 존슨도 17세기 초 영국에서 널리 박해당했던 소수파 가톨릭교도였다. 존슨은 그들의 비밀스러운 동조자라기보다 정부 첩보원으로서 식사에 참석했을 수도 있다. 하지만 세실에게 자신이 맡은 과업에 전심전력하고 있으며 충정이 깊다는 것을 분명히 입증할 필요가 있었다. 후일 존슨은 제임스 1세의 궁정에 화려한 가면극을 헌정하여 국왕의 총애를 받게 된다. 하지만 지금은 위험한 시기고, 한 발만 잘못 디뎌도 화약 음모 사건의 공모자들처럼 목을 매달고 내장을 발라내고 사지를 토막 내는 잔인한 사형에 처해질 수 있었다.

더없이 고귀하신 각하께.

각하와 국가를 만족시키기 위해 이 임무를 이행하는 동안 성심성의껏 진력했음을 각하께서 이해해 주시기 바랍니다. 어제 이 소환을 지시받자마자, (제가 현재 생각하기에) 가장 쉽게 이용할 수 있는 수단으로써 베네치아 대사관 사제에게 문의했고, 사제는 이를 잘 납득했을 뿐만 아니라 양심이 있거나 애국심이 조금이라도 있는 사람이라면 누구라도 이 소환에 응하리라는 데 저와 의견을 같이했습니다 〔…〕 하지만 결국 당사자를 찾을 수 없었습니다 〔…〕 다른 장소를 찾아보았지만 어느 사제와도 직접 말을 나눌 수 없었습니다(최근의 사태가 발생하자마자 모두 떠나거나 숨었습니다) 〔…〕 각하께 솔직하게 의견을 말씀드리자면, 이들 모두가 사건에 깊이 연루되어 있다고 생각합니다. 사건의 전모가 밝혀지면 이번 주 내에 가톨릭 신도가 500명은 줄어들 것입니다. 이들이 자신이 놓이게 될 처지를 이해하고 있다면 말입니다. 만약 제가 수배 중인 사제였다면 저는 소환에 기꺼이 응했을 것이며 (각하와 국가뿐 아니라) 모든 기독교에 득이 될 이러한 일을 위험하다고 생각지 않았을 것입니다 〔…〕 각하께서 기뻐하신다면 계속해서 수색하겠으며 그동안 드리지 못한 도움도 제공하겠습니다. 기꺼이 의무를 다할 뿐만 아니라, 각하께서 특별한 은혜를 베풀거나 어떤 문제에서든 권리를 행사하여 칭찬하실 수 있도록 진심을 다해 임무를 수행하겠습니다.

각하를 하늘같이 섬기고 사랑하는 종

벤 존슨

Saunbrook Ward.
4th London Hospl.
Denmark Hill.

Tuesday. 24th.

My dear Uncle.

I was very nearly your (late) nephew, as the sniper only just failed to making a good job of it, & the bullet missed my jugular by a fraction of an inch, & the spinal column by not too much. But, as I wrote in the Head Sister's album, (by request),

"Good luck to the Hun
Who got out his gun
And dealt me a wound so auspicious;
May a flesh-hole like mine
Send him home from the Line
And his Nurses be just as delicious" —

(An effort which aroused delighted simpers of female gratification).

"The Line" was the Hindenburg (not the "Siegfried"!) & we were trying to take Fontaine-lez-Croisilles, (7 m. South of Arras) (which is still holding out, curse it).

This is Lotus-Land, with Ross & Mrs Gosse & other sweet people drifting in of an afternoon laden with gifts, & the only bad thing a bad Gramophone, which grinds out excruciations of Little Grey Homes in the West, etc. Mother is busy being massaged, & is not allowed to come up. I expect to be here another week or more. It has healed up all right in front, but not behind. I think another dose of the war will just about send me dotty. I get the horrors at night

(when I see the corpses again; last week was beyond anything I had been up against before. I should love to have the Hardy letter. The book of poems will really be out next week they say. Binders were slow.
love from Sieg.

시그프리드 서순이 ———— 윌리엄 하모 소니크로프트에게

Siegfried Sassoon (1886-1967) — William Hamo Thornycroft (1850-1925)

1917년 4월 24일

낭만적인 시를 쓰고 사냥을 즐기는 시골 문학청년 시그프리드 서순은 1914년 8월, 1차 세계대전 선전 포고일에 영국군에 입대했다. 이후 '미치광이 잭Mad Jack'이라 불리며 왕립 웰치 연대의 장교로서 서부 전선에서 죽음을 두려워하지 않는 용맹으로 명성을 얻었다. 1916년 7월 포화를 뚫고 사상을 입은 군인을 구해온 공훈으로 전공 십자 훈장을 받았다. 서순은 시인이자 동료 장교였던 로버트 그레이브스의 조언에 따라 초기의 서정성을 버리고 전쟁의 참상을 간결하게 서술했다. 토머스 하디(161쪽)에게 헌정한 1917년 작 『늙은 사냥꾼*The Old Huntsman*』은 오늘날 서순의 명성에 기반이 된 전쟁 시들을 담은 최초의 시집이다.

『늙은 사냥꾼』이 인쇄되고 있을 때 서순은 목에 총상을 입고 마비와 사망의 위험에서 간신히 벗어나 런던의 한 병원에서 외삼촌에게 이 편지를 쓴다. 저명한 공공 기념물 조각가였던 소니크로프트는 하디의 친구였다. 서순은 태연하게 보이려 애쓰며 간호사를 위해 쓴 시구를 보여주는가 하면 시끄러운 축음기 소리에 불평하기도 하지만, 전쟁의 트라우마에 시달린다고 털어놓는다. 몇 주 뒤 서순은 전쟁에 대한 공공의 위선을 비난하는 공개서한을 보내고, 이는 하원에서 큰소리로 낭독된다. 서순은 군법회의에 회부되기를 기대했으나 '포탄 충격'(오늘날의 외상 후 스트레스 장애)의 후유증 치료법을 개발하던 크레이그록하트 군병원으로 이송되었다. 군병원 입원 환자 가운데는 윌프레드 오언도 있었는데, 전후에 서순은 오언의 시를 널리 알리는 데 힘썼다.

사랑하는 외삼촌께,

저는 삼촌의 (죽은) 조카가 될 뻔했어요. 저격수가 임무를 제대로 다하지 못한 덕에 탄환이 경정맥에서 살짝, 그리고 척추에서 약간 벗어났지요. 하지만 (요청에 못 이겨) 수간호사의 앨범에 이렇게 썼는데 그대로 되었으면 좋겠어요.

"총을 꺼내 나에게 이처럼
상서로운 상처를 안겨준
독일군에게 행운이 있기를,
나처럼 살에 구멍이 생겨
전선에서 고향으로 돌아가기를
그의 간호사도 이렇게 향기롭기를"

(간호사를 환하게 웃음 짓게 하려는 노력이에요)

'전선'은 힌덴부르크 방어선이었어요. ('지크프리트'가 아니라!) 우리는 퐁텐레크루아지유(아라스에서 남쪽으로 7마일)를 점령하려 했어요 〔…〕

여기는 무릉도원이에요 〔…〕 유일하게 별로인 물건은 형편없는 축음기예요. 〈서쪽의 작은 회색 집〉[1] 같은 끔찍한 노래가 끊임없이 흘러나와요. 전쟁을 한 번 더 겪으면 아마 미쳐버릴 거예요. 밤마다 공포를 느껴요 〔페이지 위쪽에 이어 씀〕 다시 시체가 보일 때마다요. 지난주에는 여느 때보다 정도가 심했어요. 하디 씨의 답장을 받았으면 좋겠어요. 시집이 다음 주엔 정말로 나온다고 하네요. 제본소에서 지체되고 있어요.

사랑을 담아 시그프리드.

1 〈*Little Grey homes in the West*〉 전쟁터의 병사가 고향의 가족을 그리워하는 내용의 노래

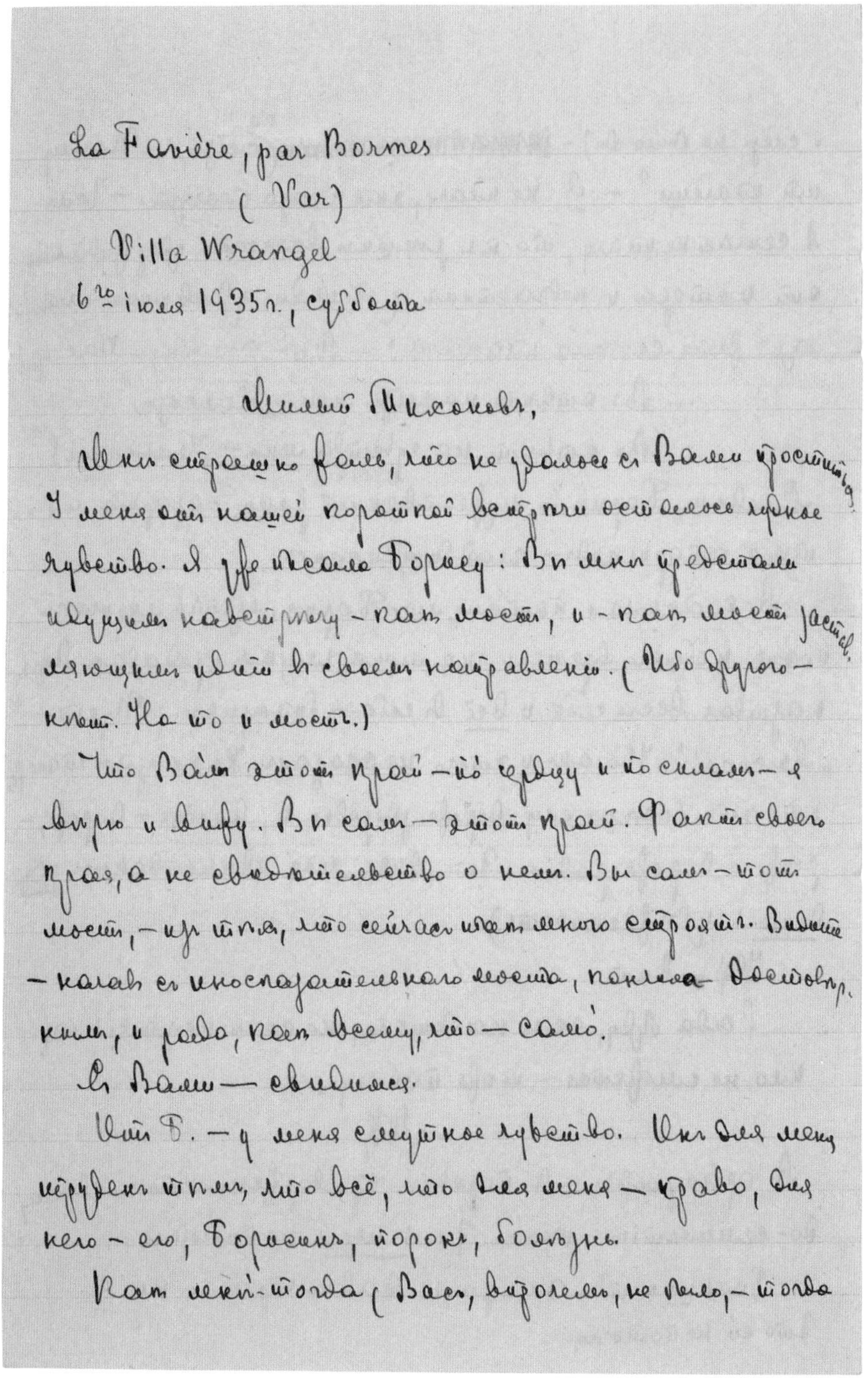
La Favière, par Bormes
(Var)
Villa Wrangel
6-го июля 1935 г., суббота

Милый Тихонов,

Мне страшно жаль, что не удалось с Вами проститься. У меня от нашей короткой встречи осталось чудное чувство. Я уже писала Борису: Вы мне предстали идущим навстречу — как мост, и — как мост заставляющим идти в своем направлении. (Ибо другого — нет. На то и мост.)

Что Вам этот край — по сердцу и по силам — я верю и вижу. Вы сам — этот край. Факт своего края, а не свидетельство о нем. Вы сам — тот мост, — из тех, что сейчас так много строят. Видите — начав с иносказательного моста, кончила — Достоевским, и рада, как всему, что — само.

С Вами — свидимся.

Что Б. — у меня смутное чувство. Он для меня труден тем, что всё, что для меня — право, для него — его, Борисино, порок, болезнь.

Как некий-тогда (Вас, впрочем, не было, — тогда

마리나 츠베타예바가 ———— 니콜라이 티호노프에게 1935년 7월 6일
Marina Tsvetaeva (1892-1941) Nikolai Tikhonov (1905-97)

1935년 파리에서 '문화 수호 국제 총회'가 개최됐다. 파시스트가 독일과 이탈리아에서 권력을 장악하고 2차 세계대전의 공포가 확산되자 좌파 작가들이 연대를 천명하기 위해서였다. 프랑스에서 망명 생활을 하던 러시아 시인 마리나 츠베타예바는 당대 최고의 서정 시인으로 손꼽히는 보리스 파스테르나크를 만나게 되어 뛸 듯이 기뻐했다. 둘은 1918년에 잠깐 만났지만 츠베타예바가 러시아를 떠난 이후로도 열정적으로 서신을 교환해 왔다. 하지만 재회한 파스테르나크는 스탈린 치하 러시아의 정치적 늪에 빠져 우울해진 것 같았다. '만나지 않은 것보다 못한 만남' 후 츠베타예바는 파스테르나크에게 '자신의 생각에 과하게 빠지지 말라'고 조언했다.

남프랑스에 머물던 츠베타예바는 러시아로 돌아간 회의 대표 니콜라이 티호노프에게 편지한다. 향수에 젖기도 하고 파스테르나크와의 만남에 슬퍼하기도 하며, 둘 사이에서 '다리' 역할을 해준 티호노프에게 감사를 전한다. 한때 붉은 군대 병사였던 티호노프는 소비에트 연방의 환심을 샀다. 츠베타예바는 그런 티호노프가 '감정에 휩쓸리지 말고 긍정성과 애국심을 갖자'고 소리칠 거라 놀리며 콜호스kolkhoz(집단 농장)를 언급한다.

3년 뒤 유럽이 전쟁에 뒤덮이자 츠베타예바는 러시아로 돌아갔다. 그 직후 남편 세르게이 에프론과 딸 아리아드나가 간첩 혐의로 체포되었다. 1941년 8월 31일, 고립된 상태에서 아마도 내무인민위원회(소비에트 비밀경찰)의 첩보원이 되라는 압박을 받았을 츠베타예바는 스스로 목을 맸다.

티호노프에게,

작별 인사를 못해 정말 미안해요. 짧은 만남이었지만 멋진 인상으로 남았어요. 보리스에겐 이미 편지했어요. 당신은 다리처럼 저에게 다가와, 정말 다리처럼 저를 그 방향으로 걷게 했던 것 같아요. (다른 방향으로는 못 가게 하지요. 그것이 다리가 하는 일이에요.)

이 나라가 당신에게, 당신의 감정과 당신의 의지에, 어떤 의미인지 나는 알아요. 당신 자신이 이 나라예요 (…) 당신 자신이 그 다리예요. 요즈음 도처에 건설되는 그런 다리가 아니라요. 아시지요? 제가 은유적인 다리로 시작해서 진짜 다리로 끝냈다는 걸. 그래서 기뻐요. 저는 정말로 모든 것 그 자체에 기쁨을 느끼니까요.

당신과 저는 만나게 될 거예요 (…) 그때 제가 울면 어떨까요? (어쨌든 당신이 없으면 눈물은 흘리지 않을 거예요.) '당신 왜 울어요?'라고 물으면 '저는 울지 않아요. 울고 있는 건 눈이에요'라고 대답할래요. 제가 지금 울지 않는 건 히스테리와 신경쇠약을 억누르려고 단단히 결심했기 때문이에요. (즉시 울음이 멎어서 깜짝 놀랐어요) 당신은 집단 농장을 사랑하게 되겠지요! 제가 눈물을 흘리면 당신은 '집단 농장!'이라고 외칠 테니까요 (…)

우리 시대의 가장 위대한 서정 시인 보리스가 제 눈앞에서 서정시를 배신하고 자신과 자신 안의 모든 것이 병들었다고 말해서 저는 울었어요. 이러한 질병을 '고결'이라 부르기로 해요. 하지만 보리스가 말한 것은 그런 게 아니었어요. 그리고 이러한 질병이 건강 그 자체보다 더 귀중하다고 말하지도 않았지요 (…)

답장해 주기를 바라지만, 편지하고 싶지 않거나 할 수 없다면 그 역시 이해할게요.

M.T.

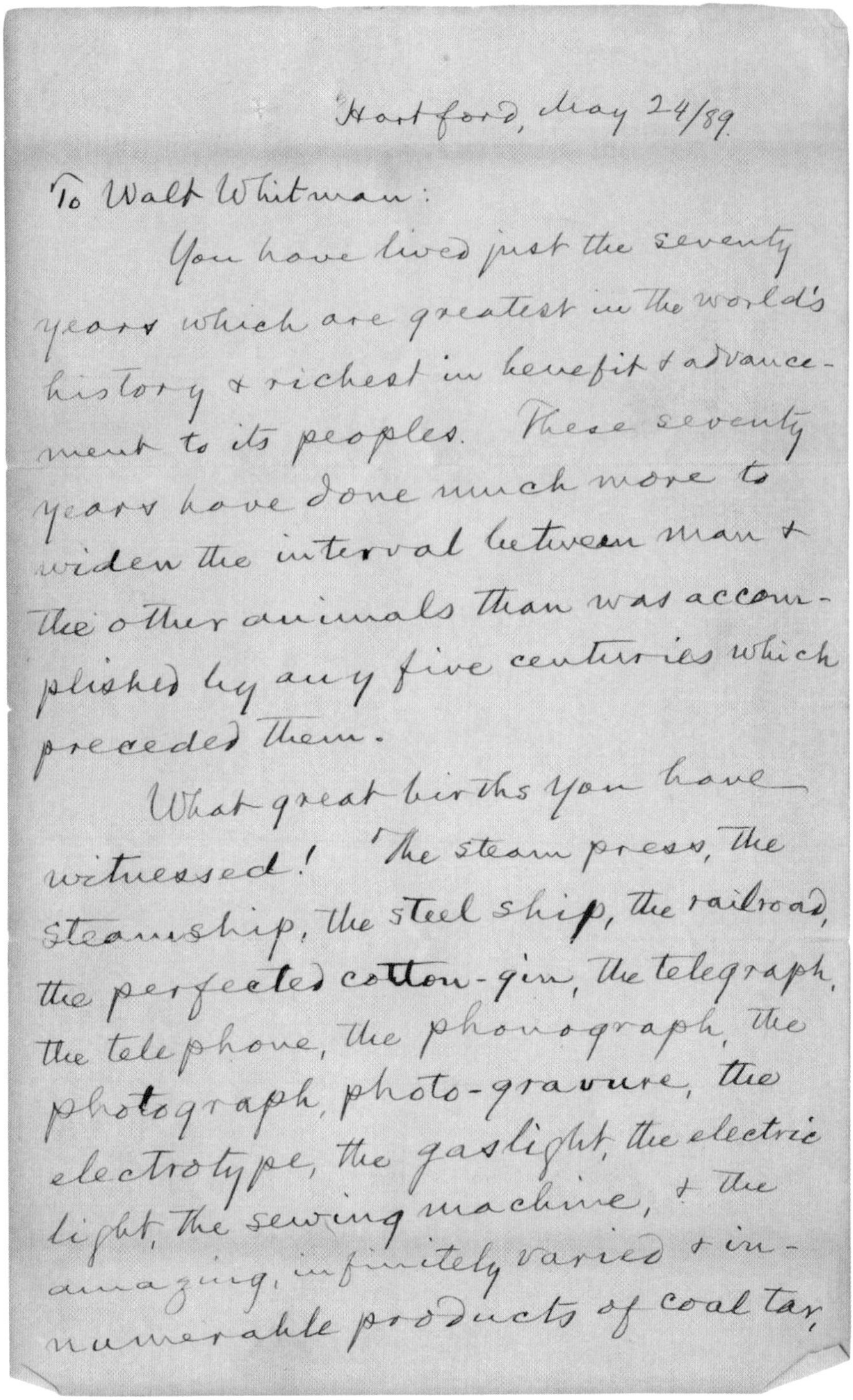
Hartford, May 24/89.

To Walt Whitman:

You have lived just the seventy years which are greatest in the world's history & richest in benefit & advancement to its peoples. These seventy years have done much more to widen the interval between man & the other animals than was accomplished by any five centuries which preceded them.

What great births you have witnessed! The steam press, the steamship, the steel ship, the railroad, the perfected cotton-gin, the telegraph, the telephone, the phonograph, the photograph, photo-gravure, the electrotype, the gaslight, the electric light, the sewing machine, & the amazing, infinitely varied & innumerable products of coal tar,

인생이 저물어갈 무렵, 월트 휘트먼은 현존하는 미국 최고의 시인으로 칭송받고 있었다. 하룻밤에 얻은 명성은 아니었다. 1855년 시집 『풀잎*Leaves of Grass*』은 실험적이었고 동성애가 은근히 드러나 '시시한 외설덩어리'라 무시당했다. 1889년쯤 여전히 비방을 받기는 했으나 휘트먼의 강인하고 탐구적이며 고귀한 개인주의적인 시는 점차 미국 문학의 귀감이 되었다.

휘트먼은 건강이 좋지 않았다. 1873년 뇌졸중으로 쓰러졌다가 간신히 살아난 후 글을 거의 쓰지 않고 뉴저지주 캐드먼에서 조용히 살았다. 그의 70세 생일 직전에 쇄도했던 추종자들의 편지 중 53세였던 마크 트웨인의 편지도 있었다. 이 시점에는 트웨인도 원로 문인이었다. 『허클베리 핀의 모험*Adventures of Huckleberry Finn*』(1884)은 가장 뛰어난 미국 소설로 격찬받았다. 휘트먼이 거칠고 선험적인 데다 '박식한 천문학자'를 경계했던 반면, 트웨인은 도시적이고 풍자적인 과학 지지자였다(친구 니콜라 테슬라의 전기 실험도 도왔다). 이 편지에서 트웨인은 거의 종교적 열정으로 가득 차 휘트먼의 생애 동안 이루어진 과학의 혁신을 이야기하며, 기술 발전을 통해 30년 후 인류는 완전한 성장에 도달할 수 있으리라고 (사뭇 순진하게) 예언한다.

또한 지난 세기 미국에서 일어난 대규모 변화에도 열광한다. 영국 식민지였던 지역들이 연합하여 이제 세계에서 가장 강력한 국가로 발전하는 도정에 있었다. 그 과정에서 트웨인과 휘트먼은 미국이 20세기 문학계를 주도하는 데 기여했다.

월트 휘트먼께:

당신께서 살아오신 70년은 세계사에서 가장 위대한 시기이자 인간이 혜택과 발전을 가장 풍성히 누린 시간이었습니다. 이 70년 동안 인간과 다른 동물 사이에 벌어진 격차는 이전 5세기 동안 생겼던 차이보다 훨씬 컸습니다.

당신께서는 얼마나 위대한 발명을 목격하셨는지요! 증기 기관, 증기선, 강선, 철도, 완벽한 형태의 섬유기계, 전신, 전화, 축음기, 사진기, 사진 인화, 전기판, 가스등, 전등, 재봉틀 […] 이것들보다 더 위대한 사건도 보셨지요. 최초의 인간인 아담에게서 시작됐던 고통의 오랜 독재가 마취제의 개발 덕에 지구상에서 영원히 끝나는 것을 보셨고, 노예가 해방되는 것을 보셨고, 프랑스에서는 왕실이 추방되는 것을 보셨고, 영국에서는 왕실이 정치에 열성과 관심이 있는 것처럼 보이는 그럴듯한 쇼를 펼치지만 정치와는 무관한 기관으로 축소되는 것을 보셨습니다. 그렇습니다, 당신은 정말 많은 것을 보셨습니다. 하지만 이 땅에 잠시만 더 머무르십시오. 더 위대한 사건이 일어날 테니까요. 30년만 기다렸다가 세상을 보십시오! 당신께서 기원을 목격한 모든 사건에 경이로움이 계속 더해지는 것을 보게 될 것이며, 마침내 인류가 거의 완전한 성장에 도달하는 엄청난 결과를 그 무엇보다 뚜렷하게 보게 될 것입니다. […]

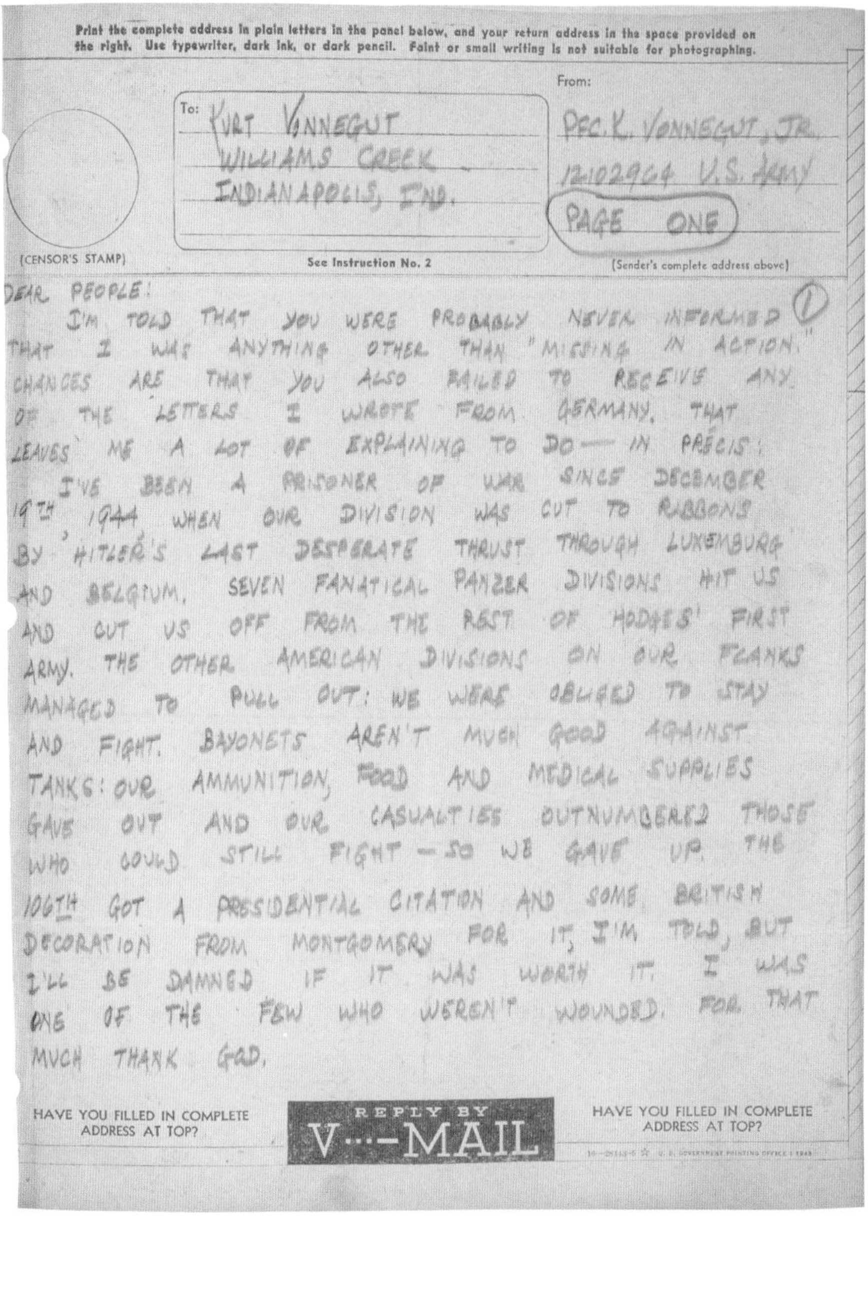

Print the complete address in plain letters in the panel below, and your return address in the space provided on the right. Use typewriter, dark ink, or dark pencil. Faint or small writing is not suitable for photographing.

To: KURT VONNEGUT
WILLIAMS CREEK
INDIANAPOLIS, IND.

From: PFC. K. VONNEGUT, JR.
12102964 U.S. ARMY

PAGE ONE

(CENSOR'S STAMP)

See Instruction No. 2

(Sender's complete address above)

①

DEAR PEOPLE:

I'M TOLD THAT YOU WERE PROBABLY NEVER INFORMED THAT I WAS ANYTHING OTHER THAN "MISSING IN ACTION." CHANCES ARE THAT YOU ALSO FAILED TO RECEIVE ANY OF THE LETTERS I WROTE FROM GERMANY. THAT LEAVES ME A LOT OF EXPLAINING TO DO — IN PRÉCIS:

I'VE BEEN A PRISONER OF WAR SINCE DECEMBER 19TH, 1944 WHEN OUR DIVISION WAS CUT TO RIBBONS BY HITLER'S LAST DESPERATE THRUST THROUGH LUXEMBURG AND BELGIUM. SEVEN FANATICAL PANZER DIVISIONS HIT US AND CUT US OFF FROM THE REST OF HODGES' FIRST ARMY. THE OTHER AMERICAN DIVISIONS ON OUR FLANKS MANAGED TO PULL OUT: WE WERE OBLIGED TO STAY AND FIGHT. BAYONETS AREN'T MUCH GOOD AGAINST TANKS: OUR AMMUNITION, FOOD AND MEDICAL SUPPLIES GAVE OUT AND OUR CASUALTIES OUTNUMBERED THOSE WHO COULD STILL FIGHT — SO WE GAVE UP. THE 106TH GOT A PRESIDENTIAL CITATION AND SOME BRITISH DECORATION FROM MONTGOMERY FOR IT, I'M TOLD, BUT I'LL BE DAMNED IF IT WAS WORTH IT. I WAS ONE OF THE FEW WHO WEREN'T WOUNDED. FOR THAT MUCH THANK GOD.

HAVE YOU FILLED IN COMPLETE ADDRESS AT TOP?

REPLY BY V---MAIL

HAVE YOU FILLED IN COMPLETE ADDRESS AT TOP?

유럽에서 전쟁이 끝나고 3주 뒤, 커트 보니것은 프랑스 북서부 지역의 적십자 캠프에 있다. 반년 이상 소식이 끊겨 염려하고 있을 미국의 가족에게 편지를 쓴다.

보니것은 1944년 12월 독일이 최후의 대규모 반격을 펼친 벌지 전투에서 포로로 잡혔다. 편지에서 그는 그 후 어떤 일이 일어났는지 자세하게 서술하고, 자신이 아직도 살아 있다는 놀라운 사실을 담담하게 강조한다. 연합군의 드레스덴 공습 때 지하의 고기 냉장실로 피신하여 살아남은 경험은, 1969년 발표되어 20세기의 가장 위대한 반전 문학으로 손꼽히는 소설 『제5도살장*Slaughterhouse-Five*』의 토대가 된다.

사랑하는 가족에게:

최근 들은 바로는, 제가 행방불명되지 않았다는 사실을 가족이 모를 것이라더군요 […] 그렇다면 설명할 일이 많네요 […]

1944년 12월 19일 히틀러군이 룩셈부르크와 벨기에로 밀려와 최후 공세를 펼쳤을 때 우리 사단은 끝장났고 저는 포로로 잡혔어요 […] 총검은 탱크 앞에서 무용지물이죠 […]

이 초인들은 음식도 물도 주지 않고 잠도 재우지 않은 채 림베르크까지 행군시켰고 […] 환기도 난방도 되지 않는 기차 화물 차량 한 량당 여섯 명씩 가두었어요 […] 크리스마스이브에는 영국 왕립 공군이 아무 표식이 없는 우리 기차에 포탄을 투하하고 총격을 가했고요. 우리 가운데 약 150명이 사망했지요. 크리스마스에는 물을 약간 받아 마셨고, 베를린 남쪽 뮐베르크에 있는 대형 전쟁 포로 수용소로 이동했어요. 새해 첫날에 화물 차량에서 풀려났어요. 독일군은 우리를 몰고 가서 이를 죽이려고 뜨거운 물로 샤워를 시켰지요. 많은 포로가 충격으로 죽었어요 […] 저는 죽지 않았어요.

제네바협약에 따르면 사관과 부사관은 포로로 잡혀도 노동의 의무가 없지요. 아시다시피 저는 사병이에요. 사병 150명이 드레스덴 노동 수용소로 이송되었어요 […] 독일어를 약간 할 줄 안다는 이유로 제가 대표가 되었고요 […] 두 달 동안 상황을 개선하려고 필사적으로 애썼는데 냉담한 미소만 돌아오길래, 러시아군이 진주하면 제가 어떻게 할 건지 경비병들에게 말해줬지요. 그들은 저를 구타했어요 […]

2월 14일에 미국 공군이, 뒤이어 영국 왕립 공군이 나타났어요. 이들의 합동 공습으로 24시간 만에 25만 명이 죽고, 아마도 세상에서 가장 아름다운 도시인 드레스덴이 통째로 파괴됐어요. 저는 죽지 않았어요 […]

패튼 장군이 라이프치히를 함락하자 우리는 도보로 […] 작센-체코슬로바키아 국경까지 이동했어요. 그곳에서 전쟁이 끝날 때까지 머물렀지요 […] 그 기쁜 날에 러시아군은 우리 지역의 패잔병을 소탕했어요. 러시아 공군기(P-39)의 총격과 폭탄으로 14명이 사망했지만, 저는 죽지 않았어요.

동료 여덟 명이 말과 마차를 훔쳤고, 우리는 수데텐과 작센을 가로지르며 약탈했어요 […] 러시아군이 드레스덴에서 우리를 차에 태웠지요. 드레스덴에서 할레의 미군 전선까지 공출된 포드 트럭을 타고 왔어요. 그 뒤 비행기를 타고 르아브르로 왔지요 […]

4장

'잠에서 깨면 몸을 돌려 당신을 보려 하지요'

사랑을 위하여

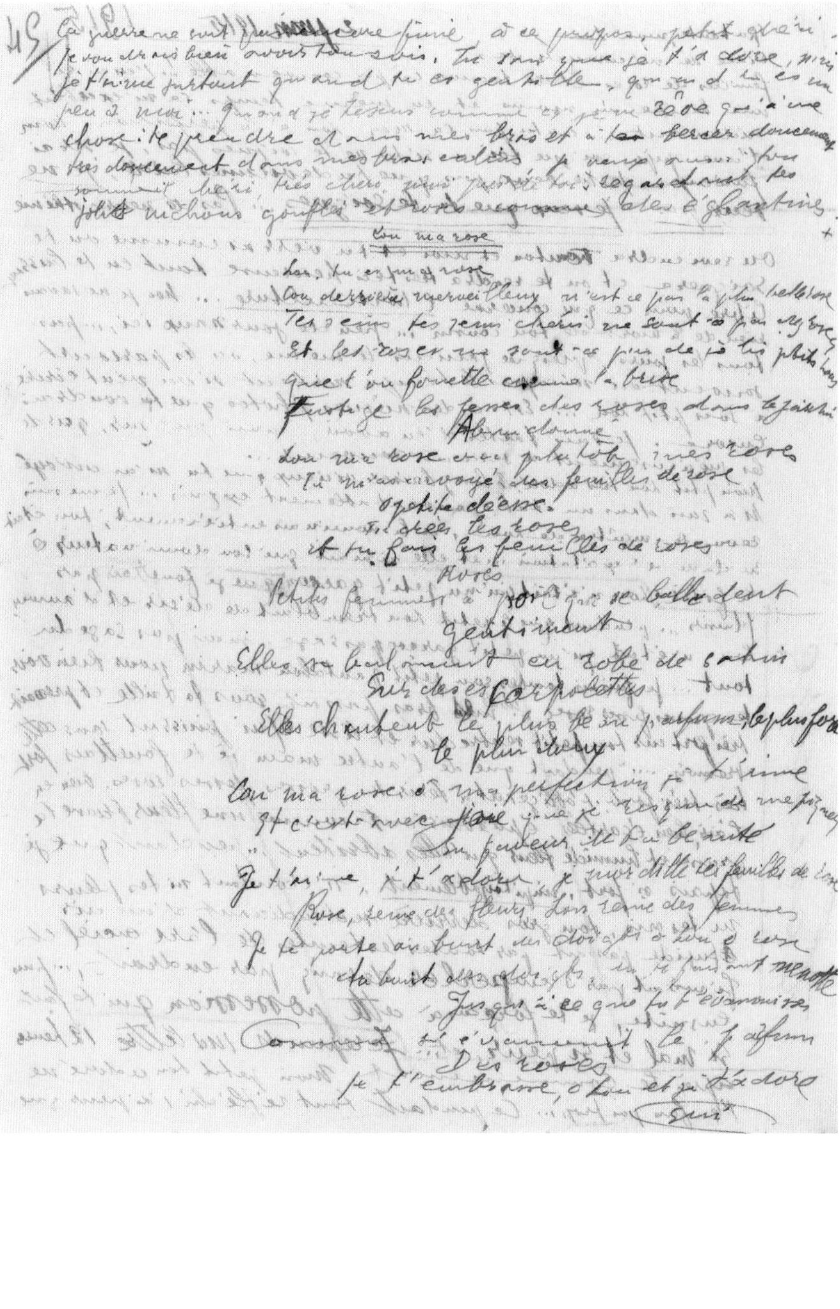
45 La guerre ne sera pas encore finie à ce propos, petit génie.
Je voudrais bien avoir ton avis. Tu sais que je t'adore, mais
je t'aime surtout quand tu es gentille, quand tu es un
peu à moi… Quand je te serre comme ce jour-là… une
chose : te prendre dans mes bras et te bercer doucement
très doucement dans mes bras calins je veux aussi [illegible]
[illegible] très chère [illegible] regardant tes
jolis nichons gonflés ~~et roses~~ des églantines.

~~Lou ma rose~~
Lou, tu es [illegible] rose
Lou derrière merveilleux n'est-ce pas la plus belle rose
Tes seins tes seins chéris ne sont-ce pas des roses
Et les roses ne sont-ce pas de [illegible] petits [illegible]
que l'on fouette comme la brise
[illegible] les fesses des roses dans le jardin
Abandonne
Lou ma rose ou plutôt mes roses
Tu m'as envoyé des feuilles de rose
O petite déesse.
Tu crées les roses
et tu fais les feuilles de roses
Roses
Petites femmes à [illegible] qui se balancent
gentiment
Elles se balancent en robe de satin
Sur des escarpolettes
Elles chantent le plus [illegible] parfum, le plus fort
le plus [illegible]
Lou ma rose ô ma perfection je t'aime
Et c'est avec [illegible] que je [illegible] de me [illegible]
Sa pudeur [illegible]
Je t'aime, je t'adore, je [illegible] les feuilles de rose
Rose, reine des fleurs, Lou reine des femmes
Je te porte au bout des doigts ô Lou ô rose
Au bout des doigts [illegible] menotte
Jusqu'à ce que fut évanouie
~~Comment~~ s'évanouit le parfum
Des roses
Je t'embrasse, ô Lou et je t'adore
Gui

기욤 아폴리네르가 ——————— 루이즈 드 콜리니 샤티용에게 1915년 6월 2일
Guillaume Apollinaire (1880-1918) Louise de Coligny-Châtillon (1881-1963)

1914년 프랑스군에 입대하기 직전, 시인이자 미술비평가 아폴리네르는 매력적이고 선구적인 비행사 드 콜리니-샤티용과 격렬한 정사를 즐겼다. 드 콜리니는 오랜 연인이었던 귀스타브 투탱(투투)과 헤어지지 않았고, 그리하여 아폴리네르가 서부전선으로 배치된 1915년 3월에 두 사람은 헤어졌다. 참호에서 아폴리네르는 드 콜리니에게 집착적인 편지를 보내며 두 사람의 짧았던 정사를 생생하게 회상한다. 이 편지에서는 프랑스어 단어 'rose(장미, 핑크색)'로 언어유희를 한다. 'feuilles de rose(장미 잎)'는 드 콜리니가 선물한 실제 장미 잎과 성교('당신은 믿을 수 없을 만큼 잘하니까 나의 루') 모두를 가리킨다. 상상이 계속될수록, 아폴리네르의 편지에서는 육체적 생동감이 가라앉고 대신 다정함이 넘친다. 편지는 새로 쓴 시로 끝난다. '루, 그대는 나의 장미 / 그대의 아름다운 엉덩이는 가장 아름다운 장미가 아닐까 / 그대의 젖가슴은 그대의 사랑스러운 젖가슴은 장미가 아닐까 / 버려진 정원에서 / 장미 궁둥이가 산들바람에 매질 당하듯 / 채찍질 당하는 장미는 / 귀엽고 깜찍한 루가 아닐까.'

1916년 3월 아폴리네르는 머리에 산탄 파편을 맞아 파리로 돌아와 비전투 임무에 배정받고, 다시 예술세계에 몰입했다. 하지만 부상으로 허약해진 데다 1918년 겨울 유럽을 휩쓴 스페인 독감에 걸려 사망했다.

놀라워, 나의 루

나에게 장미 잎을 보내고선 정숙하지 않다고 생각하다니! (…) 적어도 한 시간은 웃으며 격렬한 흥분도 느꼈어 (…) 당신은 믿을 수 없을 만큼 잘하니까 나의 루 (…) 투투와 나 우리 둘은 돌아갈 거야. 우리 둘이 당신을 얼마나 잘 돌볼지, 적어도 원예에 관한 한 당신 마음대로 하도록 놔두고 당신을 얼마나 얼마나 행복하게 할지 당신은 보게 될 거야. 나의 귀엽고 사랑스러운 루, 당신이 보낸 도발적인 키스가 나를 극도로 흥분시켰어 (…) 내가 루의 주인인 된 것을 이제는 알아, 나는 루를 완전히 지배했어. 루는 병들 만큼 흥분해서 (…) 지배자 기욤을 미친 듯 사랑했지. 루는 내가 쾌락을 얻으려 매질하는 어린 소년에 지나지 않았어. (…) 그동안 루는 열망과 사랑에 몸을 떨었어. 루는 버릇없는 어린 소년에 지나지 않았어 (…) 나는 소년의 해군복 바지를 벗기고 당신의 커다란 장밋빛 엉덩이를 잘 보려고 했어 (…) 한쪽 팔이 허리 아래로 미끄러져 당신의 귀엽고 단단하고 부드러운 아랫배를 세게 눌렀어 (…) 다른 쪽 팔로는 아주 아주 세게 때렸지. 당신의 큼직한 장밋빛 엉덩이가 공중으로 치솟도록 (…)

하지만 아무리 생각해도 전쟁이 끝날 것 같지 않아, 귀여운 내 사랑, 당신의 생각을 알고 싶어 (…) 이런 느낌이 들 때면, 오직 한 가지만 바라지. 당신을 내 팔에 안고 부드럽게 아주 부드럽게 흔들어주며, 누구보다 사랑하는 당신이 바로 내 옆에서 자는 모습을 보고 싶어. 사랑스럽게 부풀어 오른, 들장미 같은 핑크빛 젖꼭지를 바라보고 싶어.

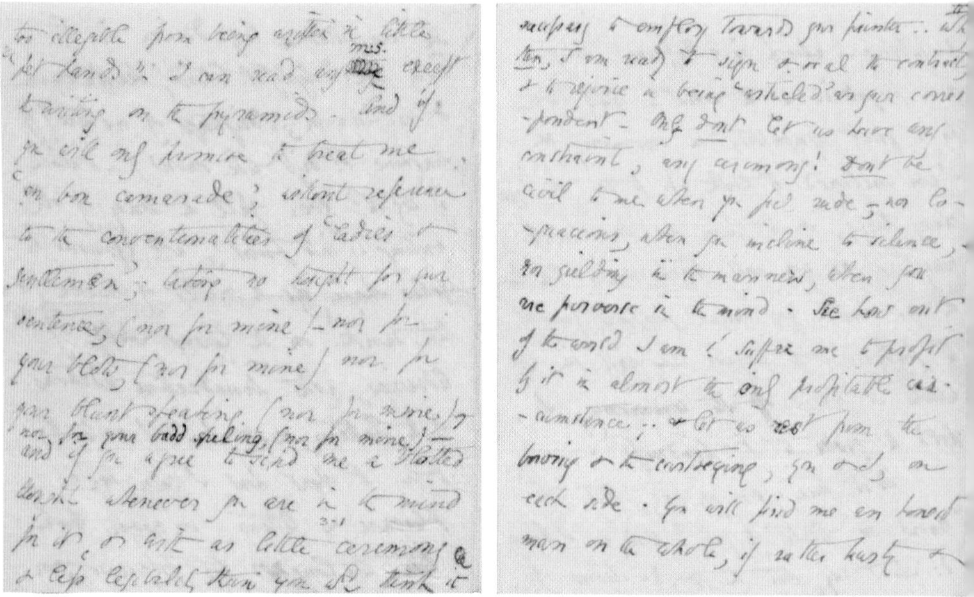

too illegible from being written in little
"pet hands". I can read any MS. except
the writing on the pyramids. And if
you will only promise to treat me
"en bon camarade," without reference
to the conventionalities of "ladies and
gentlemen," taking no thought for your
sentences (nor for mine), nor for
your blots (nor for mine), nor for
your blunt speaking (nor for mine), nor
for your badd speling (nor for mine), —
and if you agree to send me a blotted
thought whenever you are in the mind
for it, and with as little ceremony
and less legibility than you would think it

necessary to employ towards your printer... why,
then, I am ready to sign and seal the contract,
and to rejoice in being "articled" as your corres-
-pondent. Only don't let us have any
constraint, any ceremony! Don't be
civil to me when you feel rude, — nor lo-
-quacious, when you incline to silence, —
nor yielding in the manners, when you
are perverse in the mind. See how out
of the world I am! Suffer me to profit
by it in almost the only profitable cir-
-cumstance; and let us rest from the
bowing and the curtseying, you and I, on
each side. You will find me an honest
man on the whole, if rather hasty and

엘리자베스 배럿이 ———— 로버트 브라우닝에게 1845년 2월 3일

Elizabeth Barrett (1806-61) Robert Browning (1812-89)

진보적 사회 정의를 지지하기로 유명했던 두 시인, 엘리자베스 배럿과 로버트 브라우닝(103쪽)은 오랫동안 평론으로만 서로를 찬미해 왔으나 1845년 초부터 이전과는 달리 편지를 교환하기 시작했다. 첫 번째 편지에서 브라우닝은 주저 없이 이렇게 말했다. '당신의 시를 사랑합니다 … 당신도 사랑합니다.' 배럿의 답장은 조심스러웠으나, 두 사람은 거의 매일 편지를 주고받았다. 서신 교환을 시작한 지 한 달쯤 지난 2월 3일에 배럿이 보낸 편지는 대체로 문학 이야기다. 시가 시인의 인격과 분리될 수 있다고 생각하는지, 평론을 진지하게 받아들여야 하는지(배럿은 키츠가 악평 때문에 죽었다는 항간의 소문을 언급한다. 113쪽) 브라우닝에게 묻는다. 하지만 종종 장난스럽다. 가벼운 농담 같지만 배럿이 요구하는 장황한 서신 조건('당신의 문장에도 (저의 문장에도) […] 당신의 틀린 맞춤법에도 (저의 그런 맞춤법에도) 신경 쓰지 않고, 저를 좋은 친구로 여겨주기로 약속만 한다면')을 보면 배럿도 두 사람이 중요한 관계가 될 것임을 예감하는 듯하다.

브라우닝은 직접 만나고 싶다고 꾸준히 암시했지만 배럿은 몸을 사렸다. 그보다 여섯 살 더 많았고 몸이 점점 약해진다고 느끼던 배럿은 자신에게는 시가 가장 매력적이라고 주장했다. 하지만 5월 20일, 브라우닝이 웨스트민스터에 있는 배럿의 집을 방문하여 사랑을 고백했고 이듬해 결혼했다.

[…] 이 편지를 쓰는 것은 제가 편지를 얼마나 좋아하는지, 편지가 너무 길다거나 너무 잦다거나 너무 읽기 힘들다거나 하는 생각을 해본 적이 없음을 보여주기 위해서입니다 […] 저는 피라미드에 새겨진 글 말고는 손으로 쓴 모든 글을 읽을 수 있어요. '신사 숙녀' 따위의 의례적인 인사치레를 하지 않고, 당신의 문장에도 (저의 문장에도), 당신의 잉크 얼룩에도 (저의 잉크 얼룩에도), 당신의 무뚝뚝한 어투에도 (저의 그런 어투에도) 당신의 틀린 맞춤법에도 (저의 그런 맞춤법에도) 신경 쓰지 않고 저를 '좋은 친구'라 여겨주기로 약속만 한다면, 또한 격식이 거의 없어도, 대신 읽어줄 사람이 필요할 만큼 글씨가 읽기 힘들어도, 내킬 때마다 당신의 생각을 잉크로 적어 저에게 보내주기로 약조한다면, 저는 계약서에 서명하고 봉인이라도 하여 당신의 편지 상대자로 '고용되기'를 기꺼이 바랄 것입니다. 감정을 억제하지도 말고 격식을 차리지도 않았으면 좋겠어요! 분노가 치미는데도 저에게 친절하지 마세요. 침묵하고 싶으면 말하지 마세요. 마음속이 뒤틀리는데도 예의를 지키지 마세요 […] 당신은 제가 대체로 정직한 사람이라는 것을 아시게 될 거예요. 다소 성급하고 속단하기는 하지만요 […] 물론 아무리 성급한 속단도 편견과는 전혀 다르지요. 우리에겐 동정심이 많다는 공통점이 있습니다. 저는 많은 점에서 당신을 우러르며, 당신이 가르쳐주는 모든 것을 배우고 싶습니다. 반면 당신은 인내하고 용서할 각오를 해야 할 텐데, 그래 주시겠어요? […]

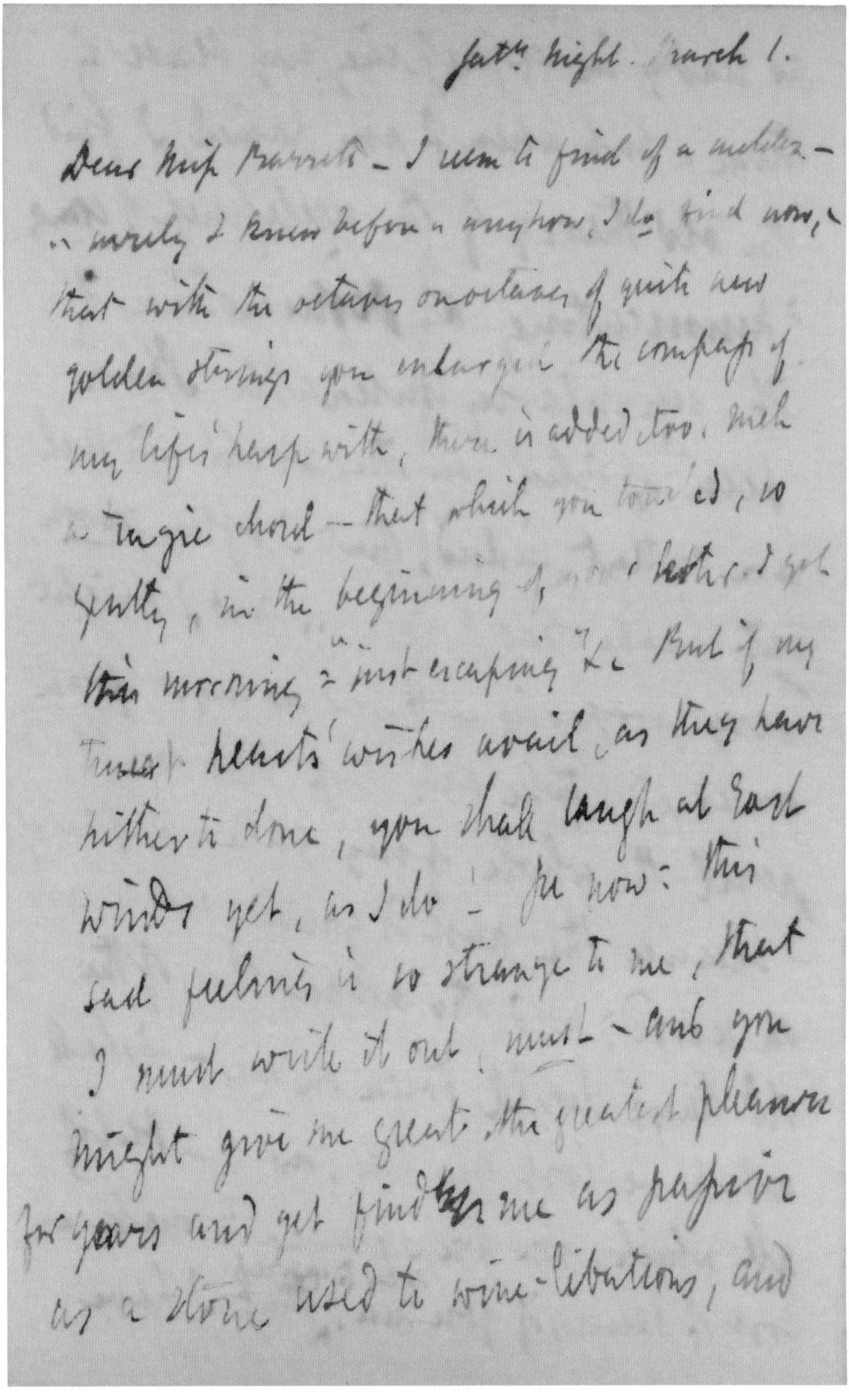
Satd. Night. March 1.

Dear Miss Barrett,—I seem to find of a sudden—
surely I knew before—anyhow, I do find now,—
that with the octaves on octaves of quite new
golden strings you enlarged the compass of
my life's harp with, there is added, too, such
a tragic chord—that which you touched, so
gently, in the beginning of your letter I got
this morning, "just escaping" &c. But if my
truest heart's wishes avail, as they have
hitherto done, you shall laugh at East
winds yet, as I do! See now: this
sad feeling is so strange to me, that
I must write it out, must,—and you
might give me great, the greatest pleasure
for years and yet find me as passive
as a stone used to wine-libations, and

로버트 브라우닝이 · —————— · 엘리자베스 배럿에게 1845년 3월 1일
Robert Browning (1812-89) Elizabeth Barrett (1806-61)

브라우닝과 배럿(101쪽)은 관행을 싫어했다. 두 사람은 연애편지도 자신들의 신념대로 교환했다. 두 사람이 직접 만나기 5개월 전인 1845년 1월부터 주고받은 서신에는 웅대한 열정만큼 풍부한 그리스 시가 쓰여 있다.

두 사람 모두 달콤한 문구, 혹은 매력적이지만 공허한 제스처를 경계했다. 이 편지에서 브라우닝은 자신이 의도한 바를 정확히 표현하기 위해 안간힘을 쓰다가 스스로 혼란에 빠진다. 지난번 편지에서 배럿이 추운 겨울에서 '간신히 살아서 빠져나왔다'고 말한 데 불안해하며 이 말이 자신에게 불러일으킨 슬픔을 설명해야 한다고 느낀다(배럿은 다음 편지에서 툭 던진 말이었다고 안심시켰다. 배럿의 편지는 브라우닝의 편지보다 대개 쾌활한 어조다). 브라우닝은 자신이 잘 아는 분야로 화제를 돌려 배럿이 어릴 적 번역한 아이스킬로스의 『사슬에 묶인 프로메테우스*Prometheus Bound*』를 언급한다. 배럿도 지난번 편지에서 이 번역을 언급한 바 있다('건강해지면 그 번역서를 불쏘시개로 삼아 모닥불을 지피며 기뻐할 거예요'). 하지만 프로메테우스 이야기는 두 사람에게 슬픈 공명을 일으켰다. 배럿의 아버지는 딸의 창작 활동을 지원했으나 열두 명의 자녀 누구에게도 결혼을 허락하지 않았다. 집에 갇힌 배럿은 종종 자신을 바위에 묶인 신화 속 인물 프로메테우스에 비유했다.

배럿 양에게 – 제가 갑자기 눈치챈 듯하지만 사실 전부터 알고 있었고 어쨌든 이제 분명히 알고 있는 사실은, 당신의 손길이 제 인생 속 하프의 음역을 넓히면서 건드린, 완전히 새로운 황금 현들이 한 옥타브 한 옥타브 쌓이면서 슬픈 화음도 더해졌다는 것입니다. 제가 오늘 아침에 받은 당신의 편지 첫머리 '간신히 빠져나왔어요' 등에서 당신은 슬픈 화음을 너무나 부드럽게 울리고 있지요 [···] 이런 감정은 저에게 매우 낯설어서 제가 이 감정을 자세히 글로 써야만 한다는 것을, 그래야만 한다는 것을 알아주세요 [···] 저는 이 세상을 '호강하며' 살았습니다. 그런 나머지 가끔 뚜렷하게 떠오르는 생각은, 제가 저의 행복한 장래를 모조리 위협에 빠뜨릴 어떤 모험은 감행한지 모른다는 것입니다. 과거는 손에 꽉 붙들고 있어 사라지지 않으니까요. 그리고 지난날과 똑같은 날이 밝아오지 않더라도 제가 인생을 잃는 것은 아니니까요, 천만에요! [···] 기이하게도 이런 생각은 당신이 말했던 다른 주제를 떠오르게 하네요! 저는 당신의 번역이나 당신에 관해 아무것도 알지 못하던 몇 년 전에 잠깐 스치듯 그 번역을 읽었지요 [···] 하지만 원전에서 프로메테우스는 (인간의 행복을 위해 자신이 준 선물은) 운명을 예견하지 못하게 한 것이라고 말합니다. 인간의 고통에 대해 어떤 치유책을 찾아냈느냐고 코러스가 묻자 '인간들의 마음에 맹목적인 희망을 깊게 심어주었다'고 대답합니다(계시뿐 아니라 영혼의 불멸을 증명하기 위해 학자들이 논문에서 자주 다루는 주제인 영원한 갈망, 초조한 열망, 본능적 욕망이 결국 충족되지 않는다면 이를 우리에게 심어주는 일은 잔인한 겁니다) [···]

당신의 **영원한** 친구,
R.B.

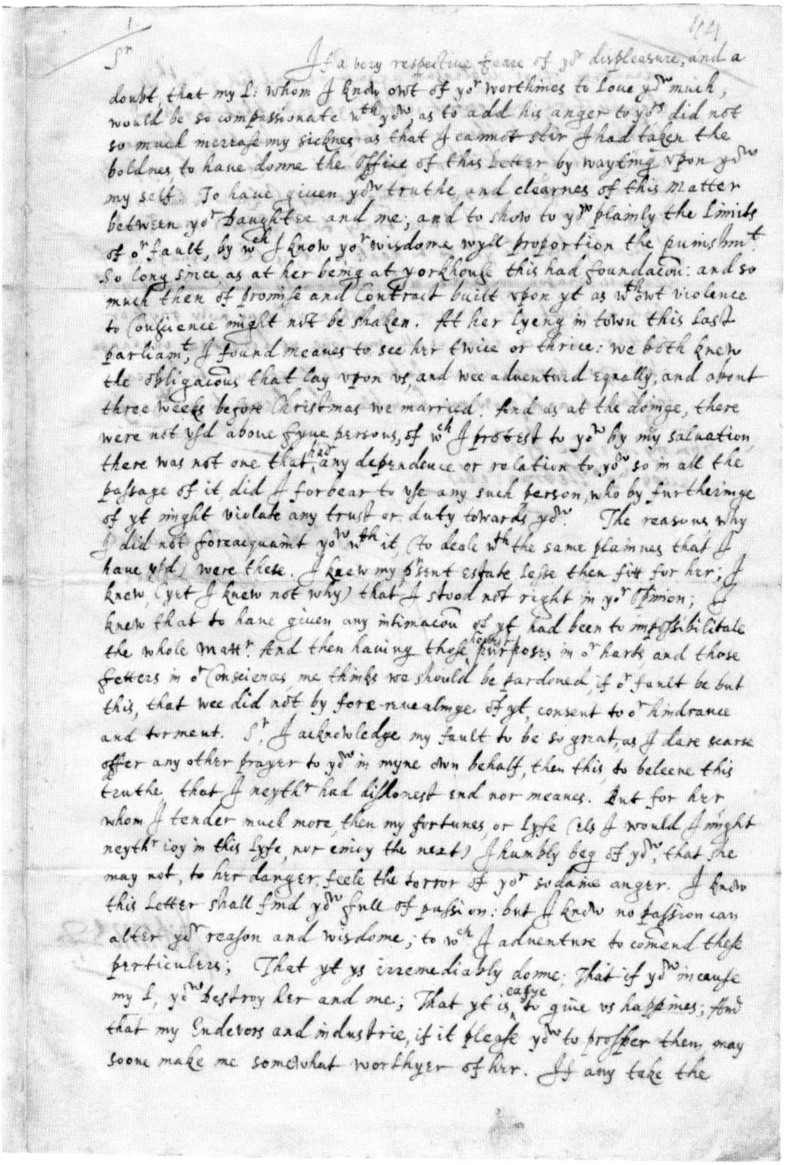

1 114

Sr If a very respectiue feare of yor displeasure, and a
doubt, that my L: whom I knowe owt of yor worthines to loue yow much,
would be so compassionate wth yow, as to add his anger to yors, did not
so much increase my sicknes as that I cannot stir, I had taken the
boldnes to haue donne the office of this letter by waytinge vpon yow
my self, To haue giuen yow truthe and clearnes of this matter
between yor daughter and me; and to show to yow plainly the limits
of or fault, by wch I know yor wisdome wyll proportion the punishmt.
So long since as at her being at yorkhouse this had foundacon: and so
much then of promise and contract built vpon yt as wthout violence
to conscience might not be shaken. At her lyeng in town this last
Parliamt, I found meanes to see her twice or thrice: we both knew
the obligacions that lay vpon vs, and wee adventurd equally, and about
three weeks before Christmas we married. And as at the doinge, there
were not vsd aboue fyue persons, of wch I protest to yow by my salvation
there was not one that had any dependence or relation to yow, so in all the
passage of it did I forbear to vse any such person, who by furtheringe
of yt might violate any trust or duty towards yow. The reasons why
I did not foreacquaint yow wth it, (to deale wth the same plainnes that I
haue vsd) were these. I knew my present estate lesse then fitt for her; I
knew, (yet I knew not why) that I stood not right in yor opinion; I
knew that to haue giuen any intimacon of yt had been to impossibilitate
the whole mattr. And then hauing these honest purposes in or harts and those
fetters in or consciences, me thinks we should be pardoned, if or fault be but
this, that wee did not by fore-reuealinge of yt, consent to or hindrance
and torment. Sr I acknowledge my fault to be so great, as I dare scarse
offer any other prayer to yow in myne own behalf, then this to beleeue this
truthe, that I neythr had dishonest end nor meanes. But for her
whom I tender much more, then my fortunes, or lyfe (els I would I might
neythr ioy in this lyfe, nor enioy the next) I humbly beg of yow, that she
may not, to her danger, feele the terror of yor sodaine anger. I know
this letter shall find yow full of passion: but I know no passion can
alter yor reason and wisdome; to wch I adventure to comend these
particulers; That yt ys irremediably donne; That if yow incense
my L, yow destroy her and me; That yt is easye to giue vs happines; And
that my endevors and industrie, if it please yow to prosper them, may
soone make me somewhat worthyer of her. If any take the

존 던이 ····· 조지 모어에게 1602년 2월 2일
John Donne (1572-1631) George More (1553-1632)

옥스퍼드 대학교를 졸업한 후 법무 교육을 받고, 스페인과 싸우기 위해 해군 원정대에 지원하면서 마침내 존 던의 경력이 시작되었다. 1597년에는 엘리자베스 시대 후기의 주요 정치인 토머스 에저턴의 비서로 임명되었다. 던은 영어로 된 가장 에로틱한 시행을 포함하여 자신의 명성을 높여줄 시를 이미 쓰고 있었지만, 던의 생전에 이 시들은 소규모 문학 서클에서나 돌려보는 필사본으로 알려져 있었다.

에저턴의 런던 저택, 요크 하우스에서 던은 서리 지역 지주이자 (선술집 문을 닫게 하려는 등) 흥을 깨는 정책으로 유명한 정치인 조지 모어의 십 대 딸 앤과 사랑에 빠졌다. 모어가 두 사람의 관계를 '불가능'하게 만들 것을 우려해서 1601년 비밀리에 결혼했다. 앤이 잠시 집으로 돌아가자 던은 결국 모어에게 결혼 사실을 털어놓았다. 장인의 '격노'를 진정시키려 감동적으로 설득하고 '지혜와 이성'을 추켜세우고 애틋한 부성애에 호소했지만, 효과가 없었다. 모어는 영향력을 행사하여 던을 감옥에 가두었다. 던은 특유의 비꼬는 언어유희로, 고달프지만 굳세게 시작한 결혼 생활을 이렇게 요약한다. '존 던, 앤 던, 언던(망한)John Donne, Ann Donne, Undone'

각하,

각하가 불쾌하실까 매우 두려워 병이 아주 심해진 탓에 꿈쩍도 할 수 없습니다. 그러지 않았다면 이렇게 편지를 드릴 게 아니라 용기를 내어 직접 찾아뵙고 각하의 따님과 저의 관계에 대한 진실을 분명히 말씀드렸을 것입니다 〔…〕 지난 의회 회기에 따님이 도시에 머무는 동안 두세 번 만날 기회가 있었고 〔…〕 크리스마스 약 3주 전에 저희는 결혼했습니다 〔…〕 이를 각하께 미리 알리지 못한 이유는 이러합니다. 현재 제 재산이 따님께 어울리지 않음을 알았고, (연유는 모르겠지만) 각하께서 저를 좋게 여기시지 않음을 알았고, 제가 이 사실을 밝히면 모든 일이 불가능해지리라는 것을 알았기 때문입니다. 저희 마음이 이러한 정직한 목적을 품고 있고 저희 양심에 그러한 족쇄가 채워져 있으므로, 저희 잘못이 이것뿐이라면, 저희가 이 사실을 미리 밝혀 방해와 고통을 기꺼이 받으려 하지 않은 일을 용서받아야 한다고 저는 생각합니다. 잘못이 매우 지대함을 인정하기에, 저 자신을 위해서는 부정직한 목적이나 수단이 없었음을 〔…〕 이 사실만을 알아주시기 간청드릴 따름입니다. 하지만 제가 제 재산이나 생명보다 더 소중히 여기는 따님을 위해서는 머리를 조아려 간구하오니, 따님이 각하의 격분에 공포를 느끼고 위험에 빠지지 않게 해주십시오. 이 편지가 각하를 격노하게 할 것을 알고 있으나, 격노하시더라도 이성과 지혜를 잃지 않으실 것도 알고 있습니다 〔…〕 저는 이 일을 거짓 없이 말씀드렸으며 머리를 조아려 간원하오니 인간성, 이성, 지혜, 기독교의 가르침에 따라 이 일을 헤아려 주시기 바랍니다 〔…〕

Red Cross
St Mark's Buildings
Alexandria
25.4.17

Dear Lytton

You have written at last, if in the New Statesman. What, besides you, has come over that paper? Coming back from the dead soldiers, I picked up a special Christian number, all about Easter. Has it been bought by Mutton Brothers? I lay reading it up the office stairs, whose ridges in my spine raised other reminiscences. Steps were heard ascending. Had after all the Corporal -- It was Miss V. Grant Duff, though.

I shall be more typical however in describing a typical day. This morning, after breakfast, I took tram to the office where, 850 wounded having arrived in the hospitals as the result of our second Gaza victory, there was work. At 1.0 I gave an English lesson to a Venezelo-International-Socialist, our text books being Le Jardin d'Epicure and The Silver Box. We lunched. He saw no reason why Europe should not be federated like Switzerland. Then I went to No 15 G.H., whose O.C. is brother to Monty James. The Missing lists from the two victories, which are rumoured tremendous, have not yet come out, but I learnt something about the country, disposition of Regts. etc. and got material for a map. All the time a man whose hands had been shot to bits was whimpering and whistling "I'm in a fix, I'm in a fix." Another man, a stranger to him and quite a boy, bent over and

E. M. 포스터가 → 리턴 스트레이치에게 1917년 4월 25일

E.M. Forster (1879-1970) Lytton Strachey (1880-1932)

포스터는 1차 세계대전 동안 이집트 적십자사에서 근무했다. 포스터의 임무는 알렉산드리아의 병원을 순회하고 입원 병사들과 면담하여, 전투 중 행방불명 명단에 오른 영국 병사들의 정보를 알아내는 것이었다. 상관 빅토리아 그랜트 더프가 짜증 나게 하는 것을 제외하고는 이곳에서의 전시 생활을 좋아했는데, 무엇보다도 성 정체성을 표출할 수 있었기 때문이다. 영국에서는 불가능했을 것이다. 1917년 3월 포스터는 이집트의 전차 차장 모하메드 엘 아들과 사랑에 빠졌다. 엘 아들이 매일매일 어떤 열차에 탑승할지 알 수 없었던 포스터는 그가 탄 전차가 나타날 때까지 종점에서 서성이며 기다렸다.

성적으로 해방된 블룸즈버리 그룹의 대담한 핵심 멤버, 리턴 스트레이치에게 보내는 편지에서도 포스터는 이를 매우 은밀하게 털어놓는다('다른 추억', '어떤 전차'). 편지가 검열되리라 예상했음이 틀림없다. '더 이상 바랄 게 없이 지내고 있는 것 같군'이라고 스트레이치는 경쾌한 어조로 답장한다. 스트레이치는 편지 쓰기를 즐기지 않았고 내심 (당시까지 『전망 좋은 방*A Room with a View*』, 『하워즈 엔드*Howards End*』 등 네 편의 소설을 발표한) 포스터를 '이류' 작가로 여겼다.

1917년 4월, 가자 지역에 주둔한 영국 수비대가 오스만 제국군을 격퇴하는 성과를 올렸다. 사상자들이 알렉산드리아에 도착하자 포스터에게 '업무가 생겼지만' 스트레이치에게 설명하는 이러한 '전형적인 날'에도 쉬운 현대문학 작품으로 영어를 가르치고, 엘 아들과 함께 전차를 탈 시간이 있었다.

리턴에게,

마침내 글을 썼더군. 『뉴 스테이츠먼』에 말이야. 그 잡지가 자네 글을 싣다니 무슨 일인가? 소중한 병사들을 떠나오면서 기독교 특별호를 사 왔네. 온통 부활절 관련 글이더군 […] 2층에서 잡지를 읽기 시작했는데, 내 등줄기를 타고 무언가 다른 게 떠올랐다네. 발소리가 들렸지. 상병이려니 했는데, 빅토리아 그랜트 더프 양이더군.

하지만 전형적인 날을 설명하려면 전형적인 사실만 써야겠지. 오늘 아침 식사를 한 후에 전차를 타고 사무실에 갔네. 가자 지역에서의 두 번째 승전으로 부상자 850명이 병원에 와 있어서 업무가 생겼지. 10시에는 베네수엘라 출신 국제 사회주의자에게 영어 수업을 했네. 교재는 『에피쿠로스의 정원』과 『실버 박스』였지. 두 번의 승전에 관해 굉장한 소문이 돌고 있는데, 여기서 발생한 행방불명 명단은 아직 나오지 않았다네. 하지만 이 지역, 연대와 본부의 배치를 약간 알게 되었고 지도를 그리기 위한 자료를 얻었네. 두 손이 박살 난 병사가 내내 '나는 엉망이 됐어, 나는 엉망이 됐어'라고 흐느꼈지. 이 병사를 처음 보고 소년티가 가시지 않은 또 다른 병사가 몸을 굽히고 무릎을 꿇어 이 병사의 눈을 들여다보더군 […] 나는 전차 종점으로 가서 어떤 전차가 오기를 기다렸네. 모든 전차가 내 숙소로 향하지만 나는 오직 한 전차만 탈 수 있는데, 시간이 정해져 있지 않다네. 오늘 저녁 여행은 다른 승객들 때문에 망쳤네 […] 오늘을 돌아보니 다른 날과 별로 다른 것 같지 않군. 하지만 내가 어떻게 지내는지 알겠지. 그러면 내 뜻대로 된 걸세.

영원한 친구
EM 포스터

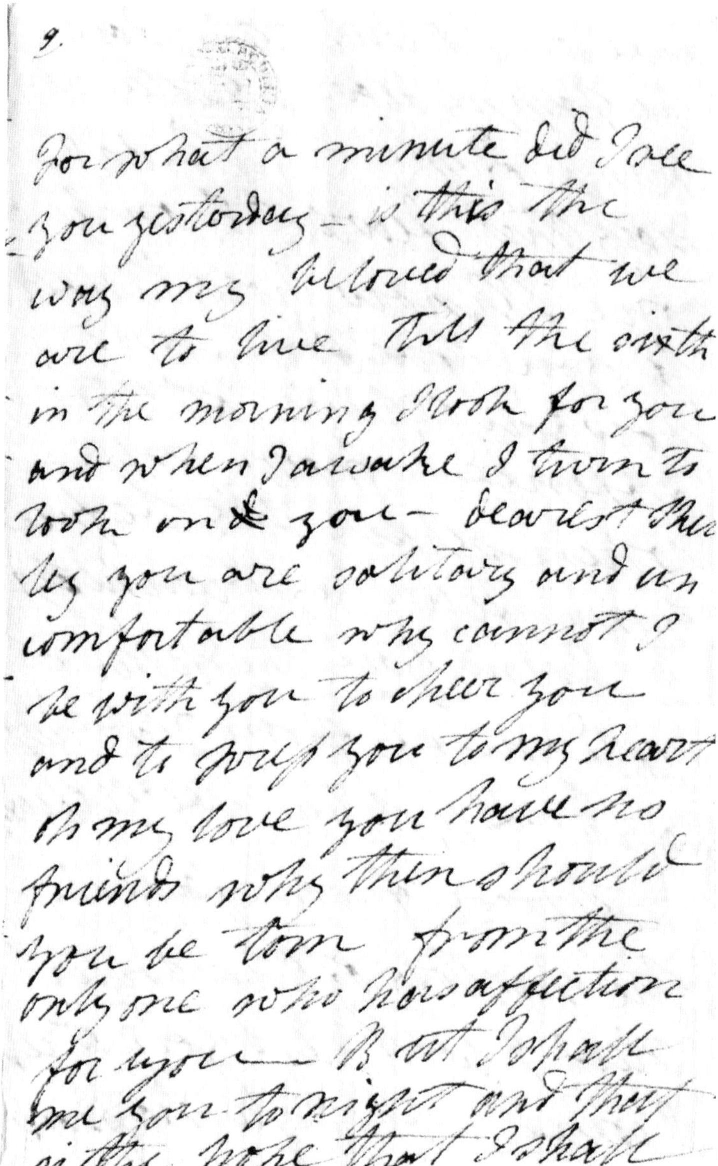
9.

For what a minute did I see
you yesterday — is this the
way my beloved that we
are to live till the sixth
in the morning I look for you
and when I awake I turn to
look on you — dearest Shel-
ley you are solitary and un-
comfortable why cannot I
be with you to cheer you
and to press you to my heart
oh my love you have no
friends why then should
you be torn from the
only one who has affection
for you — But I shall
see you tonight and that
is the hope that I shall

메리 고드윈이 · ———— · 퍼시 비시 셸리에게 1814년 10월 25일

Mary Godwin (1797-1851) Percy Bysshe Shelley (1792-1822)

메리 고드윈은 급진적인 사상가 윌리엄 고드윈, 그리고 작가이자 여권운동가 울스턴크래프트(211쪽)의 딸이다. 셸리는 윌리엄의 제자로 〈무신론의 필요성*The Necessity of Atheism*〉이라는 팸플릿을 발행하여 얼마 전 옥스퍼드에서 퇴학당했고 1814년에 열다섯 살 메리와 사랑에 빠졌다. 하지만 셸리는 유부남이었다. 선동적인 시인이자 논쟁가로 나름의 성공을 거두기는 했으나 빚이 산더미 같았고, 울스턴크래프트에게까지 빚을 져서 셸리와의 관계를 심각하게 염려했다.

7월, 메리와 셸리는 메리의 의붓 자매 클레어 클레어몬트를 데리고 유럽으로 도주했다. 이들은 나폴레옹 전쟁의 여파로 휘청거리던 프랑스를 거쳐 스위스와 네덜란드로 이동했다. 하지만 셸리가 클레어몬트와 너무 가까워지자 긴장감이 흘렀고, 9월에는 돈까지 바닥났다. 런던에 돌아오니 친구들조차 그들을 외면했고, 이사를 거듭하며 고단하고 불안정한 생활을 시작했다. 메리가 임신했으나 셸리는 분노한 채권자와 압류 집행관을 피해 도망다니느라 대개 곁에 없었다. 이 편지에서 메리는 커피 하우스 밖에서 셸리를 만나 근처 세인트폴 성당에서 둘만 있고 싶어 한다. 하루도 맘 편할 날이 없어 메리는 분명 괴로워하지만 '외롭고 불안한' 셸리를 탓하지 않고 여전히 마음속 깊이 사랑한다. 하지만 비극은 따로 있었으니, 메리는 출산 후 며칠 만에 아이의 죽음을 목도한다.

〔…〕 어제 당신을 본 것은 얼마나 멋진 순간이었던가요. 사랑하는 이여, 엿새를 이렇게 살아야 하나요? 아침이면 당신을 찾고 잠에서 깨면 몸을 돌려 당신을 보려 하지요. 사랑하는 셸리, 당신은 외롭고 불안한데 왜 나는 당신과 함께 머물고 기운을 북돋우고 내 가슴에 끌어안을 수 없는지요? 나의 사랑이여, 당신은 친구가 아무도 없는데 당신에게 애정을 품고 있는 유일한 사람인 나와 왜 떨어져야 하나요? 하지만 난 오늘 밤 당신을 볼 거예요. 그 희망으로 하루 종일 버틸 거예요. 사랑하는 셸리, 행복하게 지내고 나를 떠올리세요. 제가 왜 이런 말을 하지요? 더없이 사랑하는 나의 유일한 임이여, 당신이 얼마나 다정하게 나를 사랑하고 나와 함께 있지 못하여 슬퍼하는지 잘 알기 때문이지요. 우리는 배신의 공포에서 벗어나게 될까요? 〔…〕

나는 어제 몹시 피곤하여 집까지 마차를 타고 올 수밖에 없었어요. 돈을 낭비한 것을 용서하세요. 하지만 너무 힘이 없고 종일 불안해서 서 있지도 못할 지경이에요. 하지만 아침에 쉬었더니 다시 괜찮아졌고 저녁에 당신을 만나면 아주 좋아질 거예요. 다섯 시에 커피 하우스 문 앞으로 오시겠어요? 그런 곳 안으로는 들어가고 싶지 않으니까요. 나는 시간에 딱 맞추어 도착하겠어요. 함께 세인트폴 성당으로 들어가면 앉을 자리가 있을 거예요 〔…〕

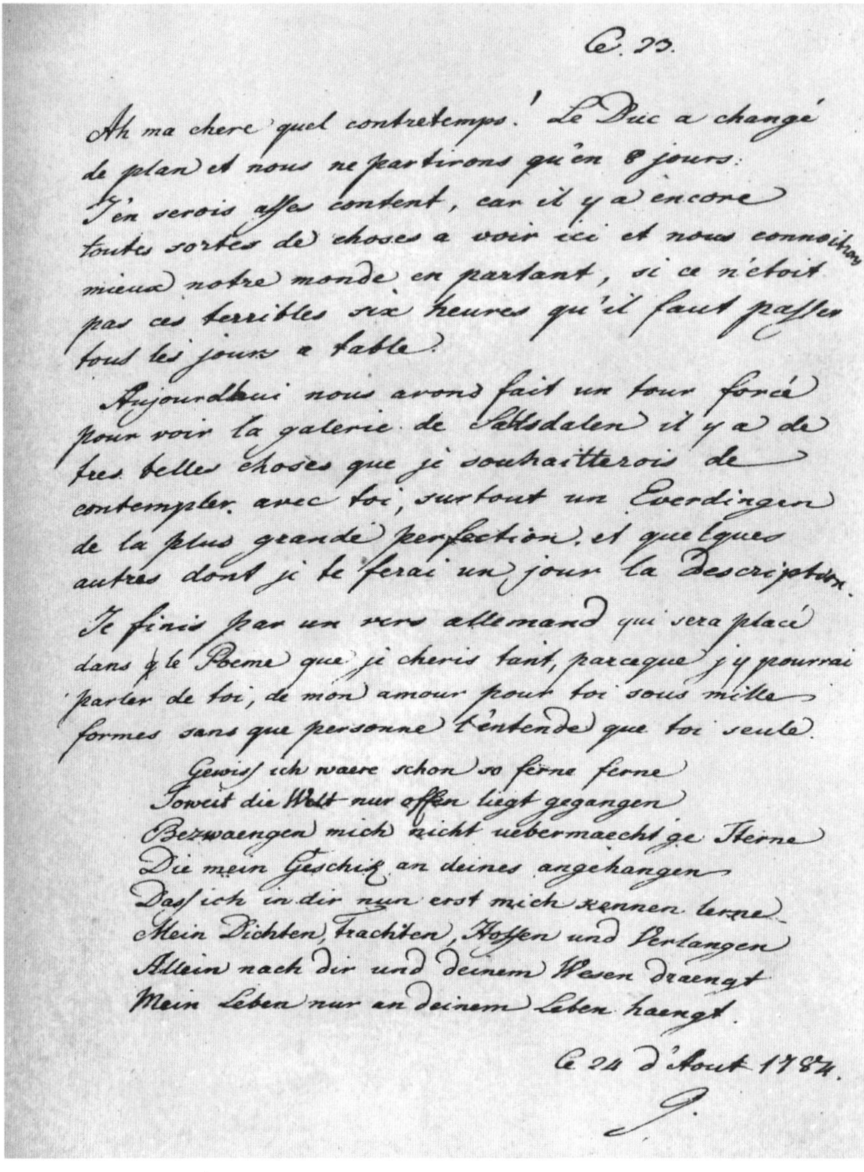

le 23.

Ah ma chere quel contretemps! Le Duc a changé de plan et nous ne partirons qu'en 8 jours. J'en serois asses content, car il y a encore toutes sortes de choses a voir ici et nous connoitrions mieux notre monde en partant, si ce n'étoit pas ces terribles six heures qu'il faut passer tous les jours a table.

Aujourdhui nous avons fait un tour forcé pour voir la galerie de Saltsdalen il y a de tres belles choses que je souhaitterois de contempler avec toi, surtout un Everdingen de la plus grande perfection, et quelques autres dont je te ferai un jour la description.

Je finis par un vers allemand qui sera placé dans le Poeme que je cheris tant, parceque j'y pourrai parler de toi, de mon amour pour toi sous mille formes sans que personne l'entende que toi seule.

Gewiss ich waere schon so ferne ferne
Soweit die Welt nur offen liegt gegangen
Bezwaengen mich nicht uebermaechtge Sterne
Die mein Geschick an deines angehangen
Dass ich in dir nun erst mich kennen lerne
Mein Dichten, Trachten, Hoffen und Verlangen
Allein nach dir und deinem Wesen draengt
Mein Leben nur an deinem Leben haengt.

le 24 d'Aout 1784.

G.

요한 볼프강 폰 괴테가 ———— 샤를로테 폰 슈타인에게 1784년 8월 24일
Johann Wolfgang von Goethe (1749-1832) Charlotte von Stein (1742-1827)

외교 임무를 띠고 여행 중인 괴테는 브라운슈바이크 궁정에서 샤를로테 폰 슈타인이 있는 바이마르 궁정으로 편지를 보낸다. 샤를로테는 안나 아말리아 공녀의 시녀였고, 괴테는 바이마르의 천재로 시인, 과학자, 추밀 참사관이자 카를 아우구스트 대공의 추밀 고문관이었다. 샤를로테는 1764년 상류층 남편과 애정 없는 결혼을 하여 10년 동안 열 명의 자녀를 낳았으나 그중 셋만 살아남았다. 1783년에는 그녀의 아들 프리츠가 괴테에게 교육을 받았고 괴테는 샤를로테에게 반했다. 샤를로테도 사랑을 느끼지만 마음이 통하는 친구로만 대했다.

1784년 여름, 카를 아우구스투스 대공은 합스부르크가의 황제 요제프 2세가 품고 있는 패권 장악 야망에 맞서, 괴테를 데리고 독일의 왕가 궁정을 순회하며 동맹 협상에 나선다. 괴테는 대공이 브라운슈바이크 체류를 8일이나 연장한 탓에 식탁에서 한참 지루하게 보내야 한다고 불평한다. 잘츠달룸 궁전을 방문하여 유명한 미술작품을 구경하는데 '당신과 함께 보고 싶다'고 쓴 작품 중에는 17세기 네덜란드 화가 알라르트 판 에퍼르딩언의 풍경화도 한 점 있다.

괴테는 외교적, 국제적 상류사회에서 사용하는 프랑스어로 편지를 쓰지만, 독일어로 사랑의 시를 덧붙인다. 이는 샤를로테에게 부친 여러 시 중 한 편이다. 매우 사적이지만('당신 아닌 누구도 이해하지 못할 테니까요') 독일어를 유럽의 훌륭한 문학 언어로 발전시키려는 건 그의 평생 프로젝트였다.

아, 그대여, 나는 얼마나 불운한지! 대공이 계획을 바꾸어 8일 동안은 떠날 수 없어요. 매일 식탁에서 여섯 시간을 끔찍하게 보내지만 않아도, 상당히 행복할 거예요. 여기에는 다양한 볼거리가 많아서 우리가 떠날 때 이 세상을 더 잘 알게 될 테니 말이에요.

오늘은 잘츠달룸 미술관을 방문해야 했어요. 거기에는 당신과 함께 보고 싶은 아름다운 작품이 많아요. 무엇보다 에퍼르딩언의 아주 완성도 높은 작품 한 점과 언젠가 당신에게 설명해주고 싶은 다른 작품들이 있어요.

독일어 시로 끝맺을게요. 이 시는 내 마음속에 간직하는 소중한 시가 될 거예요. 이 시에서는 당신의, 당신을 향한 나의 사랑을 말할 수 있고 여러모로 보아 당신 아닌 누구도 이해하지 못할 테니까요.

분명 나는 이미 멀리멀리 떠나와 있으리,
세상이 열려 있는 곳까지,
내 운명을 그대 운명과 연결시켰던
막강한 별들에 정복되지 않고서.
그대 안에서만 나 자신을,
내 시를, 내 열망을, 희망을, 욕망을 알게 되나니,
오직 그대를, 그대란 존재를 향해 이 모든 것은 밀려가노니.
내 인생은 오직 그대 인생에 달려 있어라.

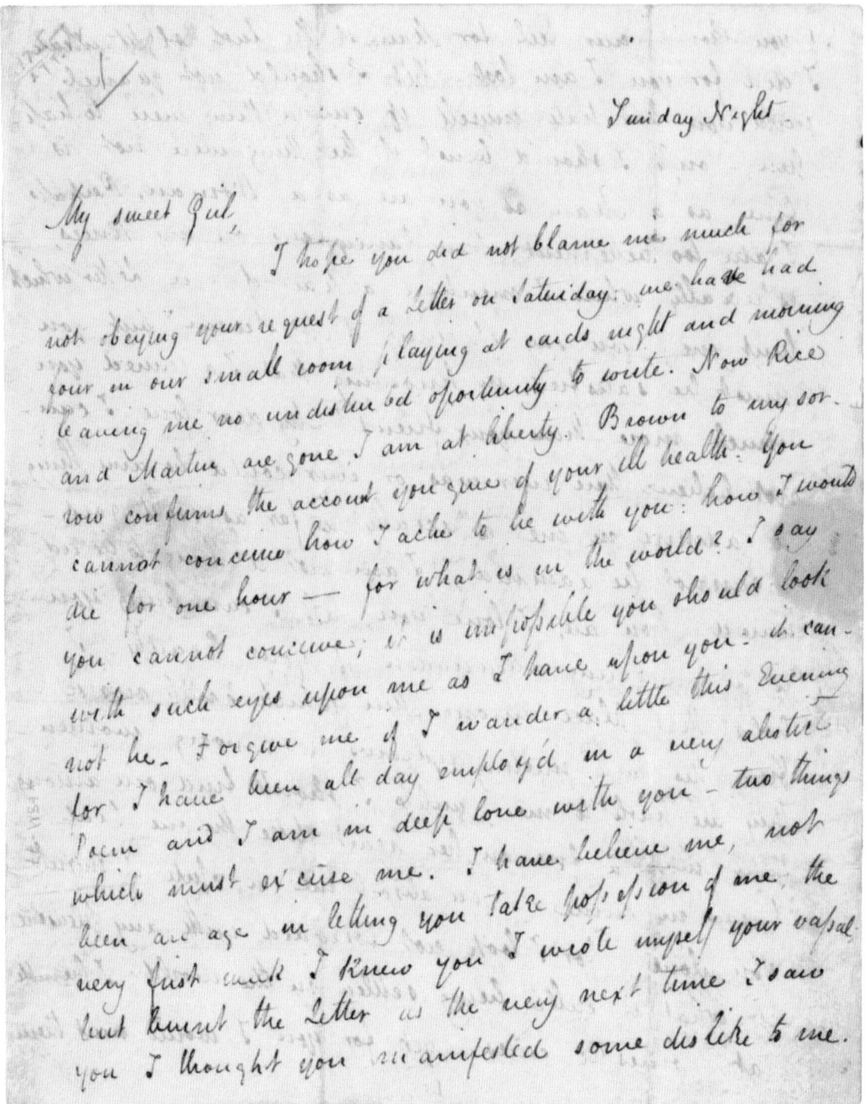

Sunday Night.

My sweet Girl,

I hope you did not blame me much for
not obeying your request of a Letter on Saturday: we have had
four in our small room playing at cards night and morning
leaving me no undisturbed opportunity to write. Now Rice
and Martin are gone I am at liberty. Brown to my sor-
row confirms the account you give of your ill health. You
cannot conceive how I ache to be with you: how I would
die for one hour — for what is in the world? I say
you cannot conceive; it is impossible you should look
with such eyes upon me as I have upon you: it can-
not be. Forgive me if I wander a little this Evening,
for I have been all day employ'd in a very abstract
Poem and I am in deep love with you - two things
which must excuse me. I have, believe me, not
been an age in letting you take possession of me, the
very first week I knew you I wrote myself your vassal
but burnt the Letter as the very next time I saw
you I thought you manifested some dislike to me.

존 키츠가 ········· 패니 브론에게 1819년 7월 25일

John Keats (1795-1821) Fanny Brawne (1800-65)

키츠는 2세대 낭만주의 시인의 선봉으로 (호평만 받은 것은 아니지만) 주목을 받았다. 1819년에는 기법과 주제를 다양하게 실험한 끝에 문체도 무르익었다. 창작욕을 불태우며 〈나이팅게일에게*To a Nightingale*〉, 〈그리스 항아리에*On a Grecian Urn*〉, 〈가을에*To Autumn*〉 부치는 송가를 썼다.

사생활에서는 행복의 불씨를 찾기 힘들었다. 이듬해까지 진단받기를 미루지만 어머니와 형, 삼촌을 사망에 이르게 한 결핵 증상을 앓고 있었다. 빚은 쌓여만 갔다. 이웃집 아가씨 패니 브론과 격렬한 사랑에 빠졌으나 키츠의 친구들은 브론을 싫어했고 브론의 부모는 키츠를 못마땅해했다.

이러한 심정의 동요는 시듦과 죽음이 저변에 흐르는 〈무자비한 미녀*La Belle Dame Sans Merci*〉 같은 시에 표현되었다. 또한 (브론에게 부치는 소네트 〈밝은 별이여*Bright Star*〉의 연장선에서) 절절한 헌신과 초조한 불안 사이에서 갈팡질팡하는 이 편지에도 불안감이 엿보인다. 편지는 와이트섬에서 보냈는데, 이곳에서 친구 제임스 라이스, 찰스 브라운과 함께 지내며 진작 편지를 쓰려 했으나 밤새워 카드만 치기 일쑤였다.

키츠와 브론은 1818년 크리스마스에 두 사람의 장래를 '합의'했던 듯하며, 1819년 10월에는 남몰래 약혼한다. 하지만 키츠의 건강이 악화되어 1820년 2월에는 동맥혈까지 토한다. 외과 의사의 조수로 일했던 키츠는 어떤 징후인지 분명하게 알았다. '피의 색을 보면 너무나 분명해. 저 핏방울은 나의 사형 집행 영장이야.'

사랑스러운 소녀에게,

토요일에 편지하라는 당신의 부탁을 지키지 못한 것을 크게 나무라지 않았으면 좋겠어. 네 명이 작은 방에 머물며 밤낮으로 카드를 치기 때문에 방해받지 않고 편지를 쓸 만한 때가 없어 […] 나 자신을 당신에게 완전히 바치는 데 오랜 시간이 걸리지 않았다는 내 말을 믿어 줘. 당신을 알게 된 첫 주에 나는 당신의 노예라고 편지했지. 다음번에 당신을 보았을 때 당신이 나를 싫어하는 기색이 보이는 것 같아 그 편지를 불태웠지만 말이야. 내가 당신에게 느낀 감정을, 당신이 다른 남자를 처음 보았을 때 그대로 느낀다면 나는 파멸이야. 하지만 그러더라도 당신을 탓하지 않고 나 자신을 미워하겠어 […] 당신이 내 친구 세번 씨를 언급하며 이렇게 말했지. '당신 친구보다 내가 당신을 훨씬 더 찬미해요. 당신은 그걸 잘 알고 만족스럽게 여겨야 해요.' 내 사랑 그대여, 나에게, 특히 내 외모에 찬미할 만한 것이 있으리라고는 믿을 수 없어 […]

나는 산책할 때마다 두 가지 기쁨을 떠올려. 그것은 당신의 사랑스러움, 그리고 내가 죽는 순간이야. 내가 동시에 두 가지 모두 누릴 수 있다면 좋으련만. 나는 이 세상을 증오해. 세상은 내 의지의 날개를 무참히 꺾어버렸어. 당신의 입술에서 달콤한 독약을 받아 마시고 이 세상을 떠날 수 있으면 좋겠어 […] 오늘 밤 나는 당신을 비너스로 상상하며, 이교도처럼 당신의 별에 기도하고 기도하고 기도할 거야 […]

79

Queens Chambers
Belfast.
7 June 1951.

Dear graminivore,

I'm not sure what you are doing in this picture except preparing supper. However. I'm sure you are comfortably off. Do you think you should have whiskers, or not? My whiskers are an integral part of me:

However. I am feeling very June-like tonight, that is, a pulp of my ordinary self. Hayfever has opened

필립 라킨이 → 모니카 존스에게 1951년 6월 7일
Philip Larkin (1922-85) Monica Jones (1922-2001)

영국 벨파스트의 허름한 집에 살면서 대학교 사서로 일하는 필립 라킨이, 레스터 대학교 영문학 강사인 여자 친구 모니카 존스에게 편지를 쓴다. 두 사람이 막 사귀기 시작한 때다. 둘은 1940년대 중반에 알게 되어 진gin과 동물에 대한 사랑, 소설 주인공을 험담하는 즐거움을 나눴고 라킨이 루스 보먼과 파혼한 후 연인이 되었다.

라킨은 음울한 사람으로 널리 알려져 있었으나 다정하고 기발한 측면이 있었다. 곧바로 자신과 존스의 애칭을 생각해냈고(존스는 '토끼', 자신은 '물개') 존스에게 보내는 많은 편지에 (건강염려증에 시달리며 동료에 대한 불만을 털어놓는) 비어트릭스 포터[1]풍 그림을 그렸다.

존스와의 사랑은 그의 인생에서 가장 중요했다. 라킨의 결혼 공포증과 주기적인 외도에도 불구하고 존스는 연인, 동료, 비평가로서 그의 곁을 지켜줬다. 벨파스트에서 라킨은 존스의 도움으로 서서히 두각을 드러내, 애석한 후회와 아련한 희망이 독특하게 뒤섞인 시를 발표했다. 고적함의 기쁨과 일의 압박을 성찰하는 이 편지에서 라킨의 유명한 시 〈두꺼비*Toads*〉의 어조가 벌써 희미하게 들리는 듯하다. 1955년 라킨은 〈두꺼비〉를 첫 번째 대표 시집이자 존스에게 헌정한 작품, 『덜 속은 자*The Less Deceived*』에 수록했다.

나의 초식동물에게,

이 그림에서 당신이 저녁 준비 말고 또 무슨 일을 **하는지는** 모르겠네요. 하지만 편안하게 지내리라 믿어요. 토끼에게 수염이 있어야 한다고 생각해요, 없어야 한다고 생각해요? 물개에게 수염은 없어서는 안 되는 일부예요.

하지만, 오늘 밤은 정말 **6월같이** 느껴져요. 내 평범한 자아가 흐물흐물해지는 것 같아요. 꽃가루 알레르기가 살짝만 공격해 왔는데도 증상이 너무 심해 정신이 없어요 〔…〕

그렇지만 어제는 아침에 쉬면서, 시내에서 몇 가지 의뢰를 마친 뒤 불운하게도 브래들리에게 **붙들려** 커피를 마시고, 자전거를 **타고** 라간 토우패스[2]를 따라 달렸어요. 날씨는 덥고 화창했지만 강가에는 말이 끄는 바지선 한 척 말고는 아무것도 없었어요. 자연이 거의 훼손되지 않고, 집 한 채도 없고, 오직 수문과 (닫힌) 음료수 가판대만 간혹 있었어요. 까치인 듯한 무언가를 보았고, 물쥐가 얕은 물에서 들락날락하는 소리가 **들렸고**, 재채기는 거의 나오지 않았어요.

리즈번으로 이동해서 빵, 치즈, 양파, 사과를 샀지만 먹을 곳을 찾지 못했고, 정원에 앉아 책을 읽다가 **담을 뛰어넘었어요**. 도로에서 타르가 배어 나왔지만, 대체로 행복한 시간이었어요. 일에서 해방되니 태도가 완전히 바뀐 게 놀라워요. 내 걸음은 흔들리지 않고 눈은 자신감에 차 있고 목소리는 떨리지 않았어요. 무덤에 대해서도, 내 운명이 얼마나 비참한지도 생각지 않았어요. 아뇨, 일찍 일어나서 신랑이 신부를 얼싸안듯 하루를 열렬히 포옹했고, 자전거 바퀴 소리에 맞추어 두꺼비처럼 노래했어요. 이 모든 건 **나 자신을 위해 몇 시간**을 보낸 덕분이었어요.

1 비어트릭스 포터(Beatrix Potter, 1866–1943): 영국의 아동문학 작가이자 일러스트레이터
2 Lagan towpath. 벨파스트에서 리즈번까지 이어지는 길

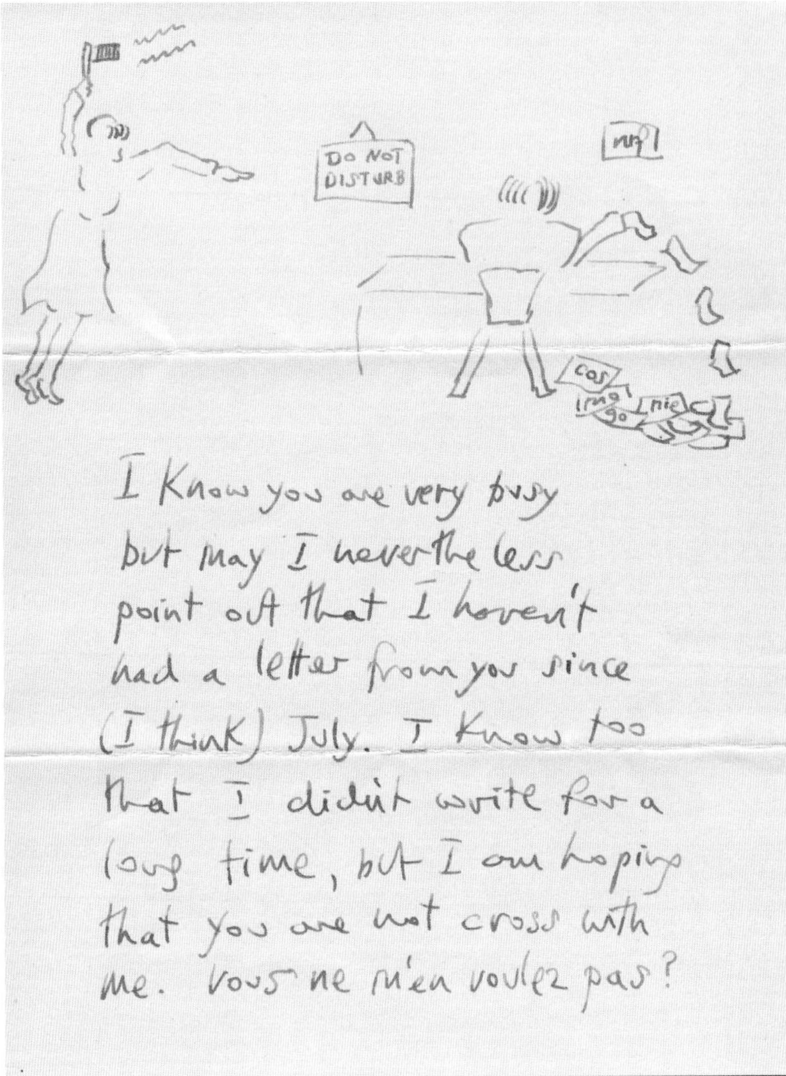

I know you are very busy but may I nevertheless point out that I haven't had a letter from you since (I think) July. I know too that I didn't write for a long time, but I am hoping that you are not cross with me. Vous ne m'en voulez pas?

아이리스 머독이 ·——————————————· 레몽 크노에게 1949년 10월 29일
Iris Murdoch (1919-99) Raymond Queneau (1903-76)

아이리스 머독은 지난번 편지에 답장하지 않은 레몽 크노를 장난스레 꾸짖는다. 편지 속 그림에서, 크노는 머독에 완전히 무관심한 채 갈리마르 출판사의 편집 데스크에 앉아 다음에 나올 책 『우주 생성론 포켓판*Petite Cosmogonie portative*』(1950) 집필에만 몰두하고 있다.

두 사람은 1946년 오스트리아 인스브루크에서 처음 만났다. 전쟁으로 고향에서 쫓겨난 난민 수백만 명을 지원하는 연합국구제부흥기관UNRRA에서 머독이 일할 때였다. 머독은 아직 데뷔 전이었으나(원고를 페이버 출판사에 보냈지만 T.S. 엘리엇에게 거절당했다) 크노는 1930년대부터 실험소설과 시를 창작하고 있었다. 머독은 전쟁 기간 동안 대륙 문학과 철학에 심취했다. 두 사람은 깊은 우정을 맺었고, 머독에겐 우정 이상이었다.

1949년 10월, 뉴욕 배서 대학에서 장학금을 약속받았으나 영국 공산당에 입당한 전력으로 미국 비자가 거부된 머독은 탁월한 성적으로 졸업했던 옥스퍼드에 돌아왔다. 여기서 철학을 가르치지만 편협한 커리큘럼, 건조하고 분석적인 영국 전통에 권태를 느낀다. 프랑스 실존주의의 자극에 매료되어서는 크노에게 장 폴 사르트르에 관한 퀴즈를 내는데, 1953년에는 사르트르를 다룬 머독의 첫 책이 출간된다.

편지를 쓸 때는 '진지한 태도와 지독히 멍청한 어조의 균형'이 필요하다고 머독은 말한 바 있다. 이 편지에서 그녀는 두 가지를 다 해낸다. '저한테 질렸나요?'라는 질문은 멜로드라마의 농담 같다. 하지만 불안감이 맴돌고, 유부남 크노를 향한 짝사랑도 내비친다. 이후 편지를 보면 머독이 관계를 발전시키려 애썼으나 성공하지 못했음을 눈치챌 수 있다(1952년에 머독은 이렇게 썼다. '당신을 위해서라면 무엇이라도 하겠어요. 당신이 원하는 무엇이라도 되겠어요 … 나는 당신이 절실히 필요하지만 당신은 내가 그만큼 필요하지 않아요'). 크노가 보낸 편지들은 머독이 없앤 듯하다.

당신이 무척 바쁘다는 것을 알지만 그래도 (아마도) 7월부터 당신에게서 편지를 못 받았다는 것을 짚어둬야겠어요. 저 역시 오랫동안 편지하지 않았죠. 하지만 저에게 화나지 않았으면 좋겠어요. **저한테 질렸나요?**

저도 꽤 많은 일을 하고 있답니다. 수업은 빼고 말이에요. 그건 중요하지 않으니까요. 이 논문이 곧 정리되면 좋겠어요. 의미에 관한 거예요. 헤겔에 기초하고, 사르트르를 원용하고, 길버트 라일을 반박하는 거예요. (라일은 이곳 학계를 지배하는 학자예요. 마음을 다룬 라일의 최근 저서에는 지금 영국 철학을 대표하는 포스트-비트겐슈타인 실증주의가 요약되어 있어요. 한 권 보내드릴게요.) […]

파리는 안녕한가요? 공산당이 회의 같은 걸 준비하고 있으리라 생각해요. 하지만 공산주의자가 아닌 이들에게서도 동조를 얻을 수 있을까요? 사르트르가 그런 준비에 동참할까요? 유감스럽게도 영국에서 평화는 공산주의자의 책동으로 여겨지고 있어요. 모두 점점 더 미쳐가는 것 같아요 […]

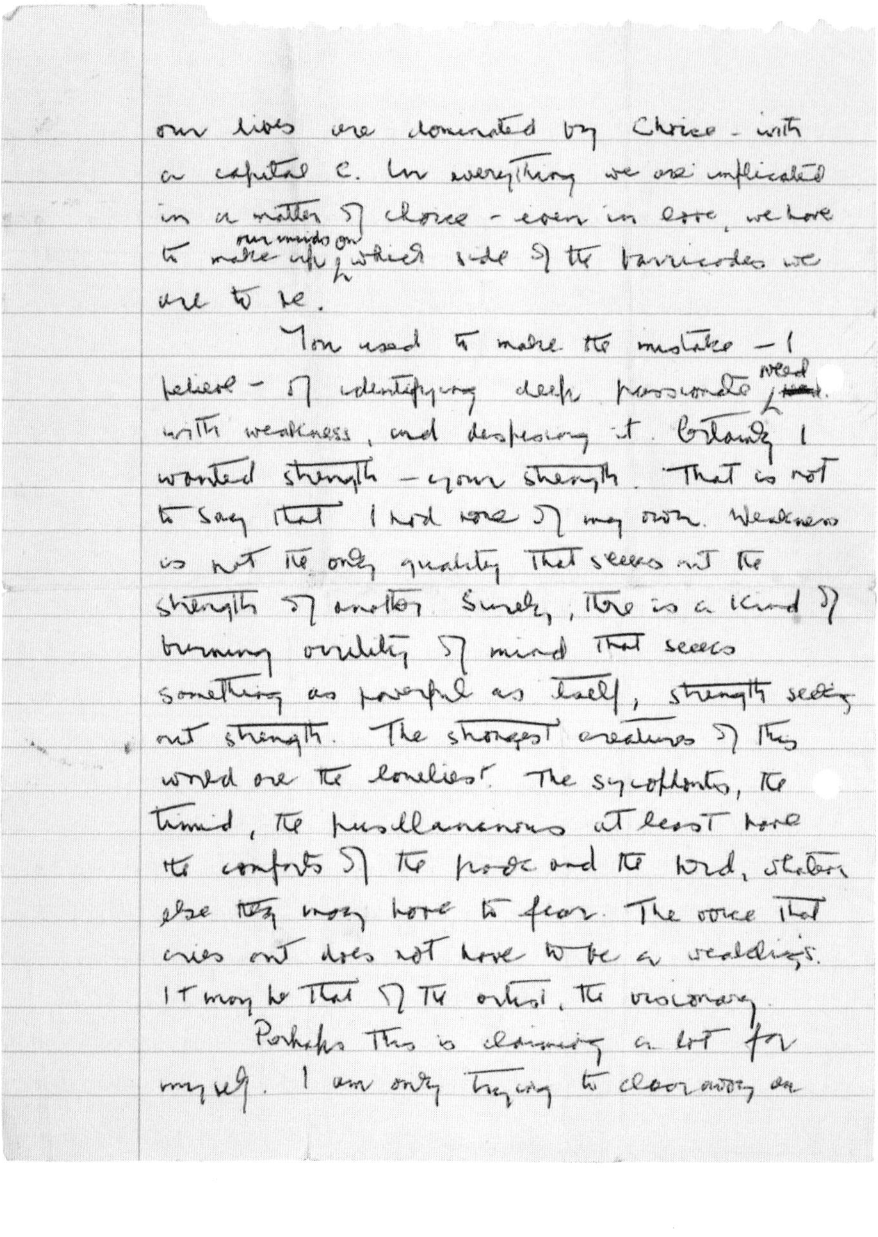
our lives are dominated by Choice - with
a capital C. In everything we are implicated
in a matter of choice - even in love, we have
to make up our minds on which side of the barricades we
are to be.

You used to make the mistake - I
believe - of identifying deep passionate need
with weakness, and despising it. Certainly I
wanted strength - your strength. That is not
to say that I had none of my own. Weakness
is not the only quality that seeks out the
strength of another. Surely, there is a kind of
burning avidity of mind that seeks
something as powerful as itself, strength seeking
out strength. The strongest creatures of this
world are the loneliest. The sycophants, the
timid, the pusillanimous at least have
the comforts of the pack and the herd, whatever
else they may have to fear. The voice that
cries out does not have to be a weakling's.
It may be that of the artist, the visionary.

Perhaps this is claiming a lot for
myself. I am only trying to clear away an

존 오즈본이 · ——— · 파멜라 레인에게 1954년
John Osborne (1929-94) Pamela Lane (1930-2010)

오즈본은 서먹해진 아내 레인을 더비에서 만나고 런던에 돌아온 참이다. 레인은 연극 배우로 활동하며 지역 치과 의사와 데이트하고 있다. 오즈본은 결혼 생활을 회복하고 싶었다. 이 편지에서 부부 관계를 분석하는 오즈본의 어투는 자신의 희곡 〈성난 얼굴로 돌아보라*Look Back in Anger*〉(1956)의 주인공 지미 포터와 닮았다. 지적인 노동자계급이며 현 상황을 도저히 참을 수 없는 지미는 중산층 부인 앨리슨을 못살게 굴어 급기야 친정으로 돌아가게 하고, 마지막 장면에 다시 등장한 앨리슨과 다정하지만 불안하게 화해한다.

오즈본이 쓴 장문의 편지 중 몇 구절('비겁한' 인간에 대한 경멸, 강한 자의 외로움)은 그의 희곡에 투사된다. 〈성난 얼굴로 돌아보라〉가 런던 로열 코트 극장에서 초연되었을 때, 관객들은 참신한 사실주의와 젊은이의 반란이 주는 분위기에 매료되었다. '앵그리 영 맨Angry Young Man'이라는 표현은 전후 교육개혁으로 자율권을 얻었으나 영국 계급 체제에서 빠져린 좌절을 겪은 세대를 상징하는 말이 되었다.

사랑하는 여보 -

잘 돌아갔기를 바라. 당신은 틀림없이 아주 지쳤어. 가엾게도. 허리는 좀 나았는지 모르겠네. 난 어젯밤에 집에 돌아왔어. 멍하고 기진맥진해서 〔…〕

오늘은 모든 게 다르네. 지난 몇 주 동안의 날들과는 완전히 다른 날이야. 아마 우리 둘 다 훨씬 편해지지는 못할 거야. 앞으로 어떻게 될지 모르겠어. 서로를 행복하게 할 수 있을지 자신 있게 말할 수 없어. 적어도 확신할 수 있는 사실은 두 번째 실패를 맛보더라도 이번만큼 쓰라리지 않으리라는 거야. 분명한 건, 어제 다시 당신을 만나니까 내가 오랫동안 강렬한 공포에 사로잡혀 있었는데도 처음부터 당신을 사랑하고 싶었고, 오늘은 여러 달, 여러 달 동안 느꼈던 것보다 훨씬 큰 평화를 누리고 있다는 거지 〔…〕

사랑을 배우기란 쉽지 않아 〔…〕

적어도 내가 생각하기에, 당신은 격심한 열정을 나약함 탓이라 생각하고 이를 경멸하는 잘못을 저질러 왔어. 나는 분명 당신처럼 의지가 강한 사람이 필요했어. 그렇다고 내가 의지력이 없는 사람이란 건 아냐. 나약한 사람만이 의지가 강한 다른 사람을 찾아 나서는 게 아냐. 마음속에 정력이 불타는 사람도 기운이 넘치는 사람을 찾는 법이야. 의지력이 의지력을 찾는 거지. 이 세상에서 가장 강한 자들은 가장 외로운 자들이야. 아첨꾼, 소심쟁이, 비겁자는 무언가 두려워하지만 적어도 군중의 편안함을 누리지. 나약한 사람만 목청껏 비명을 지르는 게 아니야. 예술가, 선지자도 그럴 수 있어 〔…〕

그 순간 분명히 알게 된 사실은, 내 마음속 병이 나았다는 거야. 어제는 혼자였어. 오늘은 아내가 있는 것 같아. 어서 다시 당신과 함께 있고 싶어 〔…〕

여보, 잘 지내기를 바라 〔…〕 또 편지할게. 무척 사랑해.

조니

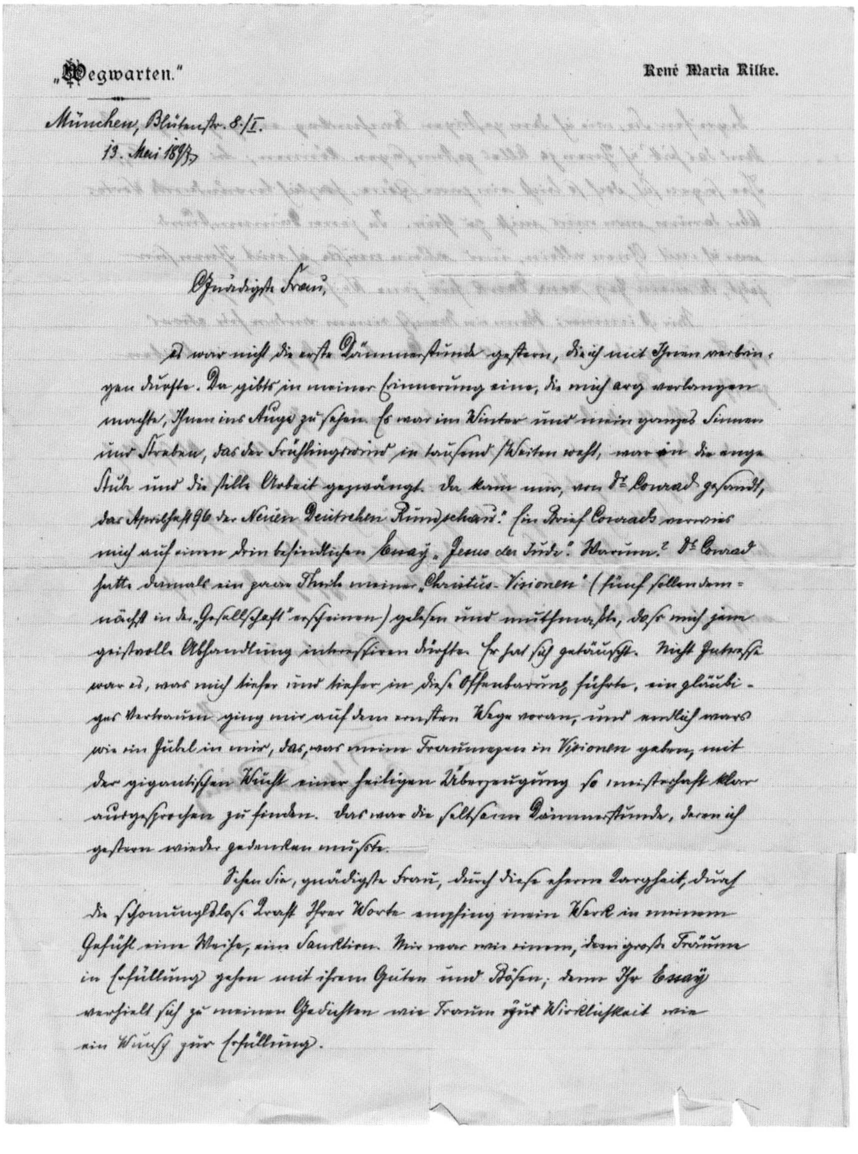
„Wegwarten." René Maria Rilke.

München, Blütenstr. 8/I.
13. Mai 1897.

Gnädigste Frau,

Es war nicht die erste Dämmerstunde gestern, die ich mit Ihnen verbringen durfte. Da gibt's in meiner Erinnerung eine, die mich arg verlangen machte, Ihnen ins Auge zu sehen. Es war im Winter und mein ganzes Sinnen und Streben, das der Frühlingswind in tausend Weiten weht, war in die enge Stube und die stille Arbeit gezwängt. Da kam mir, von Dr. Conrad gesandt, das Aprilheft 96 der „Neuen Deutschen Rundschau". Ein Brief Conrads verwies mich auf einen drin befindlichen Essay: „Jesus der Jude". Warum? Dr. Conrad hatte damals ein paar Stücke meiner „Christus-Visionen" (fünf sollen demnächst in der „Gesellschaft" erscheinen) gelesen und muthmaßte, daß mich jene geistvolle Abhandlung interessieren dürfte. Er hat sich getäuscht. Nicht Interesse war es, was mich tiefer und tiefer in diese Offenbarung führte, ein gläubiges Vertrauen ging mir auf dem ernsten Wege voran, und endlich war es wie ein Jubel in mir, das, was meine Träumereien in Visionen geben, mit der gigantischen Wucht einer heiligen Überzeugung so meisterhaft klar ausgesprochen zu finden. Das war die seltsame Dämmerstunde, deren ich gestern wieder gedenken mußte.

Sehen Sie, gnädigste Frau, durch diese ehrene Klarheit, durch die schonungslose Kraft Ihrer Worte empfing mein Werk in meinem Gefühl eine Weihe, eine Sanktion. Mir war wie einem, dem große Träume in Erfüllung gehen mit ihrem Guten und Bösen; denn Ihr Essay verhielt sich zu meinen Gedichten wie Traum zur Wirklichkeit wie ein Wunsch zur Erfüllung.

라이너 마리아 릴케가 ·———· 루 안드레아스 살로메에게

Rainer Maria Rilke (1875-1926) — Lou Andreas-Salomé (1861-1937)

1897년 5월 13일

1897년 봄, 살로메가 뮌헨에서 친구를 만나는 동안 익명의 예찬 편지와 시를 받았다. 5월 12일에는 젊은 시인 르네René 마리아 릴케가 눈앞에 나타났다. 이튿날 살로메에게 쓴 이 편지에서 릴케는 문예지에 실린 살로메의 에세이 〈유대인 예수*Jesus der Jude*〉를 읽고 창작의 연대감을 깊이 느꼈다고 설명한다. 20대에 프리드리히 니체를 포함해 수많은 이들의 구애를 받았던 살로메는, 카리스마 넘치지만 의지가 안 되고 폭력을 휘두르는 동양학자 안드레아스와의 결혼 생활로 불행했다. 살로메와 릴케는 알프스의 볼프라츠하우젠 마을로 떠나 연인이 되었고 이후 3년 동안 떼려야 뗄 수 없는 동반자로 지냈다. 절친한 친구이자 엄마 같았던 연상의 살로메는 릴케의 멘토 역할을 하여, 허약한 건강과 (스스로도 앓았던) 널뛰는 감정 기복을 이겨내도록 도왔다. 또한 르네라는 이름을 '순수한 독일어 이름'인 '라이너'로 바꾸라고 설득했다. 릴케가 화가 클라라 베스트호프에게 청혼한 1901년에 두 사람은 헤어졌다.

존경하는 부인,

제가 부인과 함께 시간을 보낸 것은 어제 황혼 무렵이 처음이 아닙니다. 부인의 눈을 들여다보기를 갈망하게 한 또 다른 황혼이 있습니다. 겨울이었고, 지금은 봄바람에 사방팔방 먼 곳으로 흩어지는 온갖 생각과 열망이 그때는 비좁은 서재와 조용한 작품을 가득 채우고 있었습니다. 느닷없이 콘라트 박사께서 보낸 선물이 도착했습니다. 『노이에 도이체 룬트샤우』 4월호였습니다. 콘라트 박사는 편지를 동봉하여 〈유대인 예수〉라는 에세이를 보라고 하셨죠. 왜 그랬을까요? 〔…〕 이 독창적인 논문이 제 흥미를 끌 것으로 짐작했겠지요. 박사는 잘못 생각했습니다. 계시록 같은 이 글에 깊이 빠져든 것은 흥미 있어서가 아니었습니다 〔…〕 제가 『그리스도의 환상』에서 몽환적인 서사시로 그려낸 모습이 〔…〕 당신의 글에 놀랄 만큼 명징한 언어로 표현된 것을 보고 엄청난 기쁨이 솟아났습니다. 이 신비로운 황혼 무렵을, 저는 어제 다시 떠올릴 수밖에 없었습니다.

존경하는 부인, 당신의 엄정한 언어, 냉정한 판단으로 저의 작품이 축성과 승인을 받은 듯합니다 〔…〕 당신의 에세이에서 저의 시는 몽상을 실현하고 소망을 성취합니다.

제가 어제 오후를 얼마나 고대했는지 아시겠습니까? 이 모든 것을 어제 말씀드릴 수도 있었을 것입니다. 커피를 마시면 멋진 찬사 몇 마디를 쉽게 할 수 있으니까요. 하지만 그러고 싶지 않았습니다. 겨울날 황혼 무렵 저는 당신과 둘만, 찬사를 바치려면 당신과 둘만 있어야 했습니다.[1] 축성에 대한 감사가 제 가슴에 북받쳐 오른 지금처럼 말입니다. 어떤 사람이 무척 소중한 일에 대해 다른 사람에게 감사해야 한다면 이러한 감사는 둘 사이의 비밀로 남아야 한다고 저는 항상 느낍니다 〔…〕

하지만 오래 품어 왔던 감사의 말이므로, 이를 말씀드리는 것을

영광으로 느낍니다.

당신의

르네 마리아 릴케

1 1897년 5월 12일 릴케가 살로메를 만날 때 소설가 야코프 바서만과 살로메의 친구 프리다 폰 뷜로가 함께했다.

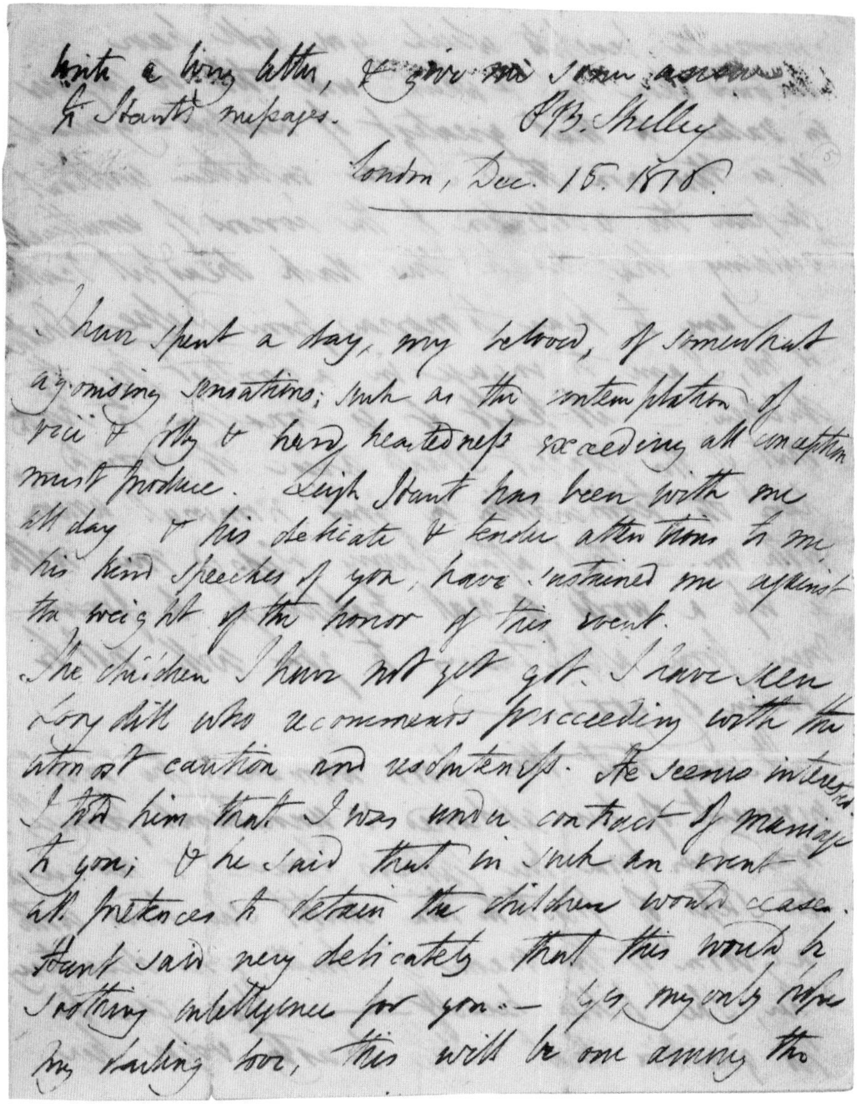
write a long letter, & give me some account
of Hunt's messages. P.B. Shelley
London, Dec. 16. 1816.

I have spent a day, my beloved, of somewhat agonizing sensations; such as the contemplation of vice & folly & hard heartedness exceeding all conception must produce. Leigh Hunt has been with me all day & his delicate & tender attentions to me, his kind speeches of you, have sustained me against the weight of the horror of this event.
The children I have not yet got. I have seen Longdill who recommends proceeding with the utmost caution and resoluteness. He seems interested. I told him that I was under contract of marriage to you; & he said that in such an event all pretences to detain the children would cease. Hunt said very delicately that this would be soothing intelligence for you — Yes, my only hope my darling love, this will be one among the

퍼시 비시 셸리가 —— 메리 고드윈에게 1816년 12월 15일

Percy Bysshe Shelley (1792-1822) Mary Godwin (1797-1851)

셸리는 자신의 글에서 성 평등을 열정적으로 옹호했다. 하지만 현실은 이상에 미치지 못했다. 1814년 여름, 해리엇 웨스트브룩과의 결혼이 파경에 이르자 아내와 딸, 곧 태어날 아들도 버리고 열일곱 살 메리 고드윈(109쪽)과 도주했다. 1816년 12월(셸리는 메리와 동거 중이었지만 다른 여인들과도 만났다) 웨스트브룩은 하이드파크 서펜타인강에서 '만삭에 가까운 상태로' 숨진 채 발견되었다. 자살한 것이다.

셸리가 웨스트브룩과 헤어진 지 2년이 지났기에 애정이 옅어지기는 했겠지만, 이 편지에서 전처의 죽음에 대한 셸리의 (기이할 만큼 냉담하고, 타인에게 책임을 전가하려는) 반응이 썩 좋아 보이진 않는다. 전처의 이름을 언급하지도 않고 그녀의 가족을 공격하며 자신의 태도를 칭찬한다. 전처가 자살하기까지 겪은 고통에는 관심이 없고, 이 사건이 자신에게 미치는 영향에만 신경 쓰는 것 같다(셸리는 자녀 양육권을 원하지만 그의 변호사 롱딜과 웨스트브룩 가문의 변호사 데스 간의 논쟁 끝에 양육권은 교구 목사에게 맡겨진다).

다만, 셸리는 이미 수많은 죽음(부모, 자녀, 인척)을 겪었는데도 웨스트브룩의 사망에 여전히 깊은 충격을 받아 '우울한 몽상'에 극심히 시달렸다. 이유를 묻는 친구들에게는 웨스트브룩이 떠오르기 때문이라고 시인했다.

사랑하는 이여, 나는 다소 고통스러운 기분으로 하루를 보냈어요. 상상을 뛰어넘는 사악함과 우둔함과 비정함을 보는 것 같았어요 〔…〕

아이들을 아직 넘겨받지 못했어요. 롱딜을 만났는데, 최대한 신중하고 단호하게 양육권 소송을 하라고 권고하네요. 이 소송을 맡고 싶은 것 같아요. 내가 당신과 결혼했다고 알려주자, 그렇다면 아이들을 넘겨주지 않으려는 그쪽의 억지 주장이 통하지 않을 거라더군요. 헌트는 이 소식으로 당신이 안심할 수 있을 거라고 아주 조심스레 말했어요. 그뿐 아니라, 내 유일한 희망이여, 내 사랑이여, 이 소식은 당신이 나에게 안겨준 무수한 은혜 가운데 하나가 될 거예요 〔…〕

이 가엾은 여자는 (혐오스럽고 비정상적인 집안의 가장 죄 없는 여자는) 아버지의 집에서 쫓겨나 매춘부로 전락했다가 스미스란 성을 가진 남편을 만나 함께 살았고, 이 남자에게 버림을 받자 자살했어요. 독사같이 흉측한 여자의 언니는 나와의 관계에서 잇속을 차리는 데 실패했지만 이 가엾은 여인이 사망하자 (다 죽어가는) 아버지의 재산을 가로챈 게 틀림없어요. 하지만 어느 모로 보나 점점 분명해지는 사실은, 한때 나와 그리 가까운 관계였던 인간에게 그토록 끔찍한 참사가 닥쳤다는 충격 말고는 어쨌든 후회할 만한 일이 거의 없다는 거예요. 후컴, 롱딜뿐만 아니라 누구나 제 태도를 좋게 평가해요. 내 행동에서 올바른 정신과 너그러움이 보인다고 증언하지요.

5장

'모든 일이 잘못되고 있어요'

고비가 올 때

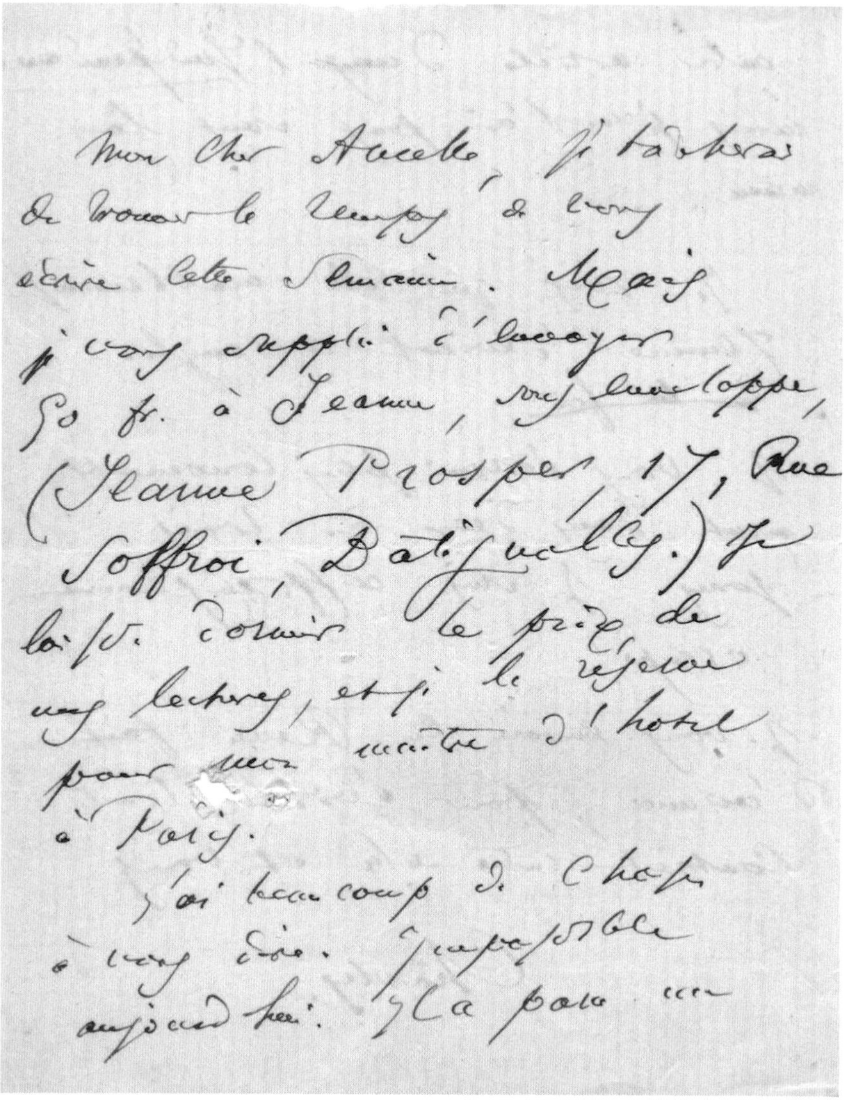
Mon cher Accelle, je tâcherai
de trouver le temps de vous
écrire cette semaine. Mais
je vous supplie d'envoyer
50 fr. à Jeanne, sous enveloppe,
(Jeanne Prosper, 17, Rue
Geoffroi, Batignolles.) Je
lui ai donné le prix de
vos lettres, et je le réserve
pour mon maître d'hotel
à Paris.
J'ai beaucoup de choses
à vous dire. Impossible
aujourd'hui. Il a paru un

샤를 보들레르가 · ———— · 나르시스 안셀에게 1864년 5월
Charles Baudelaire (1821-67) Narcisse Ancelle (1801-88)

벨기에에 머무르던 보들레르는 부족한 수입을 메꾸기 위해 프랑스 미술과 문학을 가르치며 한 출판사에 자신의 책 세 권을 출간해 달라고 설득했다. 화가 외젠 들라크루아에 관한 첫 번째 강연 후 며칠 지난 1864년 5월 6일, 보들레르는 『앵데팡당스 벨주*L'Indépendence belge*』에서 오려낸 평론을 동봉하여 어머니에게 이렇게 편지했다. '경이로운 성공이라고들 말해요. 하지만 우리끼리 이야기인데, 제 생각에는 모든 일이 잘못되고 있어요 … 여기서는 무슨 일을 하든 끔찍하게 탐욕스럽고 비할 데 없이 느리며 머리가 텅 빈 사람이 많아요! 요컨대, 여기 사람들은 프랑스 사람보다 훨씬 더 어리석어요.'

보들레르는 건강이 몹시 안 좋았다. 원래 나이인 43세보다 훨씬 늙어 보였다. 근심이 가득한 표정에다 흰머리투성이인 시인은 수강생들이 기대하던 뻔뻔한 파리의 방탕아와는 거리가 멀었다. 그는 자신의 가장 관능적인 뮤즈인 옛 애인 잔 프로스페르(일명 잔 뒤발 또는 잔 레메르)의 건강도 걱정하고 있었다. 그가 〈머리카락*La Chevelure*〉에서 쓰다듬은 것은 잔의 윤기 나는 검은색 곱슬머리다(이 머리칼은 시인을 에로틱한 몽상으로 이끄는 '바다의 너울', '방향의 숲'이다). 보들레르는 이 편지를 쓰기 몇 년 전에 잔과 헤어졌다. 그가 잔의 '오빠'까지 재정적으로 도왔는데, 알고 보니 친오빠가 아니었기 때문이다.

잔의 호화 생활을 유지하느라 젊을 때 돈을 물 쓰듯 하여 1864년에는 돈줄이 메마르자, 그의 상속 재산을 관리하는 가족 변호사 나르시스 안셀은 남은 돈을 한 푼 한 푼 따지며 헛되이 쓰지 말라고 주의했다. 보들레르는 돈이 필요해지면 대개 뇌이에 있는 안셀에게 직접 요청했다. 이 갈겨쓴 편지에서는 50프랑(소소한 강연료)을 '가엾은 잔'에게 당장 보내달라고 부탁한다. 보들레르가 잔의 이름을 언급한 마지막 편지다.

친애하는 안셀, 이번 주에 당신에게 편지 쓸 시간을 내보겠습니다. 50프랑을 봉투에 넣어서 잔(주소: 잔 프로스페르, 뤼 소프루아 17, 바티뇰)에게 보내주세요. 저는 제 강연료에 손대지 않고 파리의 제 집사에게 주기 위해 보관할 것입니다.

당신에게 드릴 말이 많지만 오늘은 이만 줄입니다. 『앵데팡당스』에 또 다른 기사가 실렸지만, 제 수중에 없습니다.

가엾은 잔의 눈이 멀고 있는 것 같습니다.

이삼일 뒤에 좀 더 자세하게 편지하겠습니다. 엄청나게 바쁩니다.

당신이 잔에게 번거롭게 연락할 필요가 없도록, 미리 작성한 영수증을 동봉합니다.

샤를

241

28. Februar 33

Lieber Gerhard,

ich benutze einen ruhigen Abend tiefer Verstimmung, um Dir wieder einmal ein Blatt zu schicken. Unmittelbarer Anlaß ist der Empfang Deines überaus bemerkenswerten Aufsatzes im Israelitischen Gemeindeblatt, den ich – heute früh erst von Fräulein Marx aus Königsberg nebst Deinem Empfehlungsbriefe und der Ankündigung ihres Kommens empfing. Der Tag verging wiederum unter Arbeiten und Diktat an einem Hörspiel „Lichtenberg", das ich auf Grund eines Vertrages, dessen besserer Teil längst erfüllt ist und mir die Flucht auf die Balearen erleichtert hat, nun abliefern muß.

Das bißchen Fassung, das man in meinen Kreisen dem neuen Regime entgegengebracht hat, ist rasch verbraucht und man gibt sich Rechenschaft, daß die Luft kaum mehr zu atmen ist; ein Umstand, der freilich dadurch an Bedeutung verliert, daß einem die Kehle zugeschnürt wird. Dies vor allem einmal wirtschaftlich; die Chancen, die von Zeit zu Zeit durch den Rundfunk geboten wurden und die überhaupt meine einzig ernsthaften waren, dürften so gründlich fortfallen, daß selbst der „Lichtenberg", obwohl er in Auftrag gegeben war, einer Aufführung nicht mehr sicher ist. Die Reorganisation der Frankfurter Zeitung schreitet fort. Ihr Feuilletonredakteur ist von seinem Posten entfernt worden, obwohl er gerade kurz vorher durch Erwerb meiner „Berliner Kindheit" zu einem lächerlichen [illegible] eine zumindest kaufmännische Eignung erwiesen hatte. Jetzt scheint dort zunächst Diebold zu walten. Die Publikation meiner Arbeit aber ruht nun seit mehr als vierzehn Tagen.

Die Aussichten, sie als Buch erscheinen zu sehen, sind verschwindend. Jedermann versichert, daß sie so vortrefflich ist, daß die Unsterblichkeit sie auch als Manuskript zu sich berufen wird. Man druckt Bücher, die es nötiger haben. Im übrigen kann ich seit einer Woche den Text, wenn ich es will, als abgeschlossen ansehen, der mit der Abfassung des letzten Stücks – der Reihenfolge nach des ersten, denn es ist als Anfangsstück ein Kontrast zum letzten, dem „Bucklichten Männlein" geworden – die Zahl von dreißig erreicht ist. Dabei ist es auf Deinen Rat [illegible] nicht geschehen.

Anders als mich jetzt die faszinierende Gedankenwelt Lichtenbergs fesselt, umfängt mich das Problem, das mir die nächsten Monate stellen, von denen ich nicht weiß, wie ich sie in oder außerhalb Deutschlands überstehen kann. Es gibt Orte, an denen ich ein Minimum verdienen und solche, an denen ich von einem Minimum leben kann, aber nicht einen einzigen, auf den diese beiden Bedingungen

발터 벤야민이 ——— 게르숌 숄렘에게 1933년 2월 28일
Walter Benjamin (1892-1940) Gershom Scholem (1897-1982)

나치의 선전으로 촉발된 포퓰리즘 반유대주의가 1933년 1월 30일 히틀러의 총리 임명 이후 공식적으로 속행되자, 발터 벤야민을 비롯한 유대계 독일 지식인들은 혼란에 빠졌다. 벤야민의 철학 토론 상대였던 게르숌(출생명은 게르하르트)은 안전을 위해서라기보다 시오니즘에 자극을 받아 얼마 전 예루살렘으로 이주했다. 두 사람의 서신 교환은 숄렘이 떠난 뒤 시작돼 이후 7년간 이어졌다. 1940년 6월, 프랑스가 독일군에 함락되자 벤야민은 스페인으로 떠났고, 9월 25일 난민들과 함께 국경을 넘었다. 하지만 파시스트 스페인 경찰이 그를 프랑스로 즉각 추방하겠다고 위협하자 그날 밤 모르핀 과다 복용으로 생을 마감했다.

벤야민은 자신의 출생지 베를린에서 이 편지를 쓴다. 회고집 『1900년경 베를린의 유년시절*Berliner Kindheit um neunzehnhundert*』에서 베를린을 찬양한 적도 있었지만 이젠 위험하다는 느낌이 갑작스레 찾아든다. 벤야민은 당대의 가장 독창적이고 영향력 있는 사상가였으나 대학교수 임용에 계속 실패했다. 유대인이라는 이유로 주 수입원(글쓰기, 독일 라디오의 문학 방송과 어린이 프로그램 진행)을 잃게 될 것을 이미 알고 있다. 라디오 방송극본을 의뢰받아, 달에 사는 인간들이 지구 생명체를 조사한다는 내용의 〈리히텐베르크*Lichtenberg*〉[1]를 집필했으나 방송되지 못할 거라 예상한다. 벤야민은 두려움과 유머가 공존하는 이 편지에서조차 최근 집필한 '새로운 언어 이론'을 설명한다.

게르하르트에게,

기분이 상당히 우울해진 바람에 조용한 시간을 내어 다시 편지하네 〔…〕

내 주변 사람들이 새 정권에 맞서 보였던 한 줌의 침착함은 금세 바닥났고, 숨 쉬기도 힘든 분위기라는 것을 깨닫고 있네. 하지만 이런 상황도 별것 아니라네. 어차피 목 졸려 죽임을 당할 테니. 무엇보다 경제적으로 말일세. 라디오 방송이 때때로 제공해주던 기회는 내게 남은 유일한 필수 생계 수단이었는데, 이미지 송두리째 사라질 것 같네. 〈리히텐베르크〉를 의뢰받아 집필했는데 이조차 제작을 장담할 수 없네.

리히텐베르크의 고혹한 사유 세계에 침잠하지 않을 때는 다음 몇 달을 어떻게 살아야 하나, 시름에 빠져 있네. 독일 안에서도 밖에서도 이 시간을 어떻게 넘길 수 있을지 알 수 없네. 최소 생계비를 벌 수 있는 곳도 있고 최소 생계비로 살 수 있는 곳도 있지만, 두 조건 다 맞는 곳은 단 하나도 없으니 말일세. 이런 상황에서도 새로운 언어 이론에 관한 네 쪽짜리 글[2]을 손으로 썼다고 전하니, 내게 경의를 표하는 걸 잊지 말게. 출판할 생각은 없고 타자해야 할지도 잘 모르겠네. 『베를린의 유년시절』 서두를 쓰기 위해 조사하다가 글로 적게 되었지 〔…〕

곧 답장을 주면 좋겠네 〔…〕

따뜻한 인사를 보내며,

자네의 친구, 발터

1 게오르크 크리스토프 리히텐베르크(Georg Christoph Lichtenberg, 1742–99): 독일 물리학자이자 풍자작가
2 「미메시스 능력에 대하여*Über das mimetische Vermögen*」를 말한다.

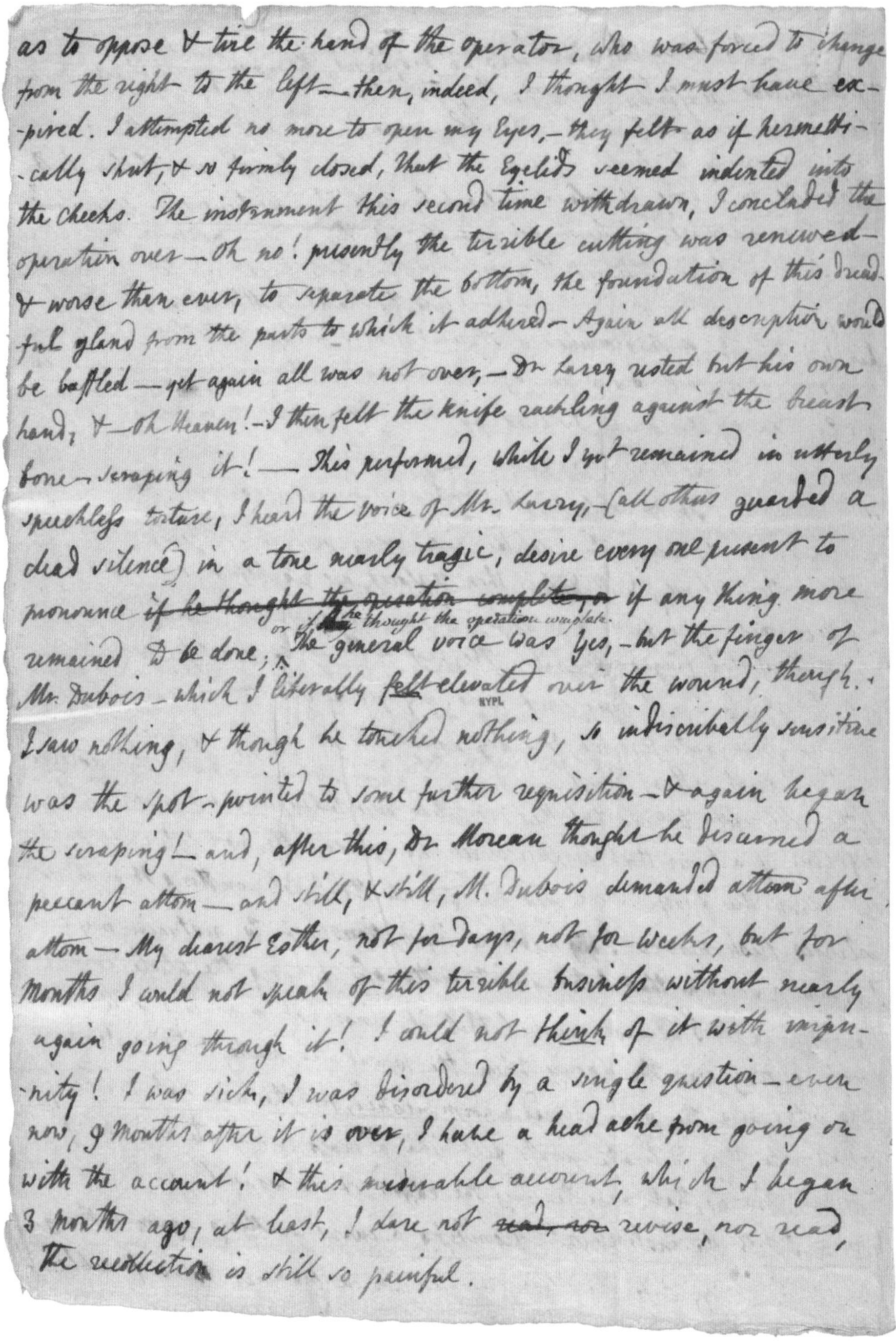

as to oppose & tire the hand of the operator, who was forced to change from the right to the left—then, indeed, I thought I must have expired. I attempted no more to open my Eyes,—they felt as if hermettically shut, & so firmly closed, that the Eyelids seemed indented into the Cheeks. The instrument this second time withdrawn, I concluded the operation over—Oh no! presently the terrible cutting was renewed—& worse than ever, to separate the bottom, the foundation of this dreadful gland from the parts to which it adhered—Again all description would be baffled—yet again all was not over,—Dr Larry rested but his own hand, & —Oh Heaven!—I then felt the knife rackling against the breast bone—scraping it!—This performed, while I yet remained in utterly speechless torture, I heard the voice of Mr. Larry,—(all others guarded a dead silence) in a tone nearly tragic, desire every one present to pronounce ~~if he thought the question complete, or~~ if any thing more remained to be done; or if he thought the operation complete. The general voice was Yes,—but the finger of Mr. Dubois—which I literally felt elevated over the wound, though I saw nothing, & though he touched nothing, so indescribably sensitive was the spot—pointed to some further requisition—& again began the scraping!—and, after this, Dr Moreau thought he discerned a peccant attom—and still, & still, M. Dubois demanded attom after attom—My dearest Esther, not for days, not for Weeks, but for Months I could not speak of this terrible business without nearly again going through it! I could not think of it with impunity! I was sick, I was disordered by a single question—even now, 9 months after it is over, I have a head ache from going on with the account! & this miserable account, which I began 3 months ago, at least, I dare not ~~read, nor~~ revise, nor read, the recollection is still so painful.

프랜시스 버니가 · —— · 에스더 버니에게 1812년 3월 22일 - 6월

Frances Burney (1752-1840) Esther Burney (1749-1832)

프랜시스 (패니) 버니는 20대에 서간체 소설 『이블리나*Evelina*』(1778)를 썼다. 이는 문학계에 센세이션을 일으켰다. 버니는 새뮤얼 존슨(53쪽)과 친분을 맺었으며 제인 오스틴(43쪽) 같은 후세 영국 여성 소설가의 모델이 되었다. 1811년에 50대가 되어서는 프랑스 장교인 남편 알렉상드르 다르블레와 파리에 머물렀다. 젖멍울로 고생했으나 그냥 넘어가려다 끝내 외과의에게 진찰받기로 마음을 돌렸다. 그리고 9월에 유방 절제술을 받았다. 마취 없이 시행된 고통스러운 수술은 걱정과 달리 성공했다.

나폴레옹 전쟁으로 가족과 떨어져 있던 버니는, 자신이 병들었다거나 심지어 사망했다는 잘못된 소식이 가족에게 전해질지 모른다고 생각하여 언니 에스더에게 열두 장의 편지를 보내 상황을 자세히 설명한다. 이 편지에서는 나폴레옹 시대의 의료 실태가 엿보이면서도 시대를 초월하는 생생한 감정이 느껴진다.

모든 준비가 끝나고 〔…〕 종을 울려 하녀와 간호사를 불렀어. 하지만 이들에게 말하기도 전에, 예고 없이 검은 옷을 입은 남자 일곱 명이 내 방에 들어왔어 〔…〕 뒤부아 씨가 침대를 방 한가운데 놓으라고 지시했지 〔…〕 나는 멈춰 서서 후다닥 달아나야 하는 것은 아닌지 순간 생각했어. 문과 창문을 바라봤어. 자포자기의 심정이었지. 하지만 단지 순간이었고, 이성을 되찾았어 〔…〕 내 발로 침대에 올랐고 뒤부아 씨는 〔…〕 흰 베 손수건으로 내 얼굴을 가렸어 〔…〕 하지만 밝은 빛이 손수건 사이로 들어왔고 반짝이는 강철이 보였어. 눈을 감았지 〔…〕 하지만 무시무시한 강철이 가슴을 파고들며 정맥과 동맥과 살과 신경을 자르자 고함을 참을 수 없었어.

비명을 지르기 시작했고 절개하는 내내 간헐적으로 계속 그랬지. 내 귀에 비명이 들리지 않는 게 놀라울 정도였어. 고통이 그만큼 심했어. 상처가 생긴 데서 도구를 빼내도 고통은 여전했어. 상처 난 부위에 갑자기 밀려든 공기가 미세하지만 날카롭게 갈라진 비수 한 자루처럼 느껴졌고 〔…〕 다시금 도구가 커브를 그리며 조직을 자르는 것이 느껴졌어 〔…〕 도구를 다시 빼내길래 수술이 끝났다고 생각했지만, 아니야, 곧 끔찍한 절개가 다시 시작됐지. 전보다 훨씬 아팠는데, 이 무서운 멍울을 뿌리까지 떼어내기 위해서였어. 다시금 설명할 수 없이 고통스러웠지만 그래도 아직 끝난 게 아니었어 〔…〕 맙소사! – 그런 뒤 칼이 복장뼈와 부딪히며 뼈를 긁는 것이 느껴졌어! 〔…〕

나는 적어도 두 번 기절했을 거야. 기억이 두 번이나 완전히 끊겨서, 일어난 일을 하나로 잇기 힘들어.

사랑하는 에스더 언니에게 하느님이 축복을 내리시길. 두서없이 휘갈긴 게 아닐까 염려되지만 다시 읽어볼 수도 없고 더 이상 쓸 수도 없네 〔…〕

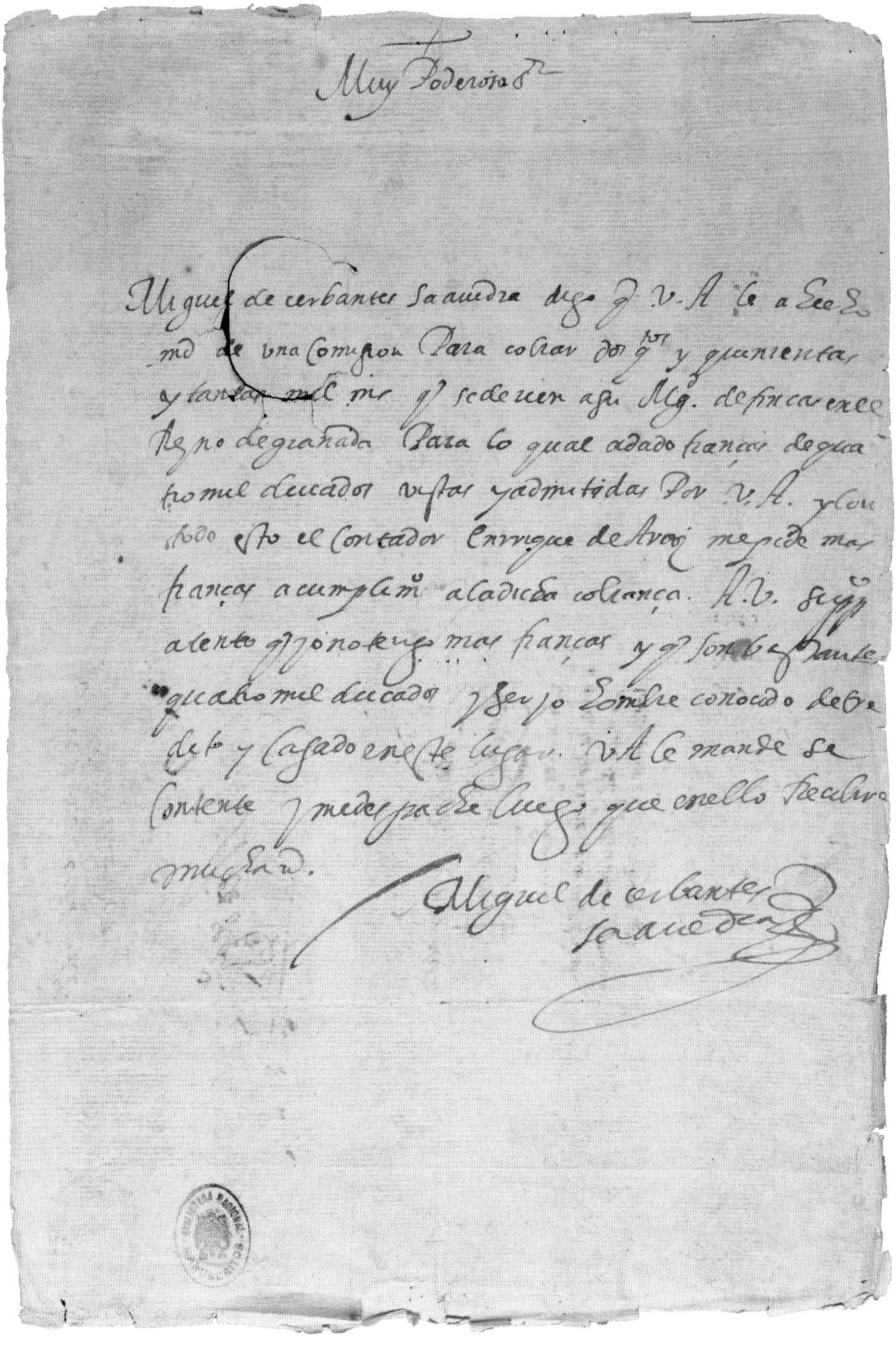

Muy Poderoso Señor

Miguel de cerbantes saauedra digo que V.A. le a hecho
md de vna comision para cobrar dos quentos y quinientas
y tantas mil mrs que se deuen a su Mg. de renta en el
Reyno de granada para lo qual a dado fianças de qua
tro mil ducados vistas y admitidas por V.A. y con
todo esto el contador Enrrique de Araiz me pide mas
fianças a cumplimiento a la dicha cobrança. A V. suplico
atento que yo no tengo mas fianças y que son bastantes
quatro mil ducados y ser yo hombre conocido de cre
dito y casado en este lugar. V.A. le mande se
contente y me despache luego que en ello recibire
merced.

Miguel de cerbantes
saauedra

미겔 데 세르반테스가 → 어느 귀족에게 1594년 8월 20일
Miguel de Cervantes (1547-1616) a nobleman

1594년 세르반테스는 젊은 시절의 기이한 모험을 마치고 다시 스페인에 정착했다. 1570년대에는 지중해에서 오스만 제국의 세력을 방어하는 스페인 해병대 병사였는데 레판토 해전에서 부상을 입어 왼팔을 못 쓰게 되었다('오른손의 영광을 위하여'라고 너스레를 떨었다). 1575년 9월, 스페인으로 돌아오던 중 해적에게 납치당해 알제에 갇혔다가, 네 번의 탈옥을 모두 실패하고 1580년에 결국 몸값을 치르고 풀려났다.

1585년 세르반테스는 목동 이야기를 모은 첫 번째 소설 『라 갈라테아*La Galatea*』를 출간했다. 하지만 성공하지 못했다. 글쓰기로 돈을 벌지 못하자 연줄과 복무 경력에 의존하여 공무원이 되었다. 이후로는 스페인 무적함대의 군사 식량 조달원으로 일했다. 1594년 마드리드에 도착하여 친구 센티나를 찾아가는데, 이 친구는 세르반테스를 세금 징수원으로 추천하는 수상쩍은 호의를 베풀었다.

다만, 예상 세수의 부족분을 세르반테스가 사비로 보상해야 한다는 조건이 붙었다. 보증인이었던 가스코는 신용이 낮아(아내를 독살한 혐의가 있었고 파산 직전이었다) 세르반테스가 추가 보증금을 내야 했다. 왕실 행정부의 고위 귀족에게 보내는 편지에서 세르반테스는 자신이 신뢰할 수 있는 사람이라고 주장한다. 편지 뒷면의 메모에서 알 수 있듯, 다음 날 세르반테스 부부는 징수 목표에 미달하면 '신체와 재산, 현재와 미래'를 포기한다는 보증서에 서명했다. 결국 세르반테스의 세금 징수원 활동은 1597년 투옥으로 끝난다. 9년이 더 지난 후에야 『돈키호테*Don Quixote*』 1부가 나와 명성과 부를 얻었다.

막강하신 각하

저, 미겔 데 세르반테스는 각하께서 제게 그라나다 왕국의 영지가 납부해야 하는 약 250만 마라베디를 징수하는 임무를 맡기셨음을 말씀드립니다. 이를 위해 저는 보증금 4천 두카트를 지불했고 각하께서 이를 친히 수락하셨습니다. 그런데도 수취인 엔리케 데 아라이스는 더 많은 보증금을 내라고 요구합니다. 각하께 간곡히 청하오니, 제게 더 이상 낼 보증금이 없고 4천 두카트로 충분하다는 사실과 제가 잘 알려져 있으며 신용이 좋고 이 도시에서 결혼한 사람이라는 사실을 고려하여, 수취인에게 이에 만족하고 각하를 위해 저를 징수원으로 파견하라고 명령해 주시면, 더없이 큰 은혜로 알겠습니다.

미겔 데 세르반테스 사베드라

[뒷면, 다른 사람의 필체]

수취인 엔리케 데 아라이스
마드리드, 1594년 8월 21일
세르반테스에게 보증서를 받고 임무를 맡겼으며 세르반테스 부부는 이 보증서에 매여 있음을 알립니다.

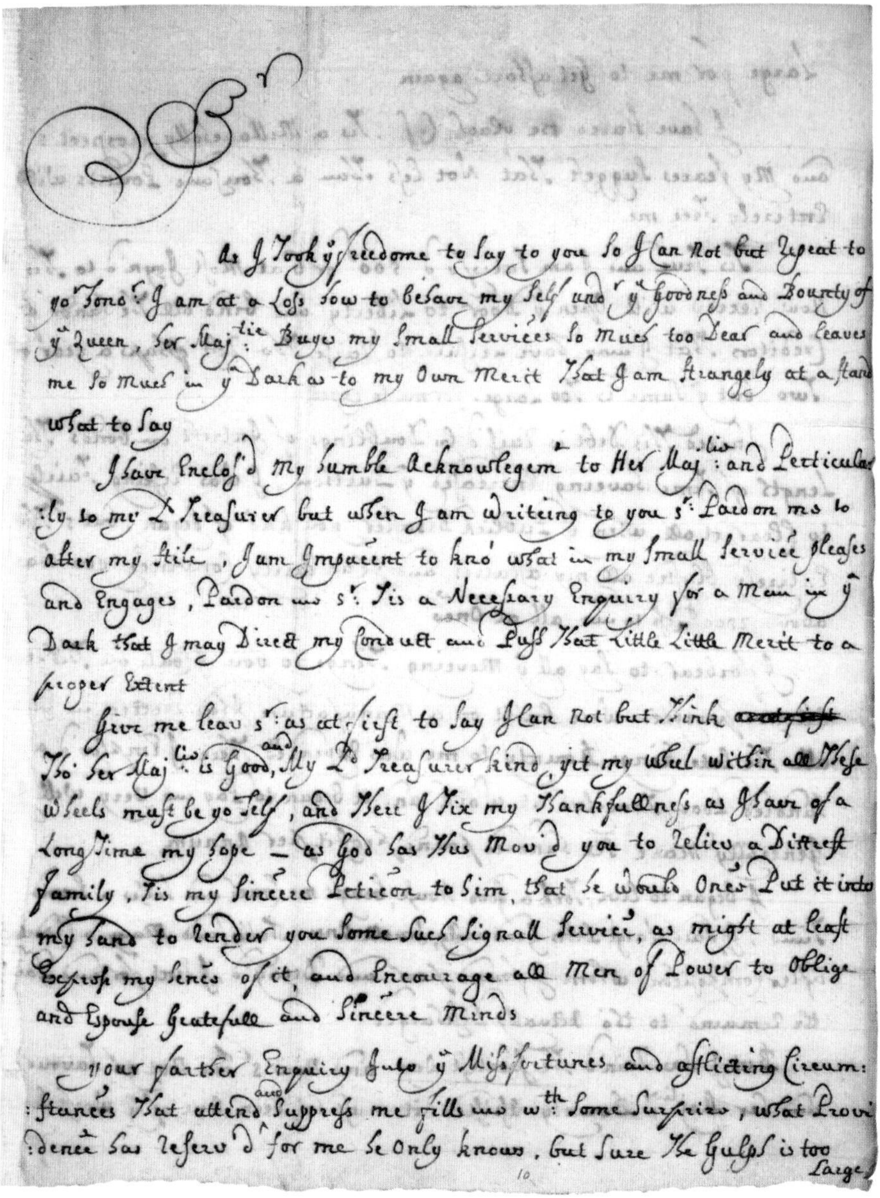
Sr

As I Took ye freedome to Say to you So I Can Not but Repeat to yor Honr I am at a Loss how to behave my Self undr ye Goodness and Bounty of ye Queen, her Majtie Buys my Small Services So Much too Dear and leaves me So Much in ye Dark as to my Own Merit That I am Strangely at a Stand what to Say

I have Enclos'd My humble Acknowlegemt to Her Matie: and Perticularly to my Ld Treasurer but when I am writeing to you Sr Pardon me to alter my Stile, I am Impatient to kno' what in my Small Service pleases and Engages, Pardon me Sr Tis a Necessary Enquiry for a Man in ye Dark that I may Direct my Conduct and Push That Little Little Merit to a proper Extent

Give me leav Sr as at first to Say I Can Not but Think ~~at first~~ Tho' her Matie is Good, and My Ld Treasurer kind yet my wheel within all These wheels must be yo Self, and There I Fix my Thankfullness as I have of a Long Time my hope — as God has Thus Mov'd you to Reliev a Distrest family, Tis my Sincere Peticon to him, that he would Once Put it into my hand to Render you Some Such Signall Service, as might at least Express my Sence of it, and Encourage all Men of Power to Oblige and Espouse Greatfull and Sincere Minds

your farther Enquiry Into ye Misfortunes and afflicting Circum:stances That attend and Suppress me fills me wth Some Surprize, what Providence has Reserv'd for me he Only knows, but Sure The Gulph is too Large

10

대니얼 디포가 · ———— · 로버트 할리에게 1704년 5월

Daniel Defoe (1660-1731) Robert Harley (1661-1724)

대니얼 디포는 40세 무렵에 보통 사람보다 훨씬 많은 곤경을 겪었다. 런던 초창기 상업 문화에 활기차게 참여했지만 늘 신중하지는 않았던 탓에 대박과 쪽박을 반복했다. 1680년대 후반에는 선박, 포도주, 담배, 화주, 귤, 의복에 관심이 많았고 벽돌 공장을 소유했다. 1693년 무렵에는 1만 7천 파운드(오늘날의 약 70만 파운드)의 빚이 쌓여 감옥에 갇혔다. 언제나 머리가 잘 도는 디포는 협상을 통해 탈출구를 찾았다. 하지만 그의 글이 더 큰 문제를 일으켰다. 앤 여왕 시대에 자행됐던 비국교도 탄압을 비꼬는 소책자 〈비국교도를 없애는 지름길*The Shortest Way with the Dissenters*〉(1702)을 발표하여 기소당한 것이다. 세 번이나 형틀에 목을 넣고 공개 모욕을 당한 뒤(시인 알렉산더 포프는 디포가 '높은 곳에 뻔뻔하게' 서 있었다고 묘사했다) 뉴게이트 감옥에서 6개월 복역했을 때 토리당 하원의장 로버트 할리가 석방을 도와줬다.

이듬해 디포는 자유를 얻었으나 여전히 불행하다. 벽돌 사업은 파산했고, 채권자 사이에서 평판이 땅에 떨어졌으며 '장래가 촉망되는 대가족'(자녀가 여덟 명이다)의 생활이 불안정했다. 디포는 할리에게 야단스레 감사를 표하지만 기회를 엿보기도 하다. 어떤 '작은 봉사'라도 하겠다는 디포의 요청을 받아들인 할리는 그를 선전원 겸 첩보원으로 고용했다. 디포는 두 역할 모두 능란하게 수행했고, 1707년 스코틀랜드 왕국과 잉글랜드 왕국의 합병을 결의한 연합법을 준비하는 막바지에 스코틀랜드로 자주 파견되었다. 1704년엔 영국에서 본격 정치 저널리즘의 효시가 된 격주간지 『프랑스 정세 리뷰*A Review of the Affairs of France*』를 창간했다.

첩보원, 무역, 글쓰기 등으로 산전수전을 겪으면서도 짬을 내 후일 고전이 될 문학작품 몇 편을 창작했다. 『로빈슨 크루소*Robinson Crusoe*』(1719)는 출간 직후 성공했다. 소설 속 제국주의에 대한 태도(디포는 제국주의의 열렬한 지지자였다)가 오늘날에는 매우 부적절하지만 말이다. 1722년에 출간한 소설 『전염병 연대기*A Journal of the Plague Year*』는 300년이 흐른 2020년에 공교롭게도 위대한 글이 되었다.

여왕 폐하의 특히 재무상께도 미리 조아려 감사를 바치오며, 특히 각하께 편지를 쓰면서 문체를 바꾼 것을 용서하십시오. 제 작은 봉사가 각하께 기쁨과 관심을 안겨줄지 무척 궁금합니다. 암흑에 갇힌 남자의 불가피한 부탁을 용서하시기 바랍니다 (…)

저를 내내 짓누르는 불행과 고통스러운 상황을 각하께서 자세히 조사하신 데 저는 자못 놀라고 있습니다. 어떤 섭리가 저를 위해 준비되었는지는 하느님만 아시겠지만, 바다가 너무 드넓어서 해안에 다시 도착할 수 없을 것만 같습니다 (…)

제 모든 장래는 에식스에서 시작한 제조업에 기반하고 있었습니다 (…) 가난한 가정에서 백 명을 고용했고 수입도 크게 늘어나기 시작했습니다. 연평균 600파운드의 수익을 올렸습니다.

저는 부유하게 살기 시작했고 좋은 집을 사고 마차와 말을 또 구매했습니다 (…)

하지만 순식간에 파산했고, 각하께서 은혜를 베푸시고 폐하께서 보조금을 하사하지 않으셨다면, 이는 틀림없이 최악의 파산이 되었을 것입니다 (…)

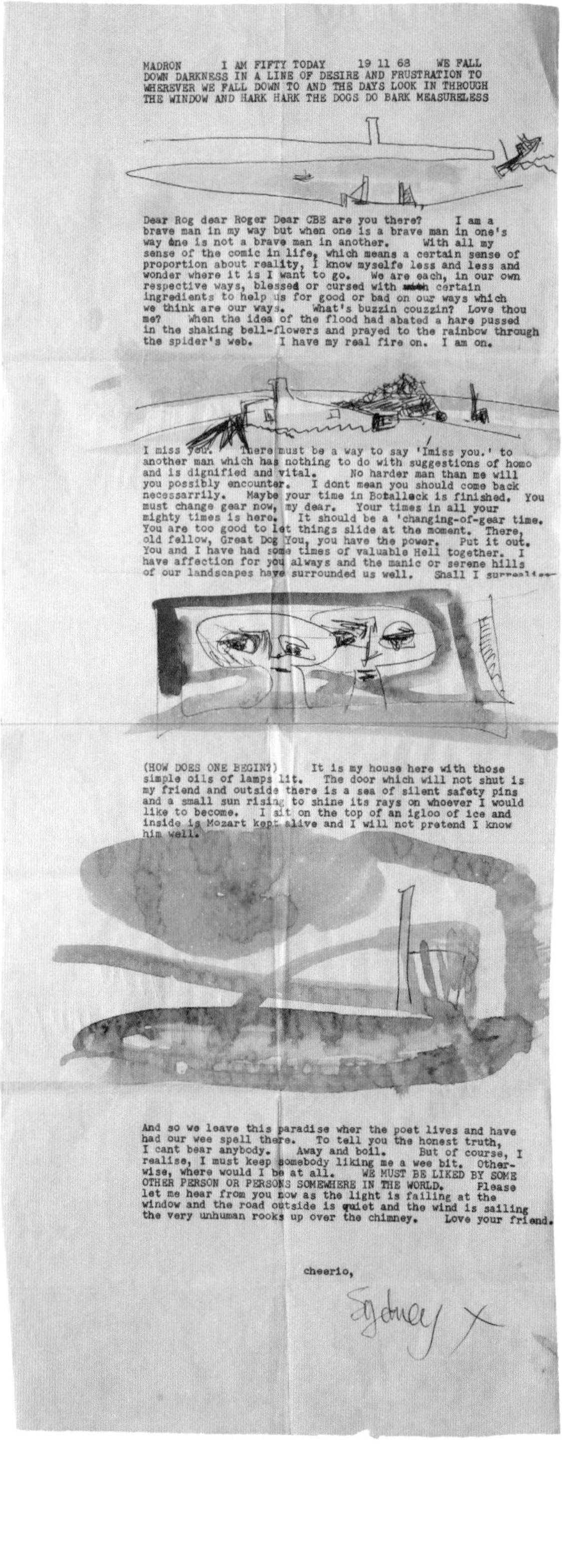

MADRON I AM FIFTY TODAY 19 11 68 WE FALL DOWN DARKNESS IN A LINE OF DESIRE AND FRUSTRATION TO WHEREVER WE FALL DOWN TO AND THE DAYS LOOK IN THROUGH THE WINDOW AND HARK HARK THE DOGS DO BARK MEASURELESS

Dear Rog dear Roger Dear CBE are you there? I am a brave man in my way but when one is a brave man in one's way one is not a brave man in another. With all my sense of the comic in life, which means a certain sense of proportion about reality, I know myselfe less and less and wonder where it is I want to go. We are each, in our own respective ways, blessed or cursed with certain ingredients to help us for good or bad on our ways which we think are our ways. What's buzzin couzzin? Love thou me? When the idea of the flood had abated a hare pussed in the shaking bell-flowers and prayed to the rainbow through the spider's web. I have my real fire on. I am on.

I miss you. There must be a way to say 'Imiss you.' to another man which has nothing to do with suggestions of homo and is dignified and vital. No harder man than me will you possibly encounter. I dont mean you should come back necessarrily. Maybe your time in Botallack is finished. You must change gear now, my dear. Your times in all your mighty times is here. It should be a 'changing-of-gear time. You are too good to let things slide at the moment. There, old fellow, Great Dog You, you have the power. Put it out. You and I have had some times of valuable Hell together. I have affection for you always and the manic or serene hills of our landscapes have surrounded us well. Shall I surrealise-

(HOW DOES ONE BEGIN?) It is my house here with those simple oils of lamps lit. The door which will not shut is my friend and outside there is a sea of silent safety pins and a small sun rising to shine its rays on whoever I would like to become. I sit on the top of an igloo of ice and inside is Mozart kept alive and I will not pretend I know him well.

And so we leave this paradise wher the poet lives and have had our wee spell there. To tell you the honest truth, I cant bear anybody. Away and boil. But of course, I realise, I must keep somebody liking me a wee bit. Otherwise, where would I be at all. WE MUST BE LIKED BY SOME OTHER PERSON OR PERSONS SOMEWHERE IN THE WORLD. Please let me hear from you now as the light is failing at the window and the road outside is quiet and the wind is sailing the very unhuman rooks up over the chimney. Love your friend.

cheerio,

Sydney x

시인 시드니 그레이엄과 화가 로저 힐튼 C.B.E[1]는 끝없는 지적 논쟁, 거침없는 유머, 엄청난 주량으로 우정을 쌓았다. 당시 두 사람 모두 콘월에 살았는데, 그레이엄은 고향 스코틀랜드에서 20년 전에 이곳으로 이사했고 허름한 오두막을 옮겨 다니며 시와 막노동으로 근근이 생계를 유지했다. 그는 완강하고 창의적인 진실과 시행의 난해한 음악성으로 전후 보헤미아 세계의 전설이 되었다. 한편 런던 출신으로 이곳 광산촌 보탈락에 정착한 힐튼은 타협 없는 미술과 풍자적인 언변으로 악명이 높았다. 1968년 가을, 알코올중독이 악화되자(음주 운전으로 수감되기도 했다) 힐튼은 런던의 프라이어리 클리닉에서 몇 주간 '술을 끊으려' 했지만 실패했다.

그레이엄은 힐튼이 곁에 없는 것을 몹시 아쉬워하며 종종 편지를 보내 친구의 기운을 북돋우려 했고 자신의 고민도 털어놓았다. 이 편지에서는 힐튼의 스튜디오 겸 집 풍경을 수채화 물감으로 그리고, 맨 끝에는 콘월의 겨울이 연상되는 서정적인 묘사를 덧붙였다. '바닷바람이 아주 잔인한 떼까마귀를 굴뚝 위로 날려 보내고 있어요'.

매드론[2] 68년 11월 19일 나는 오늘 쉰이 되었어요 우리는 모두 어둠으로 떨어져요 열망과 절망이 이어지며 어디로 떨어지든 나날은 창문으로 들여다봐요. 들어봐요 들어봐요 개가 끝없이 짖어요

사랑하는 록 사랑하는 로저 사랑하는 CBE 거기 있나요? 나는 내 길에서 용감한 사람이지만 자신의 길에서 용감한 사람은 다른 길에서는 용감한 사람이 아니지요. 나는 인생이 희극이라는 것을 감지하고 있지만, 다시 말해 현실에 관해 어느 정도 균형 감각이 있지만, 나 자신을 점점 알 수 없고 내가 어디로 가고자 하는지 모르겠어요. 우리는 각자의 길에서 어떤 모습으로든 축복받거나 저주받고, 이는 각자 자신의 길이라 여기는 길을 걸으며 좋은 일이나 나쁜 일이을 하는 데 도움이 되는데 말이에요 잘 지내나요? 나를 좋아하나요? 홍수가 가라앉자, 토끼 한 마리가 흔들리는 도라지 숲으로 뛰어들어 거미줄 사이로 무지개를 보며 기도했어요. 나는 완전히 불붙었어요. 나는 취해 있어요.

그리워요. 동성애와는 아무 관련 없이 품위 있고 활기차게 다른 남자에게 '그리워요'라고 말할 수 있어야 해요. 나보다 엄격한 남자를 당신은 아마 만나지 못할 거예요. 당신이 반드시 돌아와야 한다는 말은 아니에요. 보탈락에서 당신의 시간은 끝났을 수도 있어요 〔…〕 초현실적으로 묘사해 볼까요?

(어떻게 시작할까요?) 이것은 여기 있는 내 집이고 램프에 순수한 기름으로 불이 켜져 있어요. 닫히려 하지 않는 문은 내 친구고 밖에는 고요한 안전핀의 바다가 출렁이고 작은 해가 떠올라요 〔…〕

당신의 소식을 전해줘요 이제 창에서 빛이 떨어지고 바깥 도로는 조용하고 바닷바람이 아주 잔인한 떼까마귀를 굴뚝 위로 날려 보내고 있어요. 사랑해요, 당신의 친구가.

안녕, 시드니 X

1 CBE(Commander of the Most Excellent Order of the British Empire, 대영제국 훈장 사령관)
2 Madron, 콘월 서부의 지방 행정구 명칭

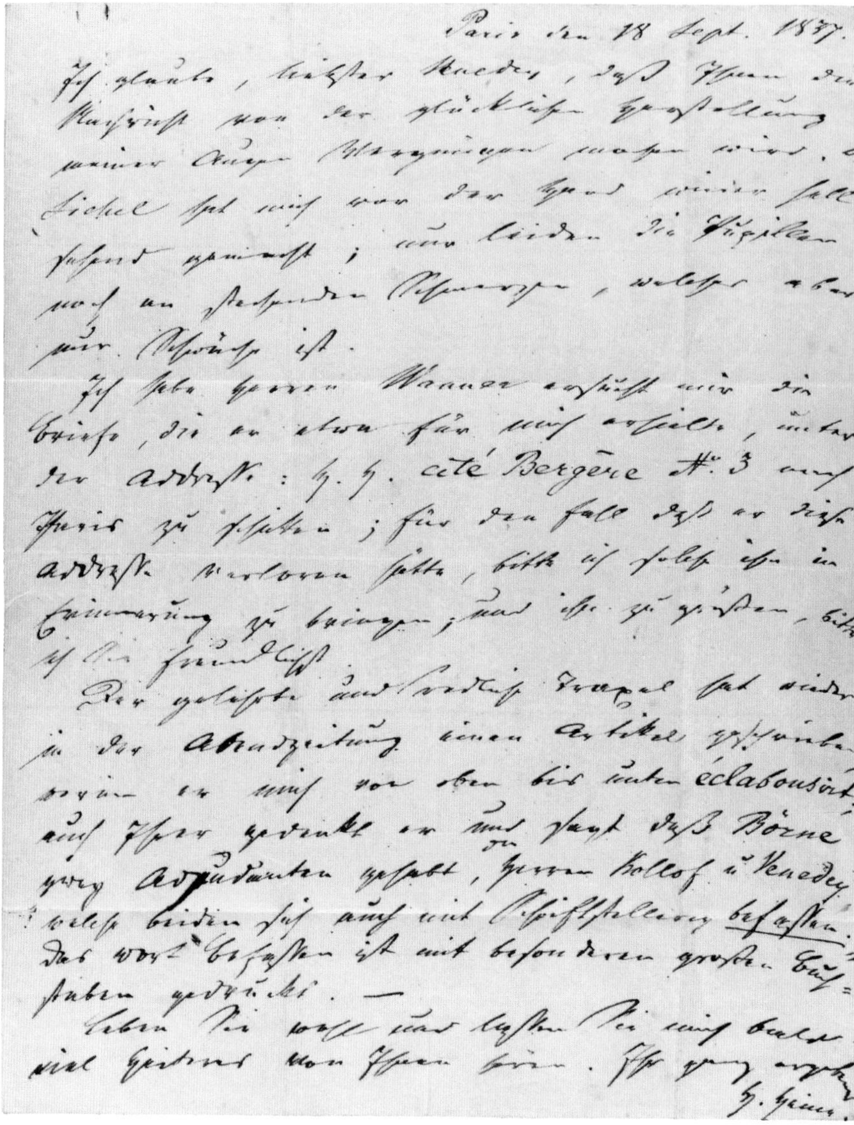

Paris den 18 Sept. 1837.

Ich glaube, liebster Venedey, daß Ihnen die Nachricht von der glücklichen Herstellung meiner Augen Vergnügen machen wird. Sichel hat mich von der [illegible] befreit; nur leiden die Augenlider noch an stechenden Schmerzen, welches aber nur Schwäche ist.

Ich habe Herrn Wagner ersucht mir die Briefe, die er etwa für mich erhielte, unter der Adresse: H. H. cité Bergère No. 3 nach Paris zu schicken; für den Fall daß er diese Adresse verloren hätte, bitte ich solche ihm in Erinnerung zu bringen, und ihn zu grüßen, bitte ich Sie freundlichst.

Der [illegible] hat wieder in der Abendzeitung einen Artikel geschrieben worin er mich von oben bis unten éclabousirt; auch Ihrer gedenkt er und sagt daß Börne zwey Adjudanten gehabt, Herrn Kolloff u. Venedey welche beiden sich auch mit Schriftstellerey befassen. Das Wort befassen ist mit besonderen großen Buchstaben gedruckt. —

Leben Sie wohl und lassen Sie mich bald viel Heiteres von Ihnen hören. Ihr ganz ergebener

H. Heine.

하인리히 하이네가 · ——————— · 야코프 베네다이에게 1837년 9월 18일

Heinrich Heine (1797-1856) Jakob Venedey (1805-71)

나폴레옹 점령기에 나고 자란 여타 독일인들처럼, 하인리히 하이네도 수년간의 전쟁 후 독일에 비로소 평등한 민주주의가 출현하기를 고대했다. 하지만 이상이 실현되지 않자 1830년 프랑스로 이주했다. 하이네는 20대에 출간한 서정시로 평판이 높았고, 후일에는 프란츠 슈베르트, 펠릭스 멘델스존, 그 밖의 많은 작곡가들이 곡을 붙여 명성을 굳혔다. 가족의 돈으로 파리에 안착하여 독일 신문, 잡지에 여행과 정치 글을 발표했으며 루트비히 뵈르네, 야코프 베네다이 등의 자유주의 망명자들과 교류했다. 야코프 베네다이는 1832년 선동 혐의로 구속되어 감옥에서 탈출한 후 프랑스로 도망친 언론인이었다.

하이네는 유럽의 위대한 문학가로서, 또한 베네다이 같은 급진주의 열혈 선동가의 지원자로서 그런대로 잘 기여했고, 1835년 프랑스 당국이 베네다이를 추방하자 재정적으로 그를 도왔다. 이 편지에서 국외 망명자 하이네는 언론인 아우구스트 트락셀, 에두아르 콜로프, 최근 사망한 뵈르네 등을 언급하며 문학적 한담을 덧붙이고, 5년 전 왼손이 까닭 모르게 마비된 후 자신을 괴롭히는 건강 위기에 관해서도 알린다. 바로 얼마 전인 1837년 9월 초에 갑자기 오른쪽 눈이 멀었고 왼쪽 눈은 흐릿했다. 저명한 안과 의사이자 파리에 체류하는 독일 지식인 공동체의 또 다른 멤버 율리우스 지헬이 거머리를 이용한 사혈瀉血 등의 치료를 실행한 후 시력이 당분간은 기적적으로 좋아졌다고 베네다이에게 전한다.

지헬이 '당분간' 호전시켰을 뿐이라는 하이네의 직감은 옳았다. 12월에 눈이 다시 안 좋아졌다. 이후 몇 년간 재발을 반복하여 안면 마비, 우울증, 사지 감각 상실 등의 증상이 동반되어 심신이 약해졌다. 1848년 무렵 하이네는 침상에서 나오지 못하게 되었고 이 병상을 '매트리스 무덤'이라 불렀다. 손가락으로 눈꺼풀을 들어 올려야 할 때도 글쓰기를 멈추지 않았다. 편지에 묘사된 증상을 기초로 후세에 다양한 진단이 내려졌다. 가장 유력한 병명은 하이네 사후에야 임상적으로 규명된 다발경화증이다.

사랑하는 베네다이, 내 눈이 다행히 회복되었다는 소식을 듣고 기뻐하리라 믿네. 지헬이 당분간 다시 선명하게 볼 수 있게 해주었네. 다만 동공이 아직 쑤시듯 아픈데, 유일하게 불편한 점일세.

내 앞으로 온 편지를 받거든 H.H. 시테 베르제르 3, 파리로 보내달라고 바너 씨에게 부탁해 두었네. 바너 씨가 이 주소를 잊어 버렸을지 모르니 다시금 상기시켜 주고, 내 안부도 전해주면 고맙겠네.

석간신문을 보니 잘나고 똑똑한 트락셀이 내 머리부터 발끝까지 먹칠하는 기사를 썼더군. 자네도 언급하던데, 뵈르네는 콜로프와 베네다이 두 조수를 두고 있는데 이 둘 다 글쓰기에 종사한다고 비웃었네. '종사한다'는 말은 특별히 대문자로 인쇄했더군. 잘 지내게. 자네에게 즐거운 소식으로 가득 찬 답장을 곧 받기를 기대하네.

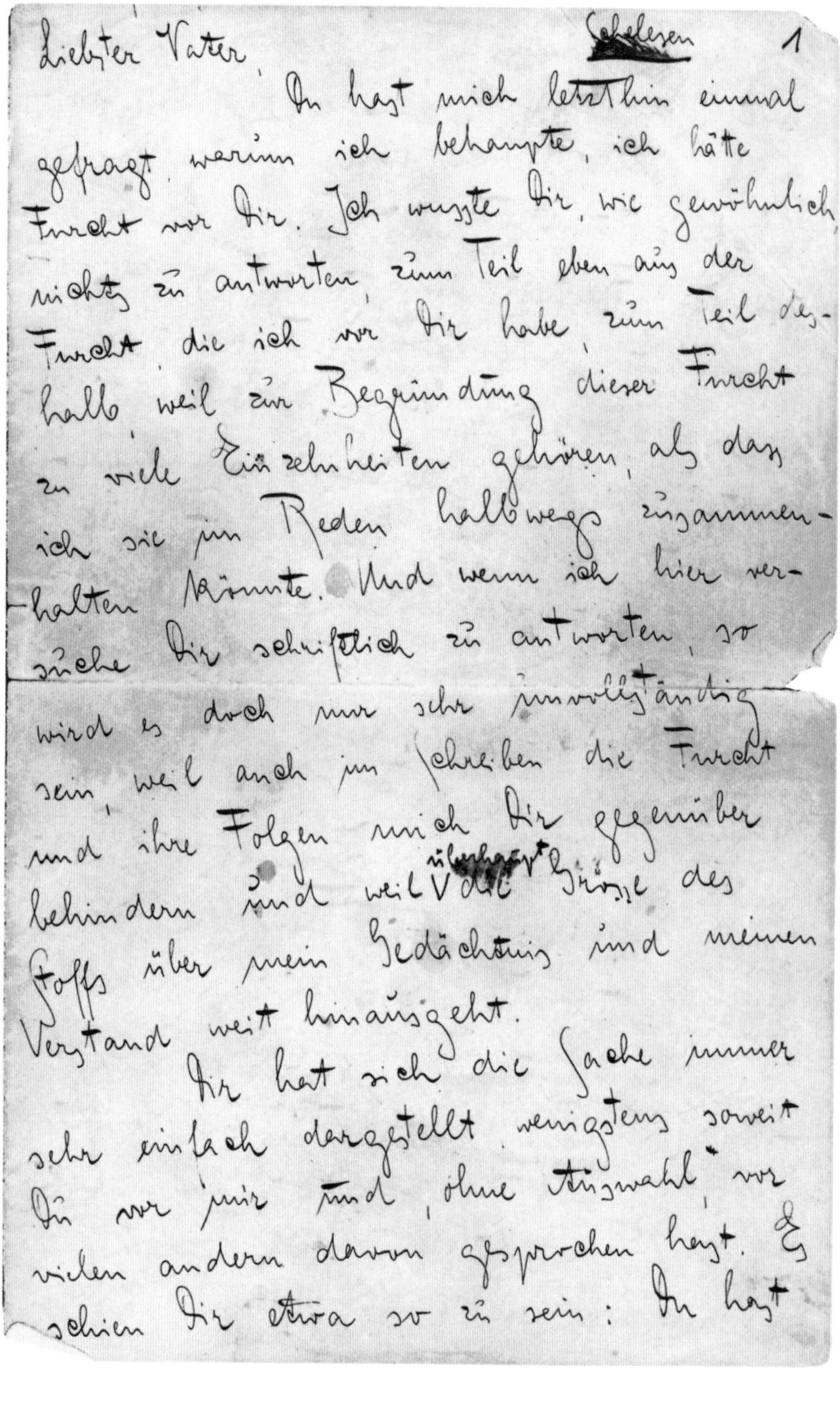
Liebster Vater, Gelesen 1
Du hast mich letzthin einmal
gefragt, warum ich behaupte, ich hätte
Furcht vor Dir. Ich wusste Dir, wie gewöhnlich,
nichts zu antworten, zum Teil eben aus der
Furcht, die ich vor Dir habe, zum Teil des-
halb, weil zur Begründung dieser Furcht
zu viele Einzelheiten gehören, als dass
ich sie im Reden halbwegs zusammen-
halten könnte. Und wenn ich hier ver-
suche Dir schriftlich zu antworten, so
wird es doch nur sehr unvollständig
sein, weil auch im Schreiben die Furcht
und ihre Folgen mich Dir gegenüber
behindern und weil überhaupt die Grösse des
Stoffs über mein Gedächtnis und meinen
Verstand weit hinausgeht.
Dir hat sich die Sache immer
sehr einfach dargestellt, wenigstens soweit
Du vor mir und, ohne Auswahl, vor
vielen andern davon gesprochen hast. Es
schien Dir etwa so zu sein: Du hast

이것은 프란츠 카프카가 아버지 헤르만에게 보내는 자전적 편지의 첫 장이다. 사정 설명과 자아 분석을 고백한 이 편지를 어머니에게 맡겼으나 아버지에게 전달되지 않았다. 카프카는 가부장적인 아버지에게 실망만 안기며 가족생활의 '감옥'에 갇힌 자신의 상황을 묘사한다. 죄수 같은 자신은 감옥에서 탈출할 의도뿐만 아니라 감옥을 기쁨의 아성으로 개조할 의향도 있으나 '탈옥하면 감옥을 개조할 수 없고, 감옥을 개조하면 탈옥할 수 없다'고 말한다. 아버지가 자신의 '글쓰기를 혐오'한다는 사실을 알아채자 글쓰기는 '일부러 오래 끌고 있는 아버지와의 작별'이었음을 깨닫기도 한다. 카프카의 예상대로, 이 편지는 아버지-아들 관계를 다룬 고전적인 텍스트가 되었다.

아버지께,

아버지를 무서워하는 이유가 무엇이냐고 얼마 전 물으셨지요. 평소 그랬듯 무슨 대답을 드려야 할지 모르겠더군요. 한편으로는 아버지가 무서웠고, 다른 한편으로 무서운 까닭을 설명하려면 속속들이 밝힐 일이 너무 많아 말로는 도저히 정리할 수 없었던 탓입니다. 그래서 글로 대답을 드리려 하지만, 이것도 매우 어중간한 대답으로 그칠 것 같습니다. 글을 쓰는 동안에도 무서움과 그 여파가 아버지와 저 사이를 가로막고 있고, 이 주제의 중대성이 제 기억과 이해력의 범위를 훨씬 넘어서기 때문입니다.

아버지께는 늘 이 문제가 매우 단순하게 보였지요 〔…〕 아버지께서는 아마도 이렇게 생각하셨던 것 같습니다. 아버지는 평생 땀 흘려 일하셨고, 자식들을 위해, 특히 저를 위해 전부 희생하셨고, 그 덕분에 저는 '남부럽잖게' 살았고, 원하는 대로 공부할 수 있는 자유를 누렸고, 끼니 걱정뿐 아니라 걱정이라고는 아예 해보지 않았다고요. 아버지께서는 이에 대해 고맙다는 말을 듣기를 원하지는 않았지만 〔…〕 적이도 당신의 노고를 인정하고 동정해 주기를 바랐다고요. 그런데 저는 항상 아버지를 피해 방으로, 책으로, 정신 나간 친구에게로, 터무니없는 생각으로 숨어들었다고요 〔…〕 아버지께서 저에 대한 생각을 간추려 보신다면, 제가 버릇없거나 몹쓸 놈이라고 괘씸해하지는 않을지라도 (최근에 저의 결혼 의사를 알게 되셨을 때는 이 정도로 노하신 것 같지만요) 쌀쌀하고, 서먹하고, 감사할 줄 모르는 녀석이라고 섭섭해하시게 될 것입니다. 다시 말해, 모두 제 잘못인 듯 나무라실 것입니다 〔…〕 아버지는 아무 잘못이 없습니다. 저에게 너무 잘해준 것 말고는요 〔…〕

아주 어릴 적 일 중에 딱 하나 똑똑히 기억하는 사건이 있습니다 〔…〕 어느 날 밤 제가 물을 달라고 계속 칭얼거렸지요. 목이 말라서가 아니라, 아마도 아버지가 짜증 내는 게 재미있어서였습니다. 몇 차례 호되게 야단쳐도 소용이 없자 당신은 저를 침대에서 들어 올려 발코니로 데리고 간 뒤 한동안 속옷 바람으로 혼자 세워두고 거실 문을 잠그셨지요. 그것이 옳지 않은 처사였다고 말씀드리려는 게 아닙니다. 편안하게 주무시려면 그럴 수밖에 없었을 겁니다. 다만 아버지의 교육 방식과 그것이 저에게 미친 영향이 어떤 것이었는지 밝혀보려 하는 것뿐입니다 〔…〕

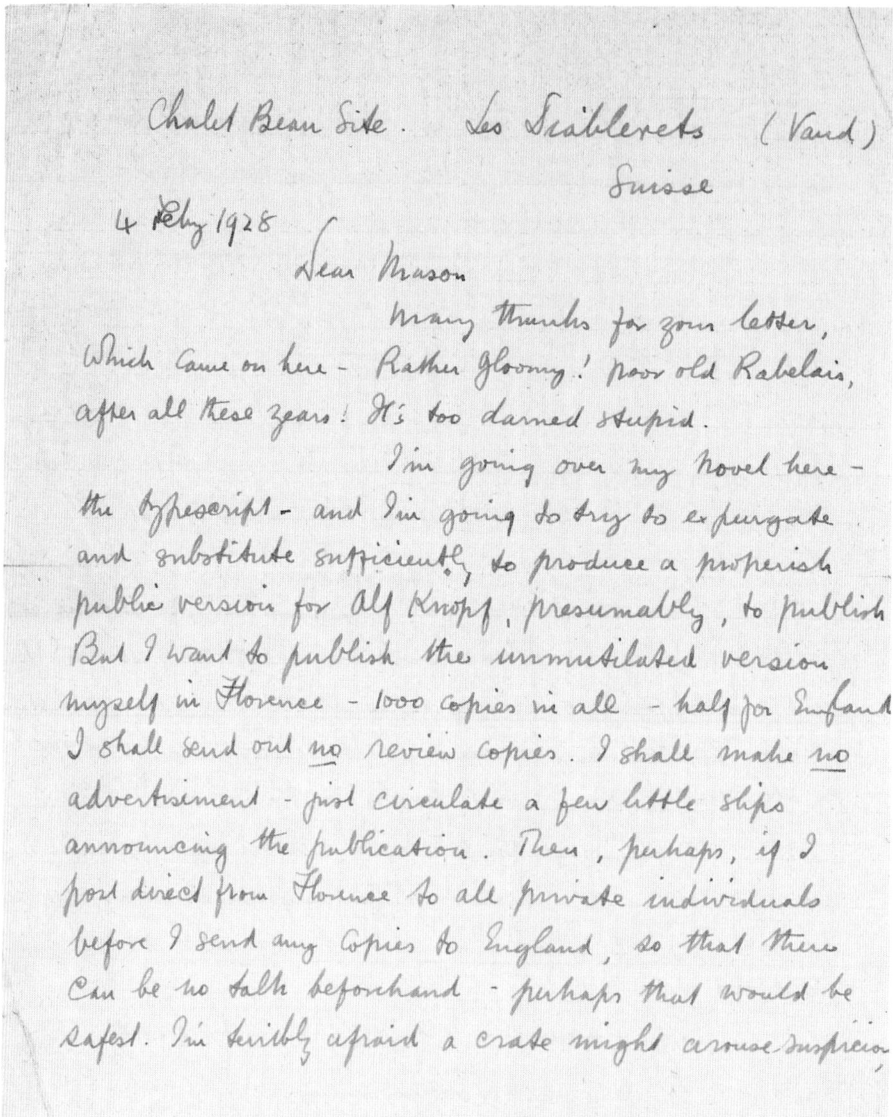
Chalet Beau Site. Les Diablerets (Vaud)
Suisse

4 Feby 1928

Dear Mason

Many thanks for your letter, which came on here - Rather gloomy! poor old Rabelais, after all these years! It's too darned stupid.

I'm going over my novel here - the typescript - and I'm going to try to expurgate and substitute sufficiently to produce a properish public version for Alf Knopf, presumably, to publish. But I want to publish the unmutilated version myself in Florence - 1000 copies in all - half for England. I shall send out no review copies. I shall make no advertisement - just circulate a few little slips announcing the publication. Then, perhaps, if I post direct from Florence to all private individuals before I send any copies to England, so that there can be no talk beforehand - perhaps that would be safest. I'm terribly afraid a crate might arouse suspicion,

D. H. 로런스가 · ——————— · 해럴드 메이슨에게 1928년 2월 4일

D.H. Lawrence (1885-1930) Harold Mason (1893-1983)

'가엾은 라블레, 그렇게 오랜 세월이 지났는데도!' 16세기 프랑스 풍자 작가 프랑수아 라블레의 작품 중 한 판본이 (무려 1928년에도 음란하다는 이유로) 미국 세관에 압수당했다. 스위스에 있던 로런스가 필라델피아의 서적상 해럴드 메이슨에게 보낸 편지에서 자신의 신작 『채털리 부인의 연인*Lady Chatterley's Lover*』도 비슷한 운명을 겪을까 봐 우려했다. 콘스탄스 채털린과 성불구자 남편의 사냥터지기인 멜러즈와의 연애를 다룬 이 소설에는 노골적인 성 묘사와 '단음절의 앵글로색슨 욕설(fuck)'이 많이 등장한다. 로런스는 성에 관해 정직하고 (아름답게) 쓰기 위해서는 터부를 타파해야 한다고 생각했다. 하지만 판금을 감수할 만한 경제적 여유는 없었다. 이 편지에 따르면, 대중 판매를 위해 삭제판(공개판)을 만들고 있으며 미국에서 무삭제판을 적은 부수라도 은밀히 배포할 수 있도록 메이슨에게 도움을 요청한다. 메이슨이 구매자 주소를 로런스에게 전달하여 직접 25권을 우송할 수 있었다. 하지만 한 권도 통관되지 못했다. 메이슨에게 보낸 책도 '압류'되고 말았다.

로런스는 지나가는 말로 자신의 건강을 언급한다. 결핵 투병 말기였던 것이다. 로런스가 사망한 지 2년 후인 1932년, 마침내 미국의 앨프리드 A. 크노프 출판사가 『채털리 부인의 연인』 삭제판을 출간했다.

메이슨께

편지는 잘 받았습니다. 감사드립니다. 좀 우울하군요! 가엾은 라블레, 그렇게 오랜 세월이 지났는데도! 이렇게 어처구니없는 짓을 당하다니요.

저는 여기서 제 소설(타이핑 원고)을 점검하고 있습니다. 삭제할 것은 삭제하고 보충할 것은 보충하여 공개판을 만들고, 아마도 앨프 크노프에서 출간하려 합니다. 하지만 피렌체에서 자비를 들여 무삭제판을 출간하고 싶습니다. 총 1천 권을 찍어 절반을 영국으로 발송할 것입니다. 평론용 증정본은 없습니다. 광고도 하지 않을 것입니다. 출판을 알리는 쪽지 몇 장만 돌릴 겁니다. 영국으로 절반을 발송하기 전에, 피렌체에서 모든 개인 구매자에게 책을 직접 우송하여 사전에 논란을 피하려 합니다. 그래야 가장 안전하겠지요. 책을 상자에 담아 보내면 의심을 일으켜 모든 일을 그르칠까 무척 두렵습니다. 상자에 50권을 담아, 아니 더 많이 담아 (이 여분은 주문으로 간주하지 않아도 됩니다) 당신에게 보내는 방법도 있습니다. 다른 서점을 일러주셔도 되고요. 하지만 저는 이 망할 책을 상자에 담아 보낼 용기가 없습니다. 어떻게 생각하시는지요? 도와주시면 좋겠습니다. 하지만 교정쇄 한 꼭지는 보냅니다. 빌라 미렌다로 답장해 주세요. 3월 초에 그 집으로 돌아갈 것 같습니다. 눈이 오는 동안 당분간 여기 머물며 폐가 좋아지는지 살펴보려 합니다. 제 생각에는 그런 듯합니다 〔…〕

수정이 끝나는 대로 원고를 보내겠습니다. 하지만 공개판이 무삭제판을 출간하고 한참 뒤에 나오기를 바라지 않습니다. 무삭제판 출간은 아마 6월까지 기다려야 합니다.

잘 지내십시오 – 좀 더 기다려 주시면 고맙겠습니다.

D.H. 로런스

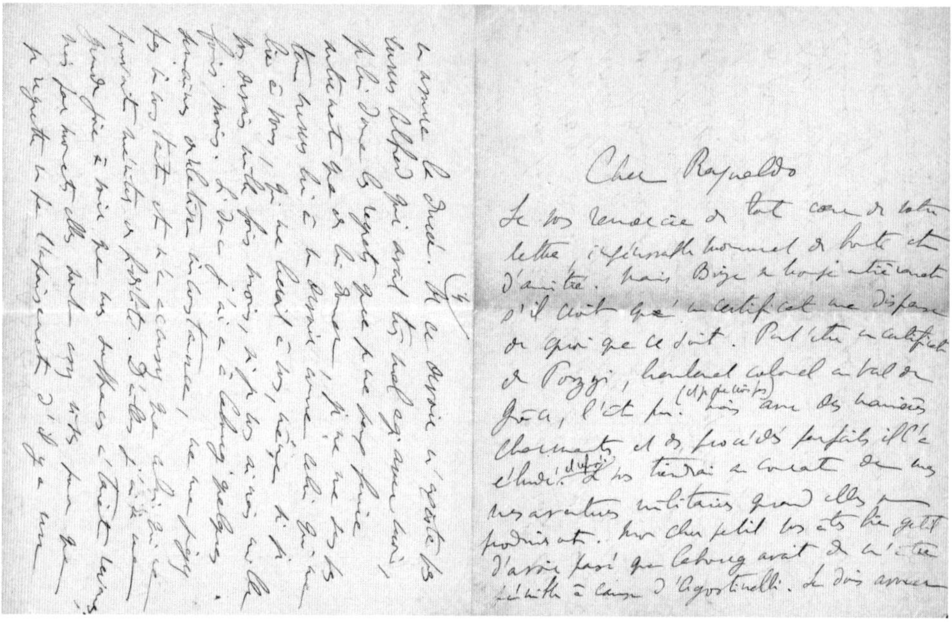

Cher Reynaldo

Je vous remercie de tout cœur de votre lettre infiniment bonne et de bonté et d'amitié. Mais Bize a beaucoup intéressé s'il était qu'un certificat me dispense de quoi que ce soit. Peut-être un certificat de Pozzi, lieutenant colonel au Val de Grâce, l'est-il. (Appréciations) Mais avec des manières charmantes et des procédés parfaits il l'a éludé. (déjà) Je vous tiendrai au courant de mes mésaventures militaires quand elles se produiront. Mon cher petit vous êtes bien gentil d'avoir pensé que Lebourg avait dû m'être pénible à cause d'Agostinelli. Je dois avouer

마르셀 프루스트가 ———————————— 레날도 안에게 1914년 10월
Marcel Proust (1871-1922) Reynaldo Hahn (1874-1947)

베네수엘라계 프랑스 작곡가 레날도 안이 음악 신동으로 유명했던 열아홉 살, 이 무렵 첫 소설을 출간한 야심 찬 젊은 작가 마르셀 프루스트를 만났다. 두 사람은 짧은 연애를 나눈 뒤 평생 우정을 이어갔다. 안은 1차 세계대전이 발발하자 징집 연령이 넘었는데도 자원입대했으며, 프루스트가 천식으로 면제를 받도록 도와줬다.

이 편지는 프루스트가 오래전부터 즐겨 찾던 카부르의 해변 휴양지에서 가을 휴가를 마치고 돌아오자마자 쓴 것이다. 프루스트는 징집될까 봐 아직도 전전긍긍하며, 한때 자신의 운전사, 비서, 연인이었던 알프레드 아고스티넬리가 5월 안티베에서 조종사 훈련을 받던 중 비행기 추락으로 사망한 데 슬퍼한다. 프루스트는 강박적인 자기반성에 빠진 채 깊고 얕은 슬픔을 반복한다. 그리고 이 감정을 후일 여러 권으로 출간될 장편소설 『잃어버린 시간을 찾아서*A la recherche du temps perdu*』(1913–27)의 주인공 샤를 스완을 통해 묘사할지도 모른다고 귀띔한다. 하지만 곧 한탄한다. '그럴 필요도 없네.' 이미 오래전부터 허구 세계에서 한 번 살았던 인생을 다시 살고 있는 듯 느껴지기 때문이다.

레날도에게

편지를 보내주어 고마워 (…)

사랑하는 친구, 카부르에 가면 아고스티넬리와 함께 보낸 시간이 떠올라 내가 고통스러울 것 같아 걱정했다니 고마울 뿐이야. 부끄러운 고백이지만 생각했던 것만큼 고통스럽지 않았어. 오히려 이 여행은 슬픔에서 멀어지는 첫 단계였어. 이 단계가 지나고 집에 돌아오자마자 원래의 슬픔에 다시 휩싸였다고 말할 수 있어서 차라리 기뻐 (…)

나는 알프레드를 정말 사랑했어. 사랑했다는 말로는 충분치 않아. 경배했지. 왜 과거 시제로 쓰는지 모르겠네. 지금도 사랑하고 있는데. 어쨌든 슬픔의 감정에는 자기도 모르게 드는 서러움이 있는가 하면, 자기도 모르게 드는 서러움을 지속하는 의무감도 있어. 알프레드에게는 이런 의무감이 없어. 알프레드는 나에게 몹시 못되게 굴었지. 내가 알프레드의 죽음을 슬퍼하는 이유는 슬퍼하지 않을 수 없어서야. 나는 알프레드에게는 의무감을 느끼지 않아. 설령 네게 천 배나 덜 신세를 지고 있고 너를 천 배나 덜 사랑하더라도, 네게는 의무감이 느껴지지만 말야 (…)

슬픔에 무뎌지는 건 다른 사람이 죽어서가 아니라 우리 자신이 죽어버리기 때문이야. 몇 주 전의 '나' 자신을 온전하고 생생하게 유지하려면 엄청난 활력이 필요해. 알프레드의 친구는 가엾은 알프레드를 아직 기억해. 하지만 알프레드의 친구도 그를 뒤따라 죽었어. 옛 '나'의 상속자가 지금의 '나'야. 지금의 '나'는 알프레드를 사랑하지만 이전의 '내'가 전해주는 바를 통해서만 알프레드를 알고 있지. 이건 헐어버린 애정이야. 누구에게도 아무 말 하지 마 (…) 내가 이런 생각을 밝히고 싶다면 스완의 입을 통해 말하겠어. 그럴 필요도 없지. 오래전부터, 내가 이미 묘사한 사건만이 내 인생에 닥치고 있으니 (…)

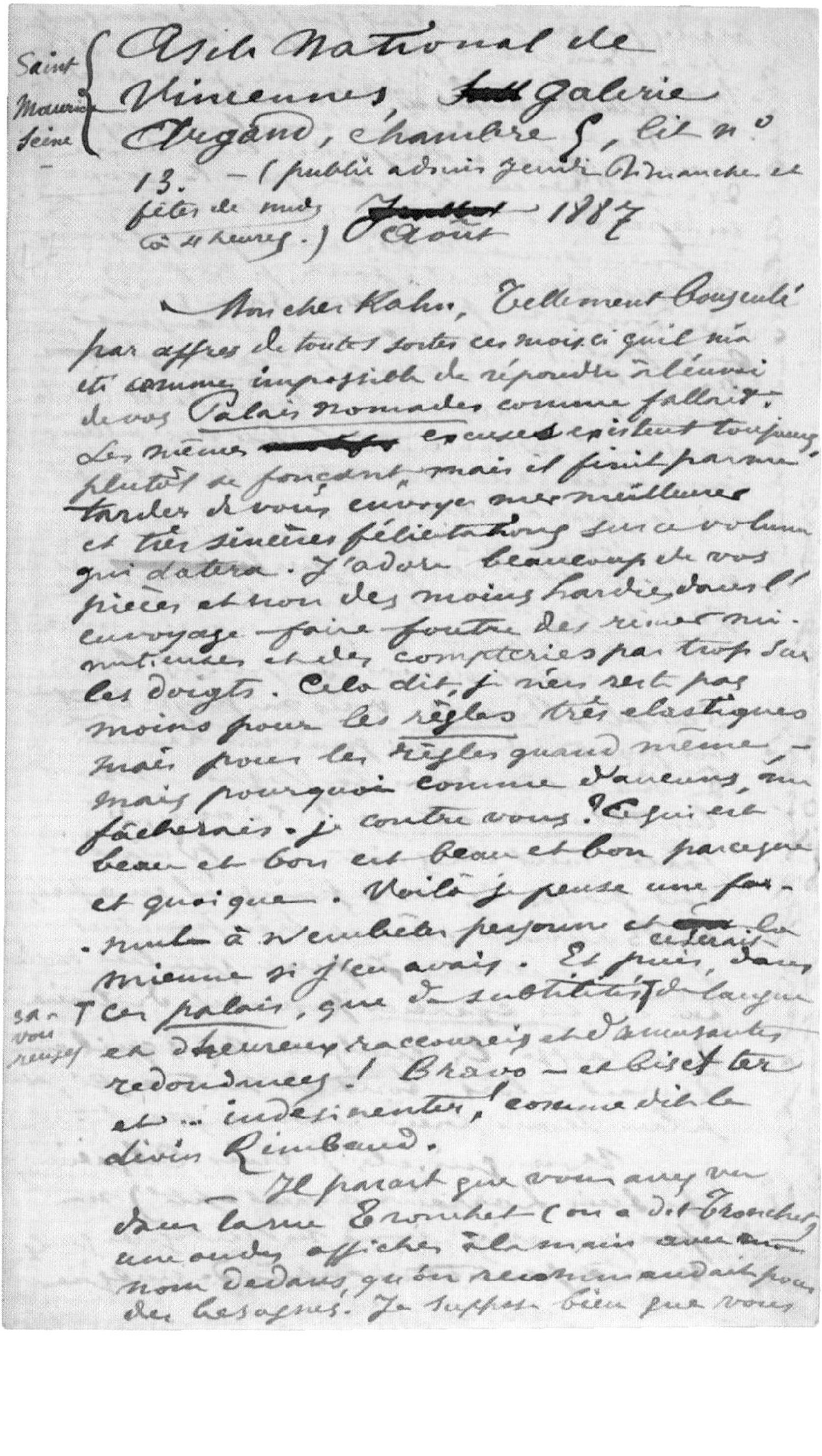
Saint Maurice Seine { Asile National de Vincennes, ~~Salle~~ galerie Ouvrard, chambre 5, lit n° 13. — (public admis jeudi dimanche et fêtes de midi à 4 heures.) ~~Juillet~~ Août 1887

Mon cher Kahn, Tellement bousculé par affres de toutes sortes ces mois-ci qu'il m'a été comme impossible de répondre à l'envoi de vos Palais Nomades comme fallait. Les mêmes ~~motifs~~ excuses existent toujours, plutôt se forçant, mais il finit par me tarder de vous envoyer mes meilleures et très sincères félicitations sur ce volume qui datera. J'adore beaucoup de vos pièces et non des moins hardies, dans l'envoyage faire foutre des rimes minutieuses et des compteries par trop sur les doigts. Cela dit, je n'en suis pas moins pour les règles très élastiques mais pour les règles quand même, — mais pourquoi comme d'aucuns, me fâcherais-je contre vous ? Ce qui est beau et bon est beau et bon parce que et quoique. Voilà je pense une fameuse à n'embêter personne et ~~...~~ ce serait la mienne si j'en avais. Et puis, dans ces palais, que de subtilités de langue en d'heureux raccourcis et d'amusantes redondances ! Bravo — et bis et ter et... indéfiniment, comme dit le divin Rimbaud.

Il paraît que vous avez vu dans la rue Drouot (on a dit Tronchet) une ou des affiches à la main avec mon nom dedans, qu'on recommandait pour des besognes. Je suppose bien que vous

다리 종기로 병상에 누운 폴 베를렌이 젊은 시인이자 편집인, 또 상징주의 운동의 주축인 귀스타브 칸에게 보낸 편지다. 베를렌은 병원에 여러 달 입원해 있으며 날짜 가는 줄도 모른다(편지 쓴 날짜를 7월에서 8월로 고친다). 칸의 첫 번째 시집 『유목민 궁전*Palais nomades*』이 6월에 출간되었으므로 베를렌의 축하 서신은 칸을 존경하는 친구이자 동료 작가가 보내는 편지라고 치기엔 (스스로 인정하듯) 늦은 편이다.

칸은 이 시집에서 고전적인 프랑스 운율 체계를 지키지 않고 구어의 리듬에 따랐으며, 많은 20세기 시인의 표현 수단이 될 자유시를 창안했다고 주장했다. 베를렌은 이에 대해 종잡을 수 없는 찬사를 퍼붓는다. 칸의 많은 시, 특히 관습을 타파하는 시를 '사랑'한다고 말하며 '언어의 맛깔나는 미묘함'을 궁색하게 칭송한다. 그런 다음 '성스러운 랭보'(207쪽)를 언급하며, 랭보가 원고 여백에나 쓸 법한 평을 전달한다. 1886년 칸의 새로운 평론지 『라 보그』에는 랭보의 산문시집 『일뤼미나시옹*Les Illuminations*』이 베를렌의 서문과 함께 발표되었다.

베를렌은 형편이 좋지 않다. 랭보와의 스캔들로 결혼이 파경을 맞은 후 거처 없이 떠돌았고, 랭보에게 총을 쏜 혐의로 수감되었으며 당뇨, 매독, 마약 및 알코올중독으로 고통받는다. 사실 베를렌은 칸의 공동 편집인 에두아르 뒤자르댕을 통해 이미 축하 서신을 보냈다. 그렇다면 이 편지의 주요 동기는 베를렌이 마지막에 어렵게 꺼낸 주제일지 모른다. 바로 돈이다. 칸과 뒤자르댕은 작년에 발표된 베를렌의 시 고료를 아직 지불하지 않았다. 두 사람은 현존하는 프랑스 최고의 시인을 필자로 확보한 데 무척 만족했겠지만, 돈은 언제 줄 것인가?

친애하는 칸, 지난 몇 달 동안 온갖 종류의 문제로 마음이 불안하여 『유목민 궁전』에 대해 신속하게 답장해야 마땅할 텐데도 그러지 못했어요 〔…〕 저는 당신의 많은 작품을 사랑하며, 특히 지나치게 정확한 압운과 음보율에 대담하게 '꺼져'라고 말하는 작품을 좋아합니다. 그렇기는 해도 여러모로 나는 아주 유연한 규칙을 지지하지만, 그럼에도 규칙에 찬성합니다. 하지만 일부 다른 사람이 당신을 용인하려 들지 않는 이유는 이해할 수 없군요. 아름답고 좋은 것은 마음에 들든 들지 않든 아름답고 좋지요. 이러한 말에 누구도 이의를 제기하지 않을 것이며 나도 이를 마음에 새길 만하다고 생각합니다. 또한 『궁전』에서는 유쾌하게 생략되고 기묘하게 중복되는, 언어의 맛깔나는 미묘함이 얼마나 잘 드러나는지요. 브라보. **두 번, 세 번 … 끝없이**, 라고 성스러운 랭보는 말하는군요 〔…〕

말하기 거북한 문제, 아니 오히려 아주 단순한 문제가 있습니다. 『라 보그』에 실린 시와 『일뤼미나시옹』으로 내가 받아야 할 고료의 전부 혹은 일부를 지불해줄 수 있나요? 그렇다면 지체 없이 보내주십시오! 뒤자르댕도 시 고료를 지불해야 합니다. 이런 문제를 정확하게 처리하는 〔테오도르 드〕 방빌에게도 시를 청탁했거든요. 출판을 담당하는 뒤자르댕은 돈 서랍에서 내게 지불해야 할 몇 푼을 지체 없이 꺼낼 수 있을 겁니다 〔…〕

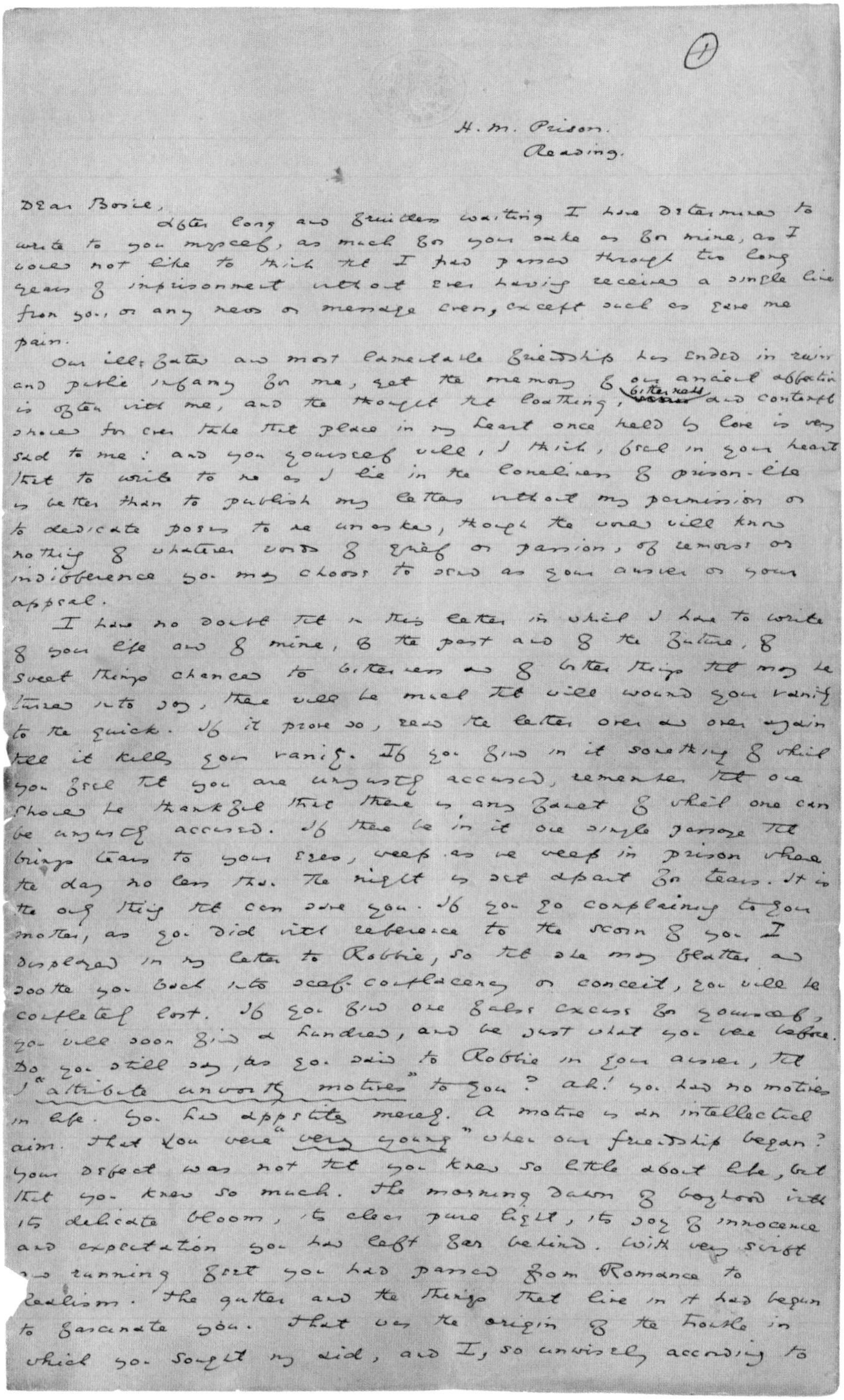

(1)

H.M. Prison.
Reading.

Dear Bosie,

After long and fruitless waiting I have determined to write to you myself, as much for your sake as for mine, as I would not like to think that I had passed through two long years of imprisonment without ever having received a single line from you, or any news or message even, except such as gave me pain.

Our ill-fated and most lamentable friendship has ended in ruin and public infamy for me, yet the memory of our ancient affection is often with me, and the thought that loathing, bitterness and contempt should for ever take that place in my heart once held by love is very sad to me: and you yourself will, I think, feel in your heart that to write to me as I lie in the loneliness of prison-life is better than to publish my letters without my permission or to dedicate poems to me unasked, though the world will know nothing of whatever words of grief or passion, of remorse or indifference you may choose to send as your answer or your appeal.

I have no doubt that in this letter in which I have to write of your life and of mine, of the past and of the future, of sweet things changed to bitterness and of bitter things that may be turned into joy, there will be much that will wound your vanity to the quick. If it prove so, read the letter over and over again till it kills your vanity. If you find in it something of which you feel that you are unjustly accused, remember that one should be thankful that there is any fault of which one can be unjustly accused. If there be in it one single passage that brings tears to your eyes, weep as we weep in prison where the day no less than the night is set apart for tears. It is the only thing that can save you. If you go complaining to your mother, as you did with reference to the scorn of you I displayed in my letter to Robbie, so that she may flatter and soothe you back into self-complacency or conceit, you will be completely lost. If you find one false excuse for yourself, you will soon find a hundred, and be just what you were before. Do you still say, as you said to Robbie in your answer, that I "attribute unworthy motives" to you? Ah! you had no motives in life. You had appetites merely. A motive is an intellectual aim. That you were "very young" when our friendship began? Your defect was not that you knew so little about life, but that you knew so much. The morning dawn of boyhood with its delicate bloom, its clear pure light, its joy of innocence and expectation you had left far behind. With very swift and running feet you had passed from Romance to Realism. The gutter and the things that live in it had begun to fascinate you. That was the origin of the trouble in which you sought my aid, and I, so unwisely according to

오스카 와일드가 • ——————— • 앨프리드 더글러스에게

Oscar Wilde (1854-1900) — Lord Alfred Douglas (1870-1945)

1896년 12월 - 1897년 3월

1895년 2월 새 희곡 〈진지함의 중요성*The Importance of Being Earnest*〉이 성공을 거둬 우쭐하던 오스카 와일드는 클럽에서 자신에게 온 쪽지를 발견했다. 와일드의 연인으로 공공연히 알려져 있는 앨프리드 '보시' 더글러스 경의 싸움꾼 아버지, 퀸즈베리 후작이 남긴 쪽지였고 와일드를 '남색자'라 비난하는 내용이었다. 아버지를 혐오했던 보시의 부추김으로 와일드는 명예훼손 소송을 제기했다. 하지만 퀸즈베리의 변호인단이 와일드의 동성연애 이중생활을 증거로 제시하자 소송은 기각되었다. 와일드는 '중대한 공공 풍기문란' 혐의로 체포되어 중노동을 포함한 징역 10년형을 선고받았다.

레딩 감옥에서의 수감이 끝날 무렵 와일드는 잉크, 펜, 하루에 종이 한 장을 사용하도록 허가받았다. 그는 충격적으로 잔인한 빅토리아 시대 형벌 제도로 병들어 가면서 1896년 12월부터 1897년 3월까지 5만 단어의 편지를 보시에게 부쳤다. 이 서신은 오늘날 『심연으로부터*De Profundus*』(1905)라는 제목으로 알려져 있다. 와일드는 석방되자마자 이 편지를 친구 로버트 로스에게 건네주었으며, 로스는 두 부를 타이핑하여 한 부는 보시에게 보냈다(보시가 이를 읽었는지는 확인되지 않는다).

『심연으로부터』는 아름다운 연애편지이자 무자비한 저격이다. 와일드는 보시가 자신을 착취하고, 예술에 집중하지 못하게 하고, 가족과 떨어지게 하고, 파산시키고, 결국 배신했다고 힐난한다. 오래된 논쟁을 끄집어내어 보시의 무지와 탐욕의 예를 늘어놓는데, 이는 경구처럼 예리하기에 더욱더 신랄하다('당신은 식사와 분위기에만 관심 있지'). 공정한 비난일까? 꼭 그렇지는 않다. 보시가 지나친 자기도취 및 의지박약을 보이기는 하지만, 와일드가 감옥에 있는 동안 석방 청원서를 제출했고 사회 개혁 운동에도 참여했다. 하지만 『심연으로부터』는 무척 인간적인 작품이기도 하다. 다정하고, 쉽게 상처받고, 감정의 통찰이 풍부하다.

와일드는 예전 모습을 찾아보기 힘들 만큼 변한 채 무일푼으로 출옥한다. 와일드와 보시는 화해하고, 나폴리로 이주하여 가족이 보내준 돈이 떨어질 때까지 함께 살다가 각자의 길을 걸었다. 1900년 가을, 와일드는 만성 중이염 수술을 받은 뒤 파리의 거리에서 쓰러졌고 11월 30일에 알자스 호텔에서 사망했다.

보시에게,

오랫동안 헛되이 기다린 끝에 내가 당신에게 편지하기로 마음먹었어. 당신을 위해서이기도 하지만 나를 위해서이기도 하지. 2년이라는 긴 시간을 감옥에서 보내는 동안, 내게 고통을 안겨준 글 외에는 당신에게서 단 한 줄의 편지도, 아니 어떤 소식이나 쪽지도 받지 못했다는 사실을 생각하고 싶지 않아서야.

참으로 한탄스럽고 불운하게도 우리의 우정이 파멸하면서 나는 공적인 불명예를 얻었어. 하지만 아직도 옛사랑에 대한 기억이 종종 떠오르는데, 한때 사랑이 가득했던 내 마음에 증오와 씁쓸함과 경멸이 영원히 들어서리라 생각하니 무척 슬퍼. 어쩌면 당신도 감옥에서 외롭게 지내는 나에게 편지를 쓰는 게, 허락도 없이 내 편지를 출간하거나 청한 적도 없는데 시를 헌정하는 것보다 나으리라고 생각할지도 모르겠어 (…)

6장

'소설을 동봉합니다'

문학 사업

Chinua Achebe NNMA OFR

P.O. Box 53
Nsukka Anambra State

21 May 1987

John A. Williams
693 Forest Ave,
Teaneck, N.J. 07666

Dear John,

Your letter of Nov 15 1986 accompanied by the typescript of your novel has just reached me. I began reading the letter without taking notice of the date until you said the novel would be published "early next year". Then I thought seven to eight months away was too good and then saw the date. I checked the envelope then and saw that your publisher had sent it by surface mail. What a shame! I should have enjoyed writing a little promotional sentence for you; not that you needed it but it would have given me pleasure. I shall wait and read the book. Congratulations on the new book and on all the other things you have done since we were last in touch.

There is a chance my wife and I will be at UMass this fall for a year. If it works out I hope to see you in the course of our stay.

Sincerely,

Chinua

Chinua Achebe.

Rec'd June 1, 1987

치누아 아체베가 · 존 A. 윌리엄스에게 1987년 5월 21일

Chinua Achebe (1930-2013) John A. Williams (1925-2015)

'추천사'(조지 오웰이 '역겨운 잡문disgusting tripe'이라 부른 바로 그 관행)는 출판계에서 끈질기게 계속되는 일이다. 책 내용에 공감하리라 예상되는 작가(유명할수록 좋다)에게 교정쇄를 보내, 호소력 있는(에둘러도 괜찮다) 추천사를 청탁한다. 아프리카계 미국인 소설가이자 학자인 존 A. 윌리엄스가 1960년대 미국 중앙정보부의 서아프리카 개입을 다룬 소설 『야곱의 사다리*Jacob's Ladder*』의 추천사를 받으려 할 때, 나이지리아 작가 치누아 아체베에게 부탁한 것은 당연했다. 아체베는 19세기 나이지리아의 혹독한 식민지 예속사를 그린 데뷔작 『모든 것이 산산이 부서지다*Things Fall Apart*』(1958)로 유명해졌으며 아프리카 문학의 최고봉이었다. 아체베와 윌리엄스는 미국 순회강연에서 이미 만난 적이 있었으므로 아체베가 청탁에 응할 것은 확실했다.

하지만 상황이 계획대로 풀리지 않았다. 미국에서 선박 우편으로 부친 책이 나이지리아 라고스에 도착하는 데 6개월이 걸렸는데, 이 무렵 『야곱의 사다리』는 이미 윤전기에서 인쇄되고 있었다. 아체베는 정중하게 유감을 표명하지만, 실은 추천사가 무산된 것에 그리 실망하지 않았을지 모른다. 설령 아체베가 멋진 추천사를 썼더라도 『야곱의 사다리』의 판매를 끌어올리지는 못했을 것이다. 대체로 호의적인 평론에서도 '드문드문 흥미롭다'고 소개했으니 말이다. 이 일이 있은 뒤 같은 해에 아체베는 새 소설을 발표한다. 1966년 이후 21년 만의 소설이다. 허구의 서아프리카 국가에서 일어난 쿠데타를 다루는 『사바나의 개미 언덕*Anthills of the Savannah*』은 『모든 것이 산산이 부서지다』 이후 최고의 작품으로 널리 인정받아 부커상 최종 후보작에 올랐다.

존,

1986년 11월 15일 자 편지가 방금 도착했습니다. 소설 원고도 동봉되어 있더군요. 날짜를 안 보고 편지를 읽다가 '내년 초까지' 소설을 출간하실 것이라는 대목에 이르렀습니다. 7~8개월이면 지나치게 여유가 있다 싶어 날짜를 확인하니 출판사가 선박 우편으로 보냈더군요. 얼마나 유감인지요! 약간의 홍보 글을 써드리는 기쁨을 누렸어야 하는데요. 그 글이 당신께 필요해서가 아니라, 저에게 즐거움을 주었을 테니까 말이에요. 기다렸다가 책을 읽겠습니다. 새 책의 출간은 물론, 우리가 마지막으로 연락한 후 이루신 다른 모든 일도 축하드립니다. 〔…〕

안녕히 계십시오,
치누아

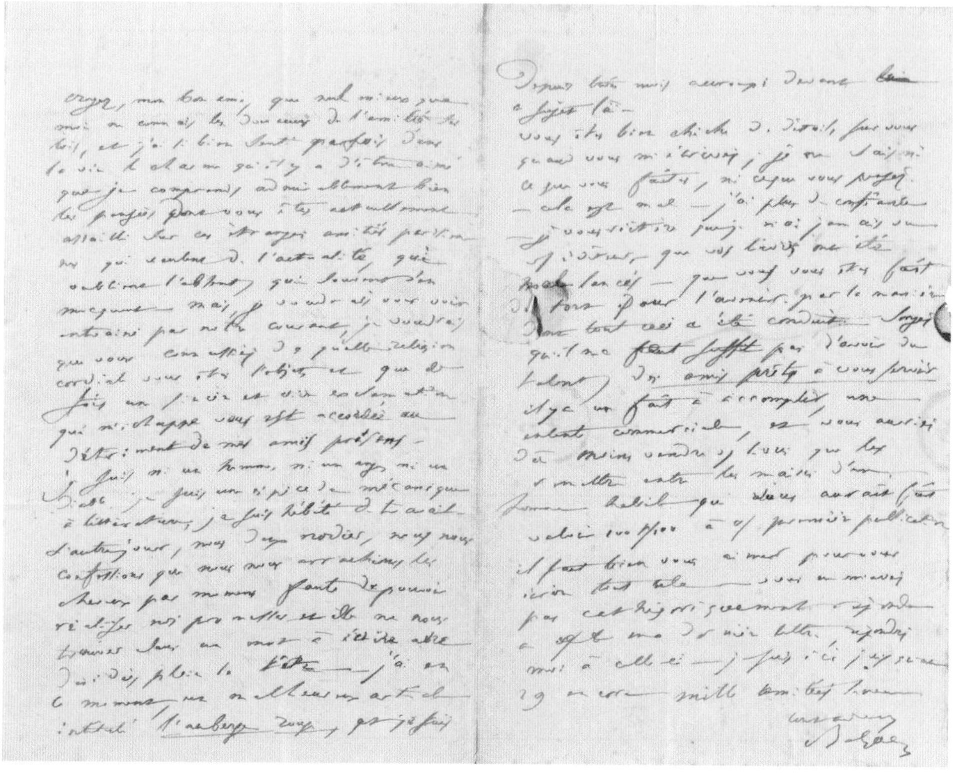

청년 발자크는 글쓰기를 못마땅하게 여기는 부모를 설득한 끝에 넉넉잖으나마 용돈을 지원받았고, 인쇄소 등 손실만 보게 될 사업을 창업하는 데 정력을 쏟았다. 자신의 인쇄소에서 식자공으로 일하다 나중에 문학 편집인이 된 사뮈엘 앙리 베르투와는 친구가 되었다. 1830년, 아직 원고료 수입이 변변찮던 발자크는 출판인 샤를 고슬링, 위르뱅 카넬과 소설 『나귀 가죽*La Peau de chagrin*』의 출판을 계약했다. 1831년 7월, 마감보다 5개월 늦게 원고를 전달했지만 그동안 각 장을 문학잡지 『르뷔 드 파리*Revue de Paris*』에 발표하여 관심을 끌었다. 『나귀 가죽』은 즉각 성공했다. 두 권짜리 초판 750부가 8월 출간 후 단 몇 주 만에 매진될 듯하자 발자크는 재빨리 열 두편의 철학적 이야기를 추가하여 세 권짜리 증보판을 제작했다.

발자크가 편지에서 베르투에게 가능한 한 빨리 보내겠다고 약속하는 책이 바로 이 증보판이다. 발자크는 잡지사 일정 때문에 녹초가 되었고(문자 그대로 옮기자면 암살당했고assassiné) 일하느라 감각이 없어졌다고 주장하며 과장을 보태지만, 자신을 '글쓰기 기계'로 묘사한 것만은 사실이었다. 발자크가 지금 작업하고 있는 환상소설 『붉은 여인숙*L'Auberge rouge*』은 며칠 안에 『르뷔 드 파리』에 발표될 것이다.

친애하는 베르투, 내가 적어도 열여드레 안에 자네에게 『나귀 가죽』을 보내기 힘들다는 걸 이해해줘. 자네도 알다시피 서적상은 그때까지 보내라고 독촉하지만 말이야. 고슬링은 초판 전부를 서적상에 내놓았고, 재판은 이제 제2권까지 찍었는데 제3권이 나오기까지 오래 걸리지 않을 거야. 그러니까 자네는 두 권짜리가 아니라 멋지고 근사한 알짜배기 세 권짜리를 받게 될 거야. 나는 잡지와의 약속 때문에 녹초가 됐어 〔…〕 자네에게 편지하지 못한 것은, 병 때문에 아무 일도 못한 탓에 돈이 궁해져 엄청난 양의 작업을 해야 했기 때문이야.

친애하는 친구, 나만큼 우정의 기쁨과 법칙을 잘 아는 사람이 없다는 것을 믿어줘. 나는 인생에서 사랑받는 것이 얼마나 매력적인지 무척 자주 느껴온 터라, 지금 이곳에서 횡행하는, 한 사람이 자리에 없으면 그 사람을 잊거나 종종 비웃는 기이한 파리식 우정에 자네가 얼마나 지쳤는지 완전히 이해해. 하지만 자네가 여기 와서 우리와 함께 지내며 경건하고 따뜻한 감정을 느꼈으면 좋겠어 〔…〕 나는 사람도 천사도 악마도 아니야. 나는 일종의 글쓰기 기계야. 일하느라 감각이 없어졌어 … 지금은 『붉은 여인숙』이라는 제목의 끔찍한 작품을 쓰느라 세 달 동안 노예 노릇을 하고 있어 〔…〕

June 24

107 The Chase
London SW4 ONR

Bill Buford
Granta
King's College
Cambridge
CB2 IST

Dear Bill,

Thank you for GRANT, which looks perfectly splendid. Congratulations.

Herewith a story, COUSINS, which ought to be about 3,500 words. It is another wolf-~~kkid~~ child story - of course, you may not be aware of this obsession of mine; I have an obsession with wolf-children, and this story is by no means the last of it. Actually, it is really about nature and culture, but don't want to cross the t's and dot the i's. (Well, not too much.) Obviously, it is <u>meant</u> to read plain and clumsy. I can punctuate perfectly ~~and~~ adequately when I want to. Anyway, I hope it's okay.

Glad you liked the Updike review. ~~He~~ Does he, and Roth, et al, realise how sexist ~~hexisxxSomebodyxxshouldxxtipxofxHxxxx~~ they are? It beats me.

In haste, in order to catch the post - but I'm supposed to be going to the States, next year, myself, so would like a word or two before I go -

yours,

Angela

PS.

앤절라 카터가 ──── 빌 버포드에게 1980년 6월 24일
Angela Carter (1940–92) Bill Buford (1954-)

'저는 늑대 아이에 대한 집착이 있습니다.' 앤절라 카터는 얼마 전 재창간된 문예지 『그란타』의 편집자 빌 버포드의 소설 청탁에 이렇게 답장한다. 늑대는 1979년 발간된 카터의 강렬하고 도발적인 소설집 『피로 물든 방 *The Bloody Chamber*』의 주요한 특징이었다. 카터는 고딕 호러, 성적 일탈, 양식화된 폭력, 탈근대적인 반어법을 혼합하여 페미니스트의 관점으로 민담을 고쳐 썼다. 이 소설집에선 『빨간 모자*Little Red Riding Hood*』를 패러디해 주인공이 늑대 인간의 앞발을 자르고, 다른 소설에선 젊은 여성이 '상냥한 늑대'와 함께 잠자리에 든다.

카터는 자신이 '부르주아 리얼리즘bourgeois realism'이라 불렀던 풍조, 마거릿 드래블 같은 영국 작가가 유행시켰으며 중산층 보헤미안의 도덕적 타락과 잠자리 관계를 주로 다루는 이른바 햄스테드 소설Hampstead novel을 싫어했다. 따라서 제2의 고향, 영국으로 이주한 미국인 버포드가 영국 소설 동향에 의구심을 품고 '영국 소설의 종말*The End of the English Novel*'이라는 이름으로 『그란타』 제3호를 기획했을 때, 카터의 작품 〈사촌 *Cousins*〉을 수록한 것은 적절한 결정이었다. 실제로 카터의 소설은 햄스테드 소설과는 한참 거리가 멀었다. 산그늘 아래 사는 소년이 늑대가 기르는 사촌 누이를 발견하고 할머니 댁으로 데리고 가는데 사촌 누이가 이곳에 큰 피해를 입히는 내용이다. 카터는 단편소설을 '허구 언어로 표명된 주장'으로 여겼다. 허구 세계에서는 눈에 보이는 것 이상의 일이 벌어지고, 따라서 단순한 민담으로 '자연과 문화'라는 더 큰 주제를 탐구할 수 있다.

카터는 학교를 졸업하고 기자 교육을 받았으며, 예리하고 도전적인 에세이스트이자 평론가로도 일했다. 편지를 보면 최근 미국의 리비도적 부르주아 리얼리즘의 최고 사제인 존 업다이크를 비판했던 것 같다. 소설의 미래는 미국에서도 불확실하지만, 카터는 이듬해 미국 방문을 계획하고 있다.

빌에게,

『그란타』를 보내주셔서 고맙습니다. 정말 멋집니다. 발간을 축하합니다.

여기 소설을 동봉합니다. 제목은 〈사촌〉이고 3,500단어 정도입니다. 또 다른 늑대 아이 소설입니다. 저의 이 집착을 잘 알고 계시겠지요. 저는 늑대 아이에 대한 집착이 있습니다. 이 소설이 집착에 사로잡힌 마지막 소설은 결코 아닐 것입니다. 사실은 자연과 문화에 대한 소설입니다. 하지만 (지나칠 만큼) 세심하게 구두법에 따르지 않은 데는 **의도**가 있습니다. 투박하고 꾸밈없는 이야기처럼 읽히기 위해서입니다. 저는 마음먹으면 완벽하고 정확하게 구두점을 찍을 수 있습니다. 어쨌든 괜찮기를 바랍니다.

업다이크 비평이 마음에 들었다니 기쁩니다. 업다이크와 로스 등등은 자신이 얼마나 성차별주의자인지 깨닫고 있을까요? 이들을 정말 이해할 수 없습니다.

우편 수거에 늦지 않도록 급하게 편지를 씁니다. 저는 내년에 미국을 방문할 예정인데, 떠나기 전에 한두 마디 나누고 싶습니다.

안녕히,
앤절라

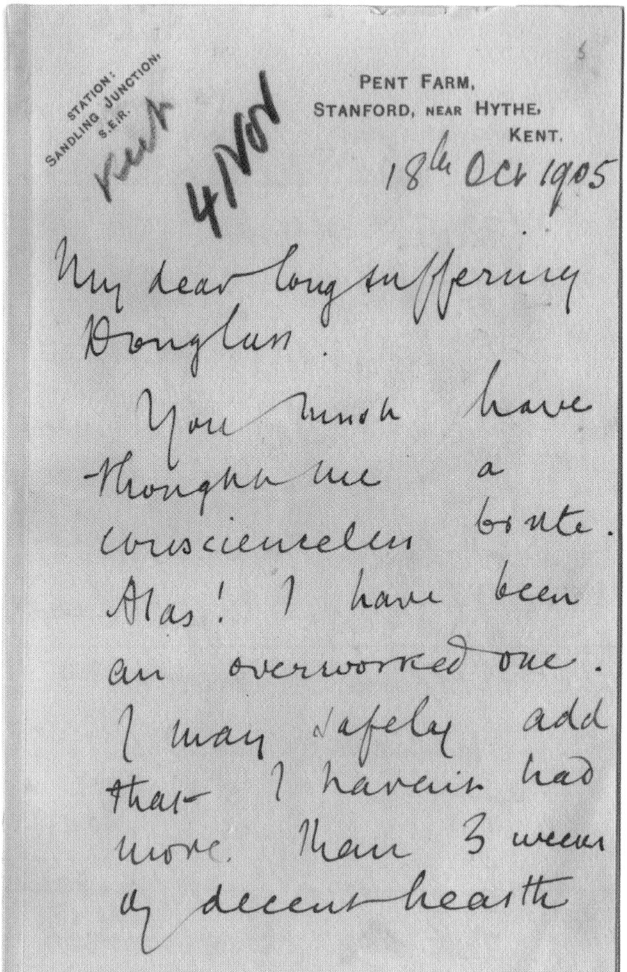
STATION: SANDLING JUNCTION, S.E.R.

PENT FARM,
STANFORD, NEAR HYTHE,
KENT.

Recd 4 Nov

18th Oct 1905

My dear long suffering Douglas.

You must have thought me a conscienceless brute. Alas! I have been an overworked one. I may safely add that I haven't had more than 3 weeks of decent health

조지프 콘래드가 ······ 노먼 더글러스에게

Joseph Conrad (1857-1924) Norman Douglas (1868-1952)

1905년 10월 18일

조지프 콘래드와 노먼 더글러스가 카프리섬에서 만났다. 콘래드는 영국의 겨울을 피하고 싶어 아내, 아들과 함께 1905년 새해 몇 달을 이곳에서 보냈다. 자신이 글을 쓰는 동안 아내 제시가 무릎 수술에서 회복할 수 있기를 바랐다. 콘래드가 소설가 H.G. 웰스에게 말한 바에 따르면, 이는 '정신 나간 사치스러운' 여행이었다. 부부는 돈에 쪼들렸고, 콘래드는 자신의 작업을 우울해했고, 제시는 극도로 고통스러워했다.

이런저런 사고로 돈을 많이 쓴 여행 끝에 카프리섬에 자리 잡자 콘래드는 인기 있는 여행 가이드북을 써볼까도 생각했다. 하지만 집안일로 주의가 산만해져 '하루에도 열두 번씩 펜을 내려놓아야' 하며 불면증과 독감에 걸렸다고 토로한다. 카프리섬에서 더글러스와 책 이야기를 하고 건강에 관해 투덜거리는 게 가장 즐거웠다.

한편 최근 이혼하고 재정난에 처한 더글러스는 작가로 생계를 꾸려나갈 계획을 세우고 있다. 카프리섬 생활은 돈이 많이 들지 않고, 성소수자에게는 영국보다 안전한 곳이다. 콘래드가 영국으로 돌아갈 때 더글러스의 원고 몇 편을 들고 가면서, 이 원고가 출판될 수 있도록 최선을 다하겠다고 약속했다(1911년에야 『사이렌의 나라*Siren Land*』라는 제목으로 출간되었다). 영국에 돌아가고 6개월 뒤, 콘래드는 아직 뜻대로 성사되지 못했음을 털어놓는다. 자신과 더글러스는(더글러스의 이름에 s를 두 번 쓰는데 출생증명서의 틀린 철자를 장난스레 놀리는 듯하다) 작가에게 지성이 아니라 '복종'을 요구하는 사회에서 한배를 타고 있다고 말한다.

오랫동안 고통받는 더글러스에게.

나를 양심 없는 놈이라고 생각했겠지. 아! 나는 과로에 지쳤어. 카프리에서 떠나온 뒤 건강이 괜찮았던 건 3주도 안 된다고 말해도 틀리지 않을 거야.

자네 글을 실을 곳을 물색하는 데 너무 오래 걸려 몹시 실망하고 있지 않을까 염려되는군. 더글라스, 최선을 다했고 최선을 다하고 있음을 믿어줘. 첫 번째 교섭은 실패했지만 11월 말에 런던에서 한 주 머무는 동안 두 번째 교섭을 할 거야 〔…〕 자네에게 원고를 돌려보내는 게 그리 좋은 생각은 아닌 듯해. 여러 곳에 이야기를 해두었거든. 느닷없이 누군가 원고를 달라고 하는데, 원고가 수중에 없다고 말하고 싶지 않아 〔…〕

친구, 자네의 견해가 일반적으로 인기가 없다는 사실을 잊지 말라구. 지적이고 타협을 모르지. 이러면 일이 쉽지 않아. 대중은 지성을 원치 않거든. 지성은 대중을 불안하게 하고, 대중은 하인에게 바라듯 작가에게도 복종을 원하니까.

나에게 화나지 않았으리라 믿어. 이탈리아에서 몹시 힘든 시간을 보냈어. 지금도 근근이 지내.

잘 지내길. 다시 편지할게. 아내가 안부 전해달래. 자네의 영원한 친구,

조지프 콘래드.

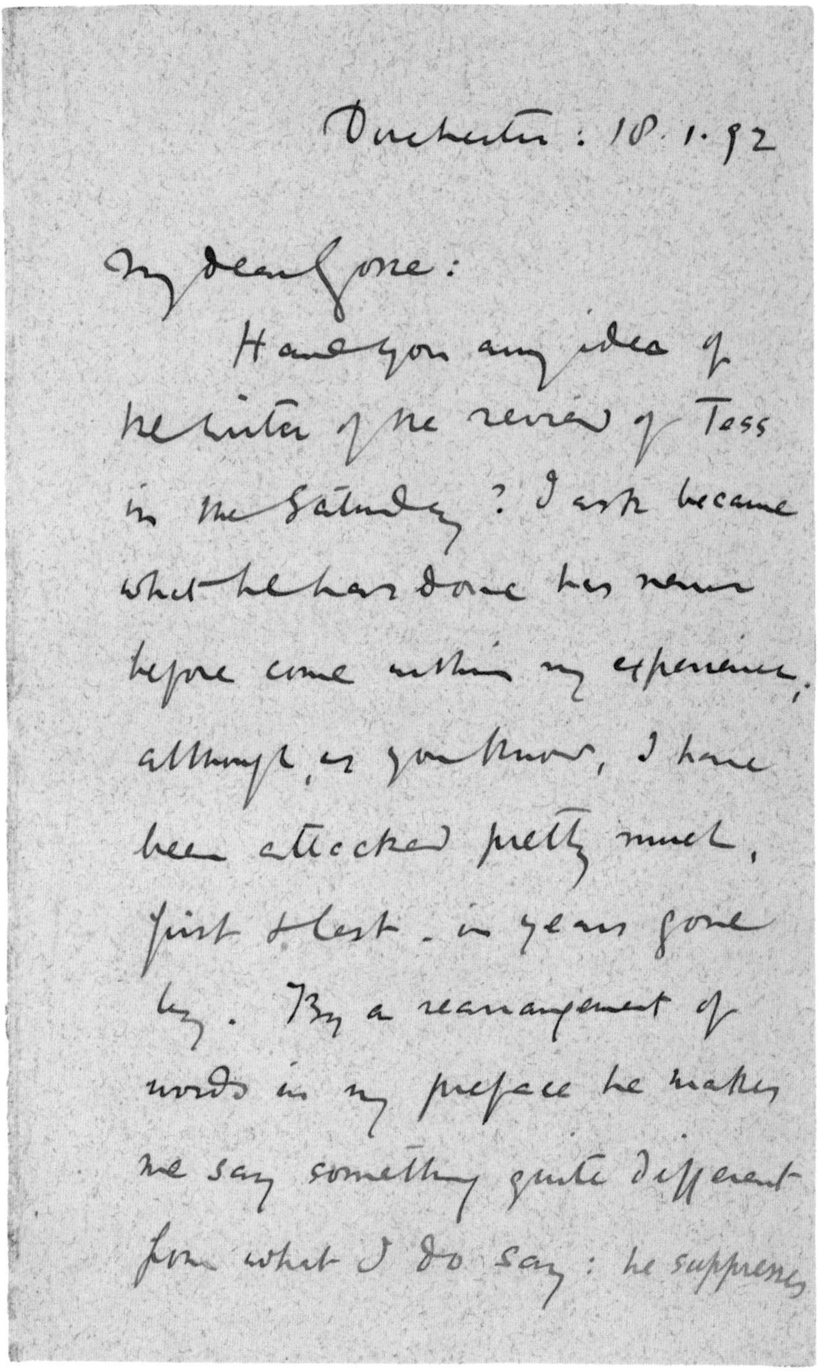
Dorchester: 18.1.92

My dear Gosse:

Have you any idea of the writer of the review of Tess in the Saturday? I ask because what he has done has never before come within my experience, although, as you know, I have been attacked pretty much, first & last, in years gone by. By a rearrangement of words in my preface he makes me say something quite different from what I do say: he suppresses

토머스 하디가 Thomas Hardy (1840-1928) → 에드먼드 고스에게 Edmund Gosse (1849-1928) 1892년 1월 18일

토머스 하디의 『테스*Tess of the d'Urbervilles*』는 1892년 1월 출간되었을 때 매우 엇갈리는 평가를 받았다. 일부 비평가는 사회적 리얼리즘의 걸작으로 칭송했다. 또 다른 비평가는 이 소설이 도덕적으로 타락했고 심지어 (하디를 특히 화나게 한 『새터데이 리뷰*The Saturday Review*』의 한 평론은) 문법이 엉망이라고 혹평했다.

『테스』는 하디가 어린 시절을 보낸 19세기 중반 도싯 지역의 가난한 시골을 배경으로 한 성장소설이다. 교육도 못 받고 앞길도 보이지 않는 영리한 여성 테스는 첫 번째 고용주에게 유혹당한 뒤(일부 독자는 테스를 순결한 성녀나 타락한 여성으로 묘사하지 않는 데 격분했다) 젊은 이상주의자에게 구애를 받고 결혼하지만, 남편이 테스의 과거를 알게 되자 그녀를 멀리한다. 다시금 유혹자의 정부가 된 테스는 결국 유혹자를 살해한다. 하디는 이 소설에 '순결한 여자A Pure Woman'라는 부제를 붙였다.

『새터데이 리뷰』 비평은 당시의 많은 비평이 그러했듯 익명으로 쓰였다. 하디는 런던 문학계의 마당발인 에드먼드 고스를 통해 이 비평을 누가 썼는지 알고 싶어 한다. 하디, 고스 등 많은 작가가 속한 신사 사교클럽 사빌Savile에서 이 비평가와 '악수를 나눌' 수 있기를 바란다. 그는 부유하고 성공했지만 작품이 잘못 해석되는 건 참지 못했다. 열여덟 살 테스는 대체 왜 순진하면서도 몸매가 성숙할 수 없는가? 명백한 오식을 꼬투리 잡아 무능해 보이게 하다니 어떻게 그럴 수 있는가? 하디는 20년 동안 『테스』를 새로 찍을 때마다 교정했다.

친애하는 고스:

토요일에 『테스』 평론을 쓴 게 누구인지 혹시 알아요? 이렇게 묻는 이유는 이자가 쓴 것과 같은 혹평은 난생처음 보았기 때문이에요. 잘 아시다시피 유독 지난 몇 년 동안 상당히 많은 공격을 받았지만요. 이자는 제 서문의 말을 재배열하여 제가 하는 말과 아주 다른 말로 만들어요. 소설의 부제를 묵살하지요. 부제가 없으면 소설의 의도를 이해할 수 없는데도요. 그런 다음, 인용했다고 우기는 한 문장에서, 'load'가 'road'로 잘못 찍힌 명백한 오식을 빌미로 그 옆의 단어를 원문에 없는 단어로 바꾸어 문법이 엉망인 것처럼 보이게 만들어요. 'the summit of the load'〔짐 꼭대기〕라는 똑같은 어구가 다다음 문단에 다시 나오기 때문에 독자는 첫 번째 어구가 오식이라는 걸 알 수 있지요. 여기서 비평가의 **악의**가 드러나요. 주인공 어머니의 성화로 주인공이 유혹에 빠지며 눈물과 의심과 한숨 등을 보인다고 소설에서는 말하는데, 이자는 이를 뒤바꾸어 '가장 사악한 여성'처럼 **침착한** 태도였다고 썼어요. 주인공이 실제보다 더 성숙하고 혼기에 달해 보인다는 뜻의 묘사를 제가 생각지도 못한 외설적인 의미로 만들었지요.

더 할 말이 많지만 지루하실 테니 줄일게요. 이 작자가 누구인지 알았으면 좋겠어요. 사빌에서 이자와 악수를 나누고 싶군요.

그럼 이만
T. 하디.

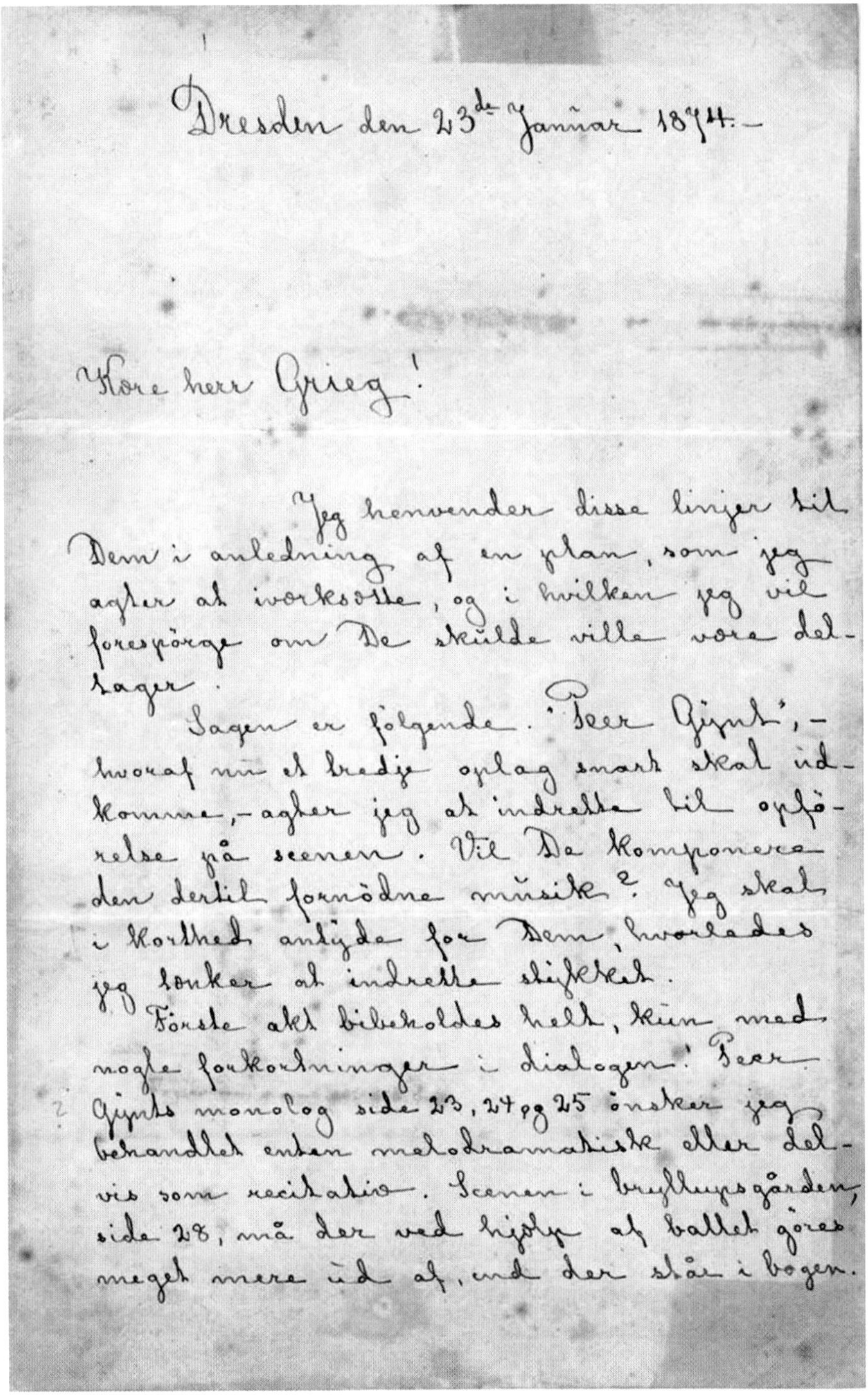
Dresden den 23de Januar 1874.–

Kære herr Grieg!

Jeg henvender disse linjer til Dem i anledning af en plan, som jeg agter at iværksætte, og i hvilken jeg vil forespörge om De skulde ville være deltager.

Sagen er följende. "Peer Gynt", – hvoraf nu et tredje oplag snart skal udkomme, – agter jeg at indrette til opförelse på scenen. Vil De komponere den dertil fornödne musik? Jeg skal i korthed antyde for Dem, hvorledes jeg tænker at indrette stykket.

Förste akt bibeholdes helt, kun med nogle forkortninger i dialogen. Peer Gynts monolog side 23, 24 og 25 önsker jeg behandlet enten melodramatisk eller delvis som recitativ. Scenen i bryllupsgården, side 28, må der ved hjelp af ballet göres meget mere ud af, end der står i bogen.

헨리크 입센이 ———————— 에드바르 그리그에게 1874년 1월 23일
Henrik Ibsen (1828-1906) Edvard Grieg (1843-1907)

'이 희곡은 공연을 위한 것이 아닙니다.' 1867년 11월 입센은 코펜하겐에서 출간한 시극 〈페르 귄트*Peer Gynt*〉를 처음에는 이렇게 판단했다. 노르웨이의 민족 영웅 페르 귄트(입센은 그를 실존했던 역사적 인물로 믿었다)의 모험을 따라 노르웨이 산악부터 이집트 사막을 배경으로 50명 이상의 인물이 등장하여, 느슨하게 연결된 일련의 에피소드가 때로는 몽환처럼, 때로는 현실처럼 펼쳐지는 작품이다.

입센은 6년 뒤 마침내 〈페르 귄트〉를 무대에 올릴 준비를 하며, 부수음악으로 연극을 '더 좋게' 만들기 위해 젊은 작곡가 에드바르 그리그를 찾았다. 입센은 1868년부터 거주하던 독일 드레스덴에서 이 편지를 썼다. 고대 로마 시대를 배경으로 하는, 지금은 거의 알려져 있지 않으나 입센 혼자만 회심의 걸작으로 여긴 희곡 〈황제와 갈릴레아 사람*Emperor and Galilean*〉을 쓰는 데 드레스덴 시절의 대부분을 보냈다. 입센 자신은 음악적 소양이 없다는 평을 들었으나, 적당히 민족적인 낭만주의 양식을 구사하는 신예 작곡가 그리그의 명성을 잘 알고 있었을 것이다. 그리그는 얼마 전 노르웨이 민요 25편에 곡을 붙였고, 크리스티아니아(오늘날의 오슬로)에서 희곡 〈십자군 시구르*Sigurd Jorsalfar*〉(중세 노르웨이 왕)를 위해 처음으로 무대 음악을 작곡했다.

그리그는 당대 최고의 극작가에게서 관심을 받아 으쓱했을 것이다. 몇 곡 정도만 필요하겠거니 생각하고(입센이 프로젝트를 짤막하게 설명했으므로 그럴 만하다) 제안을 수락했다. 하지만 〈페르 귄트〉의 규모는 계획보다 훨씬 커졌다. 그리그는 1874년 6월부터 1875년 7월까지 계속해서 악보 작업에 전념하여 약 40곡을 작곡했다. 10년도 더 지난 뒤 〈페르 귄트〉 음악에 다시 돌입하여 하이라이트를 골라내 오케스트라 모음곡 2편으로 편곡했다. 활기차게 흥얼거릴 수 있는 행진곡풍의 〈산속 마왕의 궁전에서*In the Hall of the Mountain King*〉와 그리운 북유럽 분위기로 가득한 〈솔베이지의 노래*Solveig's Song*〉 같은 악장은 지금도 사랑받는 클래식이다.

〈페르 귄트〉는 입센의 마지막 시극이었다. 오늘날에는 〈인형의 집*The Doll's House*〉, 〈헤다 가블레르*Hedda Gabler*〉로 더 유명하며 이 작품들로 현대 여성 사실주의 연극의 선구자가 되었다. 입센이 〈페르 귄트〉를 위해 창안했던 민속 풍경(트롤, 이국에서의 방랑, 자아실현의 신화)에 강렬히 심취한 사람은 오히려 그리그였다.

그리그 씨에게!

제가 계획하고 있는 프로젝트에 참여하실지 문의하고자 편지 드립니다.

상황은 이렇습니다. 〈페르 귄트〉(3판이 곧 출간될 것입니다)를 각색하여 무대에 올리려 합니다. 이에 필요한 음악을 작곡해 주시겠습니까? 제가 이 작품을 더 좋게 만들기 위해 어떻게 할 생각인지 간략히 설명해야겠군요.

제1막은 그대로 유지됩니다. 대사만 몇 군데 줄입니다. 23, 24, 25쪽에 나오는 페르 귄트의 독백은 멜로드라마처럼, 또 일부는 레시터티브[1]처럼 다루었으면 좋겠습니다. 28쪽 결혼식 장면의 춤은 책에 묘사된 대로 연출되었으면 합니다.

1 recitative. 오페라 등에서 대사를 말하듯이 노래하는 형식

Jack Kerouac
1418½ Clouser St
Orlando, Fla

Dear Marlon

I'm praying that you'll buy ON THE ROAD and make a movie of it. Dont worry about structure, I know how to compress and re-arrange the plot a bit to give perfectly acceptable movie-type structure: making it into one all-inclusive trip instead of the several voyages coast-to-coast in the book, one vast round trip from New York to Denver to Frisco to Mexico to New Orleans to New York again. I visualize the beautiful shots could be made with the camera on the front seat of the car showing the road (day and night) unwinding into the windshield, as Sal and Dean yak. I wanted you to play the part because Dean (as you know) is no dopey hotrodder but a real intelligent (in fact Jesuit) Irishman. You play Dean and I'll play Sal (Warner Bros. mentioned I play Sal) and I'll show you how Dean acts in real life, you couldnt possibly imagine it without seeing a good imitation. Fact, we can go visit him in Frisco, or have him come down to L.A. still a real frantic cat but nowadays settled down with his final wife saying the Lord's Prayer with his kiddies at night...as you'll seen when you read the play BEAT GENERATION. All I want out of this is to be able to establish myself and my mother a trust fund for life, so I can really go roaming around the world writing about Japan, India, France etc. ...I want to be free to write what comes out of my head & free to feed my buddies when they're hungry & not worry about my mother.

Incidentally, my next novel is THE SUBTERRANEANS coming out in N.Y. next March and is about a love affair between a white guy and a colored girl and very hep story. Some of the characters in it you knew in the Village (Stanley Gould? etc.) It easily could be turned into a play, easier than ON THE ROAD.

What I wanta do is re-do the theater and the cinema in America, give it a spontaneous dash, remove pre-conceptions of "situation" and let people rave on as they do in real life. That's what the play is: no plot in particular, no "meaning" in particular, just the way people are. Everything I write I do in the spirit where I imagine myself an Angel returned to the earth seeing it with sad eyes as it is. I know you approve of these ideas, & incidentally the new Frank Sinatra show is based on "spontaneous" too, which is the only way to come on anyway, whether in show business or life. The French movies of the 30's are still far superior to ours because the French really let their actors come on and the writers didnt quibble with some preconceived notion of how intelligent the movie audience is, the talked soul from soul and everybody understood at once. I want to make great French Movies in America, finally, when I'm rich ...American Theater & Cinema at present is an outmoded Dinosaur that aint mutated along with the best in American Literature.

If you really want to go ahead, make arrangements to see me in New York when next you come, or if you're going to Florida here I am, but what we should do is talk about this because I prophesy that it's going to be the beginning of something real great. I'm bored nowadays and I'm looking around for something to do in the void, anyway---writing novels is getting too easy, same with plays, I wrote the play in 24 hours.

Come on now, Marlon, put up your dukes and write!

Sincerely, later, Jack Kerouac

잭 케루악이 · ——— · 말런 브랜도에게 1957년

Jack Kerouac (1922-69) Marlon Brando (1924-2004)

1957년 잭 케루악은 비트 세대 단짝 친구를 주제로 한 소설 『길 위에서*On the Road*』가 성공하여 신이 났다. 할리우드의 제작자라면 누구나 이 소설을 영화로 각색하고 싶어 하지만, 케루악은 다른 생각을 품고 있다. 〈워터프런트*On the Waterfront*〉 출연 이후 인기가 급등한 배우 말런 브랜도에게 편지하여 제작권을 살 의향이 있는지 묻는다. 브랜도가 딘 모리아티 역을 맡기를 바라는데, 이 변덕스럽고 자기 파괴적인 몽상가 캐릭터는 그의 친구 닐 캐시디를 모델로 삼아 창조했다. 소설가로서 막 본궤도에 올랐을 뿐인데도 케루악은 자신의 영화 제작 능력을 놀랄 만큼 확신한다. 자신이 자전적 주인공 샐 파라다이스를 연기하겠다고 전한다. 스크립트는 염려할 필요가 없다. 자신이 그것도 맡을 것이다. '제가 원하는 바는 미국의 연극과 극장을 새롭게 만드는 것'이라며 나름대로는 억누른 소박한 포부도 밝힌다.

브랜도는 이 대담한 행동을, 자신의 사업에 대해 주절거리는 소설가를 어떻게 생각했을까? 그는 편지를 보관했지만 답장하지 않았다.

말런 씨께

『길 위에서』 제작권을 사서 영화로 만들어 주기를 간절히 바라요. 구성은 염려하지 마세요. 제가 줄거리를 약간 압축하고 재배열해서 영화에 완벽히 어울리는 구성으로 바꿀 수 있으니까요. 책에서는 동부에서 서부로 여러 번 여행하지만 영화에서는 모든 여정을 함축해 한 번의 여행으로 고치는 거지요. 뉴욕에서 덴버, 프리스코, 멕시코, 뉴올리언스를 거쳐 뉴욕으로 돌아오는 단 한 번의 순회 여행으로요. 제가 머릿속에 떠올려본 바로는, 카메라를 자동차 앞 좌석에 설치하면 샐과 딘이 수다를 떠는 동안 앞창에 (밤낮으로) 펼쳐지는 도로를 아름답게 촬영할 수 있을 거예요. 당신이 딘을 연기하면 좋겠어요. 딘은 (잘 알겠지만) 몽롱한 폭주 운전자가 아니라 진짜로 지적인 (사실은 예수회원인) 아일랜드인이니까요. 당신이 딘을 연기하고 제가 샐을 연기하는 거지요 (워너 브라더스가 저더러 샐을 연기하라더군요) [···]

저는 미국의 연극과 극장을 새롭게 만들고 싶어요. 즉흥적으로 돌진하게 하고, '상황'의 선입견을 제거하고, 사람들이 현실에서 그러듯 광적으로 악쓰게 하고 싶어요. 바로 그것이 극이지요. 특별한 줄거리가 없고, 특별한 '의미'도 없고, 사람들이 사는 방식 그대로요. 저는 어떤 글을 쓰든 작업할 때마다 이렇게 상상해요. 천사가 지구로 돌아와 슬픈 눈으로 지구를 있는 그대로 바라본다고 말이에요. 당신이 제 생각을 이해하리라 생각해요 [···]

이 일을 정말 진행하고 싶으면 다음번 뉴욕에 올 때 저와 만날 약속을 정하든지, 아님 여기 플로리다에 올 계획이 있으면 언제든 연락하세요. 하지만 우리는 반드시 이 일로 **이야기**를 나눠야 할 거예요. 장담하건대 이 일은 진짜 위대한 시작이 될 테니까요. 저는 요즘 지루해서 주변에 할 만한 것들을 찾고 있어요. 어쨌든 소설 쓰기는 너무 쉬워졌고 희곡도 마찬가지예요. 희곡을 24시간 만에 썼답니다.

자 힘내시고, 말런, 한판 붙을 준비하고 답장하세요!

안녕히, 다시 연락할게요, 잭 케루악

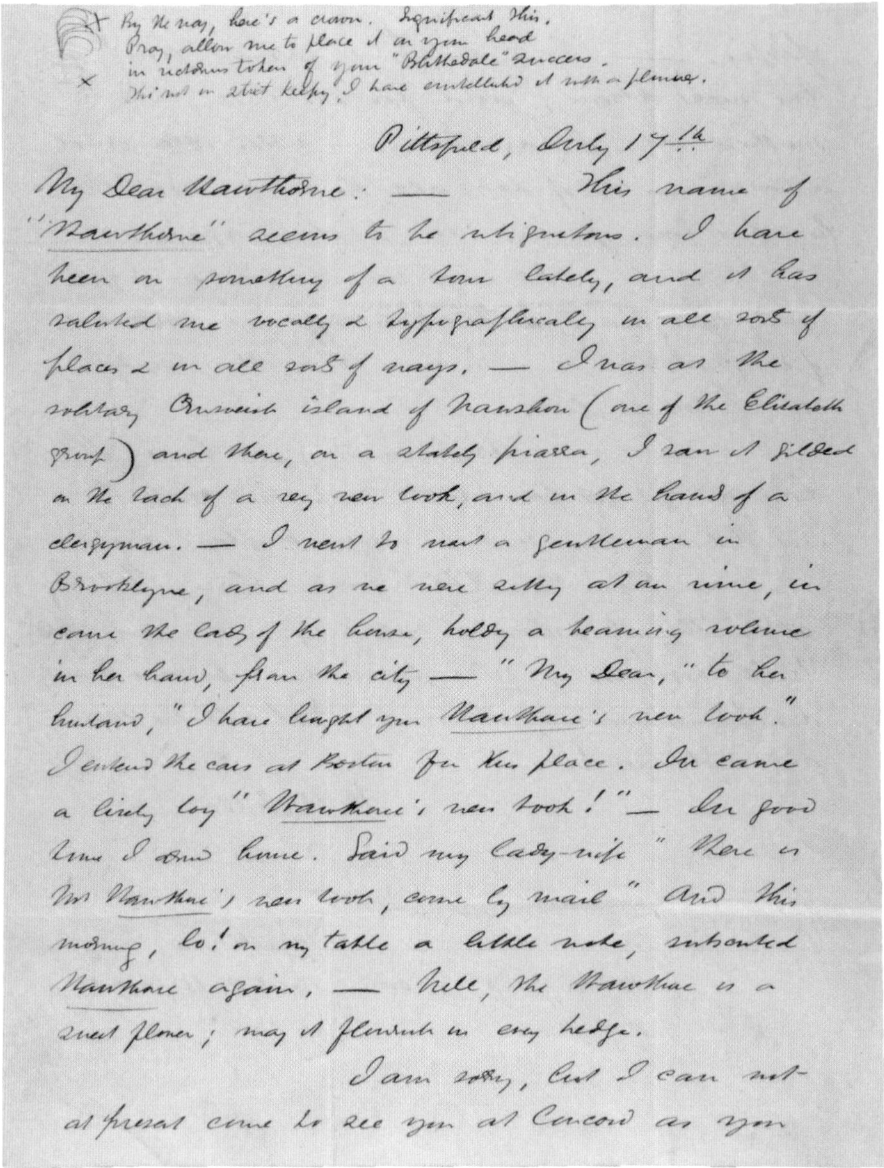
×By the way, here's a crown. Significant this.
Pray, allow me to place it on your head
in victorious token of your "Blithedale" success.
× This not in strict keeping, I have embellished it with a flourish.

Pittsfield, July 17th

My Dear Hawthorne: — This name of "Hawthorne" seems to be ubiquitous. I have been on something of a tour lately, and it has saluted me vocally & typographically in all sorts of places & in all sorts of ways. — I was at the solitary Crusoeish island of Naushon (one of the Elisabeth group) and there, on a stately piazza, I saw it gilded on the back of a very new book, and in the hand of a clergyman. — I went to visit a gentleman in Brooklyne, and as we were sitting at our wine, in came the lady of the house, holding a beaming volume in her hand, from the city — "My Dear," to her husband, "I have brought you Hawthorne's new book." I entered the cars at Boston for this place. In came a lively boy "Hawthorne's new book!" — In good time I arrived home. Said my lady-wife "There is Mr Hawthorne's new book, come by mail" And this morning, lo! on my table a little note, subscribed Hawthorne again. — Well, the Hawthorne is a sweet flower; may it flourish in every hedge.

I am sorry, but I can not at present come to see you at Concord as you

허먼 멜빌이 ──────────── 너새니얼 호손에게 1852년 7월 17일
Herman Melville (1819-91) Nathaniel Hawthorne (1804-64)

'"호손"이란 이름이 어디에나 퍼져 있는 것 같아요.' 허먼 멜빌이 얼마 전 세 번째 소설 『블라이드데일 로맨스*The Blithedale Romance*』를 출간한 너새니얼 호손에게 보내는 열정 가득한 편지 중 한 구절이다. 두 작가는 1850년 하이킹에서 만나 친해졌다. 멜빌에게는 쾌거였다. 호손을 만나기 바로 몇 달 전 익명으로 게재한 평론에서, 호손의 작품이 '내 영혼에 새싹의 씨앗을 뿌렸다'고 찬미한 바 있었기 때문이다. 곧바로 멜빌의 모든 가족이 오랫동안 살던 뉴욕을 떠나 매사추세츠주 피츠버그로 이사하여 새 친구 호손과 절친하게 지냈다.

1852년 무렵에 격려가 필요한 건 호손이 아니었다. 호손의 명성이 높아지는 반면, 멜빌의 평판은 날개 없이 추락했다. 멜빌은 일찍이 폴리네시아에서의 모험에 기초한 『타이피*Typee*』(1846)로 명성을 얻었지만 호손에게 헌정한 『모비딕*Moby-Dick*』(1851)으로 실패를 맛보았고, 얼마 전 출간한 『피에르*Pierre*』에 대해서는 「허먼 멜빌 미치다*HERMAN MELVILLE CRAZY*」라는 제목의 평론까지 나왔다. 멜빌은 최근 다녀온 여행을 쾌활하게 전하지만 할 일이 없다는 말처럼 들린다. 5년 뒤에는 소설 쓰기를 그만뒀다.

두 사람은 기이한 한 쌍이었다. 뉴잉글랜드의 명망 높은 가문에서 태어난 호손은 음울하고 과묵한 반면 뉴욕 상인의 아들 멜빌은 무모하고 충동적이었다. 하지만 매우 열렬한 관계임은 분명했다. 멜빌은 우정 이상을 열망하는 것처럼 보였는데, 호손으로선 이를 감당할 수 없다고 느꼈을지 모른다. 1854년 호손은 버크셔를 떠났고 이후 멜빌과는 단 한 번 만났다.

존경하는 호손께: – '**호손**'이란 이름이 어디에나 퍼져 있는 것 같아요. 저는 최근 순회 여행을 다녀왔는데, 가는 곳마다 목소리에서도 활자에서도 이 이름이 저를 맞이했지요 〔…〕 노션의 외딴 크루소섬(엘리자베스 제도 가운데 하나)에 들렀는데, 장엄한 그곳 광장에서 한 성직자가 들고 있는 신간 책등에 이 이름이 금박으로 새겨져 있는 것이 보였어요. 브루클린의 한 신사를 방문했을 땐, 앉아서 포도주를 마시고 있는데 시내에서 돌아온 안주인이 찬란한 책 한 권을 손에 들고는 남편에게 이렇게 말하더군요. '여보, **호손**의 새 책을 사 왔어요.'

〔…〕 뭐랄까, 호손은 향기로운 꽃이에요. 산울타리마다 피어나기를 〔…〕

이 주 동안 자리를 비웠다가 방금 집에 돌아왔어요. 지난 석 달 동안 계속 돌아다니며 빈둥빈둥 제멋대로 살았어요. 이제 다시 책상에 앉을 시간이 되었어요 〔…〕

방금 집에 왔기 때문에 새 책을 읽기 시작한 지 얼마 되지 않았지만, 제가 생각했던 것보다 훨씬 풍부한 소재를 당신이 더없이 훌륭하게 다루고 있음은 이미 잘 알고 있어요. 특히 오늘은 이 책이 안성맞춤이에요. 넋 나간 몇몇 몽상가를 위한 해독제예요. 그저 몽상만 하는 사람들 말이에요. 하지만 몽상가가 아닌 사람이 도대체 어디 있을까요? 〔…〕

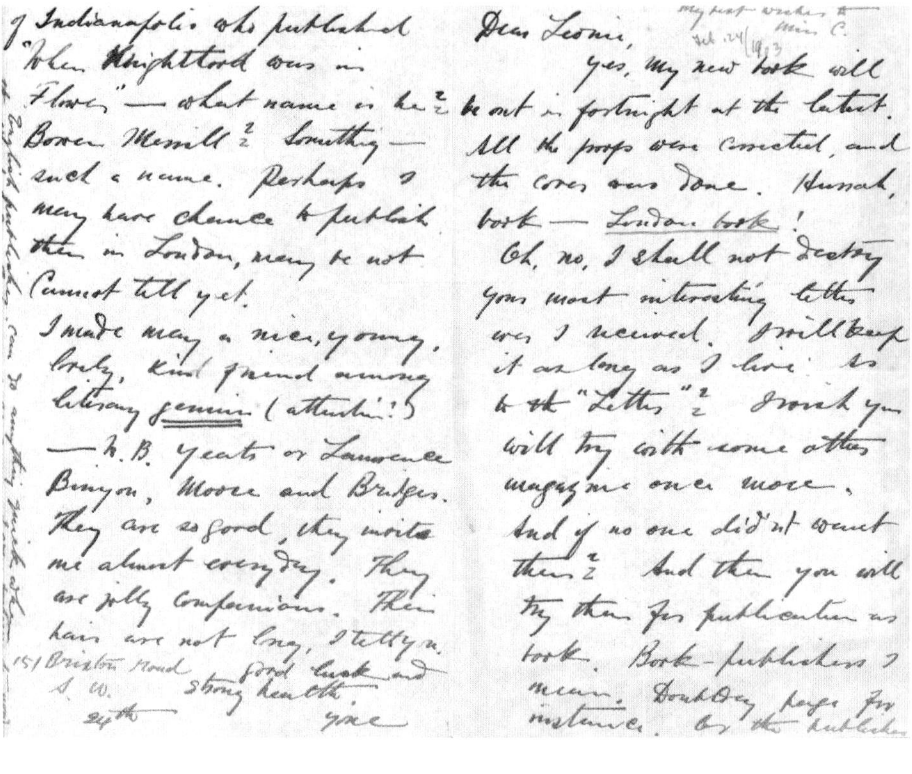
of Indianapolis who published
"When Knighthood was in
Flower" — what name is he?
Bowen Merrill? Something —
such a name. Perhaps I
may have chance to publish
them in London, may be not
Cannot tell yet.
I made many a nice, young,
lovely, kind friend among
literary genius (attention!)
— W. B. Yeats or Laurence
Binyon, Moore and Bridges.
They are so good, they write
me almost everyday. They
are jolly companions. Their
hairs are not long, I tell you.
Good luck and
strong health.
Yone
151 Brixton Road
S. W.
24th

to English publishers can do anything quick

Dear Leonie,

My best wishes to Miss C.
Feb. 24 / 1903

Yes, my new book will
be out in fortnight at the latest.
All the proofs were corrected, and
the cover was done. Hurrah,
book — London book!
Oh, no, I shall not destroy
your most interesting letter
ever I received. I will keep
it as long as I live. As
to the "Letters"? I wish you
will try with some other
magazine once more.
And if no one did'nt want
them? And then you will
try them for publication as
book. Book-publishers I
mean. Doubleday Page for
instance. Or the publisher

요네 노구치가 · · 레오니 길모어에게 1903년 2월 24일
ヨネ 野口 (1875-1947) Léonie Gilmour (1873-1933)

일본의 시인 겸 소설가 요네지로 노구치(필명 요네)는 런던에서 문학으로 첫 성공을 맛본 후로 명성이 자자한 새 친구들을 사귀었다. 그는 들떠서 뉴욕에 있는 자신의 편집인이자 개인 영어 교사 레오니 길모어에게 이 편지를 쓴다. 쓰시마에서 태어난 노구치는 도쿄 게이오 대학교에서 문학을 공부한 뒤 18세에 샌프란시스코로 왔다. 일본 망명자를 위한 정치 신문에서 일하며 시인 호아킨 밀러 등의 문인들과 만났고, 밀러를 본받아 전문 작가가 되겠다는 야망을 불태웠다. 1901년 무렵에는 뉴욕에서 첫 소설 『일본 소녀의 미국 일기*The American Diary of a Japanese Girl*』를 썼고, 이 작품을 쓰면서 길모어는 편집과 아마도 집필에까지 참여했다. 건축부터 시까지, 유럽과 미국에서 일본 문화를 향한 관심이 고조되던 때였지만 노구치는 서방에서 명성을 얻은 최초의 일본 현대작가였다.

노구치는 1902년 12월 런던에 도착해서도 시간을 허비하지 않았다. 1월에 시집 『동쪽 바다에서*From the Eastern Sea*』를 자비 출판하여 50부를 영국 작가와 비평가에게 보냈다. 이들의 열광적인 반응에 스스로도 놀랐다. 4월에는 '후지산의 영혼에 바치는' 증보판을 냈다. 이 시집이 길모어에게 말하는 '런던 시집!'이다. 오스카 와일드가 1882년 미국 여행을 하며 모든 영국 시인은 머리가 긴 멋쟁이라는 인상을 남겼는데, 노구치는 W.B. 예이츠, 로런스 비니언, 그 밖에 자신의 '좋은 친구'가 된 '다른 천재'를 보니 그렇지 않더라고 유쾌하게 전한다. 길모어에게 저서 발간에 계속 힘쓰라고 격려하지만 이를 도울 수 있는지에 대해서는 애매한 태도를 취한다('그럴 수 없을지도 모르고요').

가을에 미국으로 돌아온 노구치는 길모어와 연인이 되어 비밀리에 결혼했지만, 결혼 서약은 금세 궁색해졌다. 1904년 초 부부 사이가 멀어졌을 때 길모어는 임신했고 그해 11월에 태어난 아들 이사무 노구치는 유명한 조각가가 되었다.

레오니에게,

그래요, 내 시집이 늦어도 2주 뒤에 나와요. 모든 교정쇄를 손봤고 표지도 완성되었어요. 만세, 시집이 나와요, **런던 시집**!

천만에요. 내가 여태껏 받았던 편지 중에 가장 흥미로운 당신의 편지를 없애지 않을 거예요. 죽을 때까지 간직할 거예요. 〈편지〉는 어떻게 되었나요? 다른 잡지에 다시 한번 투고해 봤으면 좋겠어요.

아무도 싣겠다고 하지 않으면? 책으로 출간하는 걸 고려해봐요. 도서 출판사에 보내보란 말이에요. 예를 들어 더블데이 출판사는 보내볼 만해요. 『기사단이 꽃에 있을 때』를 출판한 인디애나폴리스의 출판업자는 어때요? 그 출판업자 이름이 뭐였지요? 보언 메릴이었던가요? 뭔가, 그런 이름이었어요. 런던에서 출판할 가능성이 있을지도 모르겠어요. 그럴 수 없을지도 모르고요. 아직은 말할 수 없어요.

문학 천재들 가운데 멋지고 젊고 사랑스럽고 친절한 친구를 많이 알게 되었어요 (주목!) W.B. 예이츠, 로런스 비니언, 무어, 브리지스 등이에요. 이들은 매우 친절하고 거의 매일 나를 초대해요. 좋은 친구들이에요. 다들 머리가 짧아요, 정말이에요.

행운과 건강을 빌어요.

요네

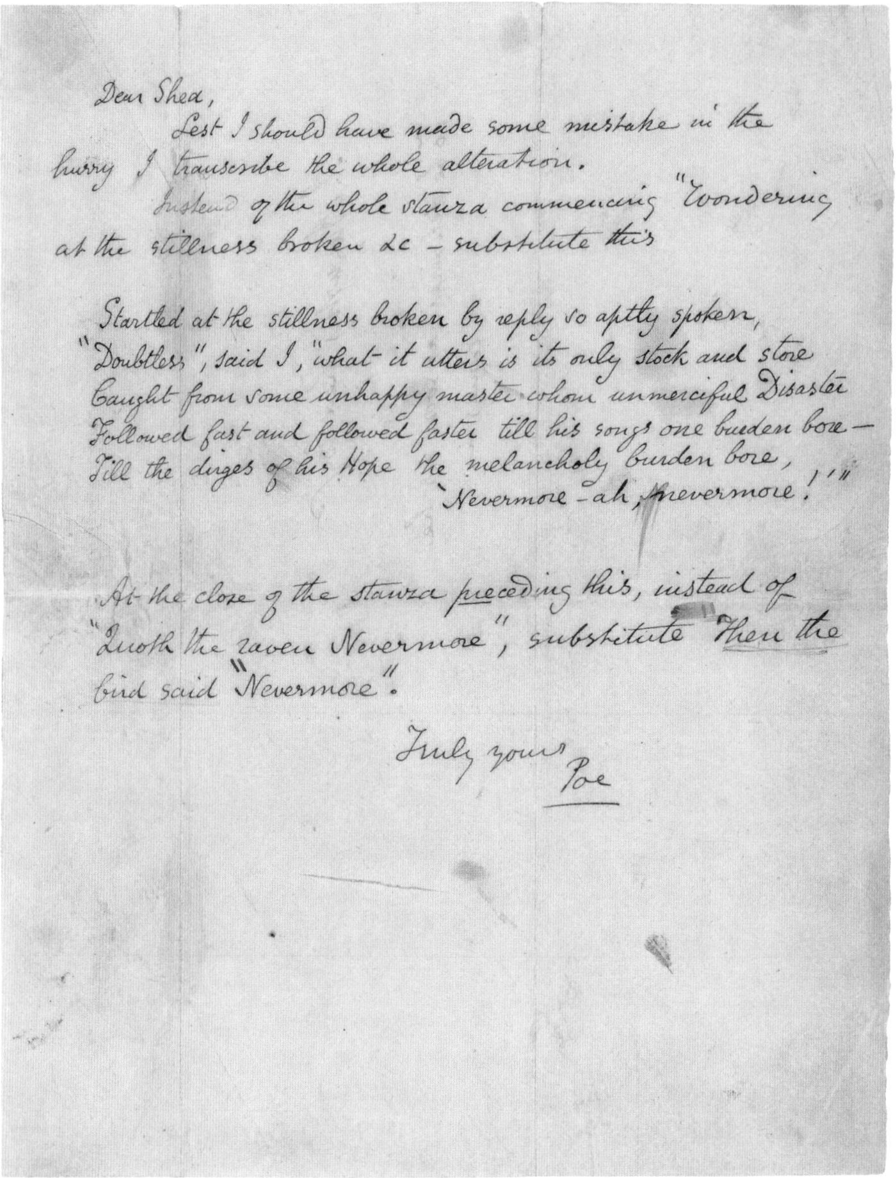

Dear Shed,

Lest I should have made some mistake in the hurry I transcribe the whole alteration.

Instead of the whole stanza commencing "Wondering at the stillness broken &c — substitute this

Startled at the stillness broken by reply so aptly spoken,
"Doubtless", said I, "what it utters is its only stock and store
Caught from some unhappy master whom unmerciful Disaster
Followed fast and followed faster till his songs one burden bore —
Till the dirges of his Hope the melancholy burden bore,
'Nevermore — ah, nevermore!'"

At the close of the stanza preceding this, instead of "Quoth the raven Nevermore", substitute "Then the bird said "Nevermore".

Truly yours
Poe

에드거 앨런 포가 ——— 존 오거스터스 셰이에게

Edgar Allan Poe (1809-49) — John Augustus Shea (1802-45)

1845년 2월 3일

에드거 앨런 포에게 1840년대 초는 암울한 시기였다. 포의 사촌이자 열세살 때 그와 결혼한 버지니아(일명 시시)가 결핵 초기 증상을 보였다. 포는 언론계에서 수입이 쏠쏠한 요직을 거치다가 고용주들과 사이가 틀어져 『뉴욕 이브닝 미러*New York Evening Mirror*』에 공고문을 쓰면서 생계를 꾸리고 있었다. 폭음에도 다시 빠졌다.

1845년 1월, 포는 말하는 갈까마귀에게 시달리는 슬픈 연인에 관한 시를 『뉴욕 이브닝 미러』에 발표했다. 이 시는 매혹적으로 불길한 분위기, 독특하고 섬뜩하게 지속되는 리듬으로 큰 인기를 끌었다. 한 달도 지나지 않아 〈갈까마귀*The Raven*〉는 다른 지면에 열 번이나 재발표되었고, 포가 길을 걸을 때면 낯선 사람이 까마귀 소리를 내며 다가와 말을 걸곤 했다.

포는 이렇게 여러 신문에 시를 판매하던 중, 이번에는 『뉴욕 데일리 트리뷴*The New York Daily Tribune*』에 시를 보내며 편집인 존 오거스터스 셰이에게 약간의 수정을 제안한다. 수정 분량은 적지만 약삭빠르게 언어를 압축하고, 호흡을 빨리 하고, 공포감을 점점 고조시키는 식이다. 포는 〈갈까마귀〉를 발표하기 전에 시와 단편 소설을 많이 발표했으나 무엇보다 공격적인 문학비평으로 가장 유명하여 '토마호크[1] 맨'이라는 별명을 가지고 있었다. 시의 성패에 대한 지론이 확고했으며, 표현 방식보다 내용에 중점을 두는 '교훈didactic' 시를 특히 싫어했다. 〈갈까마귀〉에서 그는 자신이 설파한 이론을 실행에 옮겼다. 이 시가 미묘하다고 말할 수는 없지만 T.S. 엘리엇이 정의한 참된 시에 걸맞게 '이해되기 전에 전달된다communicate before it is understood'.

친애하는 셰이,

서두르다 실수하지 않으려고 고친 내용 전체를 옮겨 썼어요.
'정적이 깨진 데 놀라서'로 시작하는 한 연 전체를 아래처럼 바꿔줘요.

> 그토록 적절한 대답으로 정적이 깨진 데 깜짝 놀라
> 나는 말했지. '틀림없이 이 새가 말하는 것은 그저 주워들은 것일 뿐,
> 어느 불행한 주인에게서 배운 것일 뿐, 이 주인은 무자비한 재앙에
> 쫓기고 또 쫓겨 마침내 슬픔이 가득한 노래를 부르게 되었지,
> 음울한 슬픔에 가득 차 희망 잃은 애가를 부르게 되었지,
> '영영 그러지 않으리, 아 영영 그러지 않으리'

이 앞 연의 끝에 나오는 "그러자 갈까마귀가 말했네, 영영 그러지 않으리"도
"그러자 그 새가 말했지, '영영 그러지 않으리'"로 바꿔줘요.

그럼 이만,
포

1 Tomahawk. 북아메리카 인디언이 사용하던 도끼류의 무기

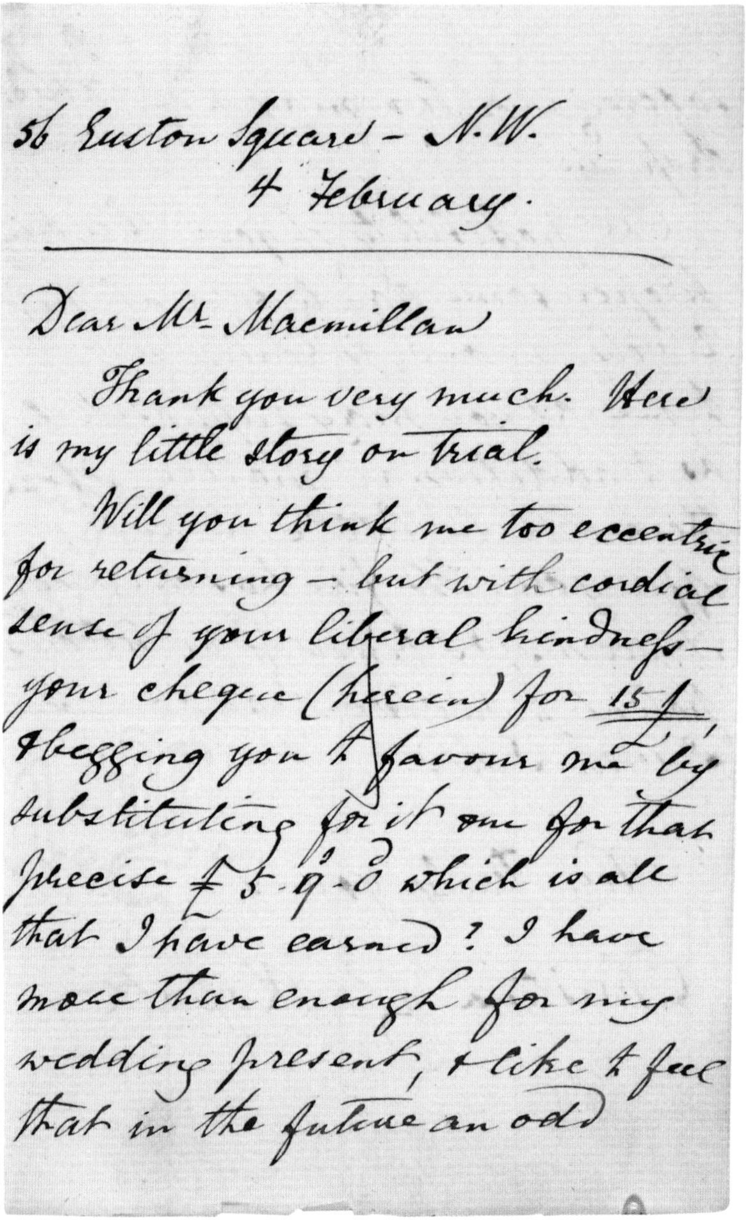
56 Euston Square – N.W.
4th February.

Dear Mr Macmillan

Thank you very much. Here is my little story on trial.

Will you think me too eccentric for returning – but with cordial sense of your liberal kindness – your cheque (herein) for 15£ & begging you to favour me by substituting for it one for that precise £5-9-0 which is all that I have earned? I have more than enough for my wedding present, & like to feel that in the future an odd

크리스티나 로세티가 ——— 알렉산더 맥밀런에게 1874년 2월 4일

Christina Rossetti (1830-94) Alexander Macmillan (1818-96)

돈과 원고. 로세티가 출판업자 맥밀런에게 보낸 편지는 언뜻 보기에 오랜 사업 때문에 주고받은 평범한 내용으로 보인다. 하지만 저자와 출판사의 거래는 양면성으로 가득하다. 누가 정말로 권력을 행사할까? 베스트셀러를 창작하여 투고하는 작가일까? 작가가 독자에게 접근하는 길을 통제하는 출판사일까? 사업과 우정은 공존할 수 있을까? 로세티의 편지는 활달하고 실무적이지만 이러한 관점 차이를 민감하게 보여준다.

빅토리아 시대 영국에서 독립된 사업을 운영하는 중산층 여성은 거의 없었고 그중에서도 전문 작가는 정말 드물었다. 1862년 처음으로 성공한 시집 『도깨비 시장과 기타 시*Goblin Market and Other Poems*』 출간 이후 로세티와 맥밀런은 서신을 주고받아 왔으나 인사말은 여전히 정중하며 이름이 아니라 성으로 부른다. 로세티는 과하게 후한 수표를 돌려보내려 한다. 호의는 잘 알겠으나 맥밀런이 가부장적 아량을 베풀 것이 아니라 실제 수입에 해당하는 보수만 주기를 바라기 때문이다.

로세티는 어머니, 언니와 함께 사는 유스턴 스퀘어의 집에서 이 편지를 썼다. 세 번의 청혼을 모두 거절했지만, 홀로 살아가려니 넓은 문학계와 사회생활에서 고립된 느낌이 들었다. 건강이 악화되고 자유가 제한된 상황에서 맥밀런의 수표는 유용했을 것이다. 하지만 미술비평가인 작은오빠 윌리엄 마이클과 루시 매덕스 브라운(큰오빠 단테 가브리엘과 친한 라파엘전파 동료의 누이)의 결혼 선물을 준비할 돈이 충분하다고 전한다.

로세티가 동봉한 새로운 이야기는 『좋아하는 것 말하기*Speaking Likenesses*』에 수록될 환상 동화 중 한 편인 듯한데, 맥밀런은 갈수록 수익성이 좋아지는 '크리스마스 동화' 시장을 공략하기 위해 12월에 이 책을 출간할 예정이다. 겉보기로는 어린이를 위한 독특한 시 같지만 오늘날에는 종종 심리 성적 발달[1]의 관점에서 해석되는 『도깨비 시장』을 로세티의 두 번째 시집 『왕자의 순례*The Prince's Progress*』(1866)와 묶어 두 권짜리 세트로 재출간하는 문제를 논의해 왔다. 여느 기민한 출판업자와 마찬가지로 맥밀런은 완전히 새로운 작품을 기획하여 독자들을 유혹하고 싶다. 로세티는 난색을 보였다. '불이 사그라진 것 같습니다. 저에게는 꺼진 석탄불을 살려낼 강력한 풀무가 없습니다.' ('가장 노골적인 시인'이었던) 로세티는 특유의 직설 화법으로 솔직하게 말하고 자신에게 유리하게끔 말을 돌리지 않는다.

맥밀런 씨께

대단히 감사합니다. 시험 삼아 쓴 짧은 이야기를 보냅니다.

당신의 후의와 친절에 진심으로 고맙지만, 15파운드 수표(여기 동봉)를 돌려보내고 그 대신 제가 올린 정확한 수입 5파운드 9실링 0펜스를 보내달라는 부탁을 너무 별나게 여기지는 않으시겠지요. 결혼 선물을 준비할 만한 돈이 충분히 있고, 앞으로 1파운드 금화가 한두 개 남짓 들어오리라 기대합니다.

제 시집 두 권을 한 권으로 묶어 중판을 찍는 게 좋겠다고 생각하시는 것 같은데 이에 대해서 짐작하시는 바 정말 감사드리지만, 추가 원고는 당신께 드릴 게 정말로 거의 없습니다. 불이 사그라진 것 같습니다. 저에게는 꺼진 석탄불을 살려낼 강력한 풀무가 없습니다. 되살릴 수 있으면 좋겠습니다.

안녕히 계십시오

크리스티나 G. 로세티.

1 psychosexual development. 출생하여 성년에 도달하는 동안, 구순기–항문기–성기기를 거쳐 발달하는 성숙하고 정신적인 성욕

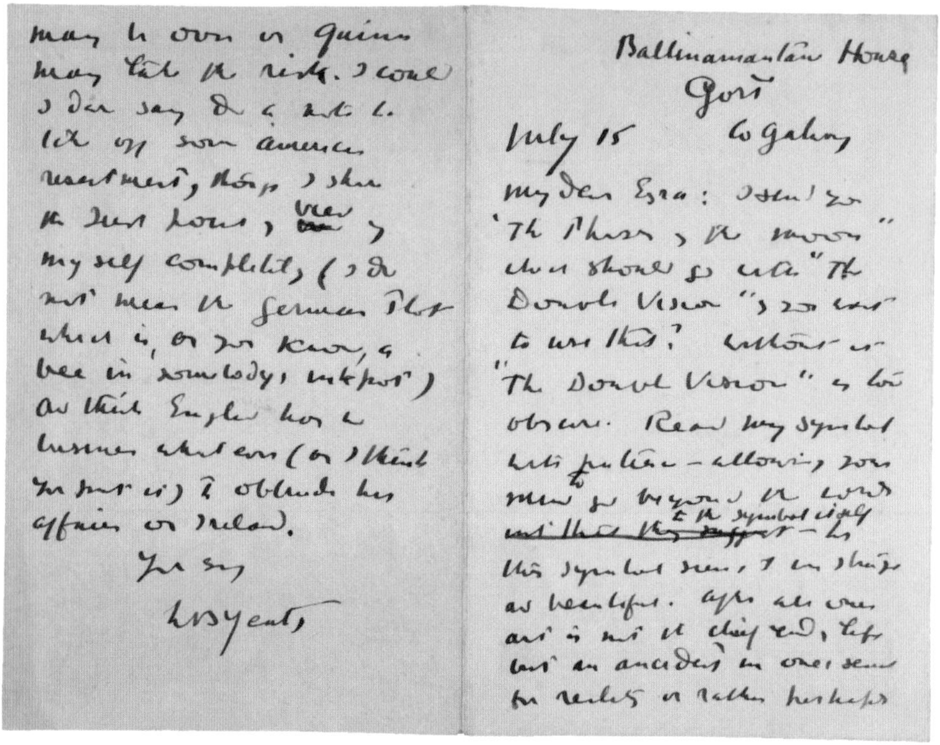

may be over or Quinn
may take the risk. I could
I dare say do a note to
lift off some American
resentment, though I share
the just scorn, [illegible] of
myself completely, (I do
not mean the German Plot
which is, as you know, a
bee in somebody's [illegible])
and think England has a
business whatever (or I think
you must see) to blunder her
affairs in Ireland.
Yrs sny
W B Yeats

Ballinamantane House
Gort
July 15 Co Galway
My dear Ezra: I send you
"The Phases of the Moon"
which should go with "The
Double Vision". Do you want
to use this? Without it
"The Double Vision" is too
obscure. Read my symbol
into fiction — allowing your
mind to go beyond the words
~~until they suggest~~ to the symbol itself — but
this symbol seems, to me strange
and beautiful. After all one's
art is not the chief end, life
but an accident in one's search
for reality or rather perhaps

윌리엄 버틀러 예이츠가 · —— · 에즈라 파운드에게 1918년 7월 15일

William Butler Yeats (1865-1939) Ezra Pound (1885-1972)

예이츠는 미국 문예지 『리틀 리뷰』 해외 편집자인 에즈라 파운드에게 편지와 시 몇 편을 보내며 이를 문예지에 실어주기를 바란다. 예이츠의 사유와 시는 점점 더 신비스러워진다. 부연설명을 덧붙이지 않으면 파운드가 자신의 신작을 이해할 수 없으리라 예상한 예이츠가 '인내를 가지고 상징을 읽게'라고 조언한다. 파운드가 신비주의를 참아내지 못하는 이유는, 현대의 시는 화려한 시적 언어가 아니라 구체적인 이미지를 보여줘야 한다고 확신하기 때문이다. 이러한 신념이 1912년 파운드가 시작한 이미지즘imagism 운동과 1915년부터 쓰고 있는 대표작 〈칸토스*The Cantos*〉의 기반이었다.

1908년, 파운드가 미국에서 영국으로 건너왔을 때 그의 시적 영웅은 예이츠였다. 1913년부터 1916년까지 예이츠와 함께 겨울을 보내며 비서 역할을 했고 노시인에게 좀 더 세련된 이미지즘 기법으로 시를 쓰도록 권장하여 실제로 효과도 보았다. 하지만 1918년 무렵 예이츠는 달의 위상에 기초한 개인적인 신념 체계를 완성하는 데 깊이 몰두했다. 〈마이클 로바티즈의 이중 비전*The Double Vision of Michael Robartes*〉에서 아일랜드 전설에 나오는 로바티즈는 '하늘에서 헌 달이 가뭇없이 사라지고 / 새 달이 아직 뿔을 숨기고 있을 때 / 태어나는 차가운 영혼을 / 마음의 눈이 불러낸 일'을 이야기한다. 〈그레고리*Gregory*〉는 왕립 공군으로 복무하던 중 순직한 소령 로버트 그레고리(예이츠의 절친한 친구이자 후원자 레이디 그레고리의 아들)을 기리는 비가였다. 이 편지는 레이디 그레고리가 머무는 쿨파크의 시골 저택에서 가까운 밸리너맨턴에서 발송됐다.

영감이 풍부하고 신중한 편집자였던 파운드는 아방가르드 문학계에서 인맥이 넓기로 타의 추종을 불허했다. 1918년 9월호 『리틀 리뷰』에는 〈로버트 그레고리를 기리며*In Memory of Robert Gregory*〉 이외에 T.S. 엘리엇의 시 네 편과 제임스 조이스(55쪽)의 실험소설 『율리시스』 제6장이 연재되었다.

친애하는 에즈라: 〈이중 비전〉 이해에 필요한 〈달의 위상〉을 보내니 원하면 활용하게. 〈달의 위상〉이 없으면 〈이중 비전〉은 너무 모호하네. 인내를 가지고 상징을 읽게. 정신이 단어를 넘어서 상징 자체에 이르게 하게. 이 상징은 나에게는 기이하고 아름답게 보이네. 결국 예술은 인생의 주목적이 아니라 현실 탐구 과정의 한 사건이거나 어쩌면 하나의 탐구 방법일 테지. 나는 이 상징을 자세히 설명하는 30페이지의 대화체 산문을 쓰고 있네. 각각 40쪽가량의 대화 3편을 완성할 예정인데, 내가 좋아하는 격정과 열정으로 가득할 걸세. 위상 간의 단순한 수학적 불일치 또는 일치를 설명하려면 원고지가 많이 필요해 […]

이제 이 해외 전보에 관해 묻자면, 〈그레고리〉가 『리틀 리뷰』 9월호에 발표될지, 또한 영국 저작권을 확보하는 데 여유롭도록 그 여부를 미리 알려줄 수 있을지 궁금하네 […]

잘 지내게

WB 예이츠

7장

'늙은 군마처럼'

경험의 목소리

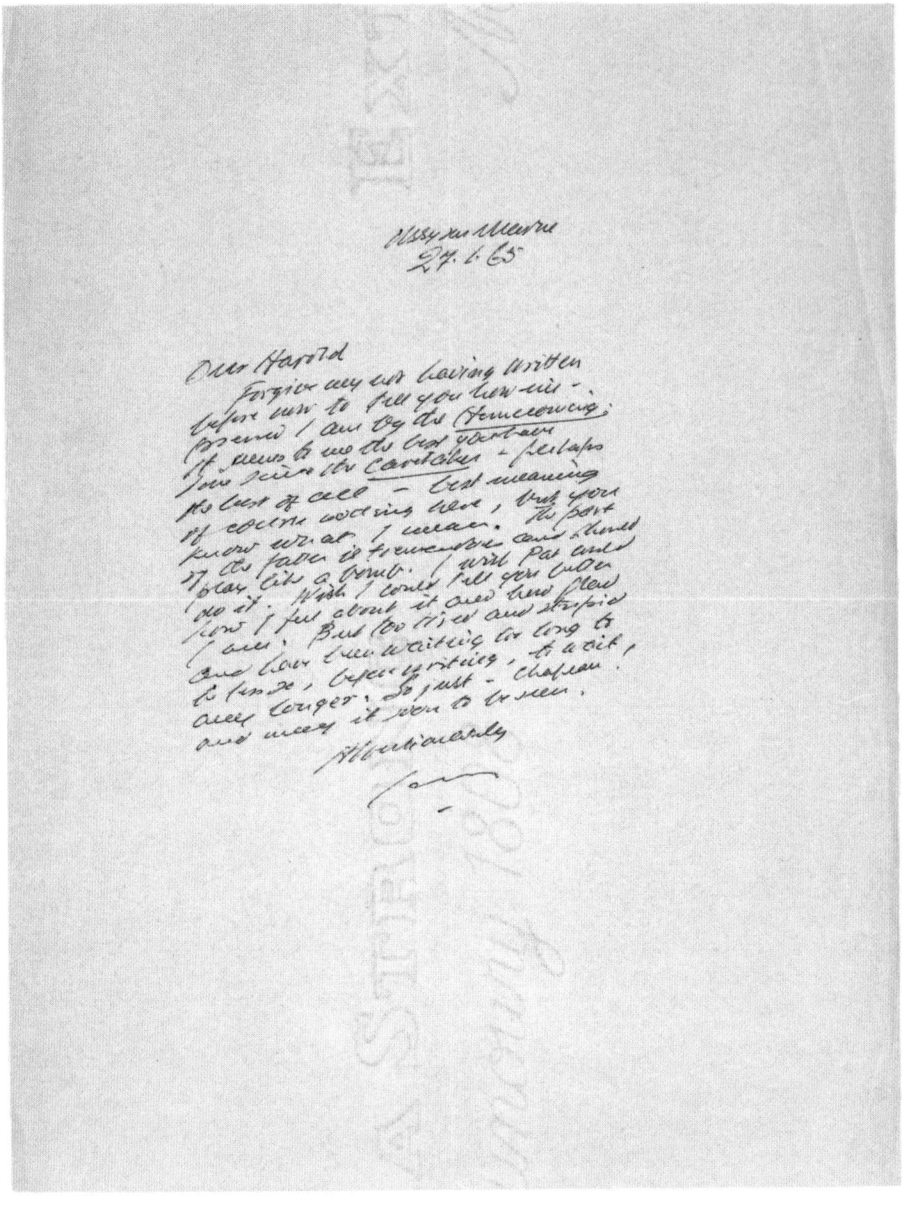

Ussy sur Marne
27.1.65

Dear Harold

Forgive my not having written before now to tell you how impressed I am by the Homecoming. It seems to me the best you have done since the Caretaker – perhaps the best of all – best meaning of course nothing here, but you know what I mean. The part of the father is tremendous and should play like a bomb. I wish Pat could do it. Wish I could tell you better how I feel about it and how pleased I am. But too tired and stupid and have been waiting too long to be fresher, before writing, to wait any longer. So just – 'Chapeau!' and may it soon to be seen.

Affectionately

Sam

사뮈엘 베케트가 ・———————————————・ 해럴드 핀터에게 1965년 1월 27일

Samuel Beckett (1906-89) Harold Pinter (1930-2008)

1960년 8월, 사뮈엘 베케트와 해럴드 핀터는 서신 교환을 시작했다. 젊은 극작가 핀터가 희곡 〈관리인*The Caretaker*〉을 보내준 데 대해 베케트가 감사 편지를 쓴 것이 시작이었다. 베케트의 친구 도널드 맥위니가 연출을 맡아 4월 런던 예술 극장에 오른 이 희곡으로 핀터는 명성을 얻었다. 주인공은 가난한 남자 맥 데이비스, 그는 두 형제로부터 허름한 아파트의 관리인 자리를 제안받는다. 데이비스가 헌 구두를 신고 사건을 뚜렷이 기억하지 못한다는 점에서 베케트의 1953년 작 〈고도를 기다리며*Waiting for Godot*〉의 두 실존주의 부랑자와 닮았다. 비평가와 관객은 핀터를 베케트의 적통 계승자로 여겼다. 핀터가 1960년대 물질만능주의와 사회관계망에 좀 더 천착했다는 것만 달랐다. 1961년 1월, 핀터가 〈관리인〉 프랑스 공연을 관람하러 파리에 왔을 때 두 작가는 마침내 만났다.

1965년 1월에 베케트는 자신의 1인극 〈크랩의 마지막 테이프*Krapp's Last Tape*〉를 공연했던 배우 패트릭 마지에게 보낸 편지에서 핀터의 새 연극 〈귀향*The Homecoming*〉에 '매우 감명받았다'고 말한 바 있다. 이 작품에서 천박한 가장家長 맥스의 대사에 특히 감동하여, '핀터가 창작한 가장 아름다운 역할'이며 '자네가 맥스를 연기할 수 없어 유감이야'라고 덧붙였다. 왕립 셰익스피어 극단에서 피터 홀이 연출한 〈귀향〉이 초연될 때 마지는 〈마라/사드*Marat/Sade*〉에서 사드 후작을 연기하기로 이미 계약한 상태였다.

며칠 후 핀터에게 보낸 이 편지에서 베케트는 맥스 캐릭터를 다시금 칭찬하며 이 역할을 '아주 잘 연기해야 할play like a bomb' 것이라 조언하고, 핀터의 위업에 경의를 표하고자 '일동 경례!chapeau!'를 외친다. 더 일찍 답장하지 않고 감상을 더 생생하게 전달하지 못하는 데 사과하며 '너무 피곤하고 우둔해져' 이 작품을 어떻게 느끼는지 잘 전달할 수 없다고 변명한다. 베케트와 핀터 모두 클리셰를 전복하고 익숙한 말을 기묘하게 비트는 것으로 유명하다. 베케트는 단언하면서도 그러고 싶지 않은 듯 〈귀향〉이 '자네가 쓴 최고의 작품'이라 말하면서 '물론 최고라는 표현이 여기서 중요한 건 아냐. 하지만 무슨 뜻인지 자네는 잘 알겠지'라고 부연하는데, 이 대목에서 유머 감각뿐 아니라 평범함을 거부하는 베케트의 성향이 드러난다.

해럴드에게

더 일찍 답장하여 〈귀향〉에 얼마나 감명을 받았는지 전하지 못해 미안하군. 〈관리인〉 이후 자네가 쓴 최고의 작품일 뿐만 아니라 모든 작품 중 최고라 생각하네. 물론 최고라는 표현이 여기서 중요한 건 아냐. 하지만 무슨 뜻인지 자네는 잘 알겠지. 아버지 캐릭터는 굉장해. 아주 잘 연기해야 하네. 패트릭이 그 역을 맡는다면 좋겠군. 내가 이 작품을 어떻게 느끼고 얼마나 기뻐하는지 잘 전달할 수 있으면 좋으련만. 하지만 너무 피곤하고 우둔해져, 이런 상태가 나아지면 편지하려고 오랫동안 미루었는데 더 이상 미룰 수 없더군. 그럼 일동 경례! 곧 연극을 볼 수 있기를 바라네.

안녕히
샘

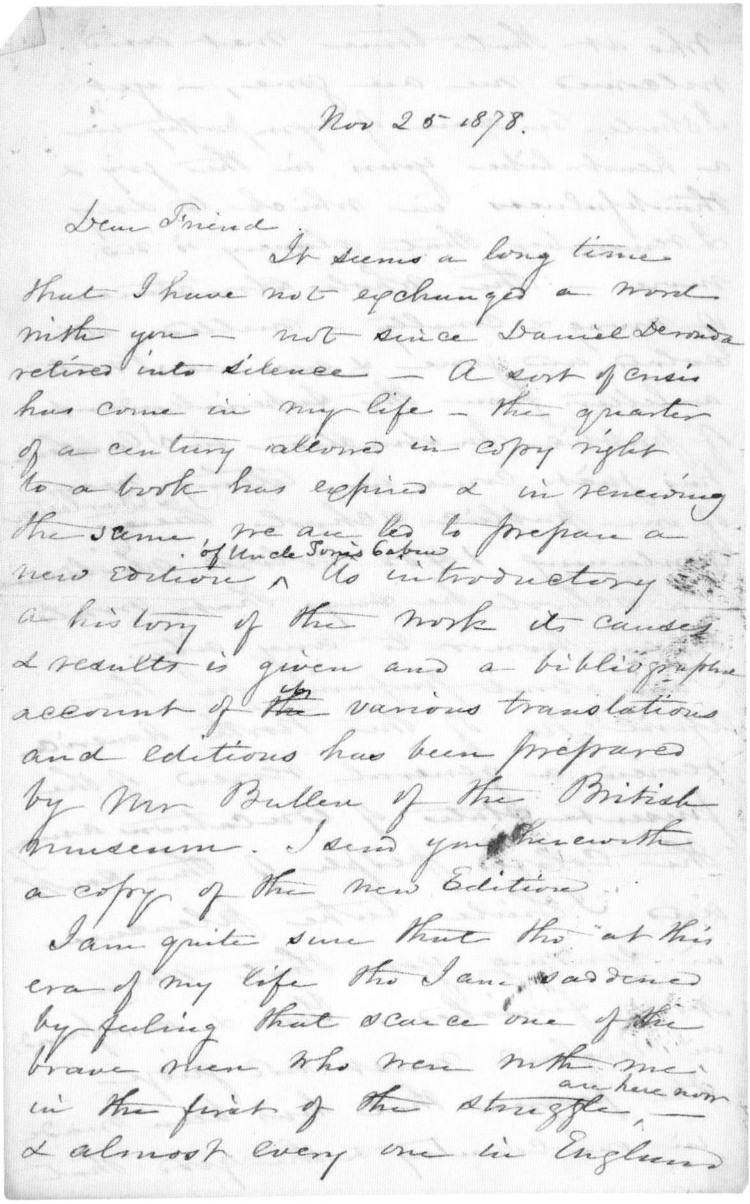
Nov 25 1878.

Dear Friend

It seems a long time that I have not exchanged a word with you — not since Daniel Deronda retired into silence — A sort of crisis has come in my life — the quarter of a century allowed in copy right to a book has expired & in renewing the same we are led to prepare a new edition of Uncle Tom's Cabin. As introductory a history of the work its causes & results is given and a bibliographic account of its various translations and editions has been prepared by Mr Bullen of the British Museum. I send you herewith a copy of the new Edition.

I am quite sure that tho at this era of my life tho I am saddened by feeling that scarce one of the brave men who were with me in the first of the struggle are here now — & almost every one in England

해리엇 비처 스토가 ·————————· 조지 엘리엇에게 1878년 11월 25일
Harriet Beecher Stowe (1811-96) George Eliot (1819-80)

미국 남북전쟁이 한창이던 1863년, 출간 즉시 대성공을 거둔 노예제 반대 소설 『톰 아저씨의 오두막*Uncle Tom's Cabin*』(1852)의 저자 해리엇 비처 스토를 가리켜 에이브러햄 링컨이 '충돌을 촉발한 여성'이라 불렀다는 일화가 있다. 사실이든 아니든, 이러한 소문으로 스토의 명성은 미국뿐만 아니라 전 세계로 퍼졌다. 스토는 국제적 베스트셀러를 쓴 최초의 미국인이다.

대서양 건너 영국에서는 조지 엘리엇(79쪽)이 조용히 살고 있었다. 엘리엇은 여전히 영국에서 가장 유명한 여성 소설가였고 『미들마치』 등의 소설로 평범한 인생에 깊이와 존엄성을 부여한 것으로 유명했지만, 철학자 조지 헨리 루이스와의 '죄스러운 동거living in sin'로도 악명 높았다. 엘리엇은 『톰 아저씨의 오두막』을 '비범한 천재'의 작품으로 여겼으나, 1869년 엘리엇의 성숙한 도덕관념을 칭송하는 편지를 보내 먼저 연락을 취한 것은 스토였다. 그 뒤 10년 동안 두 사람은 따뜻하고 솔직한 편지를 주고받았다. 두 사람에게는 차이점이 있었다. 스토는 심령론에 관심 있는 기독교인이었고, 엘리엇은 확고한 인본주의자였다. 하지만 두 사람은 서로의 작품을 지지했고, 엘리엇은 영국 유대인이 겪는 불의를 탐구하는 『대니얼 더론다*Daniel Deronda*』(1876)를 쓰는 동안 스토의 조언을 구했다. 이 편지에서 스토는 두 사람의 서신 교환이 뜸했던 원인을 자신의 '위기' 탓으로 돌리지만, 실은 루이스의 건강이 안 좋았기 때문일 수도 있다. 루이스는 이 편지가 도착하고 며칠 후 사망했다.

스토는 엘리엇이 최근 발표한 위대한 소설을 언급하며 『톰 아저씨의 오두막』의 신판을 동봉했다(19세기에는 저작권 보호 제도가 매우 미흡하여, 저작권 유효기간이 28년에 불과했다). 그러면서 이 소설이 처음 나온 뒤 어떤 변화가 있었는지 되돌아본다. 노예제도는 사라졌고 아프리카계 미국인 어린이를 위한 학교도 세워졌으며, 이 학교는 '어느 도시에서도 영예로울 것'이라고 편지 뒷부분에 쓴다. 하지만 상황은 아직도 '바람직하거나 완벽하지 않다'. 미국은 여전히 분리된 사회다. 투쟁은 계속되고 있었다.

친구에게

당신과 오랫동안 한 마디도 나누지 못한 것 같아요. 『대니얼 더론다』의 반응이 잠잠해진 뒤부터였나요. 제 인생에 일종의 위기가 있었어요. 책의 저작권과 개정판이 보장되는 사반세기가 만료되어 『톰 아저씨의 오두막』 신판을 준비했지요. 서론에서 작품의 역사, 원인과 결과를 제시하고 대영박물관의 벌린 씨가 다양한 번역과 판본의 서지 설명을 추가했어요. 한 권 보내드릴게요 〔…〕

저는 인생의 지금 시기에 〔…〕 첫 번째 투쟁에서 저와 함께했던 용감한 사람들이 이제 거의 남지 않았고, 그 당시 저를 만나고 환영했던 영국의 거의 모든 사람이 사라졌음을 느껴 슬픔에 젖어 있어요. 하지만 당신 같은 분이 공감하리라 확신하며 기쁘고 감사하게 생각하는 가운데 노예 제도가, 부당하고 잔인한 구조 전체가, 완전히 녹아 사라지지 않았음을 오늘도 명심합니다 〔…〕

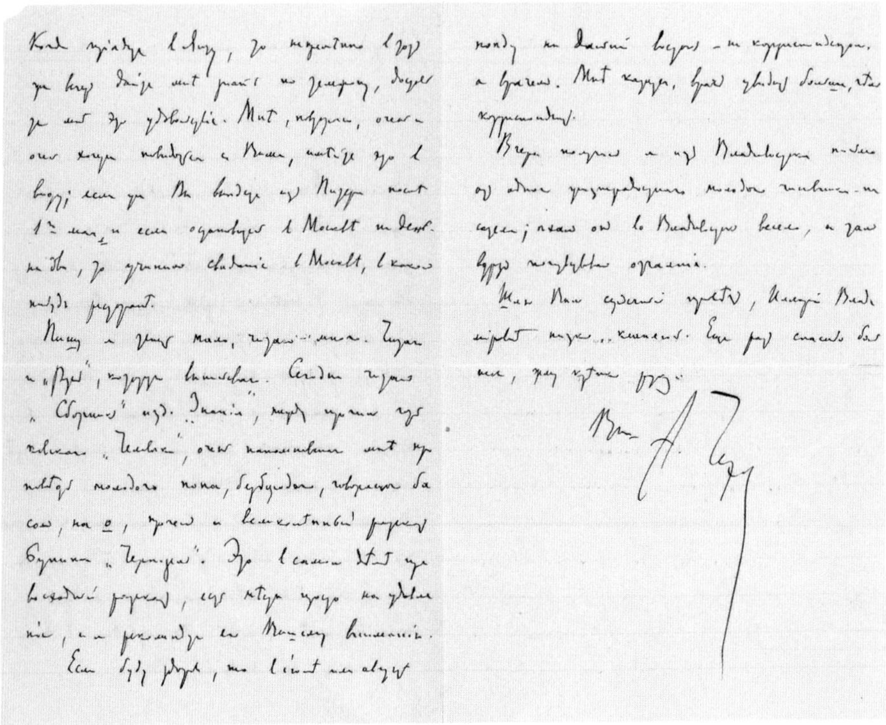

안톤 체호프가 • ———— • 알렉산더 암피테아트로프에게

Anton Chekhov (1860-1904) — Alexander Amfiteatrov (1862-1938)

1904년 4월 13일

체호프의 마지막 희곡 〈벚꽃 동산*The Cherry Orchard*〉은 1904년 1월 모스크바 예술 극장에서 초연되었다. 체호프는 흑해 휴양도시 얄타의 별장에 머물고 있었다. 이곳 기후가 폐결핵을 회복하는 데 더 좋았기 때문이다. 동료 작가 암피테아트로프가 동봉한 편지와 연극 평론을 읽고서 체호프는 유머 잡지 『자명종*The Alarm Clock*』에서 필자로 같이 활동했던 지난날과 편집인 A.D. 쿠레핀과 함께 찍은 사진을 떠올린다. 암피테아트로프는 1902년 러시아 황실을 풍자하여 추방당했다가 러일전쟁 소식을 보도하기 위해 귀국했다. 의사 면허증이 있는 체호프는 건강이 회복되면 러시아제국 극동 국경의 전선에서 의사로 복무하고 싶다고 편지에 썼다.

이 편지에서 체호프는 얄타나 모스크바에서 만나자고 열렬히 제안하고, 자신이 읽는 책들을 되새기는(암피테아트로프가 존경하는 이반 부닌의 2부작 『흑토*Blacksoil*』를 특히 재미있게 읽었다) 와중에도 시한부임을 전혀 내색하지 않는다. 몇 주 뒤 아내 올가와 함께 독일의 온천 마을 바덴바일러를 여행했고, 6월 26일 누이동생에게 이렇게 편지했다. '잘 지내고 있어 … 건강이 계속 좋아지고 있어.' 올가에 따르면 7월 2일 의사가 처방한 샴페인 한 잔을 마시고 체호프는 '왼쪽으로 평온하게 누운 뒤 이내 영원히 잠들었다'.

친절한 편지와 [〈벚꽃 동산〉에 대한] 평론 두 편을 보내준 데 고개 숙여 감사하네. 나는 이 평론을 무척 기쁜 마음으로 두 번이나 읽었다네. 자네의 평론을 읽으니 한 줌의 숨결 같은 지난날이 오래전 잊힌 꿈처럼 떠오르고 자네가 이 마을에 사는 이웃 같다고 느꼈네. 『자명종』에서 일할 때 찍은 사진도 다시 기억났다네. 자네와 내가 쿠레핀, 키체예프, 파세크 옆에 서 있었는데, 파세크는 전화 수화기를 귀에 대고 있었지 [···]

얄타에 오거든 반드시 그날 저녁에 전화로 알리게. 그런 기쁨을 안겨주게. 다시 말하지만, 자네를 무척, 정말 무척 보고 싶네. 이 말 명심하게. 하지만 5월 1일 이후 페테르부르크에서 출발하여 모스크바에 하루 이틀 머문다면 모스크바의 레스토랑에서 만나기로 약속하세.

지금은 글을 거의 쓰지 못하지만, 아주 많이 읽고 있지. 『루스』를 구독하고 있네. 오늘은 지식 협회에서 출간한 『모음집』을 읽었는데 거기 수록된 고르키의 〈남자〉를 읽으니 수염도 나지 않고 모음을 저음으로 길게 발성하는 젊은 사제의 설교가 연상되더군. 부닌의 걸작 『흑토』도 읽었지. 정말 탁월한 소설일세. 경탄할 수밖에 없는 구절들이 담겼네. 자네도 관심 있으면 읽어보기를 바라네.

몸이 좋아지면 7월이나 8월에 극동에 가려 하네. 특파원으로가 아니라 의사로 말일세. 의사가 특파원보다 더 많은 것을 통찰할 수 있으리라 생각하네 [···]

Wir wollen,ob die Welt nun bald vollends untergehe oder nicht,uns an dem wenigen Guten freuen,das unzerstörbar ist.Mozart,Goethe,Giotto, und auch der Heiland,der hl. Franz etc etc,das alles ist genau so lang am Leben,als noch ein Menschenherz in ihnen zu leben und ihre Schwingungen mitzuschwingen fähig ist.Solang ich lebe und einen Takt Bach oder Haydn oder Mozart vor mich hin summen oder mich an Hölderlinverse erinnern kann, solang sind Mozart und Hölderlin noch nicht erloschen.Und dass es so etwas wie Freundschaft und Treue gibt, und hie und da Sonnenschein,und ein Engadin,und Blumen,das ist ja auch sehr gut.Lieber Freund,ich grüsse Euch alle von Herzen und mit vielen guten Wünschen,auch von Ninon. Ihr H Hesse

14.5.1931

Lieber Freund Englert

Heut ist Himmelfahrtstag,und Ihr lieber Brief trifft mich wahrhaftig immer noch in Zürich,aber heut ist der letzte Tag,Ninon ist jetzt endlich mit ihren Vorhängen,Lampen,Tapeten und Kochhäfen hier fertig geworden,und morgen Mittag fahren wir endlich ins Tessin.Da steht uns eine unruhige Zeit bevor.Einziehen können wir vor Juli nicht,und Ninon muss ~~sch~~ schon vorher aus ihrer jetzigen Wohnung heraus,und dann kommt der Umzug etc. Hoffentlich geht es mir dann besser als grade jetzt,ich habe mit den Augen böse Wochen hinter mir,und

헤르만 헤세가 · 요제프 엥레르트에게 1931년 5월 14일
Hermann Hesse (1877-1962) Joseph Englert (1890-1954)

헤세의 작품은 여행으로 가득하다. 1922년 소설 『싯다르타*Siddhartha*』(1960년대 반체제운동의 경전)에서 주인공 싯다르타는 진리를 찾아 고대 인도를 방랑한다. 젊은 시절에는 헤세 자신도 모험을 좋아하여 1911년에 석 달을 극동에서 보내기도 했다. 하지만 1923년 조국 독일에서 고조되던 민족주의 경향에 저항하여 가족과 함께 스위스로 이주한 뒤, 이 편지에서 친구 엥레르트에게 말하듯 스위스를 거의 떠나지 않았다.

엥레르트는 관심사가 특이한 공학자였다. 루돌프 슈타이너의 제자였던 그는 점성술에 이끌렸다. 헤세는 1차 세계대전의 여파로 개인적 위기를 겪으면서 엥레르트에게 별점을 봐달라고 부탁했다. 유럽 사회에서 소외된 느낌을 받은 헤세가 부인과 자녀를 베른에 남겨두고 몬타뇰라의 마을로 이주했는데 그 근처에 엥레르트가 살고 있었다. 헤세는 중편소설 『클링조어의 마지막 여름*Klingsors letzter Sommer*』(1919)에서 화가 클링조어가 방탕하게 살다가 죽음을 맞이하는 모습을 그리며, 클링조어와 자유의지에 관해 토론하는 아르메니아인 점성술사를 등장시켰다. 이 인물의 모델이 엥레르트였던 것 같다.

1931년 무렵 헤세의 삶은 평안해졌다. 세 번째(이자 마지막) 부인 니논과 행복하게 결혼해 취리히와 스위스 시골을 오가며 시간을 보내고, 편지에 종종 시골 풍경을 그려 넣기도 한다. 얼마 전 발표한 장편소설 『나르치스와 골드문트*Narcissus und Goldmund*』(1930)는 칭송받았다. 하지만 초연함도 느껴진다. 세상에 관심이 없어진 지 오래라고 말한다. 이런 고고한 태도는 이후 독일의 만행을 고려했을 때 비판을 면치 못했다. 하지만 나름의 방식으로 헤세는 나치 이데올로기에 저항했고 토마스 만 등의 망명 작가를 도왔으며, 프란츠 카프카(141쪽)처럼 금지된 유대인 작가의 작품을 널리 알렸다. 이 편지에서 인간성을 북돋우는 예술의 힘에 대한 믿음이 드러난다. 2차 세계대전으로 이런 신념이 흔들렸으나, 헤세는 끝까지 예술에 헌신했고 1946년 노벨 문학상을 수상했다.

친애하는 엥레르트에게,

[…] 우리는 아직 취리히에 있고, 당신이 보낸 친절한 편지는 잘 도착했어요. 오늘은 이곳에서 보내는 마지막 날이 될 거예요. 니논은 마침내 커튼, 전등, 카펫, 요리 냄비를 챙겼고, 우리는 내일 떠나요 […]

당신이 자동차로 멋지게 이탈리아 일주 여행을 한다니 부럽기도 하네요. 나는 더 이상 그렇게 호기심이 없고 전쟁 이후 '즐기기 위한' 여행을 한 적도 없어요. 당신에게는 상상도 못할 일이겠지만, 나는 1914년 이후로 이탈리아에 가본 적이 없어요 […] 예전에는 거의 매년 이탈리아에 갔지요 […] 그런 뒤 전쟁이 일어났어요. 전쟁이 끝나니 여행을 다닐 만한 여유도 없고 국가와 민족에 품었던 예전의 호기심도 잃었어요. 더 나은 미래에 대한 믿음도요. 그래서 당신이 새로운 세계대전이 임박했다고 말해도 별로 놀라지 않아요 […]

세상이 곧 멸망하든 말든 상관없이 위대한 불멸의 업적 몇 가지를 인생에서 계속 즐기고 싶어요. 모차르트, 괴테, 구세주, 성 프란체스코 말이에요 […] 이들은 인류가 살아 숨 쉬는 날까지 살아 있을 거예요. 인류는 이들과 함께 살아가며 이들의 리듬에 맞추어 춤출 거예요 […]

Adress telegrams
To "Socialist Westrand-London.

10 Adelphi Terrace,

London, W.C.2.

Dear Madam,

I have read several fragments of Ulysses in its serial form. It is a revolting record of a disgusting phase of civilisation; but it is a truthful one; and I should like to put a cordon round Dublin; round up every male person in it between the ages of 15 and 30; force them to read it; and ask them whether on reflection they could see anything amusing in all that fouled mouthed, foul minded derision and obscenity. To you, possibly, it may appeal as art: you are probably (you see I don't know you) a young barbarian beglamoured by the excitements and enthusiasms that art stirs up in passionate material; but to me it is all hideously real: I have walked those streets and know those shops and have heard and taken part in those conversations. I escaped from them to England at the age of twenty; and forty years later have learnt from the books of Mr. Joyce that Dublin is still what it was, and young men are still drivelling in slackjawed blackguardism just as they were in 1870. It is, however, some consolation to find that at last somebody has felt deeply enough about it to face the horror of writing it all down and using his literary genius to force people to face it. In Ireland they try to make a cat cleanly by rubbing its nose in its own filth. Mr. Joyce has tried the same treatment on the human subject subject. I hope it may prove successful.

I am aware that there are other qualities and other passages in Ulysses; but they do not call for any special comment from me.

I must add, as the prospectus implies an invitation to purchase, that I am an elderly Irish gentleman, and that if you imagine that any Irishman, much less an elderly one, would pay 150 francs for a book, you little know my countrymen.

Faithfully,

G. Bernard Shaw.

Miss Sylvia Beach,
8, Rue Dupuytren,
Paris (6)

조지 버나드 쇼가 ———— 실비아 비치에게 1921년 6월 11일
George Bernard Shaw (1855-1950) Sylvia Beach (1887-1962)

제임스 조이스는 『율리시스』를 1922년에 출간했지만 그 전부터 이 책은 세상에 널리 알려져 있었다. 1919년부터 『리틀 리뷰』에 연재되었고, 주인공이 해변에서 자위하는 〈나우시카*Nausicaa*〉 에피소드는 외설 혐의로 기소되기까지 했기 때문이다. 출판사들이 출간을 꺼리는 것은 당연했다. 하지만 조이스는 드디어 위험을 감수하려는 출판인을 만났다. 실비아 비치는 파리에 사는 미국인으로 서점 '셰익스피어 앤드 컴퍼니'의 주인이었다. 1921년 비치는 『율리시스』의 한정판을 판매한다는 '안내서'를 문학계 인사들에게 보냈다. 수신인 중 조지 버나드 쇼도 있었다. 더블린에서 불우한 어린 시절을 보낸 쇼는 〈인간과 초인*Man and Superman*〉(1903), 〈피그말리온*Pygmalion*〉(1913)처럼 철학적 통찰이 가득한 사회 풍자극으로 당시 영국에서 인기 있는 극작가였다.

비치는 아일랜드에서 망명한 선배인 쇼가 동향인 조이스에게 호의를 보이리라 생각했다. 조이스는 그러지 않을 거라고 말하며 내기를 제안했다. 쇼가 구매하겠다고 하면 비치에게 실크 손수건을 사주고, 구매를 거부하면 자신이 즐겨 피우는 볼티죄르Voltigeur 시가 한 박스를 사달라는 것이었다. 쇼의 답장은? 거절이었다. 까다로우면서도 장난스러운 이 답장에서 그는 소설이 연재될 때 조이스가 가차 없이 묘사한 더블린 생활을 읽었는데 이는 자신에게 너무 친숙해서 다시는 기억하고 싶지 않다고 쓴다. 조이스의 '천재성'은 당연히 인정하지만 그가 다루는 주제는 '역겹다'고도 덧붙인다.

쇼의 편지를 읽고 즐거워한 조이스는 이를 여러 장 복사해 친구들에게 나눠줬고, 내기에서 이긴 대가로 시가를 요구했다.

안녕하십니까,

『율리시스』가 연재될 때 여러 에피소드를 읽었습니다. 문명의 혐오스러운 국면을 역겨우면서도 진실하게 기록한 글이더군요. 더블린 주위에 경계선을 쳐 열다섯 살부터 서른 살까지의 모든 더블린 남성을 일제 검거하여 이 소설을 읽도록 강요하고, 상스러운 말과 음란한 생각이 가득한 이 모든 조소와 외설도 곰곰이 따져보면 무언가 재미있는 것을 찾을 수 있을지 묻고 싶습니다. 당신께는 이 소설이 예술로 보일지 모르지만 […] 나에게는 소름 끼치는 현실입니다. 나는 그 거리를 걸었고 그 상점들을 알고 있으며 그 대화들을 듣고 동참했습니다. 나는 스무 살에 그곳에서 벗어났습니다. 그런 뒤 40년이 지나 조이스 씨의 책을 읽고 더블린이 여전히 그 모습이며 1870년에 그랬던 것과 똑같이 아직도 젊은이들이 입이 떡 벌어지는 망나니짓을 일삼고 있다는 걸 알게 되었습니다. 하지만 마침내 누군가 이를 뼈저리게 느낀 나머지, 글로 전부 옮기는 끔찍함을 감수하고 자신의 문학적 천재성을 활용하여 독자가 현실을 직시하게 한다는 것을 알게 되어 약간의 위안을 느낍니다.

구매를 권하는 것 같아 굳이 덧붙이자면, 나는 나이 많은 아일랜드 신사이며, 만일 당신이 아일랜드인, 더욱이 나이 많은 아일랜드인이 책을 사는 데 150프랑을 지출하기를 기대했다면, 우리 동포를 몰라도 너무 모르는 것입니다.

안녕히 계십시오,
G. 버나드 쇼.

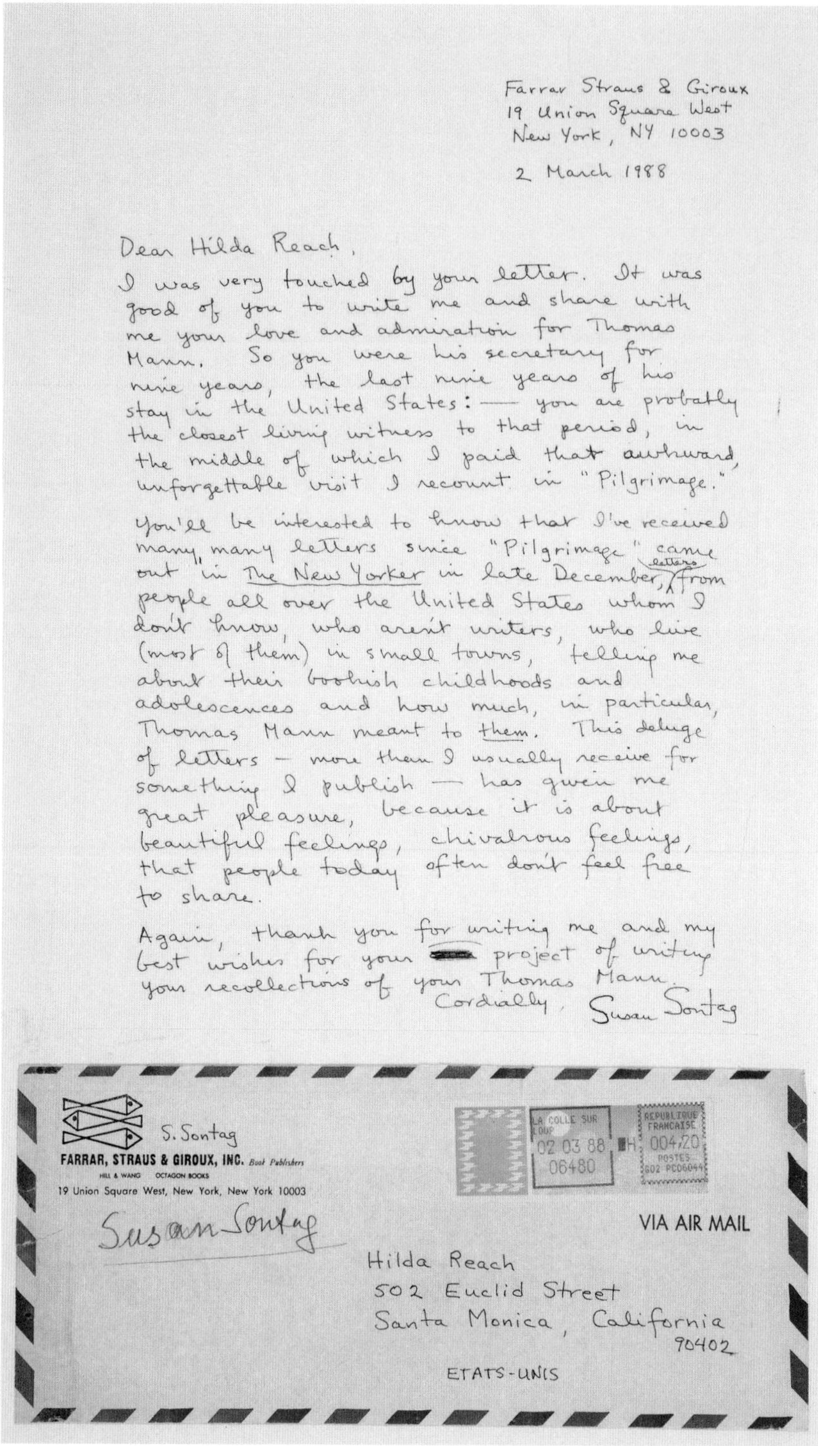

Farrar Straus & Giroux
19 Union Square West
New York, NY 10003

2 March 1988

Dear Hilda Reach,

I was very touched by your letter. It was good of you to write me and share with me your love and admiration for Thomas Mann. So you were his secretary for nine years, the last nine years of his stay in the United States: — you are probably the closest living witness to that period, in the middle of which I paid that awkward, unforgettable visit I recount in "Pilgrimage."

You'll be interested to know that I've received many, many letters since "Pilgrimage" came out in The New Yorker in late December, letters from people all over the United States whom I don't know, who aren't writers, who live (most of them) in small towns, telling me about their bookish childhoods and adolescences and how much, in particular, Thomas Mann meant to them. This deluge of letters – more than I usually receive for something I publish — has given me great pleasure, because it is about beautiful feelings, chivalrous feelings, that people today often don't feel free to share.

Again, thank you for writing me and my best wishes for your project of writing your recollections of your Thomas Mann.

Cordially, Susan Sontag

S. Sontag
FARRAR, STRAUS & GIROUX, INC. Book Publishers
HILL & WANG OCTAGON BOOKS
19 Union Square West, New York, New York 10003

Susan Sontag

LA COLLE SUR LOUP 02 03 88 06480
REPUBLIQUE FRANCAISE 004,20 POSTES

VIA AIR MAIL

Hilda Reach
502 Euclid Street
Santa Monica, California
90402

ETATS-UNIS

수전 손택이 · ――――――――――――――― · 힐다 리치에게 1988년 3월 2일
Susan Sontag (1933-2004) Hilda Reach (1917-2002?)

1987년 12월, 미국의 저명한 지식인 수전 손택이 『뉴요커』에 청소년기의 경험을 담은 장문의 에세이를 발표했다. 손택은 이렇게 썼다. '수십 년 동안 부끄러운 일인 것처럼 비밀로 숨겨왔다.' 이 에세이 〈순례*Pilgrimage*〉에서 손택은 1940년대 후반 캘리포니아에 사는, 으레 그 나이대가 그렇듯 현학적이고 조숙한 청소년이었던 자신이 스위스의 결핵 요양원을 배경으로 한 토마스 만의 방대한 소설 『마의 산*Der Zauberberg*』(1924)에 어떻게 빠져들었는지 서술했다. 손택은 이 소설을 한 번 읽은 뒤 750페이지 전체를 다시 크게 낭독하고서 고급문화에 심취했던 친구 메릴 로딘에게도 읽어보라고 권했다. 그러자 놀랍게도 로딘이 토마스 만에게 연락하여 티타임을 기약했다(토마스 만은 유럽 전체주의에서 탈출하여 꿈같은 미국 서부의 피난처에 정착한 수많은 예술가 중 한 사람이었고 퍼시픽 팰리세이즈 거리에 살고 있었다).

손택은 루스벨트 시대의 **고지식한** 미국에서 예언자급 위상을 누리는 독일의 노벨 문학상 수상자와 두 소녀가 함께 보낸 어색한 두 시간을 에세이에 담았다. 손택은 토마스 만의 독특한 자세를 재미있게 묘사했고('만은 매우 똑바로 앉아 있었고 아주, 아주 늙어 보였다. 그도 그럴 것이 72세였다') 이 만남에서 느낀 좌절감도 솔직히 말했다. 자신의 영웅 앞에서 평소처럼 행동할 수 없었던 데다 토마스 만이 '독일 정신의 고도와 심도는 전부 음악에 투영되어 있습니다' 같은 말을 해서 마치 엄숙한 중부 유럽의 현자를 연기하는 듯 보였기 때문이다.

토마스 만에 대한 손택의 회고는 수많은 이의 마음을 사로잡았고, 독자 편지가 홍수처럼 밀려들었다. 그중 한 통은 힐다 리치가 부친 것이었다. 리치는 유대계 독일인 이민자로, 토마스 만이 미국에 체류한 마지막 9년간 그의 비서였으며 바로 이 시기에 어린 손택이 토마스 만을 방문했었다.

힐다 리치께,

보내주신 편지를 읽고 무척 감동받았습니다. 편지로 토마스 만 선생님에 대한 사랑과 존경을 저와 함께 나누어주신 데 감사드립니다. 그러니까 만 선생님이 미국에 체류한 마지막 9년 동안 비서로 일하셨군요. 그 시기를 아마도 가장 가까이서 지켜본 산증인이시리라 생각됩니다. 그 기간에 저는 〈순례〉에서 이야기한 어색하고 잊을 수 없는 방문을 했고요.

관심이 있으실 듯하여 알려드리자면, 12월 말 『뉴요커』에 〈순례〉를 발표하고 얼마 후 미국 전역에서 수많은, 수많은 편지를 받았습니다. 얼굴도 모르고 작가도 아니고, (대부분은) 작은 읍에 사는 독자들이 책을 좋아했던 그들의 유년과 청소년 시절에 대해, 특히 만 선생님이 **그들에게** 얼마나 큰 의미였는지 전해주었습니다. 편지의 홍수는 〔…〕 저에게 큰 기쁨을 안겨주었습니다. 오늘날 종종 사람들이 마음껏 나눌 수 없는 아름다운 감정이, 일종의 기사도 정신이 느껴졌기 때문입니다.

편지를 보내주셔서 다시금 감사드리며 당신이 집필하시는 토마스 만 회고록이 잘 진행되기를 바랍니다.

진심을 담아, 수전 손택

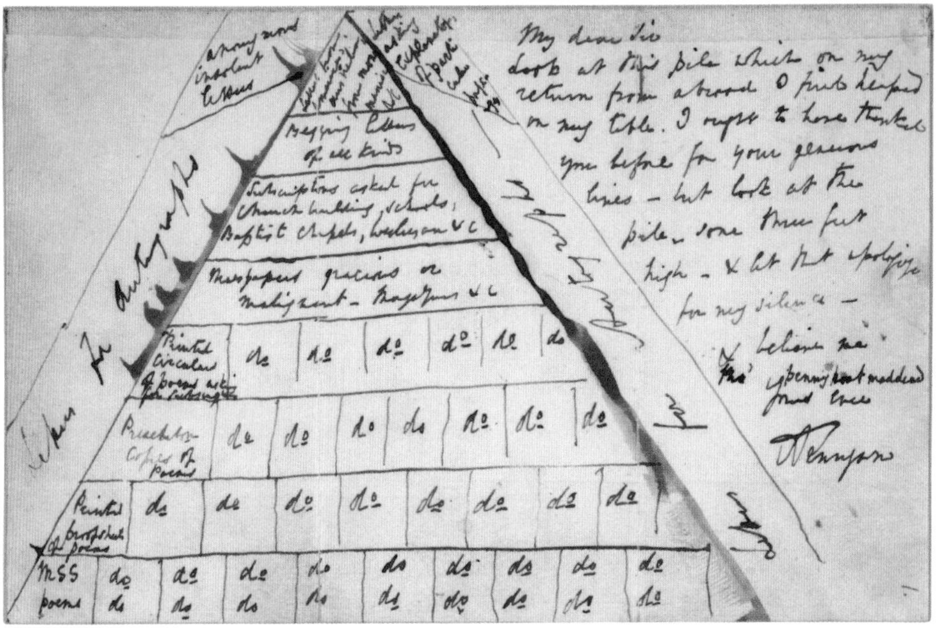
My dear Sir
Look at this pile which on my return from abroad I find heaped on my table. I ought to have thanked you before for your generous lines – but look at the pile – some three feet high – & let that apologize for my silence –
& believe me
Tennyson
Letters for Autographs
Begging letters of all kinds
Subscriptions asked for Church building, schools, Baptist chapels, Wesleyan &c
Newspapers gracious or malignant – Magazines &c
Printed Circulars
Presentation Copies of Poems
MSS poems

앨프리드 테니슨이 → 윌리엄 콕스 베넷에게 1864년 10월 22일

Alfred Tennyson (1809-92) William Cox Bennett (1820-95)

1864년 9월, 가족 휴가에서 돌아온 테니슨은 거실 테이블에 산더미처럼 쌓인 우편물을 보았다. 이 편지에서 그는 너스레를 떨며 우편물 더미에 대해 투덜거리지만 놀라지는 않았을 것이다. 1850년 윌리엄 워즈워스가 사망하고 테니슨이 계관시인으로 임명되면서 빅토리아 시대의 공식 음유시인이 되었기 때문이다. 누구를 만나든 계관시인다운 언행, 천재 낭만주의자의 수려한 풍모로 깊은 인상을 남겼다.

테니슨은 책상 정리를 시작하고 며칠 뒤 미국 출판인 필즈에게 인세를 받았다고 편지하고, 독일 출판인 타흐니츠의 문의에 답장했다. 그런 지 한 달이 지나서야 언론인 윌리엄 콕스 베넷의 '너그러운 글'(아마도 8월에 출간된 테니슨의 『이녹 아든*Enoch Arden*』에 대한 호평)에 감사를 전할 여유가 생겼다. 이 무렵 '3피트 높이'의 편지를 정리하느라 진땀 뺐음이 분명하지만, 베넷을 웃게 해 부드럽게 사과하고 싶었다.

그는 고대의 도표처럼 생긴 피라미드를 그려 층마다 이름을 붙였다. 꼭대기 층은 '미국, 오스트레일리아, 편집광 들의 편지', 아래층으로 내려가며 '청탁 편지', '교회 건물, 학교, 침례교 예배당, 웨슬리 교파 등을 위한 기부금 요청', '좋은 또는 나쁜 신문, 잡지', '구독 요청을 위한 홍보용 시', '시 증정본' '시 교정쇄', 끝으로 '시 원고'라고 적었으며, 피라미드 안쪽 벽돌에 적힌 'do'는 'ditto'(상동)를 줄인 말이다. 바깥층의 맨 위는 '익명의 무례한 편지'와 '특정한 구절을 설명해 달라는 편지', 그리고 양쪽 모두 그 아래에 '사인 요청 편지'라고 썼다.

사진작가 줄리아 마거릿 캐머런(테니슨의 이웃)에 따르면 테니슨은 '세상의 모든 악은 사인과 일화와 기록에 대한 열정에서 기인하며, 위인의 인생 일화를 알고 싶어 하는 열망 때문에 이 위인들이 돼지 취급을 받고 갈가리 찢겨 대중에 공개되는 것'이라 믿었다. 테니슨은 유명세를 싫어했다. 미술가이자 작가 에드워드 리어와 산책 도중 마을 사람들이 알아보는 것을 피하려고 (신발이 푹푹 빠지는) 진흙땅으로 돌아서 가자고 고집하기도 했다. 하지만 베넷에게 편지한 이날 사진작가 메이올이 찾아오자, 흐트러진 머리를 뒤로 쓸어넘겨 시적 몽상에 잠긴 얼굴로 포즈를 취했다. 이 사진은 테니슨의 사진 중 가장 널리 알려졌다.

베넷 씨께

해외에서 돌아왔을 때 제 테이블에 쌓여 있던 이 더미를 보십시오. 당신의 너그러운 글에 감사하는 편지를 보냈어야 했는데요. 하지만 3피트 높이의 이 더미를 보시고 제가 소식을 보내지 못한 것을 용서해 주십시오.

제 말을 믿어주시길
우편물 때문에 미칠 지경이에요
영원한 친구
A 테니슨

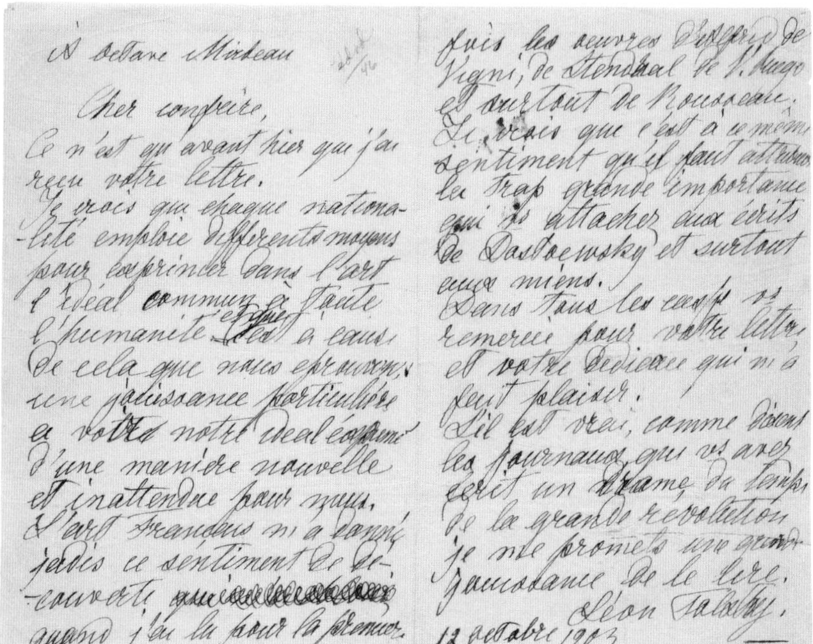

A Octave Mirbeau

Cher confrère,

Ce n'est qu'avant hier que j'ai reçu votre lettre.
Je crois que chaque nationalité emploie différents moyens pour exprimer dans l'art l'idéal commun à toute l'humanité et que c'est à cause de cela que nous éprouvons une jouissance particulière à voir notre idéal exprimé d'une manière nouvelle et inattendue pour nous. L'art français m'a donné jadis ce sentiment de découverte quand j'ai lu pour la première fois les œuvres d'Alfred de Vigni, de Stendhal, de V. Hugo et surtout de Rousseau. Il est vrai que c'est à ce même sentiment qu'il faut attribuer la trop grande importance qu'on attache aux écrits de Dostoewsky et surtout aux miens.
Dans tous les cas je vs remercie pour votre lettre et votre dédicace qui m'a fait plaisir.
S'il est vrai, comme disent les journaux, que vs avez écrit un drame du temps de la grande révolution je me promets une grande jouissance de le lire.

Léon Tolstoy.

12 octobre 1903

레프 톨스토이가 → 옥타브 미르보에게

Lev Tolstoi (1828-1910) — Octave Mirbeau (1848-1917)

1903년 10월 12일

톨스토이는 70대에 이르러 러시아의 독특한 명망가가 되었다. 문학계 거인이자 기독교의 독실한 현자로서 끝없이 불안해하면서도 자상함을 베푸는 러시아의 양심이었다. 또 채식을 하고 농부 옷을 입으면서 검소한 생활을 옹호하고 젊은 시절에 쓴 자신의 소설을 폄하했다. 많은 독자는 『전쟁과 평화*War and Peace*』(1867)와 『안나 카레니나*Anna Karenina*』(1877)를 모든 언어권을 통틀어 가장 위대한 소설로 여겼지만, 톨스토이는 〈노동과 죽음과 병*Work, Death, and Sickness*〉, 〈정교회 성직자에게*To the Orthodox Clergy*〉(두 편 모두 1903년 발표) 등 도덕적 우화나 에세이를 썼다.

톨스토이는 프랑스의 영향력 있는 비평가이자 인기 소설가 옥타브 미르보에게 보내는 편지에서 미르보를 동료 작가confrère라고 부른다. 유창하면서도 중후한 프랑스어(유년시절 러시아 귀족 가정에서 사용했던 언어)로, 프랑스 작가들의 작품에 자신의 이상이 나타나 있는 것을 처음 보았을 때 느꼈던 '깊은 기쁨'을 회고한다. 그리고 이러한 기쁨 때문에 해외문학을 과대평가할 수 있으므로 자신과 도스토옙스키의 소설이 프랑스에서 지나치게 중요하게 평가받고 있다고 일러준다.

미르보는 순조로운 한 해를 보내고 있었다. 희곡 〈사업은 사업이다*Les Affaires sont les affaires*〉가 그해 4월 파리에서 초연되었다. 이 희곡은 신문왕 이시도어 르샤라는 탐욕스러운 인물을 통해 벨 에포크[1]의 졸부 금권 정치를 풍자하여 국제적으로 히트했다. 5월 미르보는 톨스토이에게 자신의 희곡 한 부를 증정하며 이 러시아 거장에게 과찬을 퍼부었다. 하지만 『전쟁과 평화』와 견줄 만한 프랑스 역사소설을 쓰려던 미르보의 장기 계획은 성과를 보지 못했다(미완으로 남아 〈신사*Un gentilhomme*〉라는 제목으로 사후 출판되었다). 이 소설이 톨스토이가 신문 보도로 알게 되었다는 '희곡'일 것이다. 미르보의 과찬에 대한 톨스토이의 답장은 이미 은퇴한 작가로서 아주 무감각해 보이지만, 그가 동시대 문인들의 활동에 여전히 관심이 많았음을 분명히 알 수 있다.

동료 작가에게,

당신의 편지를 그저께 받았습니다.

제가 보기에, 예술에서 각 민족은 전 인류의 보편적인 이상을 표현하는 데 서로 다른 수단을 사용하며, 따라서 인류의 이상이 각 민족의 예술에 생각지 못한 새로운 방식으로 표현되는 걸 보면 특히 깊은 기쁨을 느낍니다. 한때 프랑스 예술은 알프레드 드 비니, 스탕달, V. 위고, 특히 루소를 처음 읽었을 때 제게 이러한 발견의 기쁨을 곧바로 선사했지요. 바로 이런 느낌 때문에 도스토옙스키와 특히 제 작품이 지나치게 중요하게 평가받는 것이 틀림없다고 생각합니다.

아무튼 편지를 보내주시고, 아울러 희곡을 증정하여 큰 기쁨을 안겨주셔서 감사합니다.

신문 보도대로 프랑스 대혁명을 다룬 희곡을 쓰신 게 맞는다면, 그 작품을 읽는 큰 기쁨을 누릴 날을 기다립니다.

레프 톨스토이

1 Belle Epoque. 좋은 시절이라는 뜻으로, 19세기 말부터 1차 세계대전 발발 전까지 프랑스가 번성했던 시대를 일컫는다.

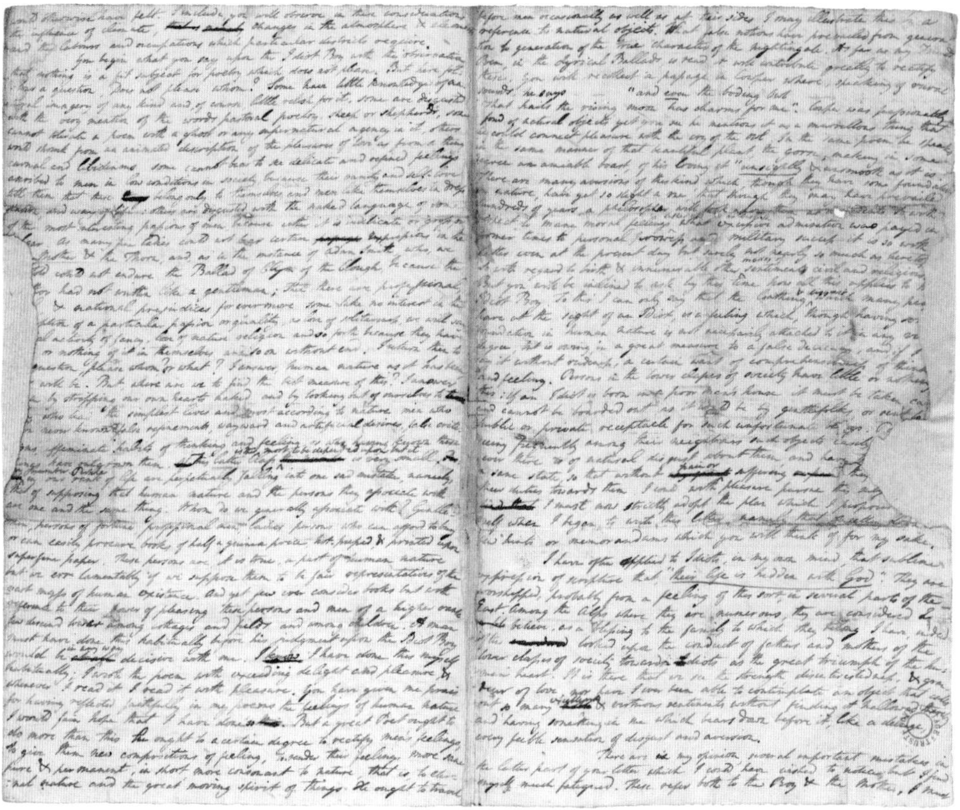

워즈워스는 10년 동안의 방랑을 끝내고 영국 레이크지방 그라스미어에 정착한 지 얼마 안 된 1802년 6월에 팬레터를 받았다. 편지를 보낸 사람은 스코틀랜드의 조숙한 대학생이자 새내기 시인 존 윌슨으로, 윌슨은 1798년 워즈워스가 새뮤얼 테일러 콜리지와 함께 출판한 『서정담시집*Lyrical Ballads*』(1798)을 열광적으로 찬양했다. 18세기의 인위적인 시를 거부하고 '사람들이 쓰는 말을 그대로' 사용한 『서정담시집』은 낭만주의 운동의 선언문 역할을 했다. 윌슨은 워즈워스의 시가 '절대 아무것도 지워지지 않을 만큼 제 마음에 깊은 인상을 남겼다'고 썼다. 다만 의문을 품은 시가 딱 한 편 있었는데, 이는 어머니와 장애인 아들의 관계를 다룬 〈백치 소년*The Idiot Boy*〉이었다. 윌슨이 보기에 이 시에는 관심을 끌 만한 게 전혀 없었다. 감정의 묘사는 '자연스럽지만' '기쁨을 주지 않는다'. 이 당돌한 신인은 자신의 영웅이 답장하리라 기대하지 않았다.

예상과 달리 워즈워스는 관대하면서도 이따금 가시가 돋친 장문의 답장을 보냈다. 시를 변호하고자 『서정담시집』 서문의 주장을 거듭한다. 시는 교양 있는 계급을 기쁘게 하려고 존재하는 게 아니라는 것이다. 또한 자신은 시인을 독자의 공감 능력을 넓혀주는 교사로 여긴다고 강조한다.

워즈워스와 윌슨은 이후에도 계속 연락했다. 옥스퍼드 맥댈런 대학을 우등으로 졸업한 후 윌슨은 레이크 디스트릭으로 이사하여 워즈워스 가족뿐만 아니라 콜리지와 토머스 드 퀸시의 가까운 친구가 되었다.

〔…〕 당신은 〈백치 소년〉에 관한 논의를 시작하며, 기쁨을 주지 않는 것은 시에 적합한 주제가 아니라고 말했습니다 〔…〕 누구에게 기쁨을 주지 않는다는 거지요? 어떤 사람은 어떤 종류의 자연에서도 아름다움을 거의 느끼지 못하므로 당연히 이를 거의 즐기지 못합니다 〔…〕 어떤 사람은 하층계급에도 미묘하고 섬세한 감정이 있다는 주장을 도저히 견디지 못합니다. 허영과 자기애에 사로잡혀 이런 감정은 자기들에게만 있다고 생각하기 때문입니다 〔…〕 어떤 사람은 인간의 가장 흥미로운 열정이 담긴 날것의 언어를 혐오합니다 〔…〕 아까 질문으로 돌아가겠습니다. 시는 누구에게, 아니 무엇에 기쁨을 줄까요? 내가 대답하지요. 지금까지 그러했고 앞으로도 변함없이 인간 본성에 기쁨을 줍니다. 그렇다면 인간 본성은 어디서 찾을 수 있을까요? 내가 대답하지요. 우리 마음속에서입니다. 우리 자신의 마음을 적나라하게 벌거벗김으로써, 또한 우리 자신의 눈으로 가장 소박한 삶을 살아가는 이들을 바라봄으로써 찾을 수 있습니다 〔…〕

우리 계급의 사람들은 살면서 한 가지 서글픈 실수에 끊임없이 빠집니다. 인간의 본성을 우리가 교류하는 사람들에게서만 찾을 수 있다고 여기는 실수 말입니다. 우리가 대개 교류하는 사람이 누구입니까? 신사, 운 좋은 사람, 전문가, 귀부인, 반 기니[1] 가격의 책을 사거나 쉽게 구할 능력이 있는 사람 〔…〕 인간 본성의 일부를 이들에게서 찾아볼 수 있는 것은 사실이지만, 이들이 인간 존재 대다수를 대표한다고 생각하면 서글프게도 큰 실수를 저지르는 것입니다 〔…〕

1 half guinea. 기니는 영국에서 1663–1813년 사이에 발행된 금화로, 1기니는 1파운드 1실링에 해당한다.

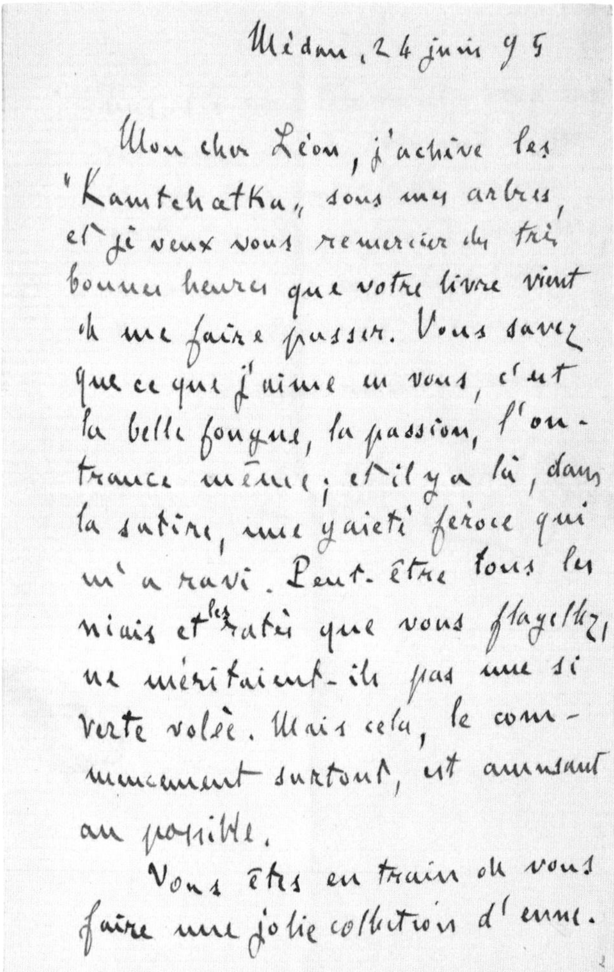
Médan, 24 juin 95

Mon cher Léon, j'achève les
"Kamtchatka" sous mes arbres,
et je veux vous remercier des très
bonnes heures que votre livre vient
de me faire passer. Vous savez
que ce que j'aime en vous, c'est
la belle fougue, la passion, l'ou-
trance même; et il y a là, dans
la satire, une gaieté féroce qui
m'a ravi. Peut-être tous les
niais et les ratés que vous flagellez,
ne méritaient-ils pas une si
verte volée. Mais cela, le com-
mencement surtout, est amusant
au possible.

Vous êtes en train de vous
faire une jolie collection d'enne-

에밀 졸라가 · ——————————————— · 레옹 도데에게 1895년 6월 24일
Emile Zola (1840-1902) Léon Daudet (1867-1942)

에밀 졸라는 1895년 여름에 『'캄차카', 현대의 풍습*Les 'Kamtchatka': moeurs contemporaines*』을 읽었다. 졸라의 소설가 친구인 알퐁스 도데의 아들, 26세 기자 레옹 도데가 출간한 풍자 모음집이다. 레옹은 졸라의 의견을 소중히 여겼다. 프랑스에서 가장 성공한 소설가였으니 말이다. 책을 보내준 데 감사하는 이 편지를 보면 졸라는 정말 즐겁게 읽은 것 같다. 젊은 작가의 기운을 북돋우며 부드러운 어조로 비판도 곁들인다. 재능에 지나치게 휩쓸리지 말라며 자연주의 소설의 대가가 조언을 건네는 듯하다.

졸라는 『캄차카』를 파리 북서부 메당 마을에 있는 시골 별장 정원의 '나무 아래에서' 읽었다. 『목로주점*L'Assommoir*』(1877)으로 큰돈을 벌어 구매한 집이었다. 파리 노동자계급의 생활을 다룬 이 소설은 졸라의 20권짜리 연작소설 『루공 마카르 총서*Les Rougon-Macquart*』의 일곱 번째 작품이었는데, 19세기 프랑스에서 두 가문의 후손들이 겪는 운명이 담겨 있다. 연작의 마지막 작품 『파스칼 박사*Le Docteur Pascal*』가 출간된 것은 1893년이었다. 그의 편지는 회고적이다. 레옹이 구사하는 화려한 풍자에 빠져 '늙은 군마old war horse' 졸라는 열정적으로 활동했던 지난날의 작가 시절을 추억하는 듯하다.

하지만 불의에 맞선 졸라의 가장 유명한 싸움은 아직 시작되지 않았다. 1895년 1월 독일을 위해 스파이 활동을 한 혐의로 알프레드 드레퓌스 대위가 종신형을 받았는데, 그동안 잠잠하다가 1896년 8월에 은폐된 증거가 나타난 것이다. 죄 없는 유대인 드레퓌스는 프랑스 군부의 제도화된 반유대주의가 만든 희생자였다. 조작된 재심이 열려 드레퓌스는 다시 유죄판결을 받았다. 1898년 1월, 졸라는 공개서한 〈나는 고발한다…!*J'Accuse...!*〉를 발표하여 정부의 반유대주의와 불법 행위를 맹비난했다. 2월경 졸라는 명예훼손 혐의로 재판을 받던 중 구금을 피해 영국으로 망명했고, 대법원이 드레퓌스 재심을 명령한 이듬해에 프랑스로 귀국했다. 레옹은 골수 반유대주의자로서 '드레퓌스는 게토에서 나온 쓰레기'라 생각했고, 이 사건에서 진실을 옹호하거나 국가 행위를 의심하면 졸라를 포함하여 누구라도 '날것의 쾌활함'이 넘치는 풍자의 제물로 삼았다.

친애하는 레옹, 나는 방금 나무 아래에서 『캄차카』를 읽었네. 자네 책 덕분에 아주 즐거운 시간을 보냈네. 내가 자네의 무엇을 좋아하는지 잘 알겠지. 순수한 충동, 열정, 심지어 화려함도 마음에 들어. 풍자와 넘쳐나는 날것의 쾌활함도 매력적으로 느껴졌네. 자네가 사정없이 나무라는 모든 바보와 얼간이에게는, 어쩌면 그토록 발랄하게 매질당할 이유가 없을지도 모르겠네. 하지만 그 모든 것이 (특히 시작 부분이) 더없이 웃기네. 자네는 한 무리의 멋진 적을 만들었지. 자네가 나이 들면 이들이 자네를 따뜻하게 해줄 걸세. 내 전성기가 떠오르는군. 자네 책을 읽으면서 신호나팔을 듣고 있는 늙은 군마처럼 때로 몸을 떨었다네.

잘 지내게,
에밀 졸라

8장

'이게 다예요'

작별 인사

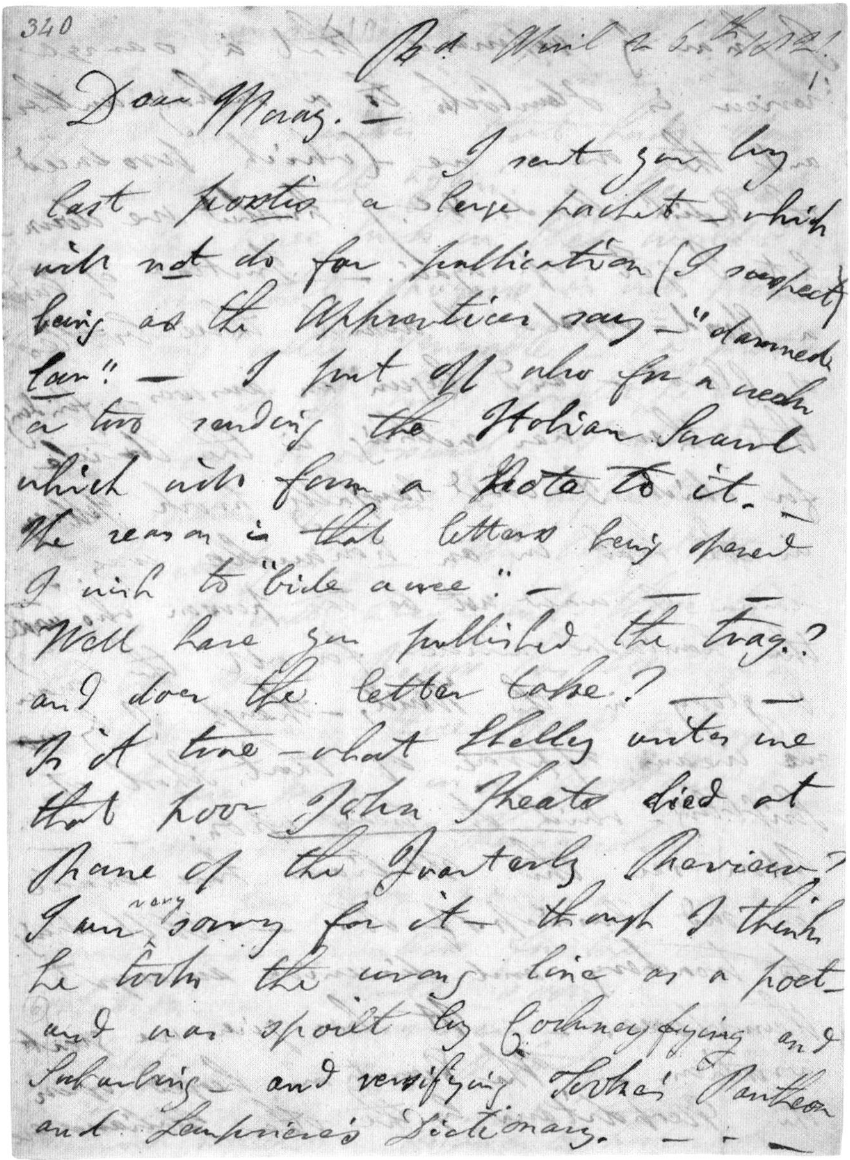
340

Ra. April 26th 1821.

Dear Moray.— I sent you by last postis a large packet—which will not do for publication (I suspect) being as the Apprentices say—"damned low."— I put off also for a week or two sending the Italian Scrawl which will form a Nota to it.— The reason is that letters being opened I wish to "bide a wee."— Well have you published the Trag.? and does the letter take?— — Is it true—what Shelley writes me that poor John Keats died at Rome of the Quarterly Review? I am very sorry for it—though I think he took the wrong line as a poet—and was spoilt by Cockneyfying and Suburbing—and versifying Tooke's Pantheon and Lempriere's Dictionary.— — —

조지 고든 바이런이 ·———· 존 머레이에게 1821년 4월 26일

George Gordon Byron (1788-1824) John Murray (1778-1843)

1821년 2월 로마에서 존 키츠(113쪽)가 사망하고 몇 주 뒤, 키츠가 『쿼털리 리뷰*The Quarterly Review*』의 비평 때문에 죽었다는 소문이 문학계에 돌았다. **바람둥이** 귀족 바이런은 마구간지기의 병약한 아들 키츠를 몹시 싫어했다. 시인으로서 두 사람은 상극이었다. 18세기의 도회적인 시를 찬미했던 바이런은 키츠의 작품을 두고 '정신적 자위이며 그는 항상 상상과 수음을 한다'고 무시했다. 반면 키츠는 바이런의 명성을 외모 덕으로 여겼다. 바이런을 칭송하는 글을 보면 '6척 장신에 귀족이면 다들 어떻게 떠받드는지 알겠지'라며 한숨지었다.

바이런은 열아홉 살 된 백작 부인 테레사 귀치올리와 동거하기 위해 1819년에 이탈리아 북동부 라벤나로 이주했다. 음주, 사냥, 카르보나리당의 혁명 지원으로 바삐 지내면서 창작 활동도 가장 활발히 한 시기였다. 〈단테의 예언*The Prophecy of Dante*〉과 〈돈 후안*Don Juan*〉의 칸토[1] 세 편뿐 아니라 시극 〈마리노 팔리에로*Marino Faliero*〉, 〈사르디나팔루스*Sardanapalus*〉, 〈두 명의 포스카리*The Two Foscari*〉, 〈카인*Cain*〉이 이 시기에 나왔다. 출판업자 존 머레이에게 보낸 편지에서 바이런은 1818년 발표된 키츠의 서사시 〈엔디미온*Endymion*〉에 관한 존 윌슨 크로커의 악명 높은 평론을 언급한다. 크로커는 다 알면서도 일부러, 〈엔디미온〉의 저자 '키츠'는 분명 가명일 것이라며 '제정신인 사람이라면 이따위 서사시를 실명으로 발표할까?' 하고 비웃은 적 있었다. 바이런은 키츠의 죽음은 결핵 때문이 아니라 이 평론 때문이라는 친구 셸리(123쪽)의 편지에 의문을 품는다. 그러면서 자신이 비평가 프랜시스 제프리에게서 혹평받은 일을 떠올린다. 하지만 키츠의 예민함과 '적포도주 세 병'을 들이켜 상한 자존심을 치유해낸 자신의 대범함을 비교하고 싶은 유혹을 참지 못한다. 키츠를 무시한 데 미안함을 느끼지만('유감'을 '매우 유감'으로 고쳤다) 이러한 감정은 오래가지 않는다. 키츠의 작품을 『렘프리에르의 고전 사전』[2]으로 깎아내리는 대목은 저녁 파티에서 일삼는 해묵은 농담같이 들린다.

머레이 씨에게. –

〔…〕 셸리가 보낸 편지를 보니 불쌍한 키츠가 『쿼털리 리뷰』 때문에 로마에서 사망했다는데 그게 사실입니까? 매우 유감입니다. 물론 저는 키츠가 시인으로서 잘못된 길로 접어들어 속물적이고 촌티 흐르는 문체로 작품을 망쳤고 『투크의 판테온』[3]과 『렘프리에르의 고전 사전』을 운문으로 바꾼 것에 불과하다고 생각하지만요.

저는 혹독한 평론이 애송이 작가에게 독약이라는 것을 경험으로 잘 알고 있습니다. 저를 겨눈 악평은 〔…〕 저를 쓰러뜨렸지만 저는 다시 일어났습니다. 분노를 터뜨리지 않고, 적포도주 세 병을 마신 뒤, 반박을 시작했습니다. 그 악의적인 글을 다시 읽으며 정중하고 정당한 방식으로 제프리를 제지해야 할 이유를 조금이라도 찾아보려 했으나 도저히 찾을 수 없어서였습니다. 이 세상 명예와 명성을 걸고 말하건대 저라면 그처럼 살인적인 글을 쓰지 않을 것입니다. 이런 글에서 혹평받는 미숙한 시인 무리 역시 전혀 인정하지 않지만 말입니다. 〔…〕

1 Canto. 가곡이나 선율, 장편서사시를 이르는 이탈리아어

2 『*Lemprière's Classical Dictionary*』 1788년에 출간된 운문 형식의 신화, 고대사 입문서

3 『*Tooke's Pantheon*』 그리스 신화에 관한 책. 1698년에 처음 영어로 번역되었다.

Всем
В том, что умираю
не вините никого и по-
жалуйста не сплетничайте. По-
койник этого ужасно не
любил.
Мама сестры и товарищи
простите — это не способ (дру-
гим не советую) но у
меня выходов нет.
Лиля — люби меня.
Товарищ правительство
моя семья это Лиля
Брик, мама, сестры
Вероника Витольдовна По-
лонская.
Если ты устроишь

블라디미르 마야콥스키가 · ——— · '여러분 모두'에게 1930년 4월 12일

Vladimir Mayakovsky (1893-1930)

블라디미르 마야콥스키는 혁명 운동으로 수감되었던 열여섯 살 때부터 시를 쓰기 시작했다. 나중에 모스크바 예술학교에서 실험문학 그룹을 만드는 데 참여했고, 이 그룹이 1912년 미래파 선언문 「대중의 취향에 따귀를 때려라*A Slap in the Face of Public Taste*」를 발표했다. 마야콥스키는 미래파 운동의 악동 스타였다. 키가 훤칠했고, 집에서 만든 노란색 셔츠를 트레이드마크 삼아 러시아를 순회하며 폭발적이고 도발적인 시를 낭독했다. 그는 1915년 릴리 브릭과 사랑에 빠졌는데, 릴리의 남편 오시프는 마야콥스키에 매료되어 마야콥스키 시집을 여러 권 출간하기도 했다. 1917년 볼셰비키 혁명이 일어났을 때 마야콥스키는 이 혁명을 전폭적으로 지지했다.

마야콥스키는 시, 희곡, 직접 출연한 영화 대본을 연이어 창작하며 소비에트 연방의 가장 대중적인 문학가가 되었다. 예술 좌익 전선 동인지 『레프*LEF*』의 편집인으로 일하며 모스크바 볼쇼이 극장과 레드 홀에서 순회 낭송을 했다. 하지만 1920년대 스탈린 치하에서 실험문학은 점차 공공연히 비난받았다. 마야콥스키는 너무 모호하다고 혹평받았고, 1930년 4월 낭송회에서 한 대학생 청중이 야유까지 퍼부었다.

마야콥스키는 이후 젊은 여배우 베로니카 폴론스카야와 내연 관계를 맺었는데, 폴론스카야가 남편과 이혼하기를 거부하면서 심각한 언쟁이 벌어졌다. 1930년 4월 14일, 마지막 언쟁을 끝낸 폴론스카야가 마야콥스키의 아파트를 떠나려는데 총성이 들려 되돌아가니 가슴에 총상을 입은 연인을 발견했다. 마야콥스키의 정확한 사인에 관해서는 논란이 분분하다. 이웃은 두 발의 총성을 들었다고 했고, 결정적으로 죽음에 이르게 한 총알이 그의 권총에서 발포된 것이 아니며 암살된 것이라는 소문이 돌았다. 이틀 전에 작성한 유서에는 가족에 대한 염려, 해석의 여지가 많은 반어법('정부 동무comrade government'), 세금 고지서 걱정이 퍼즐처럼 뒤섞여 있을 뿐만 아니라, 편지 시작 부분에는 전에 쓴 시행을 반복하는 시(사랑의 배가 / 일상에 부딪혀 좌초했구나)도 쓰여 있다.

여러분 모두에게:

나의 죽음에 대해서 누구도 탓하지 말고, 수군거리지도 마십시오. 죽은 사람은 뒷말을 싫어한답니다.

어머니, 누나, 동무, 저를 용서하십시오. 이것은 좋은 방법이 아닙니다 (다른 사람에게 권하지 않습니다) 하지만 저에게는 다른 도리가 없습니다.

릴리, 나를 사랑해줘요.

정부 동무, 제 가족은 릴리 브릭, 어머니, 누이동생, 그리고 베로니카 폴론스카야입니다.

가능하다면 이들이 괜찮은 삶을 살게 해주십시오. 고맙습니다 〔…〕

사랑의 배가 / 일상에 부딪혀 좌초했구나 / 나는 인생에 빚진 게 없으며 / 서로에게 안긴 상처와 / 피해와 / 모욕을 / 따지는 것은 / 부질없구나.

여러분 모두에게 행운을 빕니다!

블라디미르 마야콥스키

30년 4월 12일 〔…〕

책상 서랍에 2,000루블이 있습니다. 세금을 내는 데 사용하십시오. 모자라는 금액은 국영 출판사에서 받을 수 있을 것입니다.

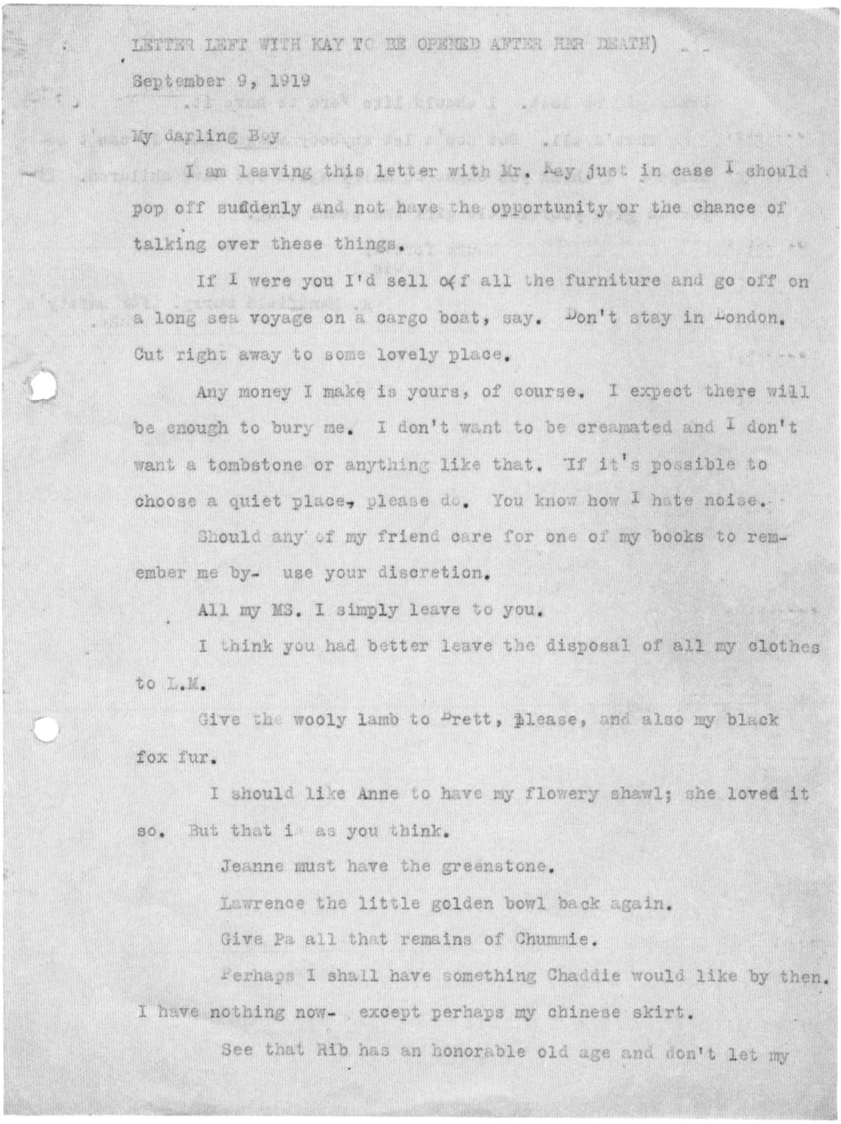

LETTER LEFT WITH KAY TO BE OPENED AFTER HER DEATH)

September 9, 1919

My darling Boy

I am leaving this letter with Mr. Kay just in case I should pop off suddenly and not have the opportunity or the chance of talking over these things.

If I were you I'd sell off all the furniture and go off on a long sea voyage on a cargo boat, say. Don't stay in London. Cut right away to some lovely place.

Any money I make is yours, of course. I expect there will be enough to bury me. I don't want to be creamated and I don't want a tombstone or anything like that. If it's possible to choose a quiet place, please do. You know how I hate noise.

Should any of my friend care for one of my books to remember me by- use your discretion.

All my MS. I simply leave to you.

I think you had better leave the disposal of all my clothes to L.M.

Give the wooly lamb to Brett, please, and also my black fox fur.

I should like Anne to have my flowery shawl; she loved it so. But that is as you think.

Jeanne must have the greenstone.

Lawrence the little golden bowl back again.

Give Pa all that remains of Chummie.

Perhaps I shall have something Chaddie would like by then. I have nothing now- except perhaps my chinese skirt.

See that Rib has an honorable old age and don't let my

캐서린 맨스필드가 → 존 미들턴 머리에게 1919년 9월 9일
Katherine Mansfield (1888-1923) John Middleton Murry (1889-1957)

캐서린 맨스필드가 첫 번째 단편소설집 『독일 하숙집에서*A German Pension*』를 출간한 1911년, 작가이자 편집자 존 미들턴 머리와 교제를 시작했다. 그 후 2년 동안 맨스필드는 그를 두 번이나 떠났지만, 머리는 늘 맨스필드의 감정 세계를 뒷받침해 주었다. 두 사람은 1918년 결혼했다. 맨스필드는 고향 뉴질랜드를 떠나 영국으로 이주한 후 런던의 진보적인 문단에서 입지를 굳혔고, 여기에서 만난 친구로는 버지니아 울프와 로런스(65, 143쪽)가 있다. 1917년 결핵 진단을 받았는데, 이에 대한 표준 처방은(키츠나 체호프 시대와 마찬가지로) 여전히 날씨가 온화한 지역에서 가을과 겨울 내내 요양하는 것이었다.

1919년 9월 머리와 맨스필드, 그리고 맨스필드의 대학 친구 아이다 베이커(일명 레슬리 모리스 또는 LM)는 이탈리아의 산레모로 갔다. 맨스필드의 증상에 겁먹은 호텔 지배인이 투숙을 거부하자 근처 빌라를 임대했다. 맨스필드와 베이커는 6개월 동안 머물 계획이었고, 선도적 문학잡지 『애서니엄*Atheneum*』에 신임 편집인으로 임명된 머리는 런던으로 돌아갔다. 맨스필드는 이탈리아로 출발하기 직전에 귀가하지 못할 것이 염려되어 편지 형식의 유서를 남겼다. '죽는 게 얼마나 쉬운지 잘 알아요. 모든 사람에게 높은 장벽이 나에게는 낮아요. 나는 그냥 빠져나가면 되지요.'

나의 사랑하는 남편에게

이 편지를 케이 씨께 맡겨요. 내가 갑자기 죽으면 말할 기회가 없을 경우에 대비해서요.

내가 당신이라면 가구를 모두 팔아치우고, 화물선이라도 타고 항해를 떠나겠어요. 런던에 머물지 마세요. 즉시 어떤 멋진 곳으로 가세요.

내가 버는 돈은 물론 당신 거예요. 나를 매장하는 데 충분했으면 좋겠어요. 화장하지는 마세요. 묘석 같은 것도 세우지 마세요. 되도록 조용한 곳을 골라 주세요. 꼭 그렇게 해주세요. 내가 소음을 얼마나 싫어하는지 알지요? [⋯]

내 원고 전부 당신에게 맡겨요.

내 옷을 처분하는 일은 L.M.에게 맡기는 게 좋을 거예요.

양털 코트는 브렛에게 주세요. 검은색 여우 가죽 코트도요.

꽃무늬 목도리는 앤에게 줘요. 앤이 좋아하거든요. 하지만 당신 생각대로 하세요.

진은 녹옥을 받아야 해요.

로런스에게는 작은 황금색 그릇을 돌려주세요 [⋯]

립[1]은 이제 나이가 지긋하다는 데 마음 써주고, 청동 돼지를 잃어버리지 않도록 하세요. 베라가 청동 돼지를 받았으면 좋겠어요.

이게 다예요. 누구도 나를 **애도**하지 못하게 해줘요. 막을 수는 없겠지만요. 당신은 재혼해서 아이를 가지세요. 그리고 당신의 귀여운 신부에게 진주 반지를 주세요.

당신의 영원한 친구

위그[2]

K. 맨스필드 머리. (만약을 대비하여)

1 Rib. 캐서린 맨스필드가 아끼던 일본 인형
2 맨스필드는 '위그Wig' 또는 '티그Tig', 머리는 '잭Jack' 또는 '보기Bogey'라는 애칭으로 서로를 불렀다.

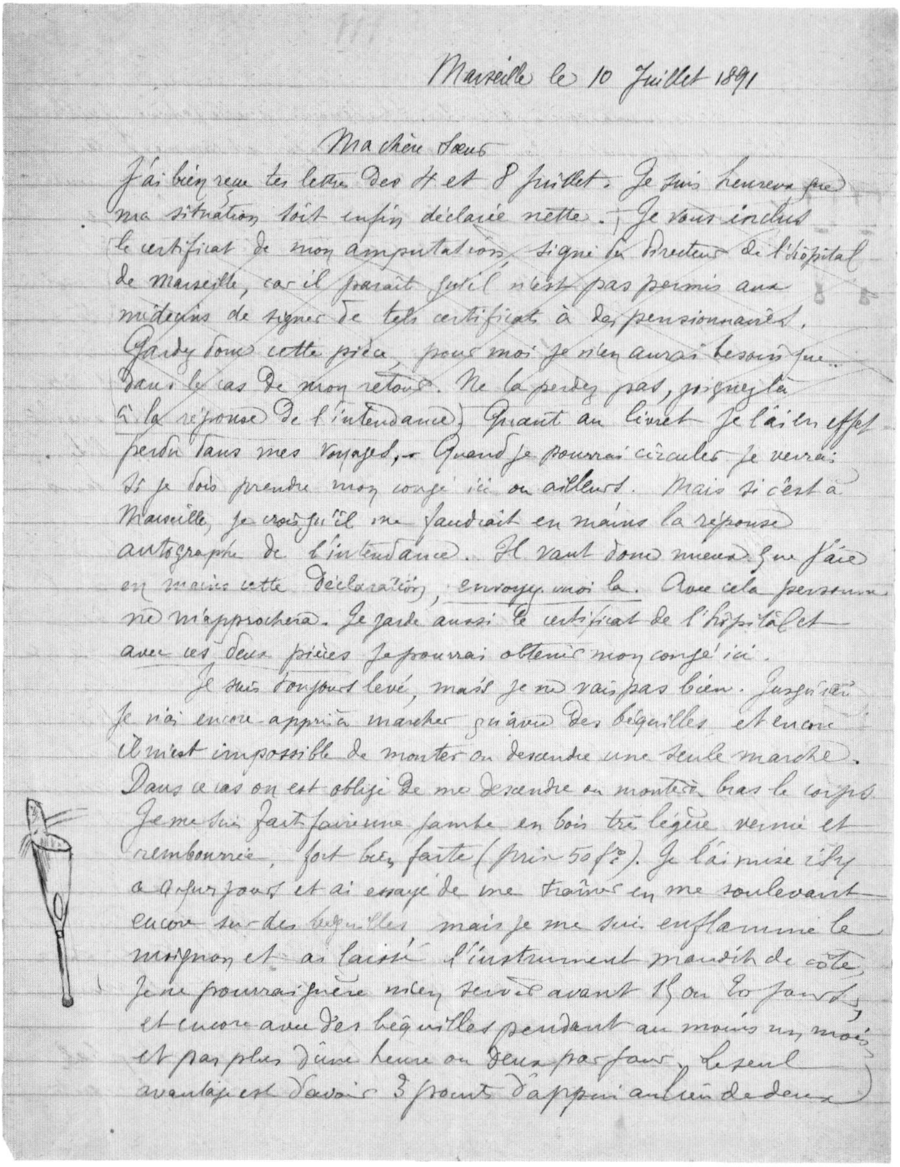
Marseille le 10 Juillet 1891

Ma chère sœur

J'ai bien reçu tes lettres des 4 et 8 juillet. Je suis heureux que ma situation soit enfin déclarée nette. Je vous inclus le certificat de mon amputation, signé du Directeur de l'hôpital de Marseille, car il paraît qu'il n'est pas permis aux médecins de signer de tels certificats à des pensionnaires. Gardez donc cette pièce, pour moi je n'en aurai besoin que dans le cas de mon retour. Ne la perdez pas, joignez-la à la réponse de l'intendance. Quant au livret je l'ai en effet perdu dans mes voyages. Quand je pourrai circuler je verrai si je dois prendre mon congé ici ou ailleurs. Mais si c'est à Marseille, je crois qu'il me faudrait en mains la réponse autographe de l'intendance. Il vaut donc mieux que j'aie en mains cette déclaration, envoyez-moi la. Avec cela personne ne m'approchera. Je garde aussi le certificat de l'hôpital et avec ces deux pièces je pourrai obtenir mon congé ici.

Je suis toujours levé, mais je ne vais pas bien. Jusqu'ici je n'ai encore appris à marcher qu'avec des béquilles et encore il m'est impossible de monter ou descendre une seule marche. Dans ce cas on est obligé de me descendre ou monter à bras le corps. Je me suis fait faire une jambe en bois très légère, vernie et rembourrée, fort bien faite (prix 50 fr.). Je l'ai mise il y a quelques jours et ai essayé de me traîner en me soulevant encore sur des béquilles mais je me suis enflammé le moignon et ai laissé l'instrument maudit de côté. Je ne pourrai guère m'en servir avant 15 ou 20 jours, et encore avec des béquilles pendant au moins un mois, et pas plus d'une heure ou deux par jour. Le seul avantage est d'avoir 3 points d'appui au lieu de deux

아르튀르 랭보가 · —————— · 이자벨 랭보에게　　1891년 7월 10일
Arthur Rimbaud (1854-91)　　Isabelle Rimbaud (1860-1917)

열다섯 살에 프랑스 북동부에 있는 고향을 떠나 파리로 이주하여 스물한 살에 마지막 시를 쓰기까지, 랭보는 센세이션을 숱하게 일으키며 평생의 업적을 쌓았다. 1871년 단명에 그친 파리코뮌을 위해 싸웠고 파리, 브뤼셀, 런던을 오가며 노시인 폴 베를렌(147쪽)과 그 유명한 연애에 빠졌다. 그동안 랭보는 시와 산문을 계속 썼다. 〈취한 배*Le Bateau ivre*〉, 〈지옥에서 보낸 한철*Une Saison en enfer*〉 및 수많은 서정시에서 놀라우리만치 시대를 앞선 현대적인 표현 양식을 구사하여 문학계를 들쑤셨다.

그런 뒤 편지를 제외하고는 글쓰기를 중단하고 방랑 생활을 시작하면서 네덜란드 식민지 부대에 입대하고, 서커스단에 취직하고, 마침내 중동에서 무기 거래상이 되었다. 1891년 초 예멘의 항구도시 아덴에 있을 때 오른쪽 무릎의 윤활막염으로 고통스러워하다가 프랑스로 귀국한 후 마르세유에서 다리 절단술을 받았다. 이 편지에서는 여동생 이자벨에게 지지부진한 회복 과정을 자세하게 설명하고(주문 제작한 '가벼운 나무 의족' 스케치도 그렸다) 집으로 돌아갈 날을 고대했는데 실제로 그 달에 귀가했다. 8월에 상태가 악화되면서 재입원했고, 11월 10일 37세의 나이로 사망했다.

사랑하는 누이에게,

7월 4일과 8일 자 편지는 잘 받았어 (…)

나는 걸을 수는 있지만 상태가 좋지 않아. 지금까지 목발을 짚고 걷는 법만 배웠어. 계단 한 칸을 오르내리는 것조차 아직 할 수 없어. 이럴 때면 사람들이 내 몸을 들어올리거나 내려놓아야 해. 아주 가벼운 나무 의족을 주문했어. 니스를 칠하고 쿠션도 넣어서 아주 잘 만든 거야(가격 50프랑). 며칠 전 의족을 찬 채로 목발을 짚고 돌아다니려 했지만, 절단한 다리에 염증이 생겨서 그 망할 의족을 치워버렸어 (…)

그래서 다시 목발을 짚고 다니기 시작했어. 얼마나 지루하고, 얼마나 피곤하고, 지난날의 모든 여행을 돌이키며 5개월 전만 해도 내가 얼마나 활기찼는지 생각하면 어찌나 서글픈지! 산악 지대 여행, 기마행렬, 산책, 사막, 강, 바다는 다 어디로 갔는지? (…) 목발, 나무 의족, 기계식 의족이 아무짝에도 쓸모없음을 깨닫기 시작했어 (…) 나는 이번 여름 프랑스에서 결혼하기로 작정했는데! 결혼도 안녕, 가족도 안녕, 미래도 안녕! 내 인생은 끝났어. 나는 움직이지 못하는 나무 그루터기에 지나지 않아.

정말 가족에게 돌아가고 싶어. 거기는 시원하니까. 하지만 내가 곡예 연습을 하기에 적당한 땅은 많이 없을 것 같아. 날씨도 갈수록 추워지지 않을까 염려돼 (…) 내 방세는 7월분까지 치렀어. 그때까지 앞으로 무슨 일을 할 수 있을지 곰곰 생각해 보겠어 (…)

답장해.

안녕.

랭보

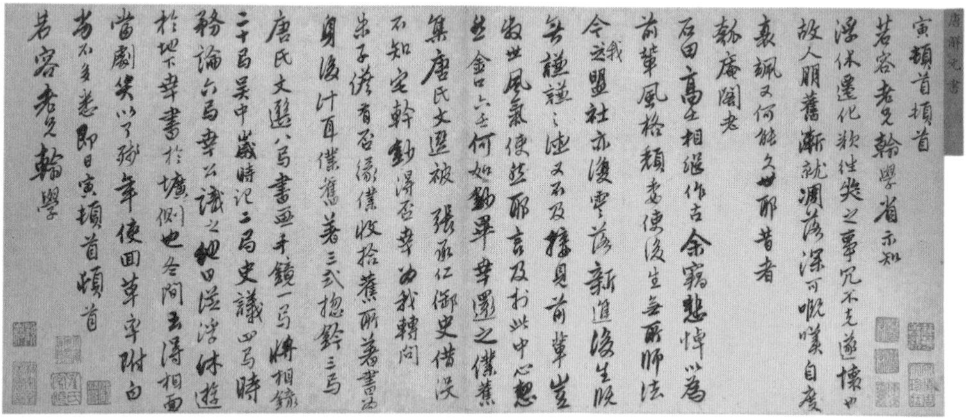

당인이 ——— 서상덕에게 1520년대
唐寅 (1470-1524) 徐尚德 (1470-1553)

'우중吳中(오늘날의 쑤저우苏州)의 4대 문호'로 알려진 중국 시인 당인은 서예와 회화로도 칭송받았다. 당인의 인생은 수백 년 동안 익살스레 꾸며낸 다양한 이야기의 소재가 되었는데, 예를 들어 당인이 노예 소녀와 사랑에 빠진 나머지 이 소녀를 쫓아가기 위해 스스로 노예가 되었다는 이야기가 전해진다. 친구 서상덕에게 '기분이 우울하다'고 고백하는 이 편지에서 당인은 어느 시대나 흔히 있는 무뚝뚝한 노인으로 보인다(또는 그런 척한다). 동년배의 죽음, 젊은 세대의 무능, '이 타락한 시대'를 돌아보며 침울해한다. 또한 후세에 남길 작품에 관해 숙고하며, 자신이 사라져 '지하에서 떠돌기' 전에 모든 작품을 정리하려 애쓰고 있다. 관심사도 많아서 예술, 지역 문화, 전기, 시사 문제까지 모두 글로 남겼다. 당인은 염려 어린 어조로 서상덕에게 후사를 간청하는데, 이러한 우려가 공연한 것이 아니었음이 후일 입증되었다. 자랑스럽게 열거한 저서 중에 오늘날 전해지는 것이 별로 없기 때문이다.

〔…〕 자네가 보낸 편지를 보고 푸슈가 죽었다는 것을 알았네 〔…〕 오랜 친구들이 하나씩 하나씩 줄어드니 더없이 슬프구려. 내 자신이 늙어가는 것을 돌아보니 내가 이 세상에 얼마나 더 머물지 모르겠네.

예전에 조정의 노련한 중신 우관, 또한 고상한 선비 심주가 잇따라 세상을 떴지. 슬픔에 잠겨 소리 죽여 애도하며, 선조의 고귀한 품격도 세상에서 함께 사라져, 젊은 세대 후진들이 본받을 모범이 없어지는 것이 아닌가 심려했었네. 이제 우리 세대도 기력이 다했네. 이마에 피도 마르지 않고 당돌한 요즘의 후진들은 자기를 낮추는 미덕도 선배를 찾아보려는 생각도 없네. 이 타락한 시대를 지배하는 정신 때문이 아닌가 싶네 〔…〕

나는 전에 쓴 작품을 모으고 있다네. 사후에 기억되고 싶어서일세. 『삼식총검三式總鈐』 세 권, 『당씨문선唐氏文選』 여덟 권, 『서화수경書畫手鏡』 한 권, 서예 작품, 『장상록將相錄』 스무 권, 『오중세시기吳中歲時記』 두 권, 『사의史議』 두 권, 『시무론時務論』 여섯 권 등 내 모든 작품이 기억되도록 자네가 힘써주었으면 좋겠네. 언젠가 내가 푸슈를 따라 지하를 떠돌게 되면 이 작품들을 묘비에 새겨주게. 이번 겨울에 만난다면 즐겁게 웃으며 올해를 마무리해야겠지.

자네가 보낸 인편에 답장을 전하려고 이 편지를 급히 쓰네. 기분이 몹시 우울하니 이만 줄이겠네. 같은 날.

인.

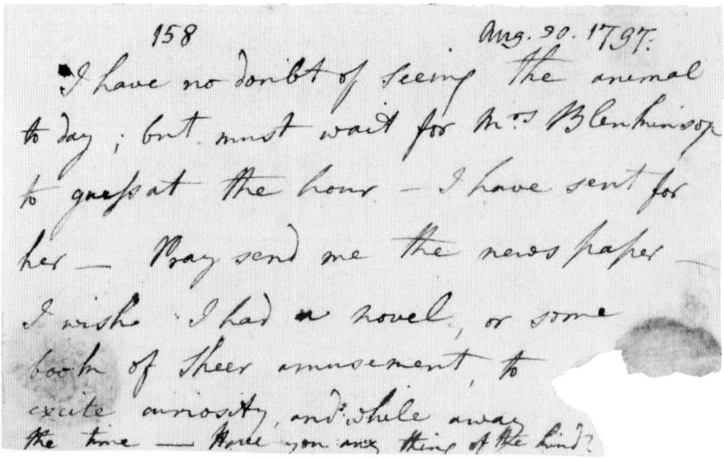
158 Aug. 30. 1797.

I have no doubt of seeing the animal to day; but must wait for Mrs Blenkinsop to guess at the hour — I have sent for her — Pray send me the news paper — I wish I had a novel, or some book of sheer amusement, to excite curiosity, and while away the time — Have you any thing of the kind?

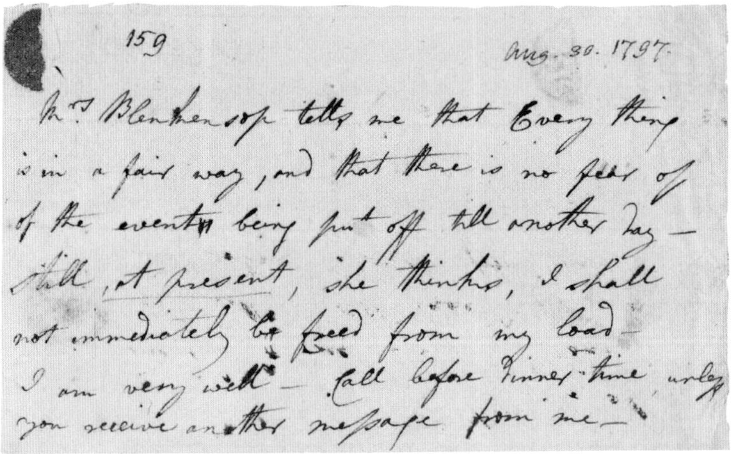
159 Aug. 30. 1797.

Mrs Blenkinsop tells me that Every thing is in a fair way, and that there is no fear of the event being put off till another day — still, at present, she thinks, I shall not immediately be freed from my load — I am very well — Call before dinner time, unless you receive another message from me —

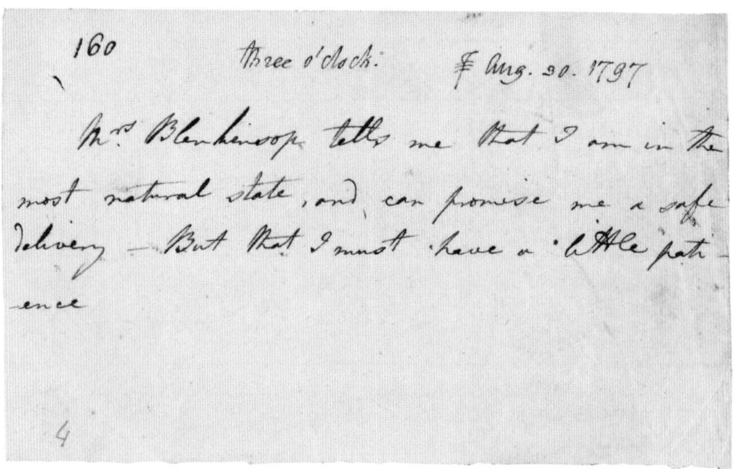
160 Three o'clock. Aug. 30. 1797

Mrs Blenkinsop tells me that I am in the most natural state, and can promise me a safe delivery — But that I must have a little patience

4

메리 울스턴크래프트가 · —— · 윌리엄 고드윈에게

Mary Wollstonecraft (1759-97) · William Godwin (1756-1836)

1797년 8월 30일

울스턴크래프트와 고드윈 모두 18세기의 위대한 급진 사상가였으나, 두 사람이 1797년 3월 29일에 올린 결혼은 놀라운 사건이었다. 첫째, 두 사람은 서로를 그다지 좋아하지 않았으며 1791년 처음 만났을 때 (고드윈의 표현을 빌리면) 서로 기분이 상한 채 헤어졌다. 둘째, 두 사람은 결혼 제도 자체에 회의적이었다. 『여성의 권리 옹호*A Vindication of the Rights of Woman*』(1792)의 저자 울스턴크래프트는 연애사로 상류사회에 스캔들을 일으켰으나 이에 대한 사과는 단호히 거부했다('나는 독립성을 인생의 위대한 축복이라고 오랫동안 생각해왔다'). 당대 가장 저명한 정치철학자로 손꼽혔으며 무정부주의 초기 주창자인 고드윈은 '결혼의 악'에 분개하며 결혼을 철폐해야 한다고 주장했다. 하지만 울스턴크래프트가 임신하자 결혼이 필요악일지 모른다고 판단했다. 아기가 사생아가 되는 건 원치 않았기 때문이다.

어쨌든 결혼이 두 사람의 신념을 바꾸진 않았다. 늦은 봄에 두 사람은 런던 북동부 서머스타운으로 이주했으나, 스무 가구를 사이에 두고 각자 떨어져 살며 대부분 편지로 연락했다. 두 사람이 나눈 서신에는 관대하고 격려하며 숨김없는, 진정으로 평등한 결혼 생활이 담겨 있다. 그들은 '현존하는 가장 기이한 부부', 계몽주의 시대의 멋있는 지식인 커플로 그려졌다.

8월 말 울스턴크래프트는 만삭이 되었다. 고드윈에게 세 통의 짧은 편지를 보냈는데, 마지막 편지는 진통이 시작될 때 썼다('나는 틀림없이 오늘 그 동물을 보게 될 거야I have no doubt of seeing the animal today'). 처음에는 출산까지 꽤 걸릴 것으로 예상했고('소설이 있었으면 좋겠어') 산파도 그렇게 생각했다. 하지만 곧 몇 시간 뒤에 딸을 낳았다. 이후 울스턴크래프트는 산욕기 감염에 시달리다 열하루 뒤 패혈증으로 38세의 나이에 숨졌다. 이때 출산한 딸은 훗날, 기이하게 탄생한 괴물이 파국으로 치닫는 이야기 『프랑켄슈타인*Frankenstein*』(1818)의 저자 메리 셸리(109쪽)가 된다.

1

나는 틀림없이 오늘 그 동물을 보게 될 거야. 하지만 블렌킨숍 부인이 와서 분만 시각을 일러주기를 기다려야 해. 우선 부인을 불렀어. 신문을 좀 보내주겠어? 소설이 있었으면 좋겠어. 시간을 때울 수 있게 호기심을 자극하고 순전히 재미 위주인 책도 좋아. 그런 책 가지고 있어?

2

블렌킨숍 부인 말로는 모두 순조롭게 진행되고 있고, 분만이 하루 늦어질 염려는 없다고 하네. 하지만 현재로서는 고통에서 금방 해방될 수 없을 거래. 난 잘 있어. 나에게서 다른 쪽지를 받지 않으면 저녁 시간 전에 들러줘 -

3

내가 지금 무척 정상적인 상태라고 블렌킨숍 부인이 말해줬어, 순산을 약속할 수 있다고도 - 하지만 약간의 인내심을 가져야 한대.

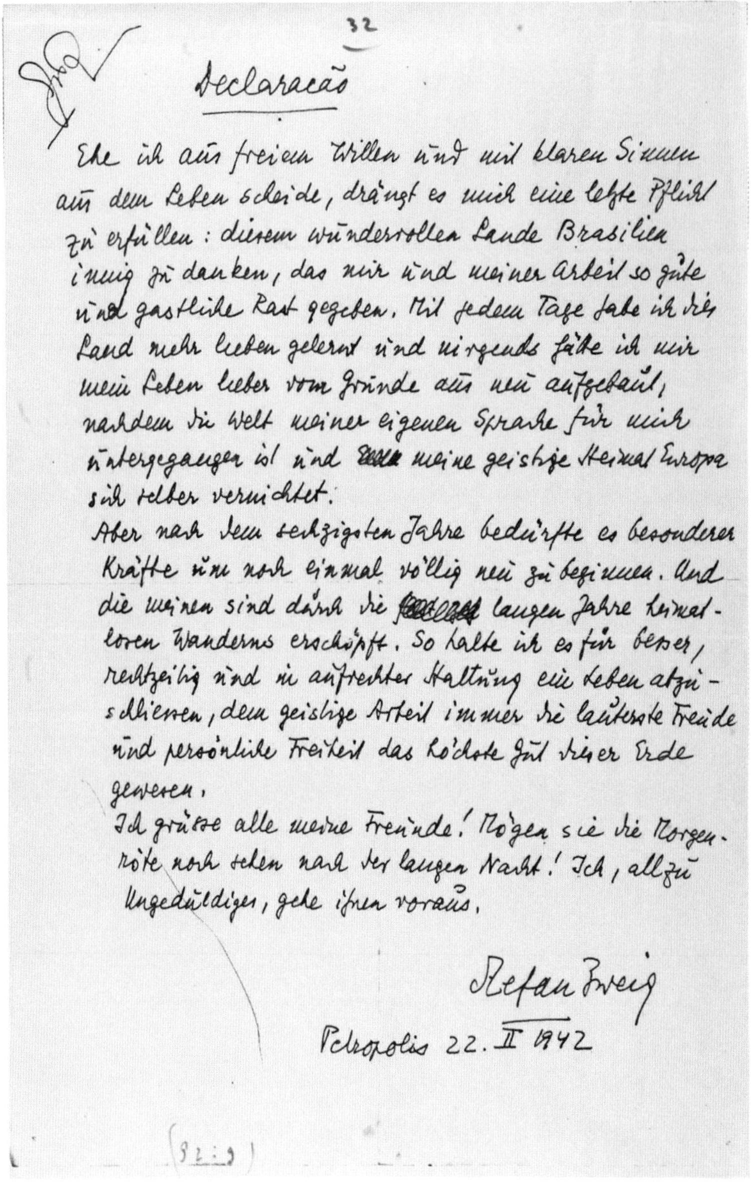

32

Declaração

Ehe ich aus freiem Willen und mit klaren Sinnen aus dem Leben scheide, drängt es mich eine letzte Pflicht zu erfüllen: diesem wundervollen Lande Brasilien innig zu danken, das mir und meiner Arbeit so gute und gastliche Rast gegeben. Mit jedem Tage habe ich dies Land mehr lieben gelernt und nirgends hätte ich mir mein Leben lieber vom Grunde aus neu aufgebaut, nachdem die Welt meiner eigenen Sprache für mich untergegangen ist und meine geistige Heimat Europa sich selber vernichtet.

Aber nach dem sechzigsten Jahre bedürfte es besonderer Kräfte um noch einmal völlig neu zu beginnen. Und die meinen sind durch die langen Jahre heimatlosen Wanderns erschöpft. So halte ich es für besser, rechtzeitig und in aufrechter Haltung ein Leben abzuschliessen, dem geistige Arbeit immer die lauterste Freude und persönliche Freiheit das höchste Gut dieser Erde gewesen.

Ich grüsse alle meine Freunde! Mögen sie die Morgenröte noch sehen nach der langen Nacht! Ich, allzu Ungeduldiger, gehe ihnen voraus.

Stefan Zweig

Petropolis 22. II 1942

슈테판 츠바이크가 ——— '내 모든 친구'에게

Stefan Zweig (1881-1942)

1942년 2월 22일

1942년 2월 23일, 브라질 남동부 지방 페트로폴리스의 경찰관들이 유대계 오스트리아인 작가 슈테판 츠바이크와 부인 로테의 시신을 발견했다. 두 사람은 임대주택에서 손을 맞잡고 누워있었다. 츠바이크가 서명한 유서도 발견되었는데, 한 경찰관이 이를 호주머니에 집어넣었다. 그로부터 30년 후 은퇴한 경찰관은 유대계 독일인 사업가 프리츠 바일의 오랜 설득 끝에 유서를 팔았고, 사업가는 이를 이스라엘 국립도서관에 기증했다.

19세에 첫 소설을 발표한 츠바이크는 다작을 남겼다. 상업적으로도 성공한 작가였으며 일련의 베스트셀러 소설, 전기, 희곡으로 명성을 날렸다. 1922년 작 『낯선 여인의 편지*Brief einer Unbekannten*』, 『달밤의 뒷골목*Die Mondscheingasse*』 등의 소설은 다양한 언어로 번역되어 유럽뿐만 아니라 북미와 남미에서도 절찬리에 팔렸다. 한편 나치 독일이 오스트리아를 병합하기 전부터 빈에서는 유대인 박해가 체계적으로 자행됐다. 1934년엔 경찰이 츠바이크 저택을 가택수색했고, 며칠 후 그와 첫 번째 부인 프리데리카는 런던으로 피신했다.

1939년 츠바이크는 이혼했고, 런던 근교 바스로 이사하여 비서 로테 알트만과 재혼했다. 이듬해 나치 독일이 전광석화처럼 폴란드를 침공하자 츠바이크는 대서양 반대편에서만 안전할 수 있다고 판단하여 1940년 아내와 뉴욕으로 떠났다. 1941년 8월에는 브라질로 이주했으며, 이곳에서 유명 인사로 환영받았다. 자신을 언제나 '세계 시민'으로 여겼던 츠바이크는 페트로폴리스에서 1년을 보내면서 극도의 탈진과 끝이 보이지 않는 망명 생활에 시달렸다. 수면제 과다 복용으로 '적절한 시기에 생을 마감'하려 결심했을 때는 로테가 뒤따라 자살하리라고 예상치 못했던 듯하다(유서는 일인칭 시점이다). 사망 전날 로테는 츠바이크의 자서전 『어제의 세계』 타이핑을 마치고 원고를 출판사로 보냈다. 시신이 발견되었을 때 로테의 몸에는 아직 온기가 남아 있었다.

유서

자유의지와 맑은 정신으로 이 세상을 떠나기 전에 마지막 의무를 다해야겠습니다.
이 아름다운 나라 브라질에 진심으로 감사를 전하고자 합니다 […] 날을 거듭할수록 나는 이 나라를 사랑하게 되었습니다. 내가 쓰는 언어의 세계가 내게서 붕괴되고 내 정신적 고향인 유럽이 자멸한 이후에 내 인생을 완전히 새로이 재건하기 위해 브라질이 아닌 다른 곳은 선택하지 않았을 것입니다.

하지만 60세가 지나서 모든 일을 새로 시작하는 데는 엄청난 힘이 필요합니다. 그런데 고향 없이 떠돌며 여러 해를 보내느라 내 힘은 바닥났습니다. 그러므로 정신적인 작업을 가장 순수한 기쁨으로 여겼으며 개인의 자유를 지상 최고의 덕목으로 여겼던 사람으로서, 적절한 시기에 올바른 태도로 생을 마감하는 것이 낫다고 생각합니다.

내 모든 친구에게 인사를 보냅니다! 친구들은 이 길고 어두운 밤 뒤에 떠오르는 여명을 보기를 바랍니다! 성급한 나는 친구들보다 먼저 떠납니다.

슈테판 츠바이크

4

20 MARTIN ROAD
CENTENNIAL PARK
SYDNEY, 2021

9. iv. 77

Dr G. Chandler
National Library of Australia
Canberra.

Dear Dr Chandler,

P23/3/978 [Folio 3] Thank you for your of 25th March.
I can't let you have my "papers" because I don't keep any. My mss are destroyed as soon as the books are printed. I put very little into notebooks, don't keep my friends' letters as I urge them not to keep mine, and anything unfinished when I die is to be burnt. The final versions of my books are what I want people to see, and if there is anything of importance in me, it will be in those.

Yours sincerely,
Patrick White

P23/3/978

패트릭 화이트가 ———————— 조지 챈들러에게

Patrick White (1912-90) George Chandler (1898-1985)

1977년 4월 9일

독자는 작가의 인생사를 얼마큼 알아야 할까? 소설가 패트릭 화이트가 오스트레일리아 국립도서관장 조지 챈들러 박사에게 보낸 이 편지에 따르면 아무것도 알 필요가 없다. 화이트는 1960년대에 문학적 명성이 점점 높아졌으나 대중의 관심을 피하며 지냈다. 그런데 1973년에 노벨 문학상을 수상하자(오스트레일리아인으로서는 유일했다) 언론은 인터뷰를, 도서관은 개인적인 기록papers을 원했다. 화이트는 거절했다. 가장 중요한 것은 소설이라고 주장했다.

하지만 개인사에 대한 호기심은 억누를 수 없는 법이다. 화이트의 가장 유명한 작품이자 노벨상 심사위원단의 마음을 뒤흔든 작품은 『비비섹터*The Vivisector*』(1970)였다. 한 예술가의 인생사를 분방하고 가차 없이 써 내려간 소설로, 화가이자 병적인 자기중심주의자 허틀 더필드의 인생을 따라가며 창작에의 분투가 인간관계에 얼마나 끔찍한 영향을 미치는지 탐구한다. 한 노벨상 심사위원은 이 소설이 예술가가 되는 것과 훌륭한 인간이 되는 것이 근본적으로 양립할 수 없다는 인상을 줄까 우려하여 화이트를 수상자로 선정하는 데 반대했다.

화이트는 숨기는 게 있었을까? 그건 아닌 듯하다. 동성애를 숨기려 애쓰지 않았고(당시 오스트레일리아에서 흔치 않은 솔직함이었다) 1941년 이집트 알렉산드리아에서 만난 파트너 마놀리 라스카리스와 시드니 교외에서 조용히 살았다(화이트는 영국 왕립 공군에 복무했고, 라스카리스는 그리스 군인이었다). 화이트는 넓은 아량을 보이기도 했지만(노벨상 상금으로 신탁을 만들어 작가들을 후원했다) 종종 난데없이 심술을 부리는 성미 때문에 친구들과 사이가 틀어지기도 했다. 오랫동안 친하게 지내던 친구가 자신의 요리를 비판하자 절교한 적도 있었고, 또 다른 친구와 수년간 주고받은 편지를 모조리 불태우기도 했다. 무의미하게 형식적으로 하는 행동이 아니라 일부러 마음을 아프게 하려는 제스처 같았다. 몇 년 뒤 챈들러 박사에게 보낸 편지는 작가의 사생활을 뒤적이는 우리를 꾸짖는 말처럼 느껴진다. 정작 화이트는 개인적인 기록을 산더미같이 남겼지만 말이다.

챈들러 박사님께,

3월 25일에 P23/3/978을 보내주셔서 고맙습니다.

저는 보내드릴 '개인적인 기록'이 없습니다. 보관하지 않기 때문입니다. 책이 인쇄되자마자 원고를 파기하고, 노트에 메모도 거의 하지 않으며, 친구의 편지를 간직하지 않을 뿐 아니라 친구들에게 제 편지를 보관하지 말라고 강권하고, 제가 죽으면 미완으로 남게 될 모든 글은 소각되도록 할 것입니다. 제가 사람들에게 보여주고 싶은 건 제 소설의 최종 개정판이며, 저에게 중요한 무언가가 있다면 소설 속에 있을 것입니다.

이만 줄이겠습니다,

패트릭 화이트

타임라인

1896년 12월 – 1897년 3월 오스카 와일드가 앨프리드 더글러스에게 148
1897년 5월 13일 라이너 마리아 릴케가 루 안드레아스 살로메에게 120
1903년 2월 24일 요네 노구치가 레오니 길모어에게 168
1903년 10월 12일 레프 톨스토이가 옥타브 미르보에게 192
1904년 4월 13일 안톤 체호프가 알렉산더 암피테아트로프에게 182
1905년 10월 18일 조지프 콘래드가 노먼 더글러스에게 158
1907년 5월 10일 케네스 그레이엄이 알라스테어 그레이엄에게 30
1908년 12월 27일 거트루드 스타인이 호텐스 모지스와 디키 모지스에게 60
1914년 10월 마르셀 프루스트가 레날도 안에게 144
1915년 6월 2일 기욤 아폴리네르가 루이즈 드 콜리니 샤티용에게 98
1915년 11월 8일 베라 브리튼이 롤런드 레이턴에게 70
1915년 11월 10일 가브리엘레 단눈치오가 카밀로 마리아 코르시에게 72
1917년 4월 24일 시그프리드 서순이 윌리엄 하모 소니크로프트에게 88
1917년 4월 25일 E.M. 포스터가 리턴 스트레이치에게 106
1918년 7월 15일 윌리엄 버틀러 예이츠가 에즈라 파운드에게 174
1919년 프란츠 카프카가 헤르만 카프카에게 140
1919년 9월 9일 캐서린 맨스필드가 존 미들턴 머리에게 204
1921년 2월 8일 가브리엘라 미스트랄이 마누엘 마가야네스 모레에게 56
1921년 6월 11일 조지 버나드 쇼가 실비아 비치에게 186
1921년 6월 24일 제임스 조이스가 해리엇 쇼 위버에게 54
1921년 11월 4일 T.S. 엘리엇이 시드니 시프에게 28
1926년 2월 페데리코 가르시아 로르카가 멜초르 페르난데스 알마그로에게 34
1927년 3월 28일 요사노 아키코가 쓰루미 유스케에게 66
1928년 2월 4일 D.H. 로런스가 해럴드 메이슨에게 142
1928년 12월 31일 W.H. 오든이 페이션스 매켈위에게 14
1929년 12월 29일 버지니아 울프가 프랜시스 콘퍼드에게 64
1930년 4월 12일 블라디미르 마야콥스키가 '여러분 모두'에게 202
1931년 5월 14일 헤르만 헤세가 요제프 엥레르트에게 184
1933년 2월 28일 발터 벤야민이 게르숌 숄렘에게 128
1934년 9월 11일 엘리자베스 비숍이 루이즈 브래들리에게 18
1935년 7월 6일 마리나 츠베타예바가 니콜라이 티호노프에게 90
1940년 9월 14일 F. 스콧 피츠제럴드가 제럴드 머피에게 48
1942년 2월 22일 슈테판 츠바이크가 '내 모든 친구'에게 212
1945년 5월 29일 커트 보니것이 가족에게 94
1946년 3월 10일 노먼 메일러가 아이작 메일러와 패니 메일러에게 36
1949년 10월 29일 아이리스 머독이 레몽 크노에게 116
1951년 6월 7일 필립 라킨이 모니카 존스에게 114
1951년 6월 21일 시도니 가브리엘 콜레트가 쥘리아 뤼크에게 44
1954년 존 오즈본이 파멜라 레인에게 118
1955년 12월 3일 조라 닐 허스턴이 마그리트 드 사블로니에르에게 84
1957년 잭 케루악이 말런 브랜도에게 164
1958년 4월 실라 딜레이니가 조안 리틀우드에게 24
1959년 6월 30일 실비아 플라스가 올윈 휴스에게 38
1963년 6월 26일 존 베리먼이 앨런 테이트와 이사벨라 가드너에게 16
1965년 1월 27일 사뮈엘 베케트가 해럴드 핀터에게 178
1968년 11월 19일 W.S. 그레이엄이 로저 힐튼에게 136
1977년 4월 9일 패트릭 화이트가 소시 챈들러에게 214
1980년 6월 24일 앤절라 카터가 빌 버포드에게 156
1987년 5월 21일 치누아 아체베가 존 A. 윌리엄스에게 152
1988년 3월 2일 수전 손택이 힐다 리치에게 188

색인

Picture Credits

14 Copyright © 2021 by W.H. Auden, renewed. Reprinted by permission of Curtis Brown, Ltd; **16** WUSTL Digital Gateway Image Collections & Exhibitions; **18** Indiana University Archives; **20** © Brontë Parsonage Museum; **22** National Trust for Scotland; **24** © With jolly kind permission of Charlotte Delaney; **26** British Library / Public Domain; **28** © Estate of T.S. Eliot; **30** © Bodleian Libraries, University of Oxford; **32** Gerard Manley Hopkins Collection / Harry Ransom Center, The University of Texas at Austin; **34** © Christie's Images / Bridgeman Images, translation by David Gershator, *Federico García Lorca: Selected Letters* (Marion Boyars: London and New York, 1984); **36** Norman Mailer Collection / Harry Ransom Center, The University of Texas at Austin; **38** WUSTL Digital Gateway Image Collections & Exhibitions; **42** © Jane Austen's House Museum; **44** Courtesy Pierre Bergé & Associés, translation by Michael Bird; **46** Yale University Library / Public Domain; **48** Sara and Gerald Murphy Papers / Yale Collection of American Literature, Beinecke Rare Book and Manuscript Library; **50** Sotheby's Picture Library, translation by Michael Bird; **52** Houghton Library, Harvard University, Cambridge, Mass.; **54** British Library / Public Domain; **56** Gabriela Mistral Manuscripts Collection / Pontifical Catholic University of Chile, translation by Rebecca Jeffery; **58** Private Collection; **60** Private Collection / Bonhams; **62** British Library / Bridgeman Images; **64** British Library / Public Domain; **66** National Diet Library, Japan, Digital Collections / Tsurumi Yusuke Papers, translation by Masami Walton; **70** Vera Brittain's letter is reproduced by permission of Mark Bostridge and T.J. Brittain-Catlin, Literary Executors for the Estate of Vera Brittain 1970, and McMaster University Library. The full letter is published in *Letters from a Lost Generation. First World War Letters of Vera Brittain and Four Friends*, edited by Alan Bishop and Mark Bostridge (1998); **72** British Library / Public Domain, translation by Michael Bird; **74** © Aguttes / Collections Aristophil, translation by Michael Bird; **76** National Archives / Public Domain; **78** British Library / Public Domain; **80** British Library / Bridgman Images; **82** Maisons Victor Hugo; **84** © University of Florida / George A. Smathers Libraries; **86** © National Archives; **88** Published by permission from the Estate of George Sassoon / Creative Commons; **90** © Christie's Images; **92** Walt Whitman Collection / Yale Collection of American Literature, Beinecke Rare Book and Manuscript Library; **94** Private Collection / Bridgeman Images; **98** Sotheby's Picture Library, translation by Michael Bird; **100** Wellesley College, Margaret Clapp Library, Special Collections; **102** Wellesley College, Margaret Clapp Library, Special Collections; **104** British Library / Public Domain; **106** © The Provost and Scholars of King's College, Cambridge and The Society of Authors as the E.M. Forster Estate; **108** Bodleian Libraries, University of Oxford; **110** Lebrecht Authors / Bridgeman Images, translation by Michael Bird; **112** Houghton Library, Harvard University, Cambridge, Mass.; **114** Bodleian Libraries, University of Oxford; **116** Letter from Iris Murdoch to Raymond Queneau, 29 Oct 1949, from the Iris Murdoch Collections at Kingston University Archives; **118** © The Arvon Foundation; **120** Deutsches Literaturarchiv Marbach, translated by Edward Snow and Michael Winkler, *Rilke and Andreas-Salomé: A Love Story in Letters* (W.W. Norton, New York and London, 2006); **122** British Library / Public Domain; **126** © Aguttes / Collections Aristophil, translation by Lois Boe Hyslop and Francis E. Hyslop, *Baudelaire: A Self-portrait* (London, New York and Toronto: Oxford University Press, 1957); **128** National Library of Israel, translation by Gary Smith and Andre Lefevere, *The Correspondence of Walter Benjamin and Gershom Scholem 1932–1940*, ed. Gershom Scholem (Harvard University Press, Cambridge, MA, 1992); **130** © Henry W. and Albert A. Berg Collection of English and American Literature, The New York Public Library, Astor, Lenox and Tilden Foundations; **132** Lebrecht Authors / Bridgeman Images, translation by Trevor Dadson; **134** British Library / Public Domain; **136** Published in Michael Bird, *The St Ives Artists: A Biography of Place and Time*, 2nd edn (Lund Humphries, Aldershot, 2016); **138** Sotheby's Picture Library, translation by Daniela Winter; **140** Wikimedia Commons / Public Domain, translation by Howard Colyer, *Letter to My Father* (Lulu, North Carolina, 2014); **142**

Sotheby's Picture Library; **144** Published in Marcel Proust, *Lettres*, ed. Françoise Leriche (Plon, Paris, 2004); **146** Sotheby's Picture Library, translation by Michael Bird; **148** British Library / Bridgeman Images; **152** River Campus Libraries / University of Rochester; **154** © Ader / Collections Aristophil, translation by Michael Bird; **156** British Library / Bridgeman Images; **158** Joseph Conrad Collection / Harry Ransom Center, The University of Texas at Austin; **160** British Library / Public Domain; **162** The Picture Art Collection / Alamy Stock Photo; **164** © Christie's Images / Bridgeman Images; **166** Yale Collection of American Literature, Beinecke Rare Book and Manuscript Library, Yale University; **168** Courtesy of The Noguchi Museum Archives, New York; **170** The Morgan Library & Museum; **172** British Library / Public Domain; **174** Yale Collection of American Literature, Beinecke Rare Book and Manuscript Library, Yale University; **178** © Estate of Samuel Beckett. Samuel Beckett's letter to Harold Pinter (published in Vol. 3 *The Letters of Samuel Beckett*, Cambridge University Press; and held at the British Library) reproduced by kind permission of the Estate of Samuel Beckett c/o Rosica Colin Limited, London; **180** Houghton Library, Harvard University, Cambridge, Mass.; **182** Christie's Images / Bridgeman Images, translation by S.S. Koteliansky and Philip Tomlinson, *The Life and Letters of Anton Tchekhov* (Cassell & Company, London, Toronto, Melbourne and Sydney, 1925); **184** Private Collection / Bridgeman Images; **186** British Library / George Bernard Shaw © The Society of Authors, on behalf of the Bernard Shaw Estate; **188** Heritage Auctions / HA.com; **190** British Library / Bridgeman Images; **192** Sotheby's Picture Library, translation by Michael Bird; **194** British Library / © Dove Cottage, Wordsworth; **196** Courtesy Pierre Bergé & Associés, translation by Michael Bird; **200** British Library / Public Domain; **202** Archive PL / Alamy Picture Library, translation by Edward Brown, *Mayakovsky: A Poet in the Revolution* (Princeton University Press, 1973); **204** Katherine Mansfield Collection / Harry Ransom Center, The University of Texas at Austin; **206** Sotheby's Picture Library, translation by Jeremy Harding and John Sturrock, *Arthur Rimbaud: Selected Poems and Letters* (Penguin, London, 2004); **208** Metropolitan Museum of Art / Bequest of John M. Crawford Jr., 1988, translation by Marc F. Wilson and Kwan S. Wong, *Friends of Wen Cheng-ming: A View from the Crawford Collection* (China Institute in America, New York, 1974); **210** Bodleian Libraries, University of Oxford; **212** Historic Images / Alamy Stock Photo, National Library of Israel; **214** Jane Novak Literary Agency / National Library of Australia.

Michael Bird: pp.15, 19, 23, 25, 27, 29, 31, 33, 35, 45, 51, 59, 61, 67, 71, 73, 75, 77, 79, 81, 83, 87, 89, 91, 99, 105, 107, 111, 119, 121, 127, 129, 131, 133, 137, 139, 141, 143, 145, 147, 155, 159, 161, 163, 169, 173, 175, 179, 183, 191, 193, 197, 203, 205, 207, 209, 213.

Orlando Bird: pp.17, 21, 37, 39, 43, 47, 49, 53, 55, 57, 63, 65, 85, 93, 95, 101, 103, 109, 113, 115, 117, 123, 135, 149, 153, 157, 165, 167, 171, 181, 185, 187, 189, 195, 201, 211, 215.

감사의 글

샌더 버그Sander Berg, 트레버 닷슨Trevor Dadson, 앨리슨 엘가Alison Elgar, 카르멘 프라키아Carmen Fracchia, 크리스토퍼 호즈Christopher Howse, 레베카 제프리Rebecca Jeffery, 아니나 레만Annina Lehmann, 펄리시티 마라Felicity Mara, 엘리너 로버트슨Eleanor Robertson, 마사미 월턴Masami Walton, 다니엘라 윈터Daniela Winter, 런던 도서관과 펜린 캠퍼스 도서관 직원, 고양이 퍼거스Fergus에게 감사를 전한다. 프랜시스 링컨Frances Lincoln 출판사와 다시 일하게 되어 더없이 기뻤다. 편집자 니키 데이비스Nicki Davis와 마이클 브룬스트롬Michael Brunström, 사진 조사자 소피 바실레비치Sophie Basilevitch에게 무척 감사드린다.

지은이

마이클 버드Michael Bird

작가이자 미술사학자. 저서로는 『예술가의 편지: 다빈치부터 호크니까지』(2019), 『스튜디오의 목소리: 20세기 영국의 미술과 삶』, 『세인트아이브스 예술가들: 시공간의 전기』 등이 있다. 영국 엑서터 대학교에서 왕립 문학 기금 연구원으로 재직 중이다.

올랜도 버드Orlando Bird

언론인. 영국 일간지 『텔레그래프』의 독자란 부편집인이며 서평과 기행문을 기고하고 있다. 일간지 『파이낸셜 타임스』와 문예지 『리터러리 리뷰』에도 평론을 발표한다. 런던에 거주한다.

옮긴이

황종민

서울대 독문학과 박사과정을 수료하고 독일 괴팅겐 대학에서 수학했다. 『라데츠키 행진곡』(2012)으로 한독문학번역상을 수상했으며, 옮긴 책으로 『모래 사나이』(2017), 『미하엘 콜하스』(2013), 『현대미술, 보이지 않는 것을 보여주다』(2010) 등이 있다.